Knaur

Von Dolly Buster ist außerdem erschienen:

Alles echt!
Hard Cut

Über die Autorin:

Dolly Buster, als Katja-Nora Bochniková in Prag geboren, ist hauptberuflich Ikone, Diva, Star und Moderatorin. Neben ihrer schriftstellerischen Tätigkeit arbeitet sie als Produzentin von beliebten Videos.

Dolly Buster

Tiefenschärfe

Roman

Knaur

Redaktion: Volker Ludewig

Besuchen Sie uns im Internet:
www.droemer-knaur.de

Weitere Krimis und Thriller finden Sie im Internet unter:
www.erfinder -des-todes.de

Originalausgabe 2003

Lektorat: Julika Jaenicke
Umschlaggestaltung: ZERO Werbeagentur, München
Umschlagabbildung: Frank Burkhard
Satz: Ventura Publisher im Verlag
Druck und Bindung: Clausen & Bosse, Leck
Printed in Germany
ISBN 3-426-62446-X

2 4 5 3 1

Kapitel 1

Berlin-Mitte, Montag, der 19. Februar 2001

»Guten Abend, meine Damen und Herren – schön, dass Sie auch diese Woche wieder dabei sind bei ›Kestner‹.« Er stand kerzengerade vor seinem Publikum, dankte dem tosenden Applaus mit einem jungenhaft frischen Lächeln und legte nach wohlkalkulierten sieben Sekunden die Handflächen auf Brusthöhe zusammen, um eine Zäsur zu markieren. »Unser Thema heute: Nie mehr Sex. Begrüßen Sie mit mir unsere Gäste!« Er trat einen Schritt zurück und deutete auf den Off-Bereich zu seiner Linken. »Natascha Meyer-Stade – mit siebzehn Jahren Gewinnerin des Wettbewerbs ›Jugend forscht‹, mit achtzehn Callgirl, mit vierundzwanzig wissenschaftliche Mitarbeiterin des Studiengangs Biochemie an der Berliner Humboldt-Universität.«

Die gertenschlanke Blondine hatte alles vermieden, was ihr hübsches Gesicht und ihren sensationellen Körper zur Geltung bringen könnte. Die aschblonden Haare waren mit einem Gummiband zum Zopf zusammengefasst, das Gesicht grundiert, aber ansonsten ungeschminkt. Sie trug eine hellgraue Bluse, die eher wie ein Männerhemd aussah, und Jeans, die eine Nummer zu groß waren. In Turnschuhen legte sie den Weg zu ihrem Platz in der ersten Reihe im Saalpublikum zurück und nickte ohne ein Lächeln in die Kamera.

»Der prominente Hamburger Autohändler Stefan Bruhns wurde wegen Vergewaltigung eines Partygirls angeklagt. Erst nach acht Monaten nervenzerreißender Anschuldigungen erwies sich die Klage als unhaltbar und Stefan Bruhns wurde rehabilitiert. Dem Playboy-Leben hat er nun abgeschworen.«

Dem sonnengebräunten Hanseaten schien die Devise »No

Sex« gut zu bekommen. Er sah besser aus als in den Zeitungs- und Fernsehbildern, die monatelang durch die Boulevard-medien gegeistert waren. Unter lauwarmem Applaus durchquerte er den Raum und setzte sich neben das Ex-Callgirl. Ich atmete tief durch und schaute zu Kestner hinüber. Von hinten sah er fast besser aus als von vorn, und das wollte etwas heißen. Rainer Kestner hatte vom lieben Gott einen Knackarsch verehrt bekommen, wie es ihn in der gesamten deutschen Fernsehlandschaft kein zweites Mal gab.

»Die Porno-Queen Lilly DeLight, die im vergangenen Jahr in eine Serie perverser Morde verwickelt wurde und seither dem Porno entsagt.« Ich riss meine Augen von seinem Hinterteil und fragte mich, welcher Redakteur da geschlampt hatte. Auch wenn ich meine Karriere als Darstellerin endgültig an den Nagel gehängt hatte, war Sex war nach wie vor mein liebstes Hobby. Und Porno nun mal meine Branche. Ich riss mich zusammen, bedachte das applaudierende Publikum mit einem warmen Lächeln, schwebte durch den Raum und setzte mich neben den nach Zino Davidoff duftenden Herrn Bruhns.

»Carola Wendt – Liebe, Sex und Obsessionen verstrickten sich im Fall der Filmschauspielerin zu einem Netz der Gewalt. Sie wurde des Mordes an ihrem Ehemann, dem Regisseur Georg Kuester, für schuldig befunden und zu einer lebenslänglichen Haftstrafe verurteilt. Nach dreizehn Jahren Zuchthaus ist sie im Sommer 1993 nach der Wiederaufnahme des Falles freigesprochen worden. Heute sagt sie: ›Ich will nicht mehr lieben, die Liebe war mein Untergang.‹«

Carola Wendt sollte Kestners erste Interviewpartnerin sein. Das war nur fair, wenn man bedachte, was für Wartezeiten sie in ihrem Leben schon hatte durchleiden müssen. Während ich es mir bequem machte und meinen Rock glattstrich, nahmen Kestner und Deutschlands legendärste Inhaftierte am runden Tisch Platz. Sie sah für ihre sechzig Jahre toll aus. Stahlgraue, hochgesteckte Haare, ein feines, blasses Gesicht mit hohen Wangenknochen und noch immer vollen Lippen. Ihre Augen blitzten eisblau.

Kestner bedachte sie mit seinem strahlendsten Lächeln. »Frau Wendt, wie fühlt sich die Freiheit an?«

Es war 23.02 Uhr – genau drei Stunden nachdem ich die überraschende Einladung zu dieser Sendung bekommen hatte, und etwa vier Stunden nachdem der Gast, der eigentlich an meiner Stelle in der Talkrunde hatte sitzen sollen, seinen letzten Atemzug getan hatte.

Für den Fall, dass Sie zu den zwei Prozent aller Deutschen gehören, die noch nie von mir gehört haben, sollte ich mich zunächst einmal vorstellen. Mein Name ist Julia Winter, geborene Bäcker, aber besser bekannt bin ich unter meinem Künstlernamen Lilly DeLight. Wenn Sie mich kennen, dann selbstverständlich von meinen zahlreichen Fernsehauftritten, denn angeblich hat kaum jemand einen der siebzig Spielfilme gesehen, mit denen ich einige Jahre lang mein Geld verdient habe. Was erstaunlich ist, wenn man bedenkt, dass diese Filme zu den europaweit erfolgreichsten ihres Genres zählen und jede Menge weltweite Ehrungen erhalten haben. Okay, es war kein Oscar dabei, noch nicht einmal ein Bambi, aber auf dem Kaminsims meiner Villa in Goslar stehen »Venus«- und »Hot d'Or«-Statuen glitzernd und strahlend in Reih und Glied. Fast wie eine kleine Armee.

Im vergangenen Jahr habe ich in der Tradition Greta Garbos meine Schauspielkarriere beendet und kurz nach der Bekanntgabe meines Abschieds ein sehr kurzes Comeback gefeiert. Vielleicht haben Sie den Film gesehen, er hieß *Lilly DeLights Hexen* und lief Weihnachten auf Sat 7. Die unzensierte Fassung finden Sie im Videoladen Ihres Vertrauens. Nach den Hexen war aber endgültig Schluss mit der Schauspielerei, und ich konzentrierte mich auf die vier Dinge in meinem Leben, die am wichtigsten sind: meinen Mann Max, meinen besten Freund Ronny, meinen Hund Mikey und meine Firma. Das Jahr 2000 war etwas stressig für mich gewesen, aber das haben Sie wahrscheinlich im Fernsehen gesehen. Und selbst wenn Sie zu den Menschen gehören, die weder die Klatschpresse, noch die Nachrichtenmagazine studieren, hätten Sie im vergangenen Spätsommer unter einem Stein leben müssen, um von dem Spektakel verschont geblieben zu sein, das die Medien um mich inszeniert haben. In Zeitschriften, Fernseh- und Radiosendungen hatte man sich über mich ausgelassen, denn pünktlich zum Sommerloch war ich so unvorsichtig gewesen, mich in eine Sensationsgeschichte verwickeln zu lassen, in der es um Mord und Verstümmelung im Porno-Business ging und in der es von Psychopathen, Polizisten und Pornodarstellern nur so wimmelte. Die Presse hatte sich gegen mich verschworen, die Polizei tappte im Dunkeln und auf der Straße zeigte man mit dem Finger auf mich. Für mich die qualvollste Woche meines Lebens, war es für die Medien der Quotenkult des Jahres.

Als der Alptraum endlich vorüber war, wendete sich das Blatt schneller, als man das Wort »Schuldgefühl« aussprechen kann. Ich war wieder allseits beliebt, hatte mit meinem *Hexen*-Film einen Hit im Prime-Time-TV, und – Wunder über Wunder – mein Mann Max fand sich unter Protest damit ab, dass ich Ronny einstellte. Mein bester Freund arbeitet jetzt im Development-Bereich der Lilly DeLight GmbH, scoutet Talente und entwickelt Produktreihen. Ronny hatte keine besonders gute Zeit hinter sich, und ich dachte mir, es könnte nicht schaden, ein Auge auf ihn zu haben. Bei Max hatte ich noch etwas gut, denn seine kindische Eifersucht hatte mich in eine sehr bizarre Situation gebracht – die Polizei hatte mich verdächtigt, ihn ermordet zu haben, und auch wenn er mich nicht absichtlich in die prekäre Lage gebracht hatte, war ihm doch klar geworden, dass Eifersucht eine Leidenschaft war, die er besser zügeln sollte. Wir müssen alle mal über unseren Schatten springen, wenn es darum geht, eine Ehe zu retten.

Nicht nur bei meinem Mann hatte ich einen skandalbedingten Bonus, sondern auch bei meiner Wahlheimatstadt. Nachdem mich Goslar ein paar Tage lang im Sommer 2000 für eine axtschwingende Mörderin gehalten hat, habe ich jetzt so etwas wie Narrenfreiheit. Es gibt noch immer bigotte Bürger, die die Straßenseite wechseln, wenn ich ihnen über den Weg laufe, aber mit dem Großteil der Gemeinde habe ich mich ausgesöhnt.

Die Große Versöhnung begann kurz nach Weihnachten, nachdem mein Film gelaufen war. Offenbar hatte die ganze Stadt an diesem Abend Sat 7 geschaut, und als Ronny und ich zwischen den Jahren Silvestereinkäufe im Supermarkt machten, brauchten wir eine halbe Stunde für den Weg vom Brot- zum Käsetresen, so groß war der Ansturm an Autogrammjägern. Rotbäckige Teenager, bierbäuchige Rentner, frischfrisierte Mütter – alles war vertreten. Für Ronny war es eine neue Erfahrung, weil er nie etwas anderes gespielt hatte als Porno und Signierstunden nur aus Sexshops und von Erotikmessen kannte. Für mich war es insofern eine Überraschung, als die Goslarer in all den Jahren, die ich mit meiner Firma jetzt schon in ihrer Stadt ansässig war, eine vornehme Zurückhaltung geübt hatten. Um nicht mehr als Zugezogene zu gelten, muss man eigentlich schon in der dritten Generation hier leben.

Nicht nur die Kaiserstadt entdeckte mit einemmal große Sympathien für mich. Kaum dass die Einschaltquoten ermittelt waren, beschloss auch Sat 7, dass man mit Lilly DeLight ein paar Mark machen konnte, solange es sie noch gab. Der Sender schloss mich in sein Herz und beauftragte mich mit einer neuen Produktion. Der Anruf von Intendant Ebersbach kam bereits, als der Weihnachtsbaum noch nicht abgeschmückt war.

Ja, es war der Mogul selbst, höchstpersönlich. Winfried Maria

Ebersbach – der Mann, der die Werbeunterbrechung im deutschen Fernsehen durchgesetzt und sich erfolgreich dafür eingesetzt hatte, dass bei Spielfilmen auf das Ausstrahlen des Abspanns verzichtet wird. Der für wenig Geld die Bumsfilmchen aus den Siebzigern eingekauft und zum Quotenbringer gemacht hatte, weil seine glasklare Analyse ergeben hatte, dass es dem deutschen Fernsehen an zwei essentiellen Zutaten mangelte: Gewalt und Sex. Er beließ es nicht bei der Diagnose, sondern schaffte Abhilfe, wo andere befürchtet hätten, sich die Hände schmutzig zu machen. Er gab den Leuten, was sie wollten. Doch damit nicht genug: er brachte ihnen sogar bei, was sie zu wollen hatten. Reality-TV, Talk und Quiz – immer war er der erste, der einen Bedarf entdeckte oder erfand und sogleich großzügig bediente. Ebersbach golfte mit Kanzler und Klerus, während er Fernsehen für Hinz und Kunz erfand oder – so unterstellten ihm seine Neider – erfolgreiche internationale Konzepte klaute. Winfried Maria Ebersbach war dorthin gekommen, wo er war, weil er es unbedingt gewollt hatte, und er war kein Mann, der ein »Nein« als Antwort akzeptierte.

Er war Mitte Fünfzig, rund wie eine Kugel und selbst in seinen berüchtigten erhöhten Schuhen höchstens eins sechzig groß.

»Aber Lilly – die Quote war sensationell, skyhigh! Die Werbekunden stehen jetzt schon Schlange. Sie können mir doch nicht abspringen, wo's grad am schönsten ist.«

»Es ehrt mich, dass Sie mit mir arbeiten wollen, aber ich habe beschlossen, nicht mehr zu spielen. Wir produzieren Ihnen gerne einen Film, aber nicht mit mir in der Hauptrolle.«

»Sie sind jung, Lilly. Meinungen kann man ändern, muss man ändern. Das einzige, was zählt, ist Flexibilität – das ist das neue Millennium! Was schert mich der Scheiß, den ich gestern gesagt habe, das war ein anderes Jahrhundert, da galten andere Gesetze … Jeder Mensch trifft mal eine falsche Entscheidung – passiert sogar mir. Ich sage nur Margarethe. Ha, ha. Aber wenn man den Fehler erkennt, dann muss man ihn beheben, verstehen Sie?«

»Herr Ebersbach, Sie machen es einem wirklich nicht leicht.«

»Nenn mich Winfried. Ich will es dir auch gar nicht leicht machen, Schatz. Ich will einen Film mit dir. Ach, was red ich – einen pro Jahr. Prime Time. Bester Sendeplatz. Lilly DeLights *Heiße Weihnacht*. Was sagst du nun?«

Ich seufzte. »Herr Ebersbach, schauen Sie mal: ich habe in zehn Jahren vor der Kamera mehr Filme gemacht als die meisten Schauspieler in ihrer gesamten Karriere. Irgendwann ist's genug. Ich freue mich wirklich über das Angebot, aber ich muss Sie enttäuschen.«

»Nein, nein, nein. Das geht so nicht, Schätzchen. Überleg es dir noch mal. Gib der Sache eine Chance. Wir wollen hier nichts überstürzen. Denk nur mal an das Geld, das wir machen können!«

Meine Entscheidung stand fest, daran war nicht zu rütteln. Aber ich genoss es, Ebersbach etwas zappeln zu lassen. Als ich in den Skandal um die Mordserie verwickelt war, hatte sich der Sender mir gegenüber nicht gerade fair verhalten und wäre beinahe aus der laufenden Produktion ausgestiegen. Kaum ein halbes Jahr war vergangen, und schon bettelten sie um eine Fortsetzung. Ebersbach schien wirklich auf seine Flexibilitätstheorie zu schwören.

»Wie wäre es denn, wenn Sie mit Ihrem Mann für ein Gespräch zu uns nach Berlin kämen? Wir reservieren Ihnen die Präsidentensuite im Astor, Sie machen sich ein schönes Wochenende, und dann setzen wir uns zusammen und reden das ganze mal durch.«

»Ich bespreche das mit meinem Mann, und wir melden uns, wenn wir aus dem Skiurlaub zurück sind. Und, Herr Ebersbach –«

»Winfried!«

»Na gut. Also, Winfried: sollten wir kommen, dann reservieren Sie bitte nicht im Astor, sondern im Four Seasons.«

Obwohl das Astor eines der besten Hotels der Stadt war, würden mich keine zehn Pferde mehr dort hineinbringen, denn dort hatte das Unglück um die Porno-Morde im Sommer 2000 für mich seinen Anfang genommen. Außerdem quoll in der Präsidentensuite bereits das Füllmaterial aus den Sesseln.

Ich kann übrigens gar nicht Ski fahren, und wenn ich trotzdem das abartige Bedürfnis verspürt hätte – obwohl ich es wie Winston Churchill halte und Sport für mich Mord ist –: mein Gott, wir lebten schließlich im Harz.

»Du hältst es vielleicht jetzt noch für unmöglich, aber es ist absolut sicher, dass du wieder vor der Kamera stehen wirst. Spätestens kurz nach dem zweiten Neumond dieses Jahres.« Ronny schaute aus seinen verträumten, graugrünen Augen zu mir herüber und konzentrierte sich dann auf die nächste Tarotkarte, die er aus dem Stapel zog und auf dem Couchtisch legte. Draußen war es gerade dunkel geworden, der kalte Januarwind peitschte die Schneeflocken ums Haus und rauschte durch die Tannen des Waldes, der gleich hinter dem Garten unseres Hauses begann. Im Kamin loderte ein Feuer, die Holzscheite knackten laut, und durch das Wohnzimmer schwebte der Duft von Buchenholz und mit Zimt gewürztem Orangentee. Ein Schlüssel drehte sich in der Eingangstür, kurze Zeit später sprintete unser Boxer Mikey auf uns zu und hinterließ nasse Fußstapfen auf dem Parkett. Es war natürlich nicht er, der die Tür geöffnet hatte, sondern der Mann im Schlepptau – Max. Mikey sprang an mir hoch, als hätte er mich seit Wochen nicht gesehen, dabei war Max mit ihm nur eine halbe Stunde draußen gewesen.

Max' Lippen waren eiskalt, als er mir einen Kuss auf die Wange drückte.

»Hi, Schatz – ist schon wieder Stunde der Offenbarung?« Max warf Ronny einen vielsagenden Blick zu.

»Du riechst nach Winter!« Ich küsste Max auf die eiskalte Wange und atmete seinen frischen Duft tief ein.

»Dann heißen wir nicht umsonst so.« Er zog sich seinen dicken Wollpulli über den Kopf und warf sich neben mich aufs Sofa.

Weder Max noch ich hatten einen esoterischen Tick, und wir hatten uns anfangs insgeheim über Ronnys Hippie-Hobby lustig gemacht. Mit der Zeit wurde aus dem insgeheim ein unverhohlen, aber unsere Skepsis war klammheimlich einer stillschweigenden Ehrfurcht gewichen. Ronny lag mit seinen Prognosen selten falsch. Mittlerweile wandte ich mich vertrauensvoll an ihn, wenn ich mich mit einer Entscheidung schwertat. Oder wenn ich mich langweilte, was Gott sei Dank höchst selten vorkam, da mein Leben sowohl beruflich wie auch privat ausgefüllt war.

»Was hast du ihr prophezeit?« Er schaute nicht Ronny an, sondern blickte in das knisternde Kaminfeuer.

»Dass sie wieder vor der Kamera stehen wird. Nach dem zweiten Vollmond dieses Jahres.«

Die beiden in einem Raum zu beobachten hatte etwas von einem französischen Film aus den Sechzigern. Zwei attraktive Männer, die verschiedener nicht sein konnten. Max, der dunkelhaarige Broker-Typ, Immobilienmakler und Segler – Ronny, mein blonder Schauspielkollege, der nach einem mehrjährigen Drogenabsturz gerade sein glanzvolles Comeback absolviert hatte und heute erfolgreich nach dem Zen-Prinzip lebte. Er war meine erste große Liebe gewesen. Es fällt mir nicht leicht, mich von der Vergangenheit zu verabschieden. Auch wenn diese eine hartnäckige Tendenz hat, sich zu wiederholen, bis man mit ihr abgeschlossen hat.

»Hattest du nicht gesagt, dass man bei abnehmendem Mond

keine Geschäfte abschließen soll?« Max nahm einen Schluck Tee aus meiner Tasse und kräuselte die Nase.

»Ja – und deshalb würde ich ihr auch dringend abraten, den Vertrag so schnell zu unterschreiben.«

»Ich höre immer Vertrag und Kamera – ihr wißt doch, dass ich nicht mehr drehen werde. Und einen Vertrag sehe ich auch nirgends.«

»Macht nichts – ich sehe ihn. Deutlich. Hier.« Ronny tippte mit seinem Zeigefinger auf eine Karte, auf der für mich nur kryptische Symbole abgebildet waren, ich glaube, es waren Schwerter oder Holzpfähle. Das Bild sagte mir gar nichts, und ich fragte mich, wie Ronny in der Abbildung einen Filmvertrag erkennen konnte.

»Das letzte Mal hast du deinen Rückzug von der Leinwand öffentlich verkündet und standest keine drei Tage später wieder auf dem Set.«

»Das letzte Mal ist auch eine Darstellerin ausgefallen, und die näheren Umstände muss ich euch beiden ja wohl nicht erklären.«

Ich zwirbelte an einer Haarsträhne herum und kraulte Mickey mit meinem nackten Fuß. Sticheleien war ich gewohnt. Sie waren mir weitaus lieber als Max' Eifersucht, die beinahe unsere Ehe ruiniert hatte.

»Ebersbach will sich doch unbedingt mit dir treffen – na, wenn da kein Vertrag in Sicht ist.«

Ich seufzte, erhob mich vom Sofa, blickte Max und Ronny an, legte meine Hand aufs Herz und sagte feierlich:

»Ich schwöre – bei meiner Ehre –, ich werde nie mehr vor der Kamera stehen.«

Das war's dann mit meiner Ehre, wie sich kurze Zeit später herausstellte. Man sollte eben niemals nie sagen. Was ich erst später und um so schmerzvoller lernen sollte, war, dass ich besser auf meinen weißen Magier gehört hätte.

Kapitel 2

Es fing mit einem Strauß weißer Gardenien an, der fast das gesamte Esszimmer in Anspruch nahm. Ebersbach hatte gut recherchieren lassen, denn Gardenien sind meine Lieblingsblumen. Der Duft des Straußes zog sich durch das gesamte Erdgeschoss des Hauses, und mit jedem Atemzug wurden wir an den Intendanten und sein Filmangebot erinnert.

Am folgenden Tag kam ein zweiter Strauß, so dass ich einen davon in die Firma mitnehmen musste, wenn wir nicht an Aromavergiftung sterben wollten.

Meine Sekretärin Anni war hingerissen. »So schöne Blumen, Lilly. Was die gekostet haben müssen!« Nach einer halben Stunde machte sie der Duft jedoch so verrückt, dass der Strauß ein weiteres Mal umgesiedelt wurde und im Foyer der Geschäftsräume seinen Platz fand. Weitere zwei Tage später sah die Firma aus wie ein Beerdigungsinstitut, und meine Angestellten begannen, sich zu beschweren. Wie sollten sie sich auf ihre Arbeit konzentrieren, wenn sie rund um die Uhr den schweren Duft von Gardenien und weißen Lilien inhalierten? Noch dazu, wenn es in ihrer Arbeit um Sex und Erotik ging – die Produktion und Vermarktung meiner Videos, der Dessous-Kollektion, der Sexspielzeuge und der sonstigen Utensilien, die das Leben meiner Kunden etwas aufregender machen.

Ich saß in meinem Büro mit Blick auf den Garten, studierte die Umsatzstatistiken des Vorjahres und fragte mich, was für Neuanschaffungen ich in diesem Jahr machen könnte, um nicht zuviel Geld dem Staat zu überlassen. Anni kam mit einer Kanne Tee zu mir, stellte sie vor mir auf den Schreibtisch und blieb sichtlich nervös stehen.

»Was gibt's denn, Anni?«

»Jetzt rufen Sie doch bitte den Herrn Ebersbach an – das kann so nicht weitergehen.«

Ich legte die Statistiken beiseite. »Sagen Sie doch allen, Sie sollen Blumen mit nach Hause nehmen.«

»Haben sie doch schon.«

»Vielleicht sind die Blumen was fürs Altersheim?«

»Die beschweren sich auch über den Geruch.«

»Dann schmeißen Sie sie einfach weg.«

»Das bring ich nicht übers Herz.«

»Ach, Anni –«

»Bitte, Lilly, es ist doch nur ein Anruf!«

Sie nahm mein Zögern als Bestätigung, stürzte sich auf das Telefon und tippte die Nummer schnell ein, ehe ich ihr den Hörer abnehmen konnte.

»Frau DeLight für Herrn Ebersbach, bitte.« Nach weniger als drei Sekunden hatte ich Ebersbach in der Leitung.

»Lilly, Schatz! Haben Sie die kleine Aufmerksamkeit bekommen?«

»Vielen Dank, Winfried. Aber Sie können mir doch nicht jeden Tag Blumen schicken. Das ändert nichts an meiner Entscheidung.«

»Du hast ja keine Ahnung, was wir uns für dich überlegt haben. Aufregend. Genial. Sexy. Genau das Richtige – ich schwör's. Tu mir den Gefallen und komm am Samstag nach Berlin, hör dir an, was wir dir zu bieten haben, und wenn du dann immer noch nicht möchtest, lasse ich dich in Ruhe. I promise.«

Anni schaute mich mit einem flehenden Blick an. »Also gut, Winfried. Ich komme. Aber das ist noch keine Zusage!«

»Hallelujah«, seufzte meine Sekretärin.

Zwei Stunden später lieferte ein UPS-Bote ein riesiges Paket an. Geschenke auspacken ist für mich die zweitschönste Sache der Welt, also zerrte ich ungeduldig an der Plastikverschweißung, rupfte Styroporbrocken aus dem Karton und näherte mich zielstrebig dem in ein weiches weißes Tuch eingeschlagenen Inhalt.

»Fass mal mit an«, bat ich Anni, und gemeinsam hievten wir das unidentifizierbare Etwas auf einen Beistelltisch, der unter dem Gewicht fast zusammenbrach.

»Machen Sie schon auf!« drängte mich Anni. Ich holte tief Luft und lüpfte das Tuch. Uns traf beinahe der Schlag. Auf einer stilisierten Welle aus Achat thronten zwei weibliche Körper, die wie aufgeblasene Barbiepuppen wirkten, jede ungefähr fünfzig Zentimeter groß. Die eine war aus Rosenquarz, die andere aus Jade. In einer offensichtlichen Anlehnung an das Renaissance-Gemälde der Schwestern Estrées zwirbelte die rosafarbene Barbie die linke Brustwarze der Grünen. Die beiden saßen ansonsten teilnahmslos nebeneinander und blickten aus strassumklebten Augen starr geradeaus. Die Krönung der verkitschten Statuen hatte sich der Künstler für den Unterleib vorbehalten: Anstelle von Beinen waren sie mit unansehnlichen Fischschwänzen aus Perlmutt und Glitzerstaub ausgestattet. Nicht einmal im Homeshopping-Kanal hatte ich so etwas Abartiges gesehen.

»Ist das von dem Möbelbauer, der auf der Erotikmesse die Tische ausstellt, wo eine Frau auf allen vieren eine Glasplatte auf dem Rücken hat, und das ist dann ein Couchtisch?« Anni war fassungslos.

»Ich glaube eher, das hier ist das, was Winfried Ebersbach für zeitgenössische erotische Kunst hält.«

»Fehlen nur noch fliegende Fische.«

»Oder ein Harpunist. Aus Bernstein.«

»Diese Entscheidung musst du alleine treffen«, sagte Max und meinte das Gegenteil.

»Genau das will ich nicht, und das weißt du auch.« Ich schlich nervös um seinen Schreibtisch herum, während er so tat, als studierte er das Exposé einer Eigentumswohnung in der Goslarer Innenstadt.

»Ich muss mir doch zumindest anhören, was er zu bieten hat.«

»Du musst gar nichts. Du bist immerhin dein eigener Boss.«

»Bitte, Max, mit solchen Sprüchen hilfst du mir auch nicht weiter.« Ich ließ mich in einen Sessel fallen. Er legte das Exposé auf einen Papierstapel, der so gerade dalag, als habe er ihn an einem Lineal ausgerichtet.

»Was willst du denn noch alles, Lilly? Hast du immer noch nicht genug?«

Ich blieb ihm die Antwort schuldig, da wir sie beide kannten.

»Ich dachte, wir wollten mehr Zeit für uns haben, und da kommt irgendein Fernsehmensch, schmiert dir Honig ums Maul, und prompt stehst du Gewehr bei Fuß.«

»Du glaubst doch wohl nicht ernsthaft, dass diese Skulptur und ein paar Blumen der Grund sind. Ich will mir sein Angebot anhören. Das ist alles.«

»Wenn es dir so wichtig ist, fahr hin. Erwarte nur nicht, dass ich mitkomme.«

Er griff zum Telefon, um zu zeigen, dass er das Gespräch für beendet hielt, aber so leicht wollte ich es ihm nicht machen. Ich nahm ihm den Hörer aus der Hand und stand auf.

»Max, bitte!«

Er schwieg.

»Ich will doch nur –«

»Hinfahren und anhören. Das sagtest du bereits. Was passiert, wenn das Angebot attraktiv ist?«

»Dann müssen wir darüber nachdenken.«

Er schnaubte. »Er hat dich doch jetzt schon eingekauft.«

Jetzt wurde ich langsam wütend.

»Er hat mich nicht eingekauft. Ich bin kein Stück Ware.«

»Manche Leute sehen das anders, Lilly.«

»Wenn dies ein Film wäre, dann würde die Heldin dir jetzt eine knallen. Und das Publikum voll auf ihrer Seite haben.«

Er lächelte mich scheinbar überlegen an. Wer ihn näher kannte, wusste jedoch, dass hinter der arroganten Fassade ein verunsichertes Macho-Ego steckte. Mein Mann war das Produkt einer patriarchalischen Erziehung. Oft mochte ich ihn gerade deswegen, manchmal trotzdem. In diesem Moment verfluchte ich seine Eltern.

»Sogar jetzt denkst du an dein Publikum.«

»Ist dir eigentlich bewusst, dass wir uns ohne mein Publikum gar nicht kennengelernt hätten?«

Er stand auf und ging um den Schreibtisch herum auf mich zu. Ich dachte, dass er jetzt einsichtig werden und mich in den Arm nehmen würde. Ich irrte mich. Er streckte die Hand aus.

»Gibst du mir bitte das Telefon zurück?«

Ich knallte den Hörer auf den Schreibtisch. »Natürlich. Du musst arbeiten. Entschuldige bitte, wenn ich dich gestört habe. Ich geh dann jetzt. Kissen besticken. Blumen arrangieren. Und die Anmeldung für den Landfrauenverband ausfüllen.«

Max schüttelte den Kopf. Ich schritt aus seinem Büro und knallte die Tür zu, so dass die Bilder an der Wand in ihren Rahmen schepperten. Frau Schröder, Max' Vorzimmerdame, bedachte mich mit dem süßesten Lächeln, dessen sie fähig war. Am liebsten hätte ich sie geohrfeigt. Stattdessen knallte ich wortlos eine weitere Tür hinter mir zu.

Quälend langsam durchquerte ich in meinem Geländewagen die Goslarer Innenstadt, die wegen des Wintertourismus völlig verstopft war. Im Radio beklagte Annie Lennox sich, warum sie nie den Mund halten konnte. Die Frage hätte ich ihr gern beantwortet, aber das Lied war schon ein paar Jahre alt, und wahrscheinlich hatte sie die Antwort längst selbst gefunden. Frauen geraten in die Situation, sich über ihre große Klappe zu ärgern, weil das Denken von Männern so unflexibel ist, dass sie selbst einleuchtenden Argumenten nicht zugänglich sind. Auf stur zu stellen ist das letzte Mittel, wenn man weiß, dass man nicht überzeugen kann. Ignoranz macht mich ungeduldig, und Ungeduld macht eine große Klappe. Warum müssen einen ausgerechnet die Menschen, die einem am nächsten stehen, am meisten verletzen?

Vor mir stapfte ein mit Kameras behängtes Rentnerehepaar in Goretex-Skiensembles todesmutig auf die vereiste Straße. Ich trat hart auf die Bremse und hupte wütend. Der Wagen schlingerte und stellte sich quer. Ich wollte gerade aussteigen, um die beiden anzubrüllen, als ich erkannte, dass ich den Zebrastreifen übersehen hatte, also schnallte ich mich wieder an. Sie zeterten auf mich ein, als wären sie zwei leibhaftige Brockenhexen.

Auf der Fahrt in die Firma dachte ich über Max' Einwände nach. Natürlich hatte ich in erster Linie die Kameraseite gewechselt, um unsere Ehe zu retten. Seine Eifersucht und seine überanständige Erziehung hatten es ihm nicht leicht gemacht, mit einem Pornostar verheiratet zu sein. Außerdem hatte ich mit meiner Firma längst lukrativere Felder entdeckt und bewirtschaftet – es gab keinen finanziellen Beweggrund, weiter vor der Kamera zu stehen. Und ohne etwas gegen den Beruf zu sagen, der mich zehn Jahre lang ernährt hat – irgendwann hat man ganz einfach genug davon, sich für Geld beim Sex filmen zu lassen. Am besten hört man damit auf, bevor das Publikum befindet, dass es keinen Spaß mehr macht zuzuschauen.

Mehr Zeit für Max zu haben war allerdings nie der Punkt gewesen. Die Zeit, die ich früher bei Drehs verbracht hatte, verwandte ich nun auf meine Bürotätigkeit und meine Charitys. Und wenn ich auch ehrlich keine Filme mehr drehen wollte, war ich doch neugierig und geschmeichelt von der Aufmerksamkeit, die mir Deutschlands Fernsehmann Nummer eins entgegenbrachte. Aufmerksamkeit wollen wir schließlich alle, oder? Am besten natürlich von denen, die wir lieben. Und wenn die gerade das verdammen, was uns Aufmerksamkeit beschert, dann ist das eine ziemlich vertrackte Situation. Ich machte einen Zwischenstop in meinem Lieblingsbuchladen und erstand *Karriere-Paare: der Survival-Guide für Power-People*, *Briefe von Männern von Frauen, die Männer zu sehr lieben, Band 3*, *Klartext: Beziehungsgespräche und wie wir den richtigen Ton finden* und den neuesten Thriller von David Lindsey. Ein bißchen Spaß muss sein.

Meine Firma ist in einem ehemaligen Gutshof am Stadtrand von Goslar untergebracht. Bis zu unserer Villa im Stadtteil Steinberg sind es nur ein paar Autominuten. Die früheren Wirtschaftsgebäude beherbergen das Lager und einen relativ kleinen Set für Dreharbeiten, den wir jedoch nur selten nutzen, meist wird an Locations gedreht. Im Gutshaus gibt es ein Schnittstudio für die Videoproduktion, ein Grafikstudio, eine Kantine, und die restlichen Zimmer werden als Büro- und Konferenzräume genutzt. Der ganze Komplex ist hufeisenförmig angeordnet. Die Lagergebäude gehen rechts und links vom Haupthaus ab. Hinter dem Haupthaus gibt es einen alten Swimmingpool, der jetzt, im Winter, natürlich abgedeckt war. Der Garten, in dem sich der Pool befindet, erstreckt sich bis hinter das Nachbargrundstück, das ähnlich angeordnet ist wie das meine, aber deutlich kleiner ausfällt. Bis vor kurzem gab es dort eine Tierarztpraxis, was für mich und meinen Boxer Mikey äußerst praktisch war, aber die Praxis hatte zugemacht, und obwohl Max das Gebäude gerade vermakelt hatte, waren die neuen Besitzer noch nicht eingezogen. Wahrscheinlich würden sie erst mit den Umbauarbeiten beginnen, wenn der Winter vorüber war.

Ich fuhr auf den mit Kopfstein gepflasterten Hof, parkte den Wagen und hörte Mikey, bevor ich ihn sah. Mit einem Sprung auf die Klinke öffnete er die Haupttür und schoss auf mich zu. Er konnte sich nicht entscheiden, ob er nur freudig mit dem Hintern wackeln oder mich anspringen sollte, also probierte er eine Kombination aus beidem. Ich gab ihm einen Kuss auf den Kopf, knuddelte ihn und betrat dann das Haus.

Am Empfang saß meine Freundin Suzy, eine hübsche Vietnamesin Anfang Zwanzig. Suzy ist eine Seele von Mensch – geduldig, gutmütig, sanft und edel. Leider ist sie nicht dabeigewesen, als der liebe Gott seine Intelligenzquotienten-Ausschüttung veranstaltet hat – wahrscheinlich hat sie sich zu dem Zeitpunkt gerade ein Buchclub- oder Zeitungs-Abo an der Haustür aufschwatzen lassen oder einen Rettungshubschrauber allein finanziert. Sie ist ein bisschen blöd. Nicht gefährlich dumm, aber ausreichend, um eine Gefahr für sich selbst darzustellen. Das letzte Jahr hatte sie bei einer Ufo-Sekte in Rothenburg ob der Tauber gelebt. Gemeinsam hatten die Gläubigen das Ende der Welt beim Beginn des Jahres 2001 erwartet. Statt des Tags des Jüngsten Gerichts kam Neujahr. Suzys Konto war leer, und die Sekte löste sich frustriert auf. Darauf folgte ein Job bei einem Homeshopping-Kanal. Suzy arbeitete dort als Model für eine Make-up-Serie, die angeblich auf der Basis von Gelee Royal und Beluga-Kaviar hergestellt wird – diese teure Kombination soll das Wüten der freien Radikalen verhindern. Der Ausbruch eines radikal nervösen Hautausschlags beendete Suzys TV-Karriere abrupt.

Bei all diesen Irrungen, dem Leid und dem Unglück, welches ihr das Schicksal hatte angedeihen lassen, verlor Suzy zwei Dinge nie: die Hoffnung und ihr sonniges Gemüt. Es war schwer, sie nicht zu mögen. Männern gefiel ihr Aussehen und ihr Charme, Frauen entwaffnete sie durch ihre Offenheit. Weil ich dachte, dass sie an der Rezeption nicht viel Schaden anrichten kann, gab ich ihr den Job, bevor sie sich auf ein weiteres bedrohliches Abenteuer einlassen konnte.

Sonniges Gemüt hin oder her – an diesem kalten Wintermorgen sah sie nicht gerade glücklich aus. Der Grund für ihr Unwohlsein stand neben dem Telefon auf dem Counter: zwei halbnackte Edelsteinnixen, die hässliche Skulptur von Ebersbach.

»Hallo, Lilly – willst du die nicht lieber in deinem Büro haben?«

Ich warf einen prüfenden Blick auf das kitschige Monstrum. »Ganz bestimmt nicht, Suzy.«

Zwischen ihren tiefschwarzen Mandelaugen bildete sich eine Sorgenfalte. »Meinst du wirklich, dass wenn, ich meine – Leute. Wenn hier wer reinkommt – Kunden, weißt du?«

»Hast du Angst, dass zwei nackte Frauen unsere Kundschaft aus dem Konzept bringen?«

Sie antwortete nicht, sondern runzelte die Stirn. Es gab Hoffnung: Suzy hatte die Ironie der Frage begriffen.

»Gefällt sie dir nicht?«

Sie legte den Zeigefinger ans Kinn, grübelte und schüttelte dann den Kopf.

»Wir schaffen sie in die Kantine.«

»Danke.« Ihr Erleichterungsseufzer kam mir ein wenig übertrieben vor.

Das Telefon summte, und ich machte mich auf den Weg in Ronnys Büro. Auf der Treppe hörte ich, wie Suzy das Gespräch annahm. »DeLight. Hm. Ähm, nein, Lilly DeLight GmbH, so ist es richtig, ja. Guten Tag.«

Sie war der lebende Beweis dafür, dass Blondsein keine Frage der Haarfarbe ist.

Mikey stürmte auf Ronny zu, der vor dem Computer am Schreibtisch saß. Er trug Jeans und ein abgerissenes grünes T-Shirt, das seine grünbraunen Augen zur Geltung brachte. Blond und braungebrannt wie er war, hätte er besser an den Pazifikstrand gepasst als in ein winterliches Büro im Harz. Ich war froh, dass er sich für letzteres entschieden hatte.

»Wie kommst du voran?« Ich warf einen Blick auf den Bildschirm – er surfte gerade. Nicht auf dem Pazifik, nur im Internet. Ich hatte Ronny mit der Produktentwicklung für die Firma beauftragt. Je mehr ich meine Produzentinnentätigkeit wahrnahm, desto weniger hatte ich Zeit, mich um das restliche Angebot der DeLight GmbH zu kümmern.

»Gut, danke. Eins steht fest: Ihr müsst eure Internetpräsenz stärker ausbauen.«

»Das sehe ich genauso. Aber das Problem mit dem Internet ist doch, dass es dort alles umsonst gibt. Um den gleichen Umsatz zu machen wie letztes Jahr, müssen wir die Produktpalette um einiges erhöhen. Die Leute gehen seltener in die Sexshops, weil sie sich bequem alles liefern lassen können. Und warum ein teures Magazin kaufen, wenn man sich im Netz gratis aufgeilen kann?«

»Man muss die Leute vom Surfen abhalten – und das schaffst du nur, wenn du sie an die Site bindest. Das Angebot muss besser sein, umfangreicher. Mehr Optionen, schnellere Technik. Ein exklusiver Club. Und zwar ohne den Nepp, den die anderen Anbieter betreiben. Wenn jemand für einen Monat Mitglied werden will, dann soll er das. Es darf keine automatische Verlängerung des Abos geben, das verärgert die Leute nur. Wenn der Monat um ist und er keinen Zugriff mehr bekommt, muss er freiwillig neu registrieren. Und wenn die Site attraktiv genug ist, dann wird er das auch tun.«

»Wir sollten uns im Lauf der Woche mit der Grafikabteilung und dem Webdesigner zusammensetzen und klären, wieviel Zeit sie brauchen, sämtliche Filme in Fotostories umzusetzen.«

»Wir brauchen einen ganz neuen Look. Und die Site muss regelmäßiger aktualisiert werden.«

»Wann können wir damit an den Start gehen?«

»Innerhalb der nächsten sechs Wochen. Ich lasse alle Daten durch mein Astrologieprogramm laufen und errechne einen günstigen Zeitpunkt.«

Ich musste lächeln. »Wenn du meinst.«

»Und noch etwas – wenn du deinen Kundenstamm vergrößern willst, musst du die Produktpalette entsprechend erweitern.«

»Und zwar um was?«

»Schwule Produkte. Überleg mal, wie klein das Angebot auf der letzten Messe war. Es gab vielleicht vier Stände, an denen schwule Filme präsentiert wurden.«

Ich hatte schon länger darüber nachgedacht, auch Filme für Schwule zu produzieren. In den Lilly-Shops gab es Gay-Abteilungen, die sehr gut liefen, aber ich hatte Zweifel, was eine Filmreihe anging. »Meinst du wirklich, dass Schwule Pornos kaufen, die von einer Frau produziert worden sind?«

»Natürlich. Erstens bist du bei Homos sehr beliebt, und zweitens habt ihr die gleichen Interessen – Männer. Mein Vorschlag: wir scouten einen Anfänger und produzieren eine Reihe von Filmen mit ihm. Den ersten veröffentlichen wir im September. Im Oktober nimmst du ihn mit auf die Erotikmesse. Wenn der erste Film gut anläuft, gehen wir mit einer schwulen Site ins Netz.«

»Ich hab schon einen Namen.«

»Und der lautet?«

»Gay DeLight.com.«

»Toll.«

Ich beugte mich vor und gab Ronny einen Kuss auf die Nasenspitze. Seine Augen hatten etwas Hypnotisches, und diese Wirkung verstärkte sich, je näher man ihnen kam. Mir fiel es nicht gerade leicht, es bei dem einen zarten Kuss zu belassen.

Ich ging zum Fenster und schaute auf den Hof. Wären dort nicht die parkenden Autos gewesen, man hätte glauben können, dass man sich in einem anderen Jahrhundert befand. Der Schnee hatte der Szenerie einen Hauch von Ewigkeit verliehen.

»Und? Sonst alles in Ordnung?«

Lügen hatte bei Ronny keinen Zweck. Er schien in der Lage zu sein, die Aura von Menschen zu sehen, und meine changierte vermutlich von euphorischen Regenbogenfarben über trotziges Lila bis zu besorgtem Grau.

»Max will immer noch nicht, dass ich mich mit Ebersbach treffe. Das ist nicht fair. Ich bin doch nur neugierig.«

»In den letzten Jahren habe ich ein paar Dinge gelernt. Es hat keinen Zweck, die eigenen Wünsche zu verdrängen, nur weil man glaubt, damit jemand anderem einen Gefallen zu tun. Kurzfristig hat man vielleicht einen Streit vermieden. Langfristig unterdrückst du Energien, die fließen wollen. Und die fließen werden.«

Er war vom Schreibtisch aufgestanden und zu mir herübergekommen. Ich bildete mir ein, seine Körperwärme in meinem Rücken zu spüren, aber wahrscheinlich war das nur ein Trick seiner Aura.

»Stehendes Wasser brütet Pest.«

»Das klingt aber gar nicht gut.«

»Man darf es nicht zulassen.«

Kapitel 3

Ebersbach hatte einen Tisch im Four Seasons reservieren wollen, aber ich hatte ihn gebeten, mit mir ins Treviso in der Schönhauser Allee zu gehen. Dort gab es einen Feldsalat mit Polenta-Gorgonzola-Gnocchi, der für mich eine der größten Attraktionen der Hauptstadt war. Außerdem stand dort zwischen all den rechteckigen Tafeln ein einziger runder Tisch, der mich magisch anzog und der auch grundsätzlich frei war, wenn ich unangemeldet dort aufkreuzte. Ronny hatte mir einmal erklärt, dass im Feng Shui besonderer Wert auf die Kreisform gelegt wird, da Ecken Disharmonien erzeugen. Dieser Tisch schien die Theorie zu bestätigen. Außerdem war es irgendwie stimmig, dass ich mich ich in einem Raum voller eckiger Tische und Tafeln an den einzigen runden setzte. Rundungen waren schließlich mein Markenzeichen.

Draußen war es finster, aber die Sichel des immer noch abnehmenden Mondes brachte den Schnee im Hinterhof zum Leuchten. Der Hof ging auf eine unbebaute Fläche, und wenn man aus dem Fenster schaute, konnte man für Berliner Verhältnisse den Blick weit schweifen lassen, auch wenn die obligatorischen Baukräne in den Himmel ragten. Als Max das erste Mal mit mir hier gewesen war, hatte er aus dem Fenster geschaut und »deprimierend!« gesagt. Er war halt ein Landkind. Mir gefiel diese Aussicht, aber ich war im Gegensatz zu ihm auch nicht inmitten von Wiesen und Feldern, Bergen und Wäldern aufgewachsen.

Ebersbach und ich saßen einander gegenüber, und die anderen Gäste waren bemüht, uns nicht neugierig anzustarren. Wie in keiner anderen deutschen Stadt legen die Berliner eine Coolness an den Tag, wenn sie auf Prominente treffen. Die ganze

Stadt ist voller Medien- und Polit-Promis, und es vergeht wahrscheinlich kein Tag, an dem sich *Names* und *Nonames* nicht über den Weg laufen und beidseitig die Blicke senken. An diesem Abend dinierten im Treviso unter anderem Jörg Pilawa, Joschka Fischer und Franziska van Almsick.

An der längsten Tafel speiste die Belegschaft der Berlin-Redaktion des *Fakt*-Magazins. Diese Versammlung ließ es an Coolness deutlich mangeln und bedachte Ebersbach und mich mit neugierigen Blicken, erging sich in Tuscheleien und ließ ihr Essen fast unangerührt. Eine wahre Sünde, dachte ich, während die Polenta-Gnocchi auf meiner Zunge zergingen, und ich – entgegen den neuesten Trends aus den Staaten, – ABC-Wine (Anything but Chardonnay) – genüsslich an meinem Chardonnay nippte.

»Ich freue mich, dass du gekommen bist. Ist doch gar nicht so schlimm, oder?« Er klopfte sich vergnügt auf die Oberschenkel.

»Ich bin ganz gerne mal in Berlin.« Ich lächelte ihn an.

»Ja, liebe Lilly. Aber heute geht es um mehr als Shoppen und Essen gehen. Ich möchte dir ein Konzept vorstellen, das meine Leute sich für dich überlegt haben. Ein geniales Konzept, wenn du mich fragst. Aber das kannst du dir ja denken, ich würde sonst nicht wagen, es dir anzubieten.«

»Winfried, es war mein Ernst, als ich sagte, dass ich nicht mehr drehe.«

»Hör's dir an. Unverbindlich. Denk nach. Und dann tu das einzig Richtige – unterschreib den Vertrag.«

»Also gut, erzähl.« Ich legte meine Serviette auf den Tisch, lehnte mich zurück und beobachtete Ebersbach, dessen Augen glänzten, während er mir das Projekt Lilly präsentierte.

»Du hast einen größeren Bekanntheitsgrad als der Kanzler.«

Ich nickte und zuckte wie um Vergebung bittend mit den Schultern.

»Wir wissen beide, dass Berühmtheit grundsätzlich nichts mit Beliebtheit zu tun hat. Kuck dir nur Jenny an – keine *Bild*-Ausgabe ohne sie, aber alles, was das Mädchen macht, ist bislang gnadenlos gefloppt.«

»Sie könnte einem fast leid tun.«

Er wischte meine Bemerkung mit einer Handbewegung beiseite.

»Ein Denkfehler. Wenn du eine Meinungsumfrage machst, dann ist Berühmtheit nicht der Punkt, der interessant ist. Wenn du testen willst, ob jemand fernsehtauglich ist, dann musst du herausfinden, ob Otto Normalverbraucher ihm ein Auto abkaufen würde. Oder ob er mit ihm kegeln gehen würde. Sympathie-Check.«

»Ich könnte mir schon vorstellen, mit Jenny kegeln zu gehen.« Bloß nicht als Zicke gelten!

»Tja, Lilly – aber würdest du ihr auch ein Auto abkaufen?«

Ich ging kurz in mich und schüttelte dann den Kopf.

»Eben!« rief er aus, strahlte mich an und zog eine Akte aus seinem Louis-Vuitton-Attachékoffer, die er mir triumphierend über den Tisch schob. »Deine Werte.«

Ich öffnete den Aktenordner. Zuoberst war ein Fragebogen abgeheftet, in dem auf einer Skala von 1 bis 10 zu bewerten war, ob ich ein guter Kegelkumpel, eine vertrauenswürdige Gebrauchtwagenhändlerin, ein flottes Dinner-Date oder eine gute Köchin war. Auf der letzten Seite standen die Fragen, die weniger spekulativ und mehr in meiner Realität verwurzelt waren. »Glauben Sie, dass der Skandal um die Porno-Morde Lilly DeLights Popularität geschadet hat?« Darunter: »Glauben Sie, dass der Skandal um die Porno-Morde Lilly DeLights Popularität gefördert hat?«

Ich legte das Dossier zur Seite, während der Kellner uns Wein nachschenkte.

»Und wie habe ich abgeschnitten?«

»8,4.«

»Ich bin beeindruckt.« Ich *war* beeindruckt. »Wieviel hat Jenny?«

»Eine glatte 2.«

»Oh. Und jemand wie – Rainer Kestner?«

»Kestner hat 7,9. Das war das bislang beste Ergebnis. 0,2 Punkte vor Gottschalk. Wenn Kestner Werbung für Seniorenwindeln machen würde, dann würden selbst Teenies in die Apotheke rennen.«

Ich trank einen Schluck Wein und schaute Ebersbach tief in die Augen.

»Und ihr glaubt jetzt, dass man mit mir auch alles verkaufen könnte?«

»Das mag sein. Aber das ist nicht mein Plan. Die anderen Sender würden jemanden mit solchen Werten verbraten und durch die Mangel drehen, bis die Leuten kotzen, wenn sie sein Bild sehen. Margarethe hatte eine 7,5. Nach ihrer letzten Sendung war es eine 3.« Er griff nach meiner Hand. Die Diamanten meines Elsa-Peretti-Armbands glitzerten im Kerzenlicht. Aus dem Augenwinkel sah ich, wie die *Fakt*-Redaktion am Nebentisch sich vor Aufregung fast in die Hose machte.

»Wenn wir, liebe Lilly, jemanden wie dich einsetzen, dann nur mit aller größter Behutsamkeit. Kein Overkill, kein Quatsch. Die Idee mit der *Heißen Weihnacht* war deshalb gut. Einmal im Jahr ein Lilly-Film auf Sat 7. Kult. Wie *Wir warten aufs Christkind.*«

»Aber –«

»Ich weiß. Du willst nicht. Akzeptiert.« Er ließ meine Hand los, lehnte sich in seinem Stuhl zurück und verschränkte die Arme. So sah er aus wie ein kleiner, feister Flaschengeist. »Wir haben uns geirrt.«

»Inwiefern?«

»Du bist für die Leute jemand, der ihnen nahesteht. Sie denken, du bist ihre beste Freundin – das Mädchen von nebenan.«

»Die Pornoproduzentin von nebenan.«

»Wir wollen Interaktion. Die Menschen wollen dir nahe sein.«

Bei dieser Bemerkung schwante mir nichts Gutes. Den Begriff der Nächstenliebe kritisch zu hinterfragen, hatte ich im vergangenen Jahr ausreichend Gelegenheit gehabt.

»Sie wollen mit dir reden.«

Das hörte sich schon besser an.

»Sie wollen deine Meinung hören.«

»Talk?«

Ebersbach strahlte. »Talk, der sich einmischt. Stellung bezieht. Provokant. Sexy. Dreimal die Woche. Eine Call-in-Sendung. Lilly DeLight gibt Sex- und Beziehungstips.«

Er zog einen Kugelschreiber aus der Brusttasche seines Jacketts, kritzelte etwas auf eine Serviette und legte sie vor mir auf den Tisch.

»Pro Woche?«

»Pro Sendung.«

Ich bekam einen Hustenanfall.

Ebersbach hatte mir eine Limousine zur Verfügung gestellt, aber ich schickte den Fahrer fort. Die kalte Winterluft war mir sehr willkommen, auch wenn ich in meinen High Heels nicht gerade optimal für einen Winterspaziergang ausgerüstet war. Es roch nach Kohle – und das galt sowohl für die Berliner Luft wie auch für meine Zukunft. Ich war nicht arm, und meine Firma lief gut. Trotzdem fiel es mir schwer, angesichts der Summe, die Ebersbach mir präsentiert hatte, sein Angebot zurückzuweisen, wie ich es ursprünglich geplant hatte. Und mit dem Fernseh-

konzept hatte er mich wirklich überrumpelt. Ich hatte Gegenargumente parat. Er hatte mich überzeugt.
Ich stakste die Bürgersteige entlang, bis ich kein Gefühl mehr in den Zehen hatte. Ein starker Ostwind war aufgekommen und zerrte an meinem Mantel. Ich war so tief in Gedanken versunken, dass ich beinahe eine rote Ampel übersehen hätte. Jemand packte mich am Arm und brüllte: »Mädel, pass doch uff!«

Den Bruchteil einer Sekunde später schoss ein LKW an mir vorbei, aus dem lauter Techno dröhnte.

»Na Mensch, ick gloob, ick spinne – wenn det nich' die Lilly is!«

Ein Mittfünfziger mit Bierbauch strahlte mich an. Erst jetzt schaute ich mich um und sah den asbestverseuchten Palast der Republik linker Hand, rechts den Berliner Dom. Unter den Linden. Meine Füße würden sich am nächsten Tag rächen.

»Biste doch, oder wer' ick senil?«

»Sie spinnen nicht. Ich bin's. Danke für die Hilfe – ich war ganz in Gedanken.«

»Na, wenn ick det meener Alten erzähl! Jestern erst ha' ick den Juhnke jefahren. Ick hab 'ne Taxe, wissen Se.«

Beim Wort Taxi leuchteten meine Augen auf.

»Na, soll ick Se in't Hotel fahrn? Se hol'n sich bei dem Wetter ja 'n Tod.«

»Sie haben doch sicher schon Feierabend, oder?«

»Machen Se sich mal keen Kopp. Die Fuhre mach ick jern. Ick steh hier ums Eck.«

Keine zwei Minuten später saß ich in einem kuscheligwarmen Taxi.

»Wat bringt Se denn nach Berlin, wenn ick fragen darf?«

»Ein Arbeitsessen. Ein Fernsehangebot.«

Die Fahrt vom Palast der Republik ins Four Seasons dauert ungefähr sieben Minuten. Irgendwie war es dem Fahrer gelungen, innerhalb dieser sieben Minuten mein ganzes Dilemma aus mir herauszukitzeln, aber so ist es nun mal, wenn man an einen Ur-Berliner Taxifahrer gerät.

»Also, ick würde einschalten, wenn et die Sendung jibt. Und meene Sigrid ooch. Die kiekt den janzen Tach Talkshow und sagt, es kommt doch nüscht bei rum. Alle quatschen, aber keener lässt sich reinreden. Wenn ick det schon hör – Arabella hilf mir – meen Alter jeht fremd. Und der Alte sitzt dumm daneben und stiert in die Kamera. Na, wenn ick diese Arabella wär, denn würd ick sagen – hier, Alter: Laufpass. Aber die steht bloß rum und überlegt, uff wat für 'ne Party se am Abend jeht und wat se bloß anziehn soll – der Schrank is ja so voll. Nee, wirklich. Einmischen müssten Se sich mal. Auf'n Tisch haun, vastehn Se. Meene Schwiegertochter hatte ma so Probleme mit ihrn Sohn, wat meen Enkel is. Die war janz vazweifelt, und denn hat se bei diese Psychotante im Dritten anjerufen. Die macht det ooch telefonisch, und wissen Se wat? Danach jing et ihr besser. Det war ne richtije Betreuung und nich so ne Laberei, wo sich alle aufführn wie aufn Jahrmarkt. Und jetzt jehtse mit den Kind in eine Gesprächstherapie. Det sind keene Irren, det kann ick Ihn' vasichern, und det Reden, det hilft denen. Is wat janz Normalet. Machen se jetzt alle in Berlin. Na, ick nich – bei mir isset zu spät.« Er lachte und bog in die Charlottenstraße ab.

»Und wat Ihrn Mann anjeht – ick gloob, det jeht nich darum, *wat* Se machen, sondern *det* Se wat machen. Der müsste ooch mal bei der Psychotante anrufen. Die setzt dem den Kopf zurecht, det kann ick Ihn' vasprechen.«

»Wahrscheinlich sollten Sie die Sendung machen, nicht ich.«

»Det wär ja noch schöner. Wer will mir denn dabei zukieken, wie ick andern Leuten sach, wo et langjeht? Aber wenn Sie det machen, denn isset ja ooch wat fürs Auge. Denn kann die Psychotante im Dritten den Laden wohl dichtmachen. So. Four Seasons. Da wär'n wa.«

»Was macht's?«

»Über'n Autojramm würd ick ma freun.«

»Dann steht dein Entschluss also schon fest.«

Es war ein trüber, grauer Morgen. Max hatte mich vom Flughafen Hannover Langenhagen abgeholt, und die Begrüßung war eher verhalten ausgefallen. Wir fuhren die Autobahn entlang. Graubrauner Schneematsch spritzte von den Reifen der vor uns fahrenden Autos auf die Windschutzscheibe. Die Scheibenwischer mühten sich in monotonem Rhythmus ab.

Streitgespräche in Autos haben einen Vorteil und einen Nachteil. Der Vorteil: man braucht sich nicht in die Augen zu schauen. Der Nachteil: man kann sich nicht in die Augen schauen.

»Das Angebot ist zu gut. Eine eigene Fernsehshow. Was Besseres kann mir doch gar nicht passieren. Und vor allem der Firma.«

»Was ich davon halte, interessiert dich überhaupt nicht?«

»Doch, Max. Sehr sogar. Aber wenn dein einziges Argument gegen die Show ist, dass es dir nicht in den Kram passt, dann ist das nicht genug.«

Anstatt zu antworten, betätigte er den Blinker, trat aufs Gaspedal und überholte den Wagen vor uns, der uns mit Schneematsch bespritzt hatte.

»Was stört dich so sehr daran? Doch nicht, dass ich ein paar Tage die Woche in Berlin bin.«

»Übst du schon das Psychologisieren?«

»Das ist keine Antwort, sondern eine Gegenfrage. Und die stellst du nur, weil du mit der Wahrheit nicht raus willst.«

»Genau das meine ich. Du hast zu viele von diesen Beziehungsratgebern gelesen. Man kann ja kaum noch normal mit dir reden, weil du gleich alles analysierst.«

»Ein bisschen Analyse hat noch nie geschadet. Oder hättest du's lieber, dass ich meinen Kopf ausschalte, wenn ich mit dir rede?«

Er verringerte das Tempo nicht, als wir an dem Wagen auf der rechten Spur vorbeigefahren waren, sondern raste mit hundertfünfzig auf der linken Spur weiter. Ich hielt mich zurück, ihn für seinen Fahrstil zu kritisieren. Der Themenschwerpunkt lag anderswo. Also versuchte ich es noch mal: »Ich würde gerne vernünftig mit dir über alles reden, aber du lässt das gar nicht zu. Schaltest auf stur. Wirst bockig. Was glaubst du denn, wie ich mich dabei fühle?«

»Sind wir jetzt also wieder bei deinen Gefühlen angekommen, ja?«

»Über deine willst du ja nicht reden. Sprich doch ein einziges Mal aus, was dich so wahnsinnig stört.«

Er schwieg, sammelte sich und betätigte die Lichthupe, um den Wagen vor uns auf die rechte Spur zu treiben.

»Dass du nie genug kriegen kannst! Kannst du dich denn nicht mit dem zufriedengeben, was du hast?«

»Warum soll ich das tun, wenn ich noch viel mehr haben kann?«

»So was – gibt Sextips im Fernsehen!« Er murmelte vor sich hin.

»Fünfzig Prozent der deutschen Bevölkerung kennen mich nackt. Und in action. Ich versorge die Republik mit Toys, Magazinen, Videos und der kompletten Pornopalette. Damit kannst du leben, aber Sextips im Fernsehen geben ist schlimmer, oder wie?«

»Wer sagt, dass ich damit leben konnte?«

»Das hättest du dir vorher überlegen müssen.«

Er drückte aufs Gaspedal, und wir schwiegen uns den Rest der Fahrt an. Jetzt begriff ich, was Ronny damit gemeint hatte, als er sagte: »Stehendes Wasser brütet Pest.«

Hätte ich damals gewusst, was in nur wenigen Wochen passieren würde, ich hätte eingelenkt. Mich bemüht, uns aus dieser beschissenen Situation herauszumanövrieren. Aber ich war keine Hellseherin, und so zog der Moment vorbei wie das Autowrack, das ich im Straßengraben kurz vor der Abfahrt Derneburg liegen sah.

Kapitel 4

»Schön, dass du bei uns bist, Lilly. Das wird eine Wahnsinnssendung, da bin ich mir sicher. Sei nicht nervös – die Try-outs waren sensationell. Hervorragend. Heute wird vorproduziert, das heißt, wir können im Schnitt noch alles richten, wir gehen ja erst um null Uhr auf Sendung. Wenn's heut gut läuft, senden wir ab morgen live. Mach dir bloß keine Sorgen. Es ist dasselbe Spiel wie in den vergangenen Tagen, nur sind jetzt die Anrufer echt. Übrigens, toll siehst du aus, wenn ich das so sagen darf. Schicker Rock, schicke Jacke. Haare – erstklassig. Das war doch nicht Udo, oder?«

Ebersbach war tief gebräunt – wahrscheinlich hatte er sich einen Skiurlaub gegönnt. Er gab sich die Ehre, mich für meine erste Sendung durch die labyrinthartigen Korridore des Berliner Sendezentrums zu eskortieren, und ich fragte mich, wann um Gottes willen ich mir endlich den Weg ins Studio würde merken können. Wir hatten in der vergangenen Woche vier Probesendungen aufgezeichnet, und trotzdem fand ich mich noch nicht im Studio zurecht. Ein Seitenblick auf Suzy, meine frisch erkorene persönliche Assistentin, bewies, dass sie dasselbe Problem hatte.

»Ich bin schon etwas aufgeregt«, gestand ich meinem Chef. Da ich es gewohnt war, mein eigener Boss zu sein, verursachte mir allein die Tatsache, einen Vorgesetzten zu haben, ein seltsames Gefühl in der Magengegend.

»Ach was. Kein Anlass zur Sorge – du hast das allerbeste Team. Alles erstklassige Leute. Unsere Headhunter haben gut gearbeitet. Wir haben einige erfahrene Talk-Redakteure, die hast du ja schon kennengelernt. Frag mich nicht, wie Türck jetzt klarkommen soll, ha, ha. Spektakuläres Gespür. Verdammt gute

Recherchen, was die Themeneinkreisung angeht. Alle jung, dynamisch, neugierig. Das ist die Hauptsache. Dann ein Team von Radiotelefonisten, die mit Call-ins jahrelange Erfahrungen haben. Im Grunde musst du dasein, vor der Sendung deine Karten checken und die richtigen Beratungsstellen für Härtefälle wissen. Dafür haben wir ein dreiköpfiges Team, die schicken die Infos über den Knopf im Ohr. Süße Ohren hast du. So klein!«

Es hörte sich so an, als müsse ich mich nur vor die laufenden Kameras stellen und hübsch sein. Warum hatten sie nicht eine Computeranimation für den Job angeheuert?

»Und natürlich vertrauen wir vor allem auf dein Gespür und deine Erfahrung. Deshalb haben wir dich ja schließlich ausgesucht.«

Ich quittierte die Bemerkung mit einem sanften Lächeln. Als wir die Tür zum Aufnahmestudio erreicht hatten, war ich außer Atem.

»Also, Lilly, wir sehen mal, wie das läuft. Wenn es heute nicht hinhaut, können wir ab morgen immer noch auf hausinterne Anrufe umschalten. Du bekommst dann die Cues vor der Sendung. Heute wollen wir aber the real thing, oder wie siehst du das?«

Ich hätte entsetzt tun können, als er mir vorschlug, mit einer getürkten Show auf Sendung zu gehen, aber ich kannte ja die Verträge. Wenn der Sender den Eindruck hatte, dass ich mit den Fragen überfordert war, sprich: wenn ich nur eine Sekunde lang blöd aussah, würde die nächste Sendung ein reiner Fake mit Anrufen aus der Redaktion sein.

»Die echten Anrufer sind für mich der ganze Reiz. Ich werde mir schon Mühe geben.«

»Klar, Lilly, sicher. Das stellt niemand in Frage. Aber vergiss eines nicht: Wir machen Entertainment. Showbiz. Unterhaltung. Echt oder unecht steht hier nicht zur Debatte. Das mindeste, was der Zuschauer erwarten kann, ist, unterhalten zu werden.«

»In dem Punkt sind wir uns völlig einig, Winfried.« Ich bedachte ihn mit meinem sinnlichsten Lächeln. Die Zuschauer waren ihm letztlich so egal wie die Größe meiner Ohren – was für ihn zählte, waren die Werbekunden.

»Na, dann kann's ja losgehen!« Dann öffnete Ebersbach die Tür zum Studio 6, und meine Fernsehkarriere nahm ihren Anfang.

»Hallo, Lilly – super, dass du jetzt eine eigene Sendung hast. Hier ist der Oliver aus Brandenburg.«

»Hallo, Oliver, was kann ich für dich tun?«

»Ja, also, das hört sich jetzt vielleicht blöd an, aber –« Oliver aus Brandenburg druckste herum.

»Nur keine Hemmungen, Oliver. Erzähl mal, was dir auf der Seele brennt.«

»Ja, also, es ist so. Meine Freundin und ich, wir wollen Kinder. Unbedingt.«

»Wie alt seid ihr, wenn ich fragen darf? Du hörst dich noch recht jung an.«

»Ich achtzehn, sie sechzehn.«

»Ah ja.«

»Und ich habe gehört, also ein Freund von mir hat gesagt, dass man von Duschgel steril werden kann.«

Ich holte tief Luft. Dann legte ich den Kugelschreiber, mit dem ich etwas nervös herumgespielt hatte, auf das Stehpult und ging langsam in Richtung der royalblauen Ledercouch, hinter der ein Stahlregal stand, in dem sich gefakete Bücherrücken drängten, die der Bühnenbildner wahrscheinlich beim Konkurs eines Möbelhauses billig erstanden hatte.

»Stimmt das?«

An dieser Frage sollte sich das Schicksal meiner Sendung

entscheiden: Macht duschen unfruchtbar? Wenn ich weise und lehrerinnenhaft geantwortet hätte, wäre mir der Blick in den Spiegel danach sehr schwergefallen. Oliver aus Brandenburg, der erste »echte« Anrufer, hatte es geschafft, das Konzept der Sendung zu sprengen, indem er eine Frage gestellt hatte, die zu blöd war, um wahr zu sein. Oliver aus Brandenburg war die Herausforderung, das Steuer in die Hand zu nehmen und meine Rolle als Kummertante selbst zu definieren. Ich sammelte mich, schenkte der Kamera ein freundliches Lächeln und antwortete.

»Also, Oliver. Erstens: du bist achtzehn, deine Freundin ist sechzehn. Ehrlich gesagt, ihr seid zu jung, um ein Kind aufzuziehen.«

»Och.«

»Zweitens: jemand, der sich von seinem Freund so verarschen lässt und glaubt, dass man von Duschgel steril wird, ist meines Erachtens schlicht und einfach zu blöd, um Kinder in die Welt zu setzen.«

Der Kameramann prustete los, und in der Regie fiel wahrscheinlich gerade jemand in Ohnmacht, aber das Callcenter blieb souverän, als ich sagte: »Der nächste, bitte«, und schaltete sofort den nächsten Anrufer auf Sendung.

»Hier Lilly DeLight, mit wem spreche ich?«

»Hier ist die Linda, hallo, Lilly!«

»Linda, woher kommst du denn? Nicht, dass es eine große Rolle spielt. Ich mache bloß Konversation.« Ich plapperte, wie ich es in den Try-outs nie getan hatte, und fragte mich, ob ich mich vielleicht gerade ins Abseits redete. Aber dann fiel mir Verona ein, und die Sorge legte sich.

»Aus Braunschweig.«

»Da sind wir ja quasi Nachbarn. Also erzähl mal, was dein Problem ist.«

»Ich bin achtundzwanzig und habe noch nie eine Beziehung

gehabt, die länger gehalten hat als vier Wochen. Irgendwie lerne ich immer die falschen Männer kennen.«

Die Sache fing an, mir Spaß zu machen. »Alte Weisheit: wenn du immer den Falschen triffst, dann bewegst du dich wahrscheinlich in der falschen Umgebung. Wer beendet denn die Beziehungen hauptsächlich? Du oder der Mann?«

»Schon eher die Männer.«

»*Schon eher* oder grundsätzlich?«

»Eigentlich eher grundsätzlich.«

»Eher grundsätzlich. Okay. Hast du vielleicht eine Erklärung dafür, eine Vermutung?«

»Nein. Ich versteh's einfach nicht.«

»Dann denk mal nach. Es muss ja etwas in deinem Verhalten geben, das die Männer veranlasst, die Flucht zu ergreifen. Hast du eine Ahnung, was das sein könnte?«

»Das ist es ja. Ich bin aufmerksam und gebe mir solche Mühe, dass es ihm gutgeht. Ich versteh's einfach nicht. Kaum, dass ich von Heirat rede, klinken sich die Männer aus.«

Wir kamen dem Problem auf die Spur. Es war leichter, als ich gedacht hatte. »Du sagtest gerade, dass deine längste Beziehung vier Wochen gedauert hat. Und da sprichst du schon von Heirat?«

»Natürlich.«

Ich setzte mich auf die Couch und beugte mich leicht vor. Ich hoffte, dass die Kamera die Möglichkeit für ein gutes Brustbild erkannte.

»Linda, es tut mir leid, es dir so schonungslos zu sagen, aber du lebst offenbar in einem anderen Jahrhundert als der Rest von uns. In vier Wochen lernt man sich nicht kennen. In vier Wochen bekommt man eine Ahnung, wer der Partner eigentlich ist. Eine leise Ahnung. Ich würde jemanden, mit dem ich vier Wochen liiert bin, nicht einmal als Partner bezeichnen, das ist doch noch eine Affäre. Wie willst du wissen können, ob es der richtige Mann für dich ist, wenn du ihn noch gar nicht kennst? Meine Güte, der Typ, den du heiratest, könnte irgendein Depp sein, der glaubt, dass Duschgel unfruchtbar macht.«

Der Kameramann lachte laut auf. Ich ließ eine kurze Pause, damit man den Lacher später herausschneiden konnte.

»Du bist offenbar so wild darauf, einen abzukriegen, dass du den Jungs die Pistole auf die Brust setzt – aber so funktioniert das nicht. Dir steht ›Heirate mich‹ auf der Stirn geschrieben, das finden die meisten Männer unglaublich abturnend.«

»Ja, und was soll ich jetzt tun? Einsam sterben?« Linda klang verzweifelt.

»Nein. Auf keinen Fall. Du solltest versuchen, allein glücklich zu sein. Wenn für dich Alleinsein das gleiche ist wie tot sein, dann hast du ein ernsthaftes Problem. Beziehungen sind nicht dazu da, jemanden aus seiner Einsamkeit zu erlösen. Beziehungen finden bestenfalls zwischen zwei Menschen statt, die auch ohne Beziehung glücklich sind. Bevor du wieder auf die Piste gehst, solltest du erst mal an deinem eigenen Glück arbeiten.«

»Und wie soll ich das tun?«

»Hör mit dem Jammern auf und konzentriere dich auf die guten Seiten. Beschäftige dich mit Dingen, die dir Spaß machen. Und nicht im Hinblick darauf, dass du beim Volkshochschulkurs den Mann deines Lebens triffst.« Ich stand von der Couch auf und schlenderte durch den Set, der mit einem schreiend roten Teppich ausgelegt war. Ich machte eine mentale Notiz, dass man die Farbgebung noch einmal überdenken sollte.

»Glaub mir, es geht nicht darum, irgendeinen Mann zu angeln, sondern darum, den richtigen zu finden. Und wenn man Perfektion erwartet, sollte man auch selbst perfekt sein. Das Beste aus sich machen. Das ist doch ein fairer Deal, oder?«

»Na gut, Lilly, danke schön.«

»Okay, Linda – mach's gut!«

Mit Linda über Beziehungsanbahnung zu sprechen war zwar ganz nett, aber wenn nicht bald ein heißeres Thema kam, würden zumindest die männlichen Zuschauer wegzappen. Die Redaktion schien das ähnlich zu sehen und stellte Franka aus Duisburg durch.

»Hallo, Lilly!«

»Hallo, Franka – was gibt's?«

»Also – ich bin verlobt. Seit einem Dreivierteljahr. Und mein Verlobter und ich haben ein befriedigendes Sexleben. Aber er weigert sich, bei mir Oralsex zu machen. Er findet immer Ausreden – mal ist er überarbeitet, das nächste Mal hat er Rückenschmerzen.«

»Franka, entschuldige, wenn ich frage, aber – wie kann dann dein Sexleben befriedigend sein? Für ihn vielleicht, aber für dich doch sicher nicht.«

»Genau. Aber wie kann ich ihn denn dazu bringen, dass er es mir mit dem Mund macht?«

»Du bläst ihm doch auch einen, oder?«

»Ja, klar.«

»Na, dann würde ich damit schleunigst aufhören. Mach ihm klar: Wer geblasen werden will, muss erst lecken.«

»Ich trau mich nicht so richtig.«

»Dann überleg dir, ob es okay ist, mit einem Typen zusammen zu sein, der dich sexuell nicht befriedigen will. Wenn nein, such dir eine Affäre oder mach deinem zukünftigen Ehemann klar, dass deine Scheide nicht unangenehmer, schmutziger oder hässlicher ist als sein Schwanz.«

»Das hört sich alles gut an, aber ich habe so Angst, es zu sagen. Ich weiß einfach nicht, wie ich es ausdrücken soll.«

»Wie wär's mit: ›Leck mir die Muschi‹ sonst pack' ich deine Koffer.'?«

Franka lachte, und ich war erleichtert.

»Okay, Lilly. Das war der Tritt in den Hintern, den ich gebraucht habe.«

»Tschüs, Franka – und melde dich wieder!« Die Stimme im Ohr forderte mich auf, den Werbeblock anzukündigen.

»So, meine Lieben, jetzt machen wir ein paar Minuten Pause für die bunten Bilder, und ich bitte euch, erst bei den Sex-Hotlines anzurufen, wenn meine Sendung vorbei ist. Holt euch lieber ein Bier und zappt zu mir zurück, wenn es weitergeht mit Midnight DeLight.«

Das rote Licht an der Kamera verlosch, und die Maskenbildnerin kam mit einem Puderpinsel aus der Kulisse auf mich zu. Auch wenn wir nicht live auf Sendung waren, musste der Werbeblock angekündigt werden, und ich war dankbar für die kurze Unterbrechung, in der ich mich innerlich sammeln und äußerlich restaurieren lassen konnte.

»Toll, Frau DeLight. Ich habe mich so amüsiert.«

»Danke, es macht auch richtig Spaß!« Während sie mein Gesicht mattierte, stolperte Suzy aus dem Regieraum und sah sichtlich ergriffen aus. Nachdem sie sich in einem Kamerakabel verheddert und wieder daraus befreit hatte, kam sie zu mir.

»Der Regisseur ist fast in Ohnmacht gefallen, wegen dem Duschgel. Und dann hast du auch noch Muschi gesagt. Herr Ebersbach sitzt da und sagt nichts und ist ganz blass, und seine Tochter, die ist irgendwie wichtig, die ist auch da und die ist auch blass.«

Ehrlichkeit mag eine Tugend sein, aber von der richtigen Zeit und dem richtigen Ort hatte Suzy keinen blassen Schimmer.

»Aber was ich dir eigentlich sagen soll, ist, dass bei Kestner jemand ausgefallen ist und ob du wohl nach der Aufzeichnung gleich ins Studio 2 kannst und dann live zu dem Kestner in die Sendung. Der ist so süß, findest du nicht?«

Der Knopf im Ohr sagte mir »noch sechzig Sekunden bis zur Aufzeichnung«.

»Was ist denn heute Thema bei Kestner?«

»Warte, warte – gleich fällt's mir wieder ein. Es war was wie …«

»Noch dreißig Sekunden.«

»Okay, Suzy, wir reden nachher.« Sie blieb vor mir stehen und schaute versonnen durch das Studio.

»Suzy, geh aus dem Bild, es geht gleich weiter.«

»Oh – klar. Viel Glück.«

Jedes Kind wusste, dass man im Theater und im Fernsehen niemandem Glück, sondern nur »Hals- und Beinbruch« wünschen durfte. Suzy nicht.

»Noch zehn.«

Bei ihrem Abgang blieb sie wieder am Kabel hängen. Während ich die letzten zehn Sekunden einzählte und in Position ging, wanderten meine Gedanken zu Kestner. Ich fragte mich, wie es kam, dass ich in eine Talkshow eingeladen wurde, die mich bislang tunlichst gemieden hatte.

1992 hatte es geheißen: »Wir sind thematisch bis Ende des Jahres verplant – leider ist kein passendes Thema für Frau DeLight dabei.«

»Dann Anfang nächsten Jahres?«

»Die Themen für das nächste Jahr werden erst in ein paar Wochen vorbesprochen. Wir melden uns.«

Was natürlich nie geschah.

1993 hatten wir als Thema angeboten: »Lilly hat eine eigene Firma gegründet.«

»Wir sind doch kein Wirtschaftsmagazin.«

1997 erklärte man uns: »Wir brauchen den persönlichen Bezug.«

»Lilly heiratet.«

»Das reicht nicht. Wenn sie Silberhochzeit feiern würde …«

Irgendwann hatten wir es aufgegeben. Es war klar – Kestner

konnte mich nicht ausstehen. Er wollte mich nicht. Und da seine Quote hervorragend war, konnte er sich eine gewisse Ignoranz leisten. Unser letzter Versuch hatte anlässlich des *Hexen*-Films stattgefunden. Ich hatte die Hoffnung gehabt, dass der Sender Druck auf Kestner ausüben würde, aber nichts änderte sich an seiner ablehnenden Haltung, und ich bat Anni, seine Redaktion aus unserer Adressdatei zu löschen. Kestner war die einzige abendliche Talkshow, bei der ich nie zu Gast gewesen war. Leider war Kestner auch die Show mit der besten Quote.

Die nächste Werbeunterbrechung nutzte ich für ein kurzes Telefonat. Erst versuchte ich es zu Hause bei Max, aber er ging nicht ans Telefon. Entweder er war mit Mikey draußen oder er schmollte. Letzteres war wahrscheinlicher. Wir redeten zwar wieder miteinander, aber er ließ mich spüren, dass er meine Entscheidung, Fernsehgeschichte zu schreiben, weder akzeptieren noch tolerieren konnte. Es war zermürbend, aber ich wusste, dass er Zeit brauchte, um sich damit abzufinden.

Ich rief Ronny an.

»Soll ich akzeptieren, oder soll ich die Diva spielen?«

»Gar nicht erst hingehen? Hm. Hast du denn Lust auf die Show?«

»Ich weiß nicht, ob Lust das richtige Wort ist, aber die Promo wäre super. Um 23 Uhr läuft Kestner, und *Midnight DeLight* käme gleich im Anschluss. Noch besser kann man keine Werbung plazieren.«

»Vielleicht ist es sein Karma – jahrelang hat er sich geweigert, dich einzuladen, jetzt fällt ihm ein Gast aus, und du zeichnest im Studio nebenan deine Sendung auf.«

»Du hast recht.«

»Gut, Lilly, ich schau's mir an. Toi, toi, toi.«

»Danke, Ronny – bis bald.«

Ich schaltete das Handy aus und den ganzen Abend über auch

nicht mehr ein. Erst am nächsten Morgen hörte ich die drei Nachrichten, die Ronny hinterlassen hatte, nachdem er meine Astrologie-Charts ausgewertet hatte. Dringend und unmissverständlich hatte er mich gebeten, die Kestner-Anfrage abzusagen. Aber da hatte das Unglück bereits seinen Lauf genommen.

Kapitel 5

Ich bin ganz langsam auf sie zugegangen, mit einem freundlichen Gesichtsausdruck, wie man es mir beigebracht hat. Damit sie sich nicht erschreckt. Sie hat nicht gelächelt, und das hat mich geärgert, ich weiß nicht, ich lege Wert auf Umgangsformen. Ein Lächeln ist das mindeste. Aber nichts. Sie hat die Stirn gerunzelt. Da war mir eigentlich schon klar, dass sie sich nicht entschuldigen würde. Aber ich habe ihr noch eine Chance gegeben. Das war ja der Sinn der Sache. Sonst wäre ich nicht so weit gegangen.

Also habe ich mich in den Stuhl ihr gegenüber gesetzt und das Skalpell erst mal zur Seite gelegt, damit sie nicht denkt, ich will sie erpressen. Ich wollte ja nur, dass sie sich entschuldigt.

»Das war nicht sehr nett, was du mir angetan hast.«

Sie hat nur mit dem Kopf geschüttelt und so getan, als wüsste sie nicht, wovon ich rede. Aber sie hat sich verraten – ich habe die zwei Tränen gesehen, die ihr aus den Augen liefen. Graue Augen, ganz blass. Graues Gesicht, graue Frau.

»Ich will doch nur, dass du dich entschuldigst.«

Wieder nur ein Kopfschütteln und ein Murmeln. Was sie sagte, konnte ich nicht verstehen, aber wenn ich das Klebeband abgenommen hätte, hätte sie wahrscheinlich das ganze Hotel zusammengebrüllt. Dummerweise hatte ich daran gar nicht gedacht. Wie soll sie um Verzeihung bitten, wenn ich ihr den Mund zugeklebt habe? Ich sah mich im Zimmer um und nahm einen Briefbogen vom Schreibtisch. Dann machte ich ihr die rechte Hand frei, und sie stöhnte, als sich der Kleber von der Haut riss. Wieder liefen zwei Tränen aus ihren grauen Augen. Ich legte das Blatt Papier auf den Tisch und drückte ihr den Stift in die Hand.

»Schreib, dass es dir leid tut.«

Sie schien mich gar nicht zu verstehen. Da wäre mir beinahe der Geduldsfaden gerissen, und dann wäre ich wahrscheinlich laut geworden, und das mag ich nicht. Ich mag niemanden anbrüllen, weil ich nicht angebrüllt werden mag. Und jetzt war schon gar nicht der Moment, die Wut rauszulassen. Es durfte uns ja niemand hören.

Also nahm ich das Skalpell und setzte mich neben sie. »Schreib.«

Sie wimmerte und tat nichts. Ich wurde wütend. Wieso war sie so verstockt? Ich gebe ihr die Chance, endlich alles wiedergutzu machen, und sie sitzt da, heult und gibt Geräusche von sich wie ein verdammtes Baby.

»Schreib!« zischte ich ihr ins Ohr und sah, wie ein Speichelfaden auf ihrem Ohrläppchen hängenblieb. Ich wischte mir mit der Hand über den Mund. Als sie noch immer keine Anstalten unternahm, habe ich das Skalpell genommen und ihr die Knöpfe von der Bluse abgetrennt. Einen nach dem anderen. Sie fielen lautlos auf den dicken Teppichboden. Ich war ihr so nah, dass ich den Angstschweiß riechen konnte. Und ihre Haare – die waren nicht frisch gewaschen. Das alles machte mich so wütend. Sie hätte sich doch wenigstens die Haare waschen können. Weil sie immer noch keine Anstalten machte, etwas auf den Zettel zu schreiben, stand ich auf und trat gegen ihren Stuhl. Sie zuckte zusammen, dann trat ich noch einmal, und der Stuhl fiel um. Zuerst nach hinten, so dass sie mit der Rückenlehne auf dem Boden lag und dann, nach einem weiteren Tritt, zur Seite. Ich glaube, da hat sie sich was gebrochen, denn sie stöhnte und wurde kreidebleich.

Der Stift war ihr aus der Hand gefallen, also gab ich ihn ihr zurück. Ich legte ihr das Blatt Papier hin, so dass sie ganz bequem hätte schreiben können, aber ich musste erst ein paarmal gegen ihr Bein treten, bis sie es endlich tat. Sie schrieb nur ein paar Worte, dann sah sie aus ihren verheulten Augen zu mir auf. Ich nahm den Zettel vom Boden.

»Wer sind Sie?«, stand darauf, und als ich das las, da brannte eine Sicherung in mir durch – ich weiß auch nicht, ich schnitt ihr die Kleider vom Leib, ich war wie besessen, niemand hätte mich aufhalten können. Ich hörte ihre Heulgeräusche und roch diese Frau, all ihre verschiedenen Gerüche, und sie widerte mich an. Jetzt noch mehr, wo sie alles abstritt, und dann überkam es mich, und ich biss zu. Das hatte ich nicht geplant. Der Ablauf war nicht geplant, überhaupt nicht. Aber logisch. Ich hieb meine Zähne in ihre schlaffe Brust und drückte meine rechte Hand auf ihren Mund. Durch das Klebeband spürte ich die Hitze, aus ihren Nasenlöchern kam heißer Atem – es war widerlich. Ich biss zu und biss weiter, und sie bäumte sich auf. Ich nahm ihre Brustwarze in den Mund und saugte daran. Der Nippel war ganz steif. Ich biss ihn ab und spuckte ihn auf den Teppich. Ihr Körper spannte sich stark an, dann bäumte sie sich wieder auf, hielt die Luft an vor Schmerz, stöhnte. Ich schmeckte Metall und roch Nivea, daran kann ich mich noch genau erinnern. Ich rieche das noch jetzt. Nivea-Körpermilch, damit bin ich als Kind immer nach dem Baden eingerieben worden. Komisch, obwohl ich meine Zähne mit aller Wucht in ihre Brust schlug, traf ich nie auf einen Knochen. Der menschliche Körper ist schon ziemlich zäh – das ging mir durch den Kopf: zähes Weib. Ich könnte jetzt nicht sagen, wie lange alles gedauert hat, keine Ahnung. Aber es kam mir lange vor. Es war auch anstrengend, sie versuchte sich zu wehren, wand sich – sie war ganz glitschig von Schweiß. Einmal hätte sie es beinahe geschafft, mir den Kugelschreiber ins Auge zu stechen, aber ich duckte mich gerade noch rechtzeitig und riss ihn ihr aus der Hand. Dann schlug ich mit meiner Faust auf ihre Hand und hörte es knirschen. Das war mir widerlich, aber sie hatte mich ja dazu gebracht. Als ich ihr die Hand zertrümmert hatte und etwas von ihr zurücktrat, sah ich das erste Mal, was ich

mit ihrem Brustkorb angestellt hatte. Das war alles rot und offen und machte eine Sauerei auf dem Teppich. Aber sie wehrte sich jetzt auch nicht mehr so stark. Das mit der Hand hatte ihr den Rest gegeben. Ich glaube, sie war ohnmächtig. Oder sie stellte sich ohnmächtig, ich weiß es nicht.

Ich ließ dann erst mal von ihr ab und stellte mich vor sie hin. Ich war selber völlig blutverschmiert. Es war gut, dass ich mich ausgezogen hatte, meine Sachen lagen sauber gefaltet über der Sofalehne. Ihr Blut auf meinem Körper ekelte mich an, also überlegte ich kurz, was ich als nächstes machen musste, und dann schnitt ich sie vom Stuhl los und zerrte sie an den Haaren ins Bad. Im Wohnzimmer war das anstrengend, weil der Körper sich nicht gut über den Teppich schleifen ließ, aber auf den Badezimmerfliesen ging es dann sehr schnell. Sie wimmerte nicht mehr. Ich hievte sie in die Badewanne, so dass sie auf dem Rücken lag und ihre Oberschenkel über den Wannenrand ragten. Ich stellte die Dusche an. Dann ging ich ins Wohnzimmer zurück und holte das Skalpell. Tot war sie noch nicht, als ich zurückkam, denn da lief immer noch das Blut aus den Wunden auf ihrem Oberkörper, und das Wasser aus der Dusche spülte es in den Abfluss, dort war alles rosa, wie Cranberry Juice. Dass sie wirklich nicht tot war, merkte ich, als ich ihr das Skalpell in die Scheide schob, denn da bäumte sie sich auf und wedelte mit den Armen, auch die Beine zuckten, und ich musste ihr ausweichen, sonst hätte sie mich mit dem Fuß am Kopf erwischt. Tränen liefen ihr aus den Augen, aber vielleicht war es auch nur Wasser aus der Dusche. Ich saß dann eine Weile auf dem Wannenrand, meine Hand mit dem Skalpell immer noch fest an ihrem Schritt, und betrachtete, wie die Zuckungen immer mehr nachließen, während ich eine leichte Hebelbewegung machte – hoch, runter – hoch, runter – wie mit einem Taktstock. Blut und Wasser strömten mir über die Finger und das Handgelenk, und kleine rosa Tröpfchen spritzten mir bis auf den Unterarm. Jetzt weiß ich wieder nicht, wie lange ich da saß und ihr zuschaute, aber als ich sicher war, dass sie tot war, stieg ich in die Wanne und wusch mir das Blut ab. Zuerst das Gesicht und den Mund, ich gurgelte und spuckte rosafarbenes Wasser aus. Ich seifte mich ein, schaute dabei auf sie herab, und ihre geöffneten toten Augen starrten in meinen Schritt. Vielleicht bin ich pervers, aber ich gebe zu, das erregte mich.

Danach musste ich mich um den Fahrstuhl kümmern – vorbereitet war es ja, aber die letzten Arbeiten hatte ich mir aufgespart, ich trocknete mich ab, zog mich an und nahm mir die Werkzeugtasche – da war ein einziger Spritzer Blut dran. Den ließ ich auch da. Das Wasser ließ ich währenddessen laufen. Weiß auch nicht, warum.

Kapitel 6

»Carola Wendt – sagen Sie uns: wie fühlt sich die Freiheit an?«

»Danke, Herr Kestner. Sie können sich vorstellen, dass die Freiheit für mich mittlerweile das höchste Gut ist.«

»Um unseren Zuschauern etwas mehr über die Umstände zu erzählen, die zu einer jahrelangen Haftstrafe beitrugen, haben wir einen kurzen Film über Ihr Leben zusammengestellt.«

Auf den Monitoren erschien das Bild, das 1980 um die Welt gegangen war. Carola Wendts Gesicht nach der Verkündung des Schuldspruchs, als sie den Gerichtssaal verließ. Das Gesicht einer wunderschönen Frau, verzerrt durch ein hartes Lächeln.

»Carola Wendt wird im Juli 1941 als Tochter eines Teppichhändlers und seiner Frau in Düsseldorf geboren. Ihre Kindheit verbringt sie in wechselnden Internaten an Ost- und Nordsee, da sie aufgrund starker Allergien nicht in Düsseldorf leben kann. Mit achtzehn Jahren verschwinden die Krankheitssymptome, und sie macht das Abitur. 1959 zieht sie nach München, wo sie zunächst Kunst und Musik studiert. Anfang 1962 lernt sie den jungen Filmregisseur Georg Kuester kennen, mit dem sie nach dreimonatiger Beziehung im Mai eine Wohnung in Schwabing bezieht. Sie teilen sich die Wohnung mit dem Komponisten Hans Kretschmayer und dessen Lebensgefährtin, der Schauspielerin Eva Herzog. Ähnlich wie sein Kollege Rainer Werner Fassbinder schart Kuester eine Gruppe von Künstlern um sich, mit denen er arbeitet und lebt. Die ›Kommune Kuester‹ gilt als künstlerisch und gesellschaftspolitisch richtungweisend. Zwischen 1962 und 1968 entstehen unter Kuesters Regie lediglich vier Spielfilme, die jedoch sämtlich in die europäische Filmgeschichte eingehen.

Ebbe (1963), *Die Straßen* (1965), *Wahn* (1966) und *Die Geschichte der Tränen* (1969). Für *Die Geschichte der Tränen* erhält Kuester den Oscar für den besten ausländischen Film. Carola Wendt spielt in allen vier Filmen eine der weiblichen Hauptrollen und erhält für ihre Darstellung in *Die Straßen* den Bayerischen Filmpreis. In zweien der Filme besetzt Kuester sie als Sängerin. Im Jahr 1964 heiraten Kuester und Wendt. 1968 veröffentlicht Carola Wendt eine Schallplatte mit Chansons aus der Feder Georg Kuesters, vertont von Hans Kretschmayer. Die Platte gewinnt den Preis der Deutschen Phono-Industrie.

Im Jahr 1973 erntet Kuester für die dreizehnteilige TV-Produktion von Robert Musils *Mann ohne Eigenschaften* großes Lob. Kuester ist vierunddreißig Jahre alt und auf dem Höhepunkt seiner Karriere. Er ist ausgebrannt. Im Sommer 1974 geht Carola Wendt gemeinsam mit ihrer Mitbewohnerin in einen Ashram in Indien. Es heißt, dass die Beziehung mit Kuester beendet ist, Gerüchte kursieren, Kuester und die Wendt hätten Affären, aber auch Kretschmayer und Herzog. Im Juli 1975 ziehen die beiden Frauen wieder in die gemeinsame Münchner Wohnung. Kuester gerät in eine Schaffenskrise.

Carola Wendt dreht währenddessen kontinuierlich Filme in Deutschland und Frankreich. Sie arbeitet unter anderem mit namhaften Regisseuren wie Claude Sautet, Joseph Losey und Andrzej Zulawski.

Am Karfreitag des Jahres 1980 wird Georg Kuester von Eva Herzog tot im Schlafzimmer seiner Wohnung in Schwabing aufgefunden. Hans Kretschmayer liegt im Koma und stirbt auf dem Weg ins Krankenhaus. Bei den Obduktionen werden hohe Mengen von Heroin im Körper der beiden Männer festgestellt. Nadeleinstiche an Hans Kretschmayers Körper deuten auf eine lange Abhängigkeit. Während Kretschmayers Heroinsucht zweifelsfrei nachweisbar ist, wirft der Zustand von Kuesters Körper Fragen auf. Zwar kann die Gerichtsmedizin Spuren von regelmäßigem Kokainkonsum feststellen, es deutet jedoch nichts darauf hin, dass Kuester heroinabhängig war.

Carola Wendt ist zu diesem Zeitpunkt unauffindbar und kann zu den Vorwürfen, die Eva Herzog gegen sie erhebt, zunächst keine Stellung nehmen. Am Ostermontag 1980 werden die Vorwürfe, die ihre Mitbewohnerin macht, erstmals publik. Wendt, die die Osterfeiertage in Ostberlin verbrachte, erhält die Nachricht vom Tod ihres Ehemannes und ihres Komponisten und reist nach München. Kaum dass sie ihre Wohnung betreten hat, wird sie in Untersuchungshaft genommen, und die Staatsanwaltschaft München stellt Strafanzeige wegen Doppelmordes.

Trotz des Fehlens eines offensichtlichen Motivs und maßgeblich auf Basis der Anschuldigungen ihrer Mitbewohnerinnen wird Carola Wendt im Jahre 1980 der Prozess gemacht. Was im Gerichtssaal verhandelt wird, ist jedoch eher die Moral der Schauspielerin und Sängerin als ihre keinesfalls belegbare Verwicklung in den mutmaßlichen Doppelmord. Sie habe den Männern den Weg in die Drogenszene eröffnet, für sie Rauschgift gekauft und für diese Käufe Provision kassiert, so Eva Herzog. Ihr Besuch in der DDR, bei dem es um die Verhandlungen über einen Auftritt in Ostberlin ging, erweckt irrwitzige Spekulationen ob einer Verwicklung mit der Stasi oder dem KGB.

Sadomasochistische Praktiken in ihrer Beziehung zu Kuester sowie Partnertausch innerhalb des Freundes- und Bekanntenkreises werden ebenso öffentlich thematisiert wie ihre angeblichen lesbischen Neigungen. Seit Vera Brühne ist keine Frau in den Augen der Öffentlichkeit schuldiger gewesen als Carola Wendt. Das Gerichtsurteil bestätigt das Vor-Urteil. Aus Gier und voller Heimtücke habe die Künstlerin ihren Mann und ihren angeblichen Liebhaber getötet. Sie wird zu lebenslänglicher Haft verurteilt.

Warum der Tod ihres kreativen Gatten für Carola Wendt

lukrativer sein soll als sein Leben und Wirken, warum sie neben Kuester auch Kretschmayer tötete, welche Rolle Eva Herzog in der Schwabinger Menage spielte – all diese Fragen werden gar nicht erst gestellt. Das legendäre Foto, das Carola Wendt kurz nach der Urteilsverkündung beim Verlassen des Gerichtssaals zeigt, zementiert ihr Image als reulose Sünderin: ein kühles Lächeln ziert die gemeißelten Gesichtszüge der neununddreißigjährigen. Ihre Augen schauen in die des Betrachters.

Als im Jahr 1985 turnusmäßige Haftermäßigungen für Carola Wendt fällig werden, kommt eine ihrer Aufseherinnen in der Haftanstalt ums Leben. Obwohl es nach Überprüfung der Sachlage keinerlei stichhaltige Indizien für eine Involvierung der Schauspielerin gibt, werden ihr die obligatorischen Haftermäßigungen verwehrt.

Eva Herzogs Schauspielkarriere verläuft im Sand – zu sehr wird die Künstlerin mit den düsteren Ereignissen um Kuesters Tod in Verbindung gebracht. Im Jahr 1982 heiratet sie den Rechtsanwalt Klaus Sandowsky. Als sie im Jahr 1993 einem Krebsleiden erliegt, kommt auf testamentarischen Wunsch ein Schreiben von ihr an die Öffentlichkeit, in dem sie gesteht, für den Tod von Kuester und Kretschmayer verantwortlich zu sein. Carola Wendt, die nur mehr dreizehn Jahre in Haft verbracht hat, kommt frei. Eva Herzog gesteht, unter dem Einfluss von LSD gestanden zu haben, als sie den Männern auf deren Bitte hin Heroin injizierte.

Am 5. Oktober 1993 wird Carola Wendt aus der Haft entlassen. Die Entschädigung, die sie erhält, entspricht dem vorgeschriebenen Mindestsatz. Auf das Einklagen von Schmerzensgeld hat sie verzichtet. ›Ich möchte in meinem Leben nie wieder einen Gerichtssaal betreten, wenn es sich vermeiden lässt‹, gab die Schauspielerin in ihrem einzigen Interview nach der Entlassung zu Protokoll.«

Kestner saß in seiner typischen Interesse-Pose auf seinem Ledersessel, eine Hand am Kinn, die andere auf der Armlehne, den Oberkörper leicht in Richtung seiner Interviewpartnerin geneigt.

»Es fällt schwer, sich vorzustellen, was zehn Jahre Haft bedeuten. Was sie bedeuten, wenn man unschuldig sitzt, können nur wenige aus eigener Erfahrung beurteilen –«

»Woher wollen Sie wissen, wie viele oder wenige unschuldig inhaftiert sind?«

Kestner war aus dem Konzept gebracht worden und schaute Carola Wendt irritiert an. Die Wendt lächelte und fuhr fort.

»Entschuldigung. Sie sagten, wenige Betroffene können beurteilen, wie es mir ergangen ist, aber ich sehe das ganz anders. Die Justiz kann irren. Das habe ich am eigenen Leib erfahren müssen. Ich glaube, mein Fall ist nur einer von vielen.«

»Natürlich«, gab Kestner knapp zurück und warf einen Blick auf seine Karteikarte. »Wir können nur hoffen, dass die Entscheidung eines Gerichts alle zur Verfügung stehenden Grundlagen für den Urteilsspruch berücksichtigt und vor diesem Hintergrund die richtige Entscheidung triff. Garantien gibt es ganz sicherlich keine. In Ihrem Fall sind einige Sachen zusammengekommen. Ihre Freundin stellte sich gegen Sie.«

»Ich würde Frau Herzog nicht als Freundin bezeichnen. Jedenfalls jetzt nicht mehr.« Sie lachte auf und steckte sich eine Zigarette in eine elfenbeinfarbene Zigarettenspitze.

»Aber immerhin haben Sie die Wohnung geteilt – und wie man damals spekulierte, nicht nur die Wohnung, sondern auch das Bett und die Sexpartner.«

Sie zündete die Zigarette an, inhalierte und schüttelte leicht den Kopf. Ein Assistentin eilte herbei und plazierte einen Aschenbecher auf dem Beistelltisch – ein Requisit, das es in diesem Studio noch nie gegeben hatte.

»Das war Anfang der Achtziger, Herr Kestner. Da gingen Sie

wahrscheinlich noch zur Schule. Wir waren damals alle ziemlich mit Drogen beschäftigt. Hauptsächlich Kokain. Da geht man mit allem ins Bett. Sicherlich wird auch mal Frau Herzog neben mir eingeschlafen sein, aber ich würde mich deshalb nicht als Lesbe bezeichnen. Wir waren nicht homo- oder heterosexuell, wir waren – wie soll ich sagen – polysexuell. Sehr erotisiert. Das wird jeder verstehen, der einmal Erfahrungen mit Kokain gemacht hat.«

Ronny hatte es mir einmal so ähnlich erklärt. Während seiner Sucht hatte er einen Dauerständer, aber kommen konnte er trotzdem nicht.

»Ist dies der Grund dafür, dass Sie heute sagen, Sie können sich in ihrem Leben keine Beziehung mehr vorstellen?« Kestner schaute strafend und ein wenig gierig auf die Zigarette der Schauspielerin.

Sie reagierte erheitert. »Ach – Sie meinen, ich hatte in meiner Zeit schon ausreichend Sex? Dass meine Tanzkarte voll ist? Nein. Ich habe meine besten Jahre im Gefängnis verbracht. Dort habe ich erlebt, wie es ist, wenn man gehasst und gleichzeitig begehrt wird. Einen Tag will man Sie verprügeln, am nächsten berührt man Sie an Stellen, die der eigenen Hand oder der eines Vertrauten vorbehalten sein sollten. Hass hat keinen Platz in meinem Leben. Und an Sex habe ich kein Interesse mehr. Ich bin, was das angeht, eine Kriegsversehrte, wenn Sie so wollen.«

»Sie sagen also, dass die Haftstrafe dafür verantwortlich zu machen ist. Wäre das nicht Grund für eine Schmerzensgeldklage?«

»Lassen wir das, Herr Kestner.« Ihre Autorität war noch immer bemerkenswert. Sie hatte auf bewundernswert schlichte Art und Weise klargemacht, dass sie mit dem Thema durch war. In ihrem Leben, und vor allem auch in dieser Talkrunde. Selbst der abgebrühte Moderator, der es gewohnt war, Geständnisse aus seinen Gästen herauszukitzeln, wagte es nicht nachzuhaken.

»Jetzt, da Sie rehabilitiert sind, Frau Wendt, wie sieht Ihr Alltag aus?«

»Ich würde nicht sagen, dass ich rehabilitiert bin. Auf dem Papier vielleicht. Aber die meisten Menschen behandeln mich nach wie vor wie eine Mörderin. Der Prozess, die Berichterstattung, diese gesamte Prozedur zog sich über mehrere Monate hin und hat sich im bewusstsein der Menschen mehr verankert als die drei Berichte über meine Entlassung. Machen wir uns nichts vor – wir sind hier nicht in den Staaten, sondern in Deutschland. Ich habe meine Entschädigung erhalten, und ich gehe nicht für ein paar hundert Mark Schmerzensgeld freiwillig vor Gericht. Davon habe ich für ein Leben lang genug, das können Sie mir glauben.«

»Wie sieht Ihr Alltag heute aus?«

»Ich lebe ein klassisches Rentnerleben. Ich habe mein Haus in Quiberon, eine Wohnung in Zürich. Ich gehe mit den Hunden raus, kümmere mich um den Garten.«

»Zieht es Sie noch häufiger in ihre ehemalige Wahlheimat München?«

»München kann ich nicht mehr ertragen. Möglicherweise in ein paar Jahren.«

»Haben Sie nie versucht, an ihre großen Erfolge als Schauspielerin oder Sängerin anzuknüpfen?«

»Natürlich habe ich es versucht, aber die Angebote waren spärlich. Einige sogar beleidigend. Ich glaube kaum, dass das Publikum mich als axtschwingende Psychopathin sehen will. Und, wissen Sie, ich muss nicht arbeiten, Georgs Filme laufen weltweit – im Fernsehen, im Kino. Von den Tantiemen kann ich sehr gut leben.«

»Frau Wendt, würden Sie sich als einen verbitterten Menschen bezeichnen?«

Sie inhalierte tief, blies den Rauch aus und schaute direkt in die Kamera. »Durchaus. Das kann man sagen.«

»Vielen Dank für das ehrliche Gespräch, Frau Wendt.«

Ich applaudierte in die Stille hinein, und das Publikum schloss sich an. Kestner erhob sich von seinem Stuhl und bat Natascha Meyer-Stade in die Runde. Sie belegte im Rang der Sendung die Rolle »Unbekannte mit zu Herzen gehenden Erlebnissen – wahre Geschichten, die das Leben schrieb«. Während sie ihren Platz gegenüber Carola Wendt einnahm, lief der ihr gewidmete Einspielfilm über die Monitore.

»Natascha Meyer-Stade kommt als Kind wohlhabender Eltern in Northeim zur Welt. Ihre Kindheit ist behütet, ihre Schulnoten sind herausragend. Ihre Eltern ermöglichen ihr eine Jugend, wie viele sie sich nur wünschen können. Reit- und Ballettstunden, Schüleraustausch und Urlaubsreisen.

1985 überspringt sie die dritte Klasse. Besonders die Naturwissenschaften haben es dem Mädchen angetan. Im Jahre 1994 nimmt sie am Bundeswettbewerb ›Jugend forscht‹ teil und gewinnt mit einer Untersuchung über die Beziehungsmuster der Bonobo-Affen und deren Bezug zu menschlichem Paarungsverhalten.

Im gleichen Jahr zieht sie nach Berlin und beginnt dort ihr Studium der Biochemie an der Humboldt-Universität. Ihr Studium finanziert sie sich mit einer Tätigkeit, die sich von den Studentenjobs ihre Kommilitoninnen unterscheidet. Die Abiturientin mit der Abschlussnote 1,1 betätigt sich als Callgirl. Und dies tut sie fast drei Jahre lang sehr erfolgreich.

Heute arbeitet sie als wissenschaftliche Mitarbeiterin im Fachbereich Biochemie an der Universität, an der sie ihren Abschluss machte, und hat nicht nur der Prostitution entsagt. Ihre Devise lautet: ›Nie mehr Sex.‹«

»Frau Meyer-Stade, Sie haben exzellente Schulzeugnisse, haben wohlhabende Eltern, und statt wie andere Studenten zu kellnern oder Sommerjobs anzunehmen, entscheiden Sie sich für das älteste Gewerbe der Welt. Warum?«

»Das kann ich Ihnen sagen – ich habe mich hingesetzt und gerechnet.«

Der Satz brachte ihr einen Publikumslacher. »Ich wollte gutes Geld verdienen, damit ich mir keine Gedanken über meinen Lebensstandard machen muss.«

»Das hört sich etwas –«, er fuchtelte mit den Händen in der Luft, »– etwas abgebrüht an.«

»Abgebrüht? Was ist daran abgebrüht, Geld mit Sex zu verdienen?«

»Für eine Neunzehnjährige ist es eine ungewöhnliche Entscheidung, da werden Sie mir doch zustimmen?«

»Ungewöhnlich kann ich zulassen, ja.«

»Hatten Sie zu dem Zeitpunkt keine romantischen Vorstellung von Beziehung und Monogamie?«

»Das hatte ich mit neunzehn bereits alles erlebt, und ich musste feststellen, dass es nicht das war, was ich mir vorgestellt hatte. Ich finde, monogame Beziehungen werden in unserer Gesellschaft überbewertet. Sie erfüllen längst nicht mehr den Zweck, den sie hatten, als die Frau noch in stärkerem Maße unterdrückt wurde.«

»Was ist denn Ihrer Ansicht nach der Zweck einer Beziehung damals und heute?«

Sie wirkte leicht gelangweilt, als müsse sie Kestner und seinem Publikum eine Geschichte erzählen, die längst bekannt war.

»Für den Mann war die Ehe notwendig, damit sein Nachwuchs in einer sicheren Umgebung aufwächst. Und die Aufgabe der Frau war das Gebären und Großziehen möglichst vieler Kinder. Heute, wo das System sich bemüht, Frauen zu Selbständigkeit zu erziehen, müssen Frauen keine Kinder mehr bekommen – gebären muss man nicht mehr, gebären ist eine Option. Weiter nichts. Die ›ewige Liebe‹ ist nichts als eine Schummelpackung, mit der man Frauen an ihre Männer binden wollte. Und es hat natürlich auch mit der Lebenserwartung des Menschen zu tun. Früher lag sie deutlich tiefer. Mit dreißig war man alt, mit vierzig tot. Über einen Zeitraum von fünfzehn bis zwanzig Jahren monogam zu bleiben war durchaus möglich, aber niemals notwendig.«

Wäre ich schon in der Runde und nicht noch im Saal gewesen, hätte ich mich eingemischt. Das übernahm Carola Wendt für mich, als sie einwarf: »Aber langjährige Beziehungen, die für beide Partner funktionieren, müssen doch nicht notwendigerweise monogam sein.«

Kestner täuschte einen betroffenen Gesichtsausdruck vor. »Heißt das, Treue hat keinen Platz mehr in unserer Gesellschaft? Sind wir wirklich schon so weit? Zurück zu Ihrer Einstellung zu Sex und Romantik. Wann kam der Entschluss, aus dem Geschäft auszusteigen?«

»Als ich genug Geld zusammenhatte. Das sagte ich ja schon.«

»Und warum haben Sie dem Sex gleich gänzlich abgeschrieben?«

Natascha Meyer-Stade setzte eine wohl plazierte Spannungspause, die meine ehemalige Produzentin Greta Giehse zu der Bemerkung »Jetzt hast du sie bei den Eiern, Mädel« verleitet hätte.

»Marlene Dietrich hat einmal gesagt, sie sei zu Tode fotografiert worden. Ersetzen sie das Wort ›fotografiert‹ durch ein anderes, und dann wissen Sie, warum ich für mein Leben genug Sex hatte.«

Peinlicherweise war mein Lacher der erste, der erklang, bevor sich das Publikum anschloss, und ich hätte schwören können, dass ich mit einer Großaufnahme über den Bildschirm ging.

»Ich möchte nun Stefan Bruhns zu uns in die Runde bitten.«

Die Geschichte des Unternehmers war im letzten Jahr immer

wieder in den Boulevardsendungen aufgetaucht. Bruhns sei auf einer von Michael Ammer veranstalteten Party über Karin Korten, eine siebzehnjährige Flugbegleiterin, hergefallen, habe sie in ein Treppenhaus gezerrt, dort brutal vergewaltigt und mit Mord bedroht, falls sie mit ihrer Geschichte an die Öffentlichkeit ginge. Karin Korten ist erst zwei Tage nach der angeblichen Vergewaltigung zur Polizei und gleich darauf zu *News alive* auf Sat 7 gegangen. Bruhns wurde unter Anklage gestellt. Obwohl ihm die Tat nicht eindeutig nachgewiesen werden konnte und sich seine Freunde für ihn stark machten, bekam er eine Bewährungsstrafe. Und bewährte sich. Karin schlachtete die Geschichte aus, so gut sie konnte. Neun Monate nach der vermeintlichen Vergewaltigung gebar sie eine Tochter und verklagte Bruhns auf Unterhaltszahlungen für »sein Kind«. Ein Fehler, wie sich nach einem Vaterschaftstest herausstellte. Das Kind war nicht von ihm, die Glaubwürdigkeit der Flugbegleiterin schwer erschüttert und die Medien um eine neue Anti-Heldin reicher, die sie als »Treppenschlampe« bezeichneten und ihr so einen Platz im Gruselkabinett der Samenräuberinnen, Besenkammer-Beischläferinnen und Teppichluder sicherten.

»Stefan Bruhns, wie fühlt man sich, wenn man das ganze Land gegen sich hat?«

»Wir wollen mal nicht übertrieben, Herr Kestner, das Land ist groß, und es gibt hier und da noch unverkabelte Menschen.«

Er hatte sofort meine Sympathie. Vielleicht lag es daran, dass er aussah wie Jon Bon Jovi mit kurzen Haaren. Es wäre zum Heulen, wenn er tatsächlich keinen Sex mehr hatte.

»Wie haben Sie die Hasskampagne erlebt, die gegen Sie inszeniert wurde?«

»Unvorbereitet. So was kannte ich vorher nur aus der Zeitung. Plötzlich war ich selber mittendrin.«

Er tat gerade so, als sei er vorher ein Unbekannter gewesen. Das stimmte nicht. Sein Gesicht war schon vor der Treppenschlampen-Affäre dann und wann auf den Society-Seiten der Klatschmagazine aufgetaucht. Das erste Mal war er mir auf einem Foto aufgefallen, das ihn an der Seite von Dieter Bohlen zeigte. Ich hatte bestimmt nicht wegen Bohlen so genau hingeschaut.

»Was waren die Konsequenzen? Wie ging Ihre Umwelt mit dem Vergewaltiger Stefan Bruhns um?« Als er das Wort »Vergewaltiger« aussprach, tat er etwas, was ich auf den Tod nicht ausstehen kann: er markierte mit den Händen Anführungszeichen.

»Eine bizarre Zeit, wie Sie sich vorstellen können. Man wird schon ganz anders behandelt. Die Nachbarn schauen einem nicht mehr in die Augen, wenn man an ihnen vorbeigeht, Geschäftspartner verabschieden sich auf Nimmerwiedersehen, einige Kunden springen ab. Ich musste meine Telefonnummer wechseln, weil ich anonyme Anrufe bekam. Sehr lästig. Ironischerweise sind meine Geschäfte besser gelaufen als vorher.«

»Die notorische Bekanntheit hat Ihnen also auch genützt?«

»Nicht persönlich. Finanziell schon.«

»Das Playboyleben ist für Sie heute abgehakt?«

»In gewisser Weise, ja. Die ganze Szene um mich herum hat sich verändert. Ein paar Freunde sind abgesprungen, und es ist schwieriger geworden, neue Leute kennenzulernen. Ich bin für jede Einladung dankbar.« Er warf einen Blick ins Publikum, scannte die erste Reihe und schenkte mir ein strahlendes Lächeln. Ich reagierte unvorbereitet und auf für mich sehr ungewöhnliche Art und Weise – ich errötete.

»Gab es für Sie Augenblicke, in denen Sie überlegt haben, gegen die Verleumdungen vorzugehen?«

»Am Anfang pausenlos. Mein Gerechtigkeitssinn ist sehr ausgeprägt. Aber ich hatte keinerlei Handhabe gegen Frau Korten. Mein Wort steht immer noch gegen das ihre, und die Tatsache, dass sie gelogen hat, was die Vaterschaft angeht, heißt noch nicht, dass sie auch in Bezug auf die angebliche Vergewaltigung im Unrecht war. So sehen es die Leüte.«

»Was hat Sie dazu verleitet, mit Ihrer Situation zu kokettieren? Sie trugen bei der Urteilsverkündung ein T-Shirt mit der Aufschrift ›No Sex‹. War das sinnvoll?«

»Wenn man nicht über sich lachen kann, ist das Leben zum Heulen.«

»Aber war das der angemessene Zeitpunkt?«

»Natürlich nicht. Sie haben wahrscheinlich die Fotos gesehen, wie ich das Gerichtsgebäude verlasse und hinter mir auf der Treppe steht plötzlich Frau Korten – ungeschminkt, tränenüberströmt und in einem Kostüm, das selbst meine Mutter nicht anziehen würde, weil es ihr zu bieder wäre. Da kam mein T-Shirt nicht so gut an.«

Das besagte T-Shirt hatte ich noch gut in Erinnerung. Es war designed von John Richmond, und was Kestner nicht wusste, war, dass der Slogan *No Sex* auf dem Rücken durch *No Fun* ergänzt wurde. An so etwas zeigt sich einmal mehr, dass Berichterstattung eine Sache des Blickwinkels ist und die Medien oft nur die halbe Wahrheit verkünden. Zu ihrer Verteidigung muss ich sagen, dass Bruhns ein Sakko über dem Shirt trug und nur Kenner wissen konnten, was sich darunter verbarg.

»Glauben Sie, dass Sie den Vorwurf irgendwann abschütteln können?«

»Das halte ich für unwahrscheinlich. Solange noch ein Fernsehetam bei Frau Korten anfragt und sie ihre Lügengeschichte unbestraft verbreiten kann, wird man mich als den Vergewaltiger Stefan Bruhns bezeichnen. Und Frau Korten hat einen langen Atem. Sie spielt das Spiel durchaus professionell. Wenn sie merkt, dass eine Geschichte bei der Presse durch ist, versucht sie, neue Aspekte hineinzufantasieren, die das ganze noch toppen. Sie haben es ja bei der Vaterschaftsklage gesehen. Ich frage mich, was wohl als nächstes kommen mag.«

»Stefan Bruhns – vielen Dank für Ihren Besuch.«

»Ich habe mich zu bedanken.«

Bruhns strahlte mit perfekten weißen Zähnen in die Runde, und Kestner zog ein neues Karteikärtchen aus seinem Stapel.

»Herzlich willkommen, Lilly DeLight.« Ich bekam den freundlichsten Applaus des Abends und musste prompt an die Meinungsumfrage denken, die Ebersbach über mich in Auftrag gegeben hatte. Wenn die Zahlen stimmten, dann stand dem Fernsehzuschauer ein Gipfeltreffen der Sympathieträger bevor. Schade, dass die Einladung so kurzfristig (und seitens Kestner sicher unfreiwillig) erfolgt war, sonst hätten wir eine Einschaltquoten-Sensation erlebt, die auch für *Midnight DeLight* förderlich gewesen wäre.

»Lilly – schön, Sie endlich einmal in der Sendung zu haben.« Er schüttelte mir die Hand. Seine war eiskalt.

»Danke für die Einladung!« Ich strahlte ihn an und ließ mein Lächeln dann über das Publikum gleiten.

»Im vergangenen Sommer haben Sie eine schwere Zeit durchlebt. Erzählen Sie mir, wie es dazu kam.« Er schaute mir zwar ins Gesicht, aber er mied meine Augen. Die meisten Männer blieben mit ihren Blicken an meinem Dekolleté hängen, vor allem, wenn sie unter eins fünfundsiebzig waren und ich High Heels trug, aber Kestner fixierte einen imaginären Punkt auf meiner Stirn. Während ich antwortete und nur mein Gesicht in Großaufnahme auf dem Monitor erschien, sortierte er seine Karteikarten. Das war eine subtile Beleidigung. Der Mann konnte mich nicht ausstehen, aber keiner der Fernsehzuschauer würde es mitbekommen.

»Ich war in eine Mordserie verwickelt – genaugenommen in zwei Mordserien, wie sich später herausstellte. Das hat sich die Presse natürlich nicht entgehen lassen.«

»Was war schlimmer für Sie – Ihren guten Ruf zu verlieren« – er schaute mir kurz in die Augen und lächelte boshaft – »oder …«

Ich fiel ihm ins Wort. Wenn dieses Gespräch für die Zuschauer interessant werden sollte, dann übernahm ich die Führung besser selbst.

»Es wird Sie erstaunen, Herr Kestner, aber ich habe einen recht guten Ruf. Aber auch wenn dem nicht so wäre, könnte ich damit alt und glücklich werden. Für mich war das schlimmste, dass so viel Leid verursacht wurde. Zu sehen, wie schwer die Hinterbliebenen mit dem Verlust eines Familienangehörigen oder eines Freundes zu kämpfen hatten. Bei einem Mord wird nicht nur ein Mensch umgebracht – es ist ein ganzes Netz, das zerstört wird. Für alle, die mit dem Opfer befreundet waren, ändert sich das Leben. Wenn wir in der Zeitung von Mord lesen, dann sehen wir zuerst das Spektakuläre, das Abartige an der Tat. Nicht sehr ehrenwert, aber ein Reflex, den wir nicht abschütteln können. Tabubrüche sind für uns grundsätzlich spannend und aufregend. Ich lese wahnsinnig gern Krimis, aber es ist etwas anderes, wenn man plötzlich mitten in einem Krimi lebt. Als reiner Betrachter verliert man leider aus den Augen, was die Konsequenzen für die Beteiligten sind.«

»In der Tat –« Er setzte zur nächsten Frage an, aber ich ließ ihn gar nicht erst zu Wort kommen.

»Der Fall, in den ich verwickelt war, hatte ziemlich perverse Aspekte – einer Pornoproduzentin werden abgeschnittene Penisse ins Haus gelegt. Sie waren in eine Gummipuppe eingeführt. Die Presse fand das ganz stimmig, glaube ich. Sex und Porno gelten ja für einige Leute als etwas Perverses, und wenn dann noch Verbrechen dazukommt, dann wird die öffentliche Fantasie enorm beflügelt.«

»Wie haben sich die Bewohner Ihrer Heimatstadt verhalten?«

»Ich lebe in Goslar, einer Kleinstadt im Harz. Ich komme gut mit den Einwohnern klar, und sie auch mit mir. Natürlich haben sie zunächst geglaubt, was in der Zeitung stand und was in den Boulevardsendungen lief – das würde mir wohl genauso gehen –, aber mittlerweile haben wir uns alle wieder lieb.«

»Ist es nicht ein Trend, die Medien, das Fernsehen für alles verantwortlich zu machen?« Er lächelte verschmitzt und glaubte vermutlich, dass ein Lächeln reichte, die Zuschauer auf seine Seite zu ziehen. Ich musste schwerere Geschütze auffahren, also lächelte ich freundlich zurück und verschränkte die Arme unter dem Busen. Der Kameramann unterstützte mein Manöver.

»Als Trend würde ich es nicht bezeichnen. Das ist keine vorübergehende Modeerscheinung. Ich stimme Frau Wendt zu, wenn sie von den Medien als Wirtschaftsunternehmen und als Autorität spricht. Die Massenmedien sind in unserer Gesellschaft die wichtigsten Meinungsmacher. Werte bekommt man nicht mehr über die Religion oder die Erziehung vermittelt, sondern aus dem Fernsehen. Sie werden selbst erlebt haben, dass wildfremde Menschen Sie auf der Strasse ansprechen und sich Ihnen ganz vertraut fühlen. Das ist doch ziemlich beachtlich, oder?«

Er setzte zu einer Replik an, aber ich kam ihm zuvor.

»Während der Mordserie gab es Tage, da ging ich durch die Stadt, und die Leute spuckten vor mir aus. Das ist eine ziemlich eindeutige Reaktion auf die Geschichten, die die Medien damals über mich verbreitet haben.«

»Wie gehen Sie mit so einer Situation um?«

»Man kann mit so etwas nicht umgehen. Ich war so schokkiert, dass ich nicht einmal mit einen Spruch darauf reagieren konnte. Es war vielleicht ganz gut, dass ich zu der Zeit fast permanent unter Schock stand – es gab zu viele andere Sachen, um die ich mir Gedanken machen musste. Da blieb nicht viel Zeit zum Grübeln.«

»Würden Sie sagen, dass Sie den letzten Sommer unbeschadet überstanden haben?«

»Wenn ich mich in dieser Runde umschaue, dann bin ich wohl die einzige, für die das Schlimmste überstanden ist.«

»Vergessen Sie mich nicht!« warf Carola Wendt ein, und ich nickte ihr freundlich zu.

»Mein guter Ruf ist wiederhergestellt. Wenn ich Menschen treffe, dann fragen die mich nicht mehr: ›Haben Sie alles gut überstanden?‹, sondern wieder: ›Wie geht's?‹ Der Sommer 2000 war eine bizarre Episode in meinem Leben, die jetzt glücklicherweise abgeschlossen ist.«

»Außer, wenn Sie in Talkshows darüber reden.«

Das saß. Am liebsten hätte ich ihm gegen das Schienbein getreten. Ich war alles andere als ein Talkshow-Tourist. Weil *Midnight DeLight* binnen eines Monats entwickelt worden war, hatte ich nicht einen einzigen Promo-Auftritt für die Sendung absolvieren können. Ich hatte mich Kestner weiß Gott nicht aufgedrängt, sondern ihn vielmehr aus einer brenzligen Lage gerettet. Immerhin war ich der Last-Minute-Ersatz für einen abgesprungenen Gast.

»Ihr Entschluss, nicht mehr als Darstellerin zu arbeiten, war eine Reaktion auf die Ereignisse?«

»Keineswegs«, antwortete ich und sparte mir den Zusatz »da haben Sie schlecht recherchiert«, »das hatte ich schon vorher beschlossen. Darf ich Ihnen ein Geheimnis verraten, Rainer?« Ich beugte mich zu ihm vor.

»Bitte, Lilly.« Für die Zuschauer sah es aus wie ein heißer Flirt, was aber wirklich passierte, hatte mit Zuneigung nichts, aber auch gar nichts zu tun. Wellen der Abneigung waberten mir entgegen. Ronny hätte mir nie den Begriff der Aura erklären dürfen, denn jetzt sah ich Kestners Energiefeld in graubraunen Farben lodern.

Ich überwand mich, legte meine Hand auf seinen Unterarm

und konnte beobachten, wie sich auf seiner Stirn Schweißperlen bildeten. Sein Arm war so kalt wie seine Hand. War Kestner ein verdammter Vampir?

»Das Thema der Sendung hat gar nichts mit mir und meinem Leben zu tun, Rainer. Ich bin doch nur aus einem einzigen Grund gekommen.«

»Und zwar?« Er hasste es, die Führung abzugeben, und in seiner Nervosität fielen ihm die Kärtchen aus der Hand. Ich half im beim Einsammeln.

»Um Sie endlich kennenzulernen.«

»Na, das nenne ich ein Kompliment!«

Das Publikum freute sich und applaudierte. Befriedigt lehnte ich mich in meinem Stuhl zurück.

»Es war schließlich höchste Zeit, dass wir uns einmal gegenübersitzen.«

»Ganz recht, Lilly, das Vergnügen ist ganz auf meiner Seite.«

»Außerdem wollte ich die Möglichkeit nutzen, meine Zuschauer auf meine neue Sendung aufmerksam zu machen, die mit dem Thema heute abend leider fast gar nichts zu tun hat. Es geht nämlich um wahre Liebe und guten Sex.«

»Richtig, Lilly. Sie gehen direkt im Anschluss an Kestner mit Ihrer eigenen Talkshow auf Sendung.«

»So ist es, Rainer. Die Show heißt *Midnight DeLight*. Das ist eine Call-in-Sendung, in der ich meinen Anrufern Tips zum Thema Sex und Beziehungen gebe.«

»Und wer könnte das besser als Lilly DeLight?« Er grinste jovial in die Kamera, und das Publikum spendete einen freundlichen Applaus.

»Haben Sie denn einen Flirt-Tip für unsere Zuschauer?« Ich schaute mir genau an, wie er auf seinem Stuhl saß, nahm die gleiche Haltung ein und blickte ihm tief in die Augen. Ich fragte mich, was ihn um Gottes willen so nervös machte.

»Augenkontakt, Spiegeln, also die Körperhaltung des Gegenübers übernehmen. Und, das ist besonders wichtig« – hier legte ich meine Hand auf sein Knie – »Körperkontakt herstellen.«

Das Publikum amüsierte sich prächtig, als er den verlegenen Jungen spielte. Sie hatten ja keine Ahnung, dass ich ihn tatsächlich in Verlegenheit gebracht hatte. Natascha Meyer-Stade murmelte etwas Unverständliches, aber wenn ich ihre Lippen richtig las, dann sagte sie »verdammter Zirkus«.

»Wenn wir heute etwas gelernt haben, dann ist es, dass Liebe und Sex mehr sind als ein reines Vergnügen.« Um das zu lernen, musste man nun wirklich nicht den Fernseher anschalten, dachte ich mir. Das hatte ich spätestens begriffen, als ich das erste Mal Sex vor der Kamera mit einem Darsteller hatte, dessen Hände eiskalt gewesen waren. Was das Publikum von Kestner wirklich gesehen hatte, war tatsächlich ein Zirkus, ein Jahrmarkt. Anstelle der Frau ohne Unterleib und des Starken Mannes waren allerdings wir als Freaks präsentiert worden. Unsere Schicksale waren der Saft aus der Zitrone, die die Medien ausquetschten. Ich hatte immerhin noch einen sinnvollen Grund, zu erscheinen: Promo für *Midnight DeLight*. Ob Natascha Meyer-Stade oder Stefan Bruhns Sympathiepunkte gesammelt hatten, war allerdings zu bezweifeln. Für fünfhundert Euro hatten sie sich vorführen lassen wie menschliche Tanzbären, die doch nur immer denselben Tanz aufführen. All dies im Dienste des persönlichen Aspekts, des tief-emotionalen Anspruchs der Sendung, in der es als verpönt galt, nichts weiter in petto zu haben als ein neues Produkt. Kestners Redaktion hätte sogar Goethe verweigert, seinen *Faust* vorzustellen – da würde der menschliche Faktor fehlen. Herr Goethe, haben Sie nicht noch ein schwarzes Geheimnis, etwas spektakulär Privates, das Sie unserem Publikum mitteilen könnten? Geheimgehaltene Vaterschaft? Adoption eines drogenkranken russischen Babys? Ein unheilbares Leiden, möglichst exotisch? Sexsucht? Einen traumatischen Todesfall, der Ihr Leben prägte?

»Vielen Dank, Lilly DeLight, Natascha Meyer-Stade, Carola Wendt und Stefan Bruhns. Ich hoffe, Sie sind auch nächstes Mal dabei, wenn wir unter anderem Nina Hagen und Schwester Maria Benediktina aus dem Kloster Schwarzach zu Gast haben. Unser Thema dann: ›Zwischen Himmel und Erde‹. Danke fürs Zuschauen – und zappen Sie nicht weiter, sondern bleiben Sie bei Sat 7 für Midnight DeLight.«

Wir strahlten ins applaudierende Publikum, bis das rote Licht der Kamera erlosch.

»Na, das ist doch prima gelaufen.« Kestner erhob sich und blickte einmal in die Runde. Aus dem Publikum kamen Zuschauer mit Autogrammwünschen, und ich war erleichtert, keinen Small talk mit dem Moderator machen zu müssen.

Eine Hand legte sich auf meine Schulter –Winfried Ebersbach sprach mir seine Glückwünsche aus. Neben ihm stand ganz in Weiß seine Tochter Alexandra. Sie war nicht so gut gelaunt wie ihr Vater.

»Prima, super, toll! Wie du mit Kestner geflirtet hast, das ist schon jetzt Fernsehgeschichte.« Er wandte sich kurz ab. »Kestner, Junge. Komm mal her!« Kestner ließ es sich jedoch nicht nehmen, zwei asiatischen Schönheiten ein Autogramm auf ihren Berlin-Stadtplan zu geben. Der Prophet weigerte sich, zum Berg zu kommen, also machte sich der Berg auf den Weg zum Propheten. Hinter Kestner stand Carola Wendt. Natascha Meyer-Stade sprach sie an, aber sie hörte ihr nicht zu. Sie schaute zu mir herüber, und ich nickte ihr kurz zu. Ebersbachs Tochter stand etwas verloren an meiner Seite. Ihr Vater hatte es versäumt, uns bekanntzumachen, also streckte ich meine Hand aus und stellte mich selbst vor.

»Lilly DeLight, hallo.«

»Alexandra Ebersbach. Erfreut, Sie kennenzulernen. Winfried Ebersbach ist mein Vater. Ich bin im Sendegremium bei Sat 7.« Sie war eine attraktive Frau Ende Zwanzig. Die sorgsam und teuer gesträhnten blonden Haare trug sie hochgesteckt, das Gesicht war nur sehr dezent geschminkt. Ihr Kostüm hatte ich am Tag zuvor bei Donna Karan im Quartier 206 gesehen, deshalb hatte ich eine Vorstellung davon, wie lukrativ ihr Job beim Sender war.

»Womit beschäftigt sich Ihr Gremium?«

»Wir unterziehen unsere Produktionen einer sorgsamen Analyse, prüfen sie auf eventuelle jugendgefährdende Inhalte, veranlassen Kürzungen bei Spielfilmen. Das ist unser Aufgabenbereich. Wir nehmen im Grunde den Landesmedienanstalten und der FSK die Arbeit ab.«

»Das hört sich ja spannend an«, antwortete ich und ahnte, wie das Gespräch weitergehen würde. Ich irrte mich nicht.

»Haben Sie morgen vormittag Zeit, sich ein paar Minuten mit mir zusammenzusetzen? Auf einen Kaffee? Ich war vorhin bei der Aufzeichnung Ihrer Sendung und würde gerne ein paar Dinge mit Ihnen besprechen.«

»Sicher. Wir können uns im Four Seasons treffen.«

»Morgen um zehn Uhr?«

»Alles klar.«

»Wollen wir uns die Sendung jetzt noch gemeinsam anschauen?«

»Ich war den ganzen Tag im Sendezentrum gewesen und sehnte mich nach einer Atmosphäre mit mehr Zen-Gefühl. »Ich glaube, ich fahre jetzt lieber ins Hotel. Es war ein anstrengender Tag.«

»Gott, der ist ja so niedlich –...« Suzy saß im Taxi auf dem Beifahrersitz und kam aus dem Schwärmen über Rainer Kestner nicht heraus. Ich teilte mir die Rückbank mit Carola Wendt, die ebenfalls im Four Seasons untergebracht war.

»Ein Schwiegermuttertraum«, kommentierte die Sechzigjährige.

»Ich kann ihn nicht ausstehen. Jetzt erst recht nicht. Der hat mich behandelt, als sei ich durchsichtig.«

»Aber ihr habt doch so schön geflirtet!«

»Suzy, das war Entertainment. Fernsehen. Du darfst nicht alles glauben, was du siehst.«

»Allerdings.« Carola Wendt steckte sich eine Zigarette an.

»Das ist ein Nichtraucher-Taxi!« jammerte der Chauffeur.

»Jetzt nicht mehr.« Obwohl ich selbst nicht gerade glücklich über den Zigarettenrauch war, bewunderte ich sie für ihre Direktheit. Eigentlich hätte sie sich mit der Zigarette gedulden können, denn der Weg vom Sendezentrum ins Hotel war so kurz, dass wir genausogut hätten laufen können. Das Taxi fuhr in der Charlottenstraße vor, und der Portier öffnete uns die Tür.

»Nehmen wir noch einen Drink in der Bar?«

»Gerne. Suzy, bringst du schon mal den Make-up-Koffer aufs Zimmer?«

»Na klar. Ich geh auch gleich schlafen, ich bin so müde wie ein Murmeltier.«

Ich hatte keine Ahnung, was für einen Biorhythmus Murmeltiere haben. »Dann schlaf schön.«

Vermutlich war Suzy in Gedanken gerade bei Kestner, denn sie übersah den riesigen Tisch in der Halle und stieß frontal mit ihm zusammen. Bevor ich loslaufen und ihr aufhelfen konnte, war schon ein hübscher Portier an ihrer Seite, und sie stand kichernd auf.

Nachdem Suzy noch immer kichernd im Fahrstuhl verschwunden war, begaben Carola Wendt und ich uns an die Hotelbar. Frau Wendt bestellte zwei Wodka, dann nahmen wir in den bequemen tiefen Sesseln Platz.

»Das beste, was man um diese Uhrzeit zu sich nehmen kann. Wirkt wie Medizin.«

»Ich trinke eigentlich keine harten Sachen.«

»Ich habe auf so vieles verzichten müssen, dass ich mir heute so manchen kleinen Luxus leiste. Den Wodka müssen Sie probieren. Er erfrischt, aber er putscht nicht auf. Ideal vorm Zubettgehen.« In dem gedämpften Licht der Bar sah sie aus wie eine sehr gepflegte Frau Anfang Vierzig. Ich fragte mich, wie sie es geschafft hatte, dass die Verbitterung über die jahrelange Haft sich nicht in ihren Gesichtszügen manifestiert hatte.

»Weshalb sind Sie eigentlich in die Sendung gegangen? Sie geben doch sonst keine Interviews.«

»Winfried hatte noch einen Gefallen bei mir gut. Und so schlimm, wie ich es mir vorgestellt hatte, war es schließlich doch nicht.«

So, wie sie ihre Antwort artikulierte, war klar, dass Nachfragen ausgeschlossen war.

»Sie waren sehr gut. Schrecklich, was Ihnen passiert ist.«

»Das aus dem Mund einer Frau, die mitreden kann –...« Der Kellner servierte den Wodka in eiskalten, beschlagenen Gläsern, und Carola Wendt prostete mir zu: »Auf das Leben!«

»Darauf gern!«

Wir leerten unsere Gläser.

»Was halten Sie von Stefan Bruhns?« Ich wollte eigentlich ein Frauengespräch über den Erotikfaktor des attraktiven Playboys führen, aber Carola Wendt gab der Unterhaltung eine ganz andere Wendung.

»Ich finde es im Grunde unverantwortlich, so einem Menschen ein Forum zu bieten.« Ein leises Lächeln umspielte ihre Lippen.

»Sie halten ihn für schuldig?«

»Natürlich. Sie etwa nicht? Sein Glück ist, dass das dumme Mädchen den Vaterschaftstest gemacht hat, der ihn zumindest teilweise entlastete.«

»Seit letztem Jahr glaube ich immer weniger an das, was mir

die Medien suggerieren. Vielleicht ist er unschuldig. Wenn nicht, dann ist er ziemlich abgebrüht.«

»Wissen Sie, was abgebrüht ist? Die folgende Geschichte ist wahr: In Kanada wurde im Jahr 1981 ein Kindermörder gefasst und verurteilt. Es konnten ihm mehrere Morde nachgewiesen werden, aber in einigen Fällen konnten die Opfer nicht gefunden werden, man konnte also diese Fälle nicht vor Gericht bringen. Also forderte man ihn auf, die Polizei zu den Orten zu führen, wo er die Leichen der vermissten Kinder versteckt hatte. Er erklärte sich dazu bereit, wenn die Hinterbliebenen ihm pro Fund die Summe von zehntausend Dollar zahlen.«

»Nein – das ist krank.«

»Es wird noch kränker, Frau DeLight. Denn die Ermittlungsbehörden erteilten ihre Zustimmung. Der Mann hat auf diesem Weg hunderttausend Dollar verdient. Nachdem der Mordprozeß abgeschlossen war, haben die Hinterbliebenen geklagt, um ihr Geld zurückzubekommen, aber ein Gericht bestätigte den Vertrag als rechtmäßig.«

»Mir dreht sich der Magen um.«

»Können wir bitte noch zwei Wodka bekommen? – Das ist immer noch nicht das Ende der Geschichte. Er wurde zu elf lebenslänglichen Haftstrafen verurteilt. Die sitzt er aber nicht etwa nacheinander ab, sondern gleichzeitig. Nach fünfundzwanzig Jahren kann er auf Bewährung entlassen werden.«

Der Wodka kam wie gerufen.

»Und wissen Sie, wie der Mann sich im Gefängnis die Zeit vertreibt? Er schreibt den Angehörigen der Opfer Briefe, in denen er den Tathergang detailliert beschreibt, und fertigt Zeichnungen an, die das Geschehen illustrieren.«

»Meine Güte. Man kann nur hoffen, dass die Bewährungskommission das in Betracht zieht!«

»Vermutlich bekommt er Extrapunkte für Kreativität.«

»Aber in Deutschland wäre so etwas doch gar nicht möglich.«

»Was das Strafmaß angeht, natürlich nicht. Hier ist es durchaus möglich, zu zweimal lebenslänglich verurteilt zu werden, aber weder ist der Begriff ›lebenslänglich‹ genau definiert, noch kommt es in der Praxis dazu, dass jemand dreißig Jahre inhaftiert bleibt. Der Nazi-Verbrecher Rudolf Heß war wohl der einzige, der in Deutschland sprichwörtlich lebenslang gesessen hat. In der Regel gibt es nach einigen Jahren Haftermäßigungen. Spätestens nach zehn Jahren bekommt man Ausgang. Alle fünf Jahre wird durch eine Kommission überprüft, wie sich die Häftlinge bewähren. Die deutsche Justiz geht immer noch davon aus, dass das Gefängnis eine Rehabilitierungsmaschinerie ist, wo der Kriminelle bereut und zu einem besseren Menschen, einem wertvollen Vertreter der Gesellschaft reift.«

»Es ist alles so scheinheilig, dass es weh tut. Wenn man anfängt, darüber nachzudenken, macht es einen verrückt.«

»Und dabei ist unser System sicher nicht das schlechteste. Es ist wie mit allen Systemen – sie sind auf den gesunden, funktionierenden, mündigen Bürger ausgerichtet.«

»Und wenn jemand gesund und mündig genug wirkt, dann hat er eine gute Chance, ungestraft davonzukommen – egal was er tut.«

»Wenn er nicht gerade ein Bohemien ist und in einer Kommune lebt wie ich. Die hielten mich damals für zu kalt, zu kontrolliert.«

Ich war ein Kind gewesen, als Carola Wendts Fall Schlagzeilen machte, konnte mich aber daran erinnern, wie meine Großmutter über ihren Frauenzeitschriften saß, mit dem Zeigefinger auf die Fotos der Schauspielerin pochte und sagte: »Siehst du, das hat sie nun davon. Das ist eine böse Frau. Und schau – sie raucht. Fang damit bloß nie an, Kind.«

»Denken Sie nur an Stefan Bruhns. Der geht aus der Geschichte noch als Held hervor. Für ihn scheint das alles eine große Entertainment-Show zu sein.«

»Aber genau das wollen die Leute sehen. Oder lesen. Wenn jemand zu weit geht, muss er bestraft werden. Und noch besser wird die Geschichte, wenn sie eine Fortsetzung hat und sich herausstellt, dass nicht er der Schuldige ist, sondern das Mädchen gelogen hat. Ein besserer Titel für Kestners Show wäre *Schuldlos schuldig* gewesen.«

Wir nahmen unsere Taschen, standen auf und wollten uns auf den Weg ins Foyer machen, als wir beide heftig erschraken. Einen Tisch weiter, in einer Nische rechts hinter uns, saß Stefan Bruhns, rauchte eine schmale Zigarre und schaute uns aus ausdruckslosen Augen an. Um seinen Mund spielte ein undeutbares Lächeln.

»Der sprichwörtliche Fettnapf wäre in diesem Fall die reine Untertreibung«, sagte Carola Wendt trocken. Ich hatte weiche Knie, als wir uns auf den Weg zu den Fahrstühlen machten.

»Wer weiß, wie lange der dort schon gesessen und zugehört hat?«

»So, wie er uns angeschaut hat, nehme ich an, lange genug. Machen Sie sich keine Gedanken deswegen. Wie sagt der Engländer? Es ist sinnlos, über verschüttete Milch zu weinen.«

Obwohl sie natürlich recht hatte, fühlte ich mich schwer angeschlagen. Ich sehnte mich schon jetzt zurück nach Goslar, in mein warmes Bett, wo ich mich an Max kuscheln konnte.

Wir waren am Fahrstuhl angekommen, und ich streckte die Hand nach dem Knopf aus.

»Ach, wie dumm.« Carola Wendt kramte in ihrer Handtasche. »Ich habe meine Zigaretten auf dem Tisch liegen lassen.«

»In Ihrer Haut möchte ich nicht stecken. Ich hätte überhaupt keine Lust, Bruhns noch einmal über den Weg zu laufen.«

»Ich würde mir einfach eine neue Schachtel kaufen, aber die Zigarettenspitze liegt dabei, und die ist sehr wertvoll. Ein Geschenk.«

»Möchten Sie, dass ich mitkomme?«

»Ach was. Nein. Das schaffe ich schon. Gute Nacht, Lilly – wir bleiben in Kontakt!«

»Gute Nacht und bis bald!«

Ich drückte den Fahrstuhlknopf.

»Frau DeLight?«

Der hübsche Portier, der Suzy aufgeholfen hatte, stand neben mir.

»Ja, bitte?«

»Die Rezeption hat mehrere Nachrichten für sie entgegengenommen.«

Ich konnte ein Gähnen nicht unterdrücken. Der Gedanke an mein warmes Bett hatte mich todmüde gemacht. »Das hat Zeit bis morgen, denke ich.«

»Einige sind mit dem Vermerk ›dringlich‹ versehen.«

»Na gut. Vielen Dank.«

Ich schleppte mich durch die Halle und sah Carola Wendt der Rezeptionistin einen dicken braunen DIN-A4-Umschlag übergeben. Sie schaute zu mir, lächelte und winkte mir zu, bevor sie zurück zur Bar ging. Ich winkte zurück und blieb wie angewurzelt stehen, als ich ein knirschendes, metallisches Geräusch hörte. Ich blickte zur Rezeption herüber und sah den Nachtportier und die Rezeptionistin mit leerem Blick und offenem Mund auf etwas an der Wand hinter mir starren. Das Geräusch wurde lauter – ein Pfeifen, als wenn man ein Seil durch die Luft peitscht, kombiniert mit einem Stakkato von harten Schlägen –, und ein seltsamer Windhauch ging durch die Hotelhalle. Als ich mich umdrehte, um zu sehen, was sich hinter mir abspielte, riss mich jemand so heftig zu Boden, dass mir der Atem stillstand. Meine Tasche schlidderte durch die Halle und blieb vor der Rezeption liegen. Der Portier, der mich umgeworfen hatte, kippte den schweren Tisch um, so dass die Blumenvasen auf dem Marmorboden zerbarsten. Ein ohrenbetäubender Schlag brachte die Halle zum Erbeben. Metallornamente und Holzverzierungen hagelten wie Geschosse herab und prallten von dem schützenden Tisch ab. Putz rieselte von der Decke, und mit einem kreischenden Geräusch, gefolgt von einem Klirren und Scheppern, löste sich einer der riesigen Kristallüster und schlug weniger als zwei Meter neben uns auf den Boden. Glassplitter explodierten in alle Richtungen und legten sich wie Diamantenstaub auf meine Kleidung. So schnell, wie es begonnen hatte, war das Spektakel vorbei. Der Portier stand vorsichtig und etwas wacklig auf und blickte zur Rezeption, wo seine Kollegin immer noch fassungslos hinter ihrem Counter stand. Ihr Haar und ihre Schultern waren weiß von Putz, der sich von der Decke gelöst hatte. Sie löste sich aus ihrer Starre und nickte dem Portier zu, der mir wieder auf die Beine half.

»Ich möchte mich für die grobe Behandlung entschuldigen«, stammelte er, und ich fragte mich, ob er noch ganz bei Trost war. Er hatte mich vor schlimmen Verletzungen bewahrt. Ich sagte nichts, überlegte, was für ein Trinkgeld in so einer Situation wohl angemessen war, und gab ihm einen Kuss auf die Wange. Erst jetzt schaute ich zum Lift hinüber, der auf dem Boden des Foyers aufgeschlagen war und das gesamte Haus zum Erbeben gebracht hatte. Ich machte eine mentale Notiz: »Four Seasons: Foyer nicht unterkellert.«

Das nächste, was ich spürte, waren Carola Wendts Arme, die sich um meine Schulter legten.

»O mein Gott«, brachte sie hervor, »o mein Gott. Sind Sie verletzt?«

Ich schaute an mir herunter und schüttelte den Kopf. »Es ist nichts passiert. Mir geht's gut.«

Die Halle erwachte aus ihrer Schockstarre. Die Rezeptionistin und der Nachtportier begannen zu telefonieren, und binnen weniger Minuten hatte sich ein Dutzend Menschen im Foyer versammelt. Eine Putzkolonne beseitigte die Trümmer, und zwei Techniker machten sich an der Fahrstuhltür zu schaffen. Erst jetzt kam mir der Gedanke, dass der Lift besetzt gewesen sein könnte, und mir wurde übel.

»Brauchen Sie einen Arzt?« Der Portier war immer noch kalkweiß vor Schock.

»Nein, danke. Aber rufen Sie trotzdem einen. Falls jemand da drin ist.«

In diesem Augenblick erklang noch einmal ein blechernes Kratzen und Knarren. Die Techniker stemmten die Fahrstuhltür auf, die sich beim Aufschlag verkeilt hatte.

Im ersten Moment dachte ich, der Fahrstuhl sei leer. Aber er war besetzt. Auf dem Boden der Kabine lag eine nackte Frau. Sie hatte den Absturz nicht überlebt. Aber sie hatte ihn vermutlich auch nicht erlebt, denn Dutzende Wunden auf ihrem Oberkörper und das trocknende Blut an den Stellen, wo ihre Haut noch intakt war, ließen darauf schließen, dass sie schon tot war, bevor man sie in die Kabine geworfen hatte. Nachdem ich fassungslos vor Entsetzen die Wunden, das Blut, den grausam zugerichteten Körper angestarrt hatte, wanderte mein Blick zum Gesicht der Frau. Ich begann heftig zu zittern, meine Beine gaben nach, und ich sackte auf die Knie. Die Tote war meine Erzrivalin Greta Giehse.

Kapitel 7

Meinen Einstieg in die Pornobranche hatte ich 1990 in Peine gemacht, bei der damals zweitgrößten Videoproduzentin des Landes nach Beate Uhse. Greta Giehse hatte ein gutes Gespür für neue Gesichter – auch wenn es in unserem Zweig der Unterhaltungsindustrie nicht nur auf die Gesichter ankommt. Greta war es, die Ronny und mich zusammenbrachte und mit uns in einer langen Reihe von Filmen, die mittlerweile als Klassiker gelten, viel, viel Geld verdiente. Geld, an dem Ronny und ich leider nicht beteiligt waren. Deshalb beschlossen wir irgendwann, unsere Talente gewinnbringender einzusetzen und eine eigene Produktionsfirma zu gründen. In der Zeit hatte Ronny ein massives Drogenproblem, und so musste ich meinen Plan allein in die Tat umsetzen.

Greta war nicht gerade der sympathischste Mensch, den man sich vorstellen konnte. Sie soff, war grob und nie zufriedenzustellen. Nichtsdestotrotz war es letztlich ihr Verdienst, dass ich so erfolgreich geworden bin. Wäre sie weniger unausstehlich und fairer gewesen, würde ich vielleicht noch heute als Darstellerin für andere Produzenten vor der Kamera stehen. Das hatte ich immer im Hinterkopf, wenn ich an sie dachte, und wenn ich sie auch nicht zu meinem Freundeskreis zählte, so hatte ich doch eine gewisse Hochachtung vor ihr. Sie kam gleich nach Beate Uhse und kurz vor Teresa Orlowski, was die Rangliste der wichtigsten deutschen Pornoproduzentinnen anging. Teresa und ich hatten ihr den Rang abgelaufen, weil Greta die Zeichen der Zeit nicht erkannte – dazu war sie zu whiskybenebelt. Spätestens Mitte der Neunziger war sie zur Witzfigur der Szene verkommen. Ihre Filme liefen zäh, was damit zu tun haben mochte, dass sie es sich nicht nehmen ließ, trotz fortgeschrittenen Alters selbst vor der Kamera zu agieren. In der Branche war sie, gelinde gesagt, unbeliebt. Alle hatten schlechte Erfahrungen mit ihr gemacht. Sie zahlte mies, war herrisch, selbstgerecht und unzuverlässig. Es war mir zweimal passiert, dass ich für einen Dreh am Set erschien und sie mich anbrüllte: »Was machst du hier? Hau ab!« Sie hatte mich am Abend vorher gebucht und konnte sich am folgenden Morgen nicht mehr daran erinnern.

All dies wäre noch verzeihlich gewesen, aber in den letzten Jahren war sie eindeutig zu weit gegangen. Sie hatte meine Produktionen massiv boykottiert. Darsteller, die ich beschäftigte, bekamen bei ihr keine Rollen mehr. Für mich als Neuling war das eine dramatische Situation – ich verstand die Angst meiner Kollegen. Keiner konnte wissen, ob meine Firma sich bewähren würde. Da ich ohne Darsteller dastand, begann ich selbst zu scouten, und ironischerweise war das der Grundpfeiler meines Erfolgs. Ich kreierte meine eigene Star-Liga und drängte ungewollt Gretas Filme weit ins Abseits. Das wiederum schmerzte sie so sehr, dass sie noch massiver gegen mich vorging. Sie schleuste Betriebsspione in die Lilly DeLight GmbH ein, und diese hätten im vergangenen Sommer beinahe für das Aus meiner Firma gesorgt. Ich hatte sprichwörtlich mehr Glück als Verstand gehabt und war am Ende unbeschadet aus der ganzen Geschichte hervorgegangen.

Greta hatte vor wenigen Wochen ihren Laden dichtmachen müssen. In einer Sendung mit dem Titel *Nie mehr Sex* wäre sie tatsächlich viel besser aufgehoben als ich. Sie hatte mir nicht leid getan – ich glaube an Karma.

Sie jetzt verstümmelt am Boden des Fahrstuhls liegen zu sehen, traf mich jedoch wie ein Schock. Niemand verdiente so ein Ende, Karma hin oder her.

»Frau DeLight, wer hätte gedacht, dass wir uns so schnell wiedersehen!«

Die zierliche Frau mit den langen Haaren und der rauchigen Stimme lächelte mich freundlich an. Ich saß noch immer benommen auf einem Stuhl in der Lobby, den ein freundlicher Page bereitgestellt hatte, als er mich zusammensacken sah.

»Frau Haberlik – hab ich recht?«

»Sie haben ein gutes Namensgedächtnis.«

»Wir scheinen uns immer nur in Hotels zu treffen.« Ich versuchte ein Lächeln.

»Und immer in den besten. Vielen Dank, dass Sie mir damals den Dessous-Katalog zugeschickt haben. Ich bin eine treue Kundin geworden.«

»Das freut mich zu hören.«

Kommissarin Haberlik war mir im vergangenen Sommer das erste und bisher letzte Mal im Hotel Astor begegnet. Sie hatte im Fall der getöteten Journalistin Elke Brenner ermittelt. Damals war ich Zeugin des Mordes gewesen. Diesmal hatte ich einen Leichenfund zu bezeugen. Aber auch auf diesem Gebiet hatte ich im vergangenen Jahr einige leidvolle Erfahrungen sammeln müssen.

In der Halle herrschte mittlerweile ein Betrieb wie sonst nur zur Check-out-Zeit. Die Spurensicherung machte Fotos, sperrte den Bereich um die Fahrstuhlkabine ab, während Hotelangestellte sich bemühten, das Foyer in seinen Urzustand zurückzuversetzen und spät heimkehrende Hotelgäste von Portiers zum zweiten Fahrstuhl neben dem Restaurant eskortiert wurden.

Frau Haberlik erkundigte sich bei der Rezeptionistin nach einem ruhigeren Ort, und wir betraten ein zweites Mal in dieser Nacht die Bar, die jetzt bis auf einen müde wirkenden Barmann menschenleer war. Unaufgefordert servierte er uns drei Tassen starken italienischen Kaffee. Stefan Bruhns war offenbar schlafen gegangen.

»Sagen Sie nicht, dass Sie heute nacht gar keinen Dienst

haben und extra wegen dieser Geschichte noch mal rausmussten!«

»Das war eine Anordnung. Die männlichen Kollegen wollten schon Münzen werfen, wer kommen darf, als sie hörten, dass Sie hier sind, aber mein Chef hat ihnen den Spaß verdorben und mich geschickt.«

»Ob das ein Spaß wird, bezweifle ich.«

»Entschuldigung – nach fünf Jahren Mordkommission entwickelt man einen ziemlich schwarzen Humor.«

»Frau Haberlik, darf ich Ihnen Carola Wendt vorstellen?«

Die Damen reichten sich die Hände und taxierten sich ein wenig skeptisch. Sie lächelten einander kurz an. Für mehr Small talk war ich zu neugierig und zu müde. »Wir waren gerade auf dem Weg in unsere Zimmer …«

»Sie kennen die Frau?«

»Natürlich. Auch wenn ich mir manchmal gewünscht habe, ihr niemals über den Weg gelaufen zu sein.«

»Greta Giehse, richtig?« Woher wusste Carola Wendt das? Sie schien mir nicht der Typ Frau, der sich in der Pornobranche auskennt.

»Sie kannten sie?« Jetzt war ich überrascht.

»Ich schaue Fernsehen, lese Illustrierte … Natürlich ist mir Greta Giehse ein Begriff. Und wenn die Zeitungen ausnahmsweise mal die Wahrheit geschrieben haben, dann hat sie vor ein paar Wochen Konkurs angemeldet.«

»Das stimmt.« Den Konkurs hatte ich schmerzlich zur Kenntnis genommen. Allerdings auch nur, weil er bedeutete, dass ich vergeblich auf mein Schmerzensgeld wegen übler Nachrede und Geschäftsschädigung warten würde.

»Ist es nicht ungewöhnlich, Frau DeLight, dass Sie beide im gleichen Hotel eingecheckt haben?«

»Wenn ich es nicht besser wüsste, würde ich sagen – ein mieser Zufall.« Oder ein kleiner Spaß, den sich die Redaktion von

Kestner erlaubt hatte. Natürlich war bei Sat 7 bekannt, wo ich während der Produktionszeit wohnte. Vielleicht hatte man auf eine Schlammschlacht spekuliert.

»Inwiefern wissen Sie es besser?«

»Greta war nicht zufällig in Berlin. Sie war für die heutige Kestner-Sendung gebucht. Als sie nicht im Sendezentrum erschien, hat man kurzfristig mich angefragt.«

»Ich verstehe. Ich hatte mich schon gefragt, was ausgerechnet Sie mit dem Thema ›Nie mehr Sex‹ zu tun haben sollen.« Die Kommissarin erhob sich. »Danke, dass Sie sich die Zeit genommen haben. Ich muss zurück zur Spurensicherung und mit den Hotelangestellten reden. Es war wirklich nett, Sie wiederzusehen, Frau DeLight.«

»Schade, dass es immer Morde sind, die uns zusammenbringen.«

»Wie wahr, Frau DeLight, wie wahr. Darf ich Sie etwas ganz anderes fragen?«

»Natürlich.«

»Sie halten mich wahrscheinlich für eine komplette Idiotin, aber wie kommt es eigentlich, dass Sie hier sein konnten, als gerade live Ihre Sendung im Fernsehen lief?«

»Wir haben vorher aufgezeichnet.«

»Das heißt, die Anrufe sind alle getürkt.« Sie runzelte die Stirn.

»Nein – den ganzen Tag über liefen Trailer in den Werbeblocks, da war eine Hotline-Nummer angegeben. Wer mit mir telefonieren wollte, meldete sich dort. Die interessanten Fälle wurden von der Redaktion gesammelt, und dann wurden die Anrufer zur Aufzeichnungszeit zurückgerufen und auf Sendung geschaltet.«

»Ich verstehe. Warum macht man das so? Weshalb zeichnet man nicht live auf?«

»Der Sender machte sich Sorgen, dass es vielleicht zu pornografisch wird. Deshalb wollten sie auf Nummer sicher gehen und sich vorbehalten, eventuell zu schneiden.«

»Interessant. Man lernt nie aus.«

»Darf ich Ihnen auch eine Frage stellen?«

»Aber bitte.«

»Diese Wunden auf dem Oberkörper von Frau Giehse – das waren keine Einschüsse oder Stichwunden, nicht wahr?«

Sie atmete tief durch. »Sie behalten das für sich, ja?«

»Wir sind nicht gerade Frauen, die sich der Presse aufdrängen.« Carola Wendt beugte sich in ihrem Sessel nach vorne.

»Frau DeLight, Sie werden bitte nicht Miss Marple spielen, versprechen Sie mir das.«

»Versprochen«, sagte ich und hatte schon eine gewisse Ahnung, dass ich dieses Versprechen würde brechen müssen, wenn die Dinge einen ähnlichen Verlauf nehmen würden wie im vergangenen Jahr.

»Näheres wird erst die Obduktion ergeben. Aber für mich sieht es aus wie Bissspuren.«

»Es tut mir leid, Schatz. Manchmal führe ich mich auf wie ein Idiot. Ich wollte dir nur toi, toi, toi für den Tag wünschen. Ich küsse dich.« Als ich Max' Stimme hörte, fühlte ich mich sehr einsam. Ich hätte mir nichts sehnlicher gewünscht, als in diesem Moment neben ihm zu liegen und seinen ruhigen Atemzügen zu lauschen. Aber ich saß allein auf dem Bett im Schlafzimmer meiner Suite, während es draußen zu schneien begann.

Das ständige Auf und Ab in unserer Beziehung war zermürbend. Den einen Tag liebte er mich, und es war, als wären wir immer noch in den Flitterwochen, am nächsten Tag ging dann wieder seine Eifersucht mit ihm durch. Allein die Tatsache, dass ich ihn heute noch nicht zurückgerufen hatte, musste wieder Horrorfilme auf die Leinwand seines Egos projiziert haben: Wo ist sie? Mit wem ist sie dort? Warum meldet sie sich nicht? Ich hatte nicht die Energie, ihn jetzt zu wecken, auf seinen Gefühlshaushalt Rücksicht zu nehmen und ihm Schritt für Schritt zu erklären, was mich davon abgehalten hatte, ihn zurückzurufen. Manchmal kam ich mir vor wie eine Trümmerfrau, die Tag für Tag damit beschäftigt ist, Stein um Stein eine Mauer abzutragen, die sich wie von magischer Hand wieder selbst aufbaut.

Die Roboterstimme der Mailbox verkündete: »*Nächste neue Nachricht.*«

»Bitte ruf mich an.« – *Nächste neue Nachricht.*

»Lilly, bist du noch da?«- *Nächste neue Nachricht.*

»Lilly, ruf mich dringend zurück, ich versuch's jetzt noch mal auf dem Handy.«

Sie haben keine weiteren neuen Nachrichten.

Ronny hatte drei Nachrichten auf dem Anrufbeantworter hinterlassen und noch drei weitere auf der Mailbox. Es war mittlerweile zwei Uhr morgens, und ich beschloss, auch ihn erst zur Frühstückszeit zurückzurufen.

Obwohl ich zum Umfallen müde war, wälzte ich mich unruhig im Bett und konnte nicht einschlafen. Immer wieder sah ich, wie sich die Tür des Fahrstuhls öffnete und den Blick auf die geschundene Leiche Greta Giehses freigab, die in embryonaler Haltung auf dem Boden der Kabine lag. Eine zierliche Frau, die sich nicht hatte zur Wehr setzen können, als ein Wahnsinniger über sie hergefallen, seine Zähne in sie geschlagen und ganze Haut- und Fleischfetzen herausgerissen hatte. Wer konnte so etwas Entsetzliches tun? Wie krank musste man sein, um einen Menschen zu reißen und zu zerfetzen wie ein wildes Tier?

Kapitel 8

» … im Berliner Luxushotel Four Seasons tot aufgefunden worden.«

Nach ein paar Stunden unruhigen Schlafes weckte mich der Fernseher, den ich in der Nacht eingeschaltet hatte, um mich abzulenken.

»Greta Giehse zählte in den Achtzigern neben Beate Uhse und Teresa Orlowski zu den bekanntesten Vertreterinnen der deutschen Pornoindustrie. Im Jahre 1997 wurde ihr der Venus-Award für ihr Lebenswerk überreicht. Kaum anderthalb Jahre später war ihre ehemalige Darstellerin Lilly DeLight die europäische Marktführerin im Bereich des erotischen Entertainments. Zuletzt hatte Greta Giehse Schlagzeilen gemacht, als ihre Sabotageaktionen gegen Frau DeLight ans Tageslicht kamen. Dies war das Aus für ihre Karriere gewesen. Vor wenigen Wochen meldete die ehemalige Millionärin den Konkurs an. Greta Giehse war für die Aufzeichnung der Talkshow Kestner in der Hauptstadt. Als sie sich nicht rechtzeitig in den Studios einfand, wurde sie mit Lilly DeLight umbesetzt.«

Ich setzte mich auf und stopfte mir das Kopfkissen in den Rücken.

Ein Klopfen an meiner Zimmertür schreckte mich auf. Es war kurz nach acht – zu früh für das Frühstück und zu früh für Besucher. Ich wickelte mich in die Bettdecke und ging zur Tür.

»Wer ist da?«

»Schatz, ich bin's.«

Erleichtert öffnete ich die Tür und fiel in die Arme meines Mannes.

»Ich habe es in den Nachrichten gehört und mich sofort ins

Auto gesetzt. Ausgerechnet hier im Hotel. Das ist wie ein schlechter Witz.«

»Nicht nur das, Max. Ich habe sie entdeckt.«

»O mein Gott!« Er drückte mich fest an sich. »Ich habe schlecht geschlafen, Mikey war unruhig, und irgendwann bin ich aufgestanden und habe mir einen Kaffee gekocht. Im Radio habe ich gehört, was hier passiert ist. Dann habe ich den Hund zu Anni gebracht und mich in den Wagen gesetzt.«

»Ich habe mich so nach dir gesehnt. Halt mich einfach nur fest.«

Eine Weile saßen wir schweigend auf dem Bett und betrachteten die Bilder, die das Frühstücksfernsehen sendete. Greta Giehses Tod war Nachrichtenstoff für alle Sender, die um diese Uhrzeit Magazinsendungen ausstrahlten. Alte Archivfotos gingen über den Bildschirm und setzten unangenehme Erinnerungen in mir frei. Greta mit schwarzen Haaren und in Lack bei Biolek, Greta rothaarig in einem Kleid wie aus dem *Denver-Clan* bei der Verleihung des Venus-Awards, Greta und ich beim Abschlussfoto der Hot d'Or-Verleihung 1996, Greta – spät erblondet – allein zu Haus, eine Homestory, die das Magazin - *Leute* in Auftrag gegeben hatte, nachdem der Bankrott bekannt geworden war. Mir fiel die Geschichte ein, wie wir beide bei einer Preisverleihung versehentlich in einer Garderobe untergebracht waren. Ich hatte mich um Freundlichkeit bemüht, aber sie redete kein Wort mit mir und warf mir über den Spiegel, vor dem wir beide saßen, böse Blicke zu. Nach einer Viertelstunde eisigen Schweigens sagte ich zu ihr: »Wollen wir unseren Streit nicht langsam mal begraben?«

Sie sagte nur: »Danke, nein.«

Einen bitteren Triumph hatte sie, als es zur Preisverleihung kam. Ich saß nervös an meinem Tisch in der ersten Reihe des Bankettsaals, als die Nominierungen für die beste weibliche Schauspielerin bekanntgegeben wurde. Der Moderator im Smoking kündigte an: »Den Preis in der Kategorie Beste weibliche Darstellerin überreicht Greta Giehse.« Ihr Auftrittsapplaus war verhalten, aber das war an diesem Abend jeder Applaus – in dieser Branche gönnt niemand dem anderen die Butter auf dem Brot, geschweige denn eine Venus oder einen Hot d'Or auf dem Kaminsims.

Mit großen Schritten und einem bizarren Haarturm, der entfernt an die architektonischen Wunderwerke von Ivana Trump erinnerte, betrat sie die Bühne, riss den Umschlag auf, erstarrte und schaute ins Publikum.

»Wir kennen und lieben sie alle.« Sie schien an den Worten fast zu ersticken. »Sie ist erst seit wenigen Jahren im Geschäft und hat das Zeug dazu, eine der Größten zu werden. Ihr Name ist pures Entzücken, und ich habe die Ehre, sagen zu dürfen, dass sie bei mir ihren Durchbruch geschafft hat. Jetzt hat sie längst ihre eigene Produktionsfirma und hat ihr Talent als kluge Geschäftsfrau unter Beweis gestellt. Die Venus für die beste weibliche Hauptdarstellerin geht an – Kitty Candall.«

Ich hatte mich schon fast vom Stuhl erhoben, um mir meinen Preis abzuholen, als ich registrierte, dass gerade der Name einer Unbekannten verkündet worden war. Ich schaute mich um, ob jemand mich beobachtet hatte, was allerdings der Fall war. Alle hatten geglaubt, dass von mir die Rede wäre. Unter spärlichem Applaus betrat eine dünne, kleine Rothaarige die Bühne, sagte »Dankeschön« und machte einen Knicks. Greta strahlte mich an, und ich rang noch immer um Fassung.

»In dem Moment hätte ich sie am liebsten umgebracht.«

»Das ist nachvollziehbar, aber erzähl die Anekdote jetzt besser niemandem. Man könnte dich falsch verstehen.«

»Du hast recht.« Ich griff mir die Fernbedienung und knipste Gretas Abbild ins Dunkel. »Wie lange kannst du in Berlin bleiben?«

»Ich muss heute nachmittag wieder in Goslar sein. Wenn du möchtest, sage ich den Termin ab und bleibe bei dir.«

Obwohl der Gedanke mehr als verlockend war, ihn an meiner Seite zu wissen, tat ich das ehefraulich Richtige. »Lass nur, ich komme schon klar. Noch zwei Tage, dann bin ich auch wieder zurück.«

Max küsste mich auf den Nacken. »Bist du sicher?«

»Ich habe ja Suzy hier, und was sind schon zwei Tage.«

Wir hatten beide kaum geschlafen, und erst als ich seinen Körper an meinem spürte, kam ich innerlich zur Ruhe. Mir fielen die Augen zu. Ich wachte erste wieder auf, als ich spürte, wie Max' Lippen über meinen Nacken zu der empfindsamen Stelle unter dem rechten Ohrläppchen wanderten. Ich rekelte mich und schmiegte mich fest an ihn. Seine warmen Hände massierten meine Oberarme und bewegten sich dann an meinem Oberkörper entlang. Ich verlagerte mein Gewicht und spürte durch den Stoff seiner Hose seine harte Erektion an meinem Rücken. Angesichts der Umstände mag es seltsam klingen, aber das erste Mal seit den Ereignissen der letzten Nacht verblassten die Bilder in meinem Kopf. Max kannte mich und wusste, welche Knöpfe er drücken musste, um mich zu erregen. Er streifte mir das Pyjamaoberteil von den Schultern und strich mit zarten Fingern meine Brüste, bis die Brustwarzen ganz hart waren. Ich nahm seinen Zeigefinger und lutschte daran, dann legte er den Zeigefinger auf meine Brustwarze, und ich drehte mich zu ihm um, wir versanken in einen tiefen Kuss. Ich spürte seine Bartstoppeln auf meiner Haut, roch den vertrauten Duft seiner Haut. Ich öffnete den Gürtel, dann den Reißverschluss seiner Hose. Sein Schwanz sprang mir entgegen. Max kniete sich aufs Bett, um seine Hose weiter herunterzuziehen und ich nutzte die Gelegenheit, seine Eichel zu küssen. Als er sich von seiner Hose befreit hatte, zog er mich zu sich empor, wir küssten uns, dann legte ich mich auf den Rücken, spreizte meine Beine, und gerade in dem

Moment, in dem Max in mich glitt, passierten zwei Dinge gleichzeitig. Das Telefon klingelte, und die Tür zum Schlafzimmer öffnete sich. Max und ich stießen gleichzeitig ein »Verdammt« aus, als die perfekt gestylte Suzy hereinpolterte, direkt gefolgt von Alexandra Ebersbach. Mein Mann warf mir einen Blick zu, der mir sagte, dass ich schuld an der gesamten Situation war.

Ein neuer Arbeitstag im abwechslungsreichen Leben der Lilly DeLight hatte begonnen.

Kapitel 9

Suzy sagte »uuups!« und errötete tief. Ich nahm den Hörer des Telefons ab.

»Morgen, Ronny, mir geht's gut, aber ich kann grad nicht. Ich melde mich später bei dir.«

Max hatte die Decke vom Fußende genommen und unsere Blöße bedeckt.

Alexandra Ebersbach hatte in der Sekunde kehrtgemacht, als sie sah, was sich im Zimmer abspielte. Aus dem Salon der Suite rief sie zu uns herüber: »Ich warte im Restaurant auf Sie!«

»Geht klar«, rief ich zurück. »Geben Sie mir zwanzig Minuten.«

Ich küsste Max auf die Wange und sprang aus dem Bett. Er brummte etwas Unverständliches und warf mir einen giftigen Blick zu.

»Hast du schon mal was von Anklopfen gehört?« zischte ich Suzy an, die mit gesenktem Haupt an der Schlafzimmertür stand, während ich an ihr vorbei ins Bad ging.

»Tut mir leid. Ich habe sie an der Rezeption getroffen, und weil es ja auch gleich zehn ist, dachte ich –«

»Ist okay, Suzy.« Im Geiste fügte ich hinzu »und überlass das Denken besser anderen Leuten.«

Die Glaswand der Duschkabine öffnete sich, und Max trat herein. Er griff sich das Duschgel und begann, mich einzuseifen.

»Wenn wir da weitermachen, wo wir gerade aufgehört haben –...«

»Dann komme ich zu spät, Schatz.«

Um ihn zu besänftigen, gab ich ihm einen Kuss. »Kommst du mit uns frühstücken?«

»Das ist doch Business, oder?«

»Sie ist die Tochter vom Intendanten. Diejenige, die alle Sendungen zensiert.«

»Wo ich schon mal hier bin, gehe ich lieber ins Kulturkaufhaus und decke mich mit CDs und Büchern ein.«

»Du schämst dich doch nicht etwa für mich?«

»Könnte mir schon andere Umstände vorstellen, jemandem das erste Mal über den Weg zu laufen –…«

Ich genoss es, seinen harten Körper nass und eingeseift an meinem zu spüren, und ärgerte mich, dass wir so rüde unterbrochen worden waren. Das heiße Wasser prasselte auf uns herab. Max presste sich an mich, und um uns herum stieg ein Nebel auf, der sich in kleinen Tröpfchen auf der Glastür niederschlug. Max' Hand bewegte sich in ruhigen Bewegungen über meinen Bauch, glitt tiefer hinab. Seine Erektion hatte unter der Unterbrechung nicht gelitten. Als seine Finger sich meiner Scham näherten und seine linke Hand an meiner Brustwarze spielte, entschied ich, dass Frau Ebersbach ruhig etwas länger warten konnte. Sex mit Max unter der Dusche hatte für mich schon immer etwas von Zen.

»Ich muss Sie beglückwünschen, Lilly. Die Sendung war ein großer Erfolg. Die Quote ist hervorragend. Es war in diesem Jahr die erfolgreichste Late-Night-Sendung.«

Alexandra Ebersbach hatte sich von ihrem Schock erholt und strich mit energischen Handbewegungen Marmelade auf ein Brötchen. Der Frühstücksraum war fast leer, denn eigentlich wurde nur bis zehn Uhr serviert. Sie sah ausgeschlafen aus, war dezent geschminkt und strahlte in ihrem weißen Prada-Kostüm Energie, Eleganz und Effizienz aus. Prada und Jil Sander sind Designer-Label, für die kein Platz in meinem Kleiderschrank ist, wenn man von der einen oder anderen Handtasche einmal absieht. Donna Karan steht für schlichte Eleganz, Prada für verspielte Eleganz und Jil Sander für »Rühr mich nicht an«. Alexandra Ebersbach trug ihr Prada-Kostüm, als wäre es von Jil Sander. So wie ich Vivienne Westwood tragen kann, als wäre es Versace.

»Das freut mich, aber das Jahr ist ja auch noch jung. Warten wir mal ab, ob es heute genauso viele sein werden.« Ich widmete mich hingebungsvoll den Rühreiern auf meinem Teller. Der Morgensex hatte mich hungrig gemacht.

»Ich würde gerne mit Ihnen über ein paar grundsätzliche Änderungen reden.«

Das hatte ich befürchtet. »Und zwar?«

»Zunächst einmal bin ich mir nicht sicher, ob Ihre Kleidung so angemessen war.«

»Was stimmt denn mit meinem Outfit nicht?«

»Es ist vielleicht ein bisschen übertrieben sexy gewesen.«

»Übertrieben sexy ist mein Stil«, antwortete ich und strafte das fast schlichte Dolce & Gabbana-Jeans-Outfit, für das ich mich heute morgen entschieden hatte, Lügen.

»Aber Sie haben es doch nicht nötig, Glitzerstaub im Dekolleté zu tragen!«

»Niemand hat Glitzerstaub nötig, aber es sieht doch sehr hübsch aus.«

»Meinen Sie nicht, dass manchmal weniger mehr ist?«

Das Gespräch begann mich zu nerven. »Frau Ebersbach, ich habe die Erfahrung gemacht, dass weniger weniger ist. Ich glaube nicht, dass wir weiter über meine Kleidung zu reden brauchen. Bislang hat sich noch niemand darüber beschwert, und wenn die Leute den Fernseher einschalten, dann wollen sie mich nicht in einem Kartoffelsack sehen.«

»Aber was die Seriosität anbetrifft –«

»Schauen Sie, ich bin nicht irgendeine blöde Kuh, die ihren Busen im Fernsehen ausstellt und den Leute Quatsch erzählt. Die Sendung wird gut laufen, wenn ich gute Tips gebe. Und wenn ich gute Tips in guter Verpackung anbiete, dann kann das auch nicht schaden, denke ich. Ihr Vater hat Lilly DeLight engagiert und nicht Laemmle oder Domian oder Uschi Glas. Er wird sich schon was dabei gedacht haben, meinen Sie nicht auch?«

»Keine Sorge. Das war auch nur mein persönlicher Eindruck, verstehen Sie mich nicht falsch. Ich will Ihnen keine Vorschriften machen.«

»Das könntest du auch gar nicht«, dachte ich. Wozu gab es überhaupt das Gremium, wenn sie nichts Sinnvolleres taten, als einem blöde Empfehlungen zu geben und glitzernde Brüste zu bemängeln? Ihr Vater verdankte seinen Erfolg den debilen Bumsstreifen aus den Siebzigern, in denen hässliche alte Männer über dralle dumme Weiber stiegen und frauenfeindliche, menschenverachtende Witze machten. »Haben Sie noch andere Kritikpunkte?«

Sie knabberte an ihrem Brötchen herum, hob die Hand vor den Mund und deutete gestisch an, dass sie niemals mit vollem Mund redete.

»Das Vokabular.«

»Ist Ihnen zu drastisch?«

»Ein wenig, ja.«

Ich nahm einen Schluck Tee, legte meine Serviette auf den Tisch und verschränkte meine Arme. »Welche Worte fanden Sie denn schlimm?« Ich kostete die Situation voll aus. Ich wollte eine Prada-Frau am Frühstückstisch das Wort »Muschi« aussprechen hören.

»Wenn Sie über sexuelle Details reden, könnten Sie dann nicht die gebräuchlichen Bezeichnungen für die Genitalien verwenden?«

»Zum Beispiel?«

Sie schaute an die Nachbartische und beugte sich über den Tisch.

»Penis«, raunte sie mir zu, »Vagina.«

»Vagina?« fragte ich in normaler Lautstärke zurück und verursachte ein heftiges Erröten und einen panischen Blick durch den Raum. Ein Kellner, den ich nicht bemerkt hatte, schenkte mir Tee nach, und Alexandra Ebersbach räusperte sich.

»Haben die Damen noch einen Wunsch?«

»Ja, und zwar möchte ich im Fernsehen gerne so reden, wie ich immer rede. Wie jeder normale Mensch redet. Wie sehen Sie das?«

»Die Sendung war erstklassig, Frau DeLight, wenn ich das sagen darf. Wie Sie das mit dem Duschgel gesagt haben, ich musste so lachen. Meinen Glückwunsch.«

Meine Tischnachbarin wand sich auf ihrem Stuhl. »Danke. Ich hätte gern die Rechnung.«

»Frau Ebersbach, verstehen Sie mich nicht falsch. Ich möchte Sie nicht ärgern, aber ich kann auch meine Fans nicht verprellen. Wenn ich auf einmal Sachen sage wie ›Vagina‹ oder, noch schlimmer, ›Geschlechtsverkehr‹, dann mache ich mich unglaubwürdig. Ich kann nicht zehn Jahre lang in Pornofilmen sämtliche Stellungen der sexuellen Weltgeschichte vorführen und sogar noch einige neue erfinden und dann in einer Show, die meinen Namen trägt, um den heißen Brei reden, als sei ich eine verklemmte Klosterschülerin.«

»Ich hatte den Eindruck, dass Sie den Weg in die Seriosität beschreiten wollen.«

»Ich bin in erster Linie Pornoproduzentin. Und das hat mich berühmt gemacht. Wenn Seriosität bedeutet, dass ich verleugnen soll, wo ich herkomme, dann ist das nichts für mich. So zweifelhaft Sie das finden mögen – aber ich habe auch einen Ruf zu verlieren. Meine Glaubwürdigkeit. Und das kann ich mir nicht leisten, schließlich habe ich nicht nur eine Fernsehsendung, sondern auch eine Firma und Beschäftigte, an die ich denken muss. Es ist doch nicht Sinn der Sache, dass ich die neue Mutter der Nation werde – dann kann ich meinen Laden dichtmachen.«

»Ich dachte nur, dass ein paar Tips und ein bisschen Fernseh-Know-how bei Ihnen gut ankommen.«

Ich seufzte und verschränkte die Arme. »Ich höre mir sehr gern Ihre Tips an, Frau Ebersbach. Aber auf das Know-how anderer Leute habe ich mich noch nie verlassen. Wenn ich auf andere Leute gehört hätte, dann wäre ich immer noch Darstellerin in Filmen, an denen nur andere verdienen. Ich will nicht behaupten, dass mein Instinkt todsicher ist, aber bislang habe ich mich immer darauf verlassen können.«

»Wir müssen uns nicht streiten –«

»Ich betrachte das hier nicht als Streit. Es ist eine Grundsatzdiskussion. Eigentlich hätte man sie führen müssen, bevor es zum Vertragsabschluss kam. Wir haben alle das Format der Sendung für gut befunden, und ich werde nicht schon in der zweiten Sendung einen neuen Kurs fahren. Vor allem nicht, wenn die Show von gestern so gut angekommen ist, und zwar *mit* Muschi und *mit* Glitzerstaub.«

»Ich möchte nicht, dass bei Ihnen der Eindruck entsteht, ich wollte mich in Ihr Konzept einmischen.«

Ich hatte in den vergangenen Wochen ausreichend Lektüre zum Thema zwischenmenschliche Kommunikation gelesen. »Dann haben Sie Ihr Anliegen nicht sehr erfolgreich vermittelt«, wäre die passende Replik gewesen. Statt dessen formulierte ich es defensiver. »Machen Sie sich keine Sorgen. Ich lege großen Wert auf konstruktive Kritik, und ich will ganz sicher nicht, dass die Show zur Pornoshow wird.«

»Dann sind wir uns ja einig.«

»Absolut.«

»Sehen Sie, Frau DeLight – man kann doch über alles reden.«

Als ich auf mein Zimmer ging, um meinen Mantel zu holen, fiel mir ein, dass ich Ronny noch immer nicht zurückgerufen hatte. Es war fast Mittag, also wählte ich seine Büronummer.

»Lilly, gut, deine Stimme zu hören. Ist bei dir wirklich alles in Ordnung?«

»Bei mir ja. Aber es sind schreckliche Sachen passiert. Du hast ja gehört, was mit Greta passiert ist.«

»Im Radio, ja. Ich hatte versucht, dich zu erreichen. Deine Karten sahen schrecklich aus.«

»Es war schrecklich, du kannst es dir nicht vorstellen. Ich will keine Sympathie für die Frau vorheucheln, aber so etwas – so etwas hat kein Mensch verdient.«

»Sie haben im Radio gesagt, dass du sie gefunden hast. Aber sie waren sehr vorsichtig. Wahrscheinlich haben sie noch im Hinterkopf, wie die Vorwürfe gegen dich letztes Jahr nach hinten losgegangen sind.«

»Ich hoffe, sie behalten das auch im Hinterkopf. Gibt's bei dir was Neues?«

»Darüber wollte ich auch mit dir reden. Aber unter diesen Umständen –...«

»Mach dir keine Sorgen um die Umstände, Ronny. So bitter es ist – das Leben geht weiter.«

»Okay. Also, ich habe mir gestern einen Film angeschaut, und da ist mir etwas eingefallen. Kennst du den *Talentierten Mr. Ripley*? Da gibt es eine Figur namens Dickie Greenleaf.«

»Ja, sicher, Dickie Greenleaf, der wird von Jude Law gespielt. Geiler Schauspieler.«

»Sonst fällt dir nichts zu dem Namen ein?«

Ich konzentrierte mich angestrengt.

»Denk mal an Peine. Greta-Giehse-Produktionen. Unsere ersten Filme.«

»Na klar. So ein hübscher Blonder, der muss damals gerade zwanzig gewesen sein. Weshalb fragst du nach ihm?«

»Ich habe mir die ganzen Tage Gedanken gemacht, wen wir für die schwule Serie aufbauen können, und als ich gestern den *Ripley* sah, fiel mir Dickie wieder ein. Eine Eingebung.«

Ronny hatte recht. Dickie wäre der perfekte Protagonist für unser schwules Projekt, vorausgesetzt, er hatte die letzten Jahre gut überstanden. Er war ein Surfertyp mit Super-Body und einem jungenhaften Gesicht, auf das sowohl Frauen wie Männer standen. Er sah im Anzug gut aus und in Jeans hervorragend. Er war wandelbar. Und: er hatte einen Riesenschwanz, der schon im Ruhezustand eine beachtliche Beule in seiner Hose verursachte.

»Ich habe den Namen seit Ewigkeiten nicht mehr gehört Probier's mal übers Internet. Wenn das nicht klappt, müssen wir uns etwas anderes überlegen.«

Es klopfte an der Tür. »Ronny, ich muss Schluss machen.«

»Pass auf dich auf, Lilly.«

Ich legte auf und öffnete die Tür.

»Guten Morgen, Frau DeLight.«

»Morgen, Frau Haberlik.« Die langhaarige Kommissarin sah wieder mal aus wie aus dem Ei gepellt. Die Strapazen der letzten Nacht merkte man ihr nicht an.

»Wir müssen alle Beteiligten der Kestner-Show bitten, zumindest heute noch in der Stadt zu bleiben. Rein formell. Ein paar Befragungen. Ich denke, wir sind im Laufe des Tages damit durch.«

»Sie wissen ja, wo Sie mich erreichen.«

»Ich danke Ihnen.«

Wir hatten das Hotel verlassen und marschierten über die Französische Straße zum Gendarmenmarkt. Ich wollte die Kälte spüren, den eisigen Ostwind in meinem Gesicht, und der Weg ins Sendezentrum war so kurz, dass er sich für einen Spaziergang anbot. Den ganzen Vormittag hatte es heftig geschneit, doch jetzt war die Sonne wieder zum Vorschein gekommen, und der Platz lag strahlend und blütenweiß vor uns. Selbst durch die Gläser meiner Sonnenbrille musste ich die Augen zusammenkneifen. In diesem Mantel aus Licht und Schnee war Berlin dennoch als Berlin erkennbar – die Baukräne, die hinter den Häusern und Dächern emporragten, bewegten sich wie Rieseninsekten, denen der Frost in die Glieder gefahren war, und wachten über die Szenerie. Die Sonne hatte die Touristen angelockt. Sie spazierten in dicken Jacken über den Platz und machten Fotos vom Konzerthaus und dem Französischen Dom.

»Das ist mir so peinlich wegen vorhin.« Suzy eilte neben mir her. Sie trug eine dicke Steppjacke, in der sie aussah wie das Michelin-Männchen, und eine absurde neonfarbene Skimütze mit drei Bommeln, die bis auf ihre Schultern herabfielen.

»Kann ja mal vorkommen.«

»Das war so blöd von mir, ich hätte doch klopfen können, ich weiß gar nicht, wo ich mit meinem Kopf war.«

»Lass gut sein, Suzy. Schwamm drüber.«

»Mit mir machste was mit, was?« Sie kicherte, und trotzdem hörte sie sich eher traurig als belustigt an. In diesen klaren Momenten, die Suzy manchmal durchaus hatte, tat sie mir leid. Wenn sie dann erkannte, wie es um ihre geistigen Fähigkeiten stand, und der traurigen Wahrheit ins Auge blicken musste, dann fühlte sie sich ganz bestimmt nicht gut. Da Suzys mangelnder Intellekt nicht selbstverschuldet war, galt sie bei mir als Härtefall, um den sich jemand kümmern musste. Es würde jedoch der Tag kommen, an dem es schlichtweg unverantwortlich wäre, ihr einen neuen Job zu geben, nachdem sie sich durch alle Aufgabenbereiche hindurchgepatzt hatte. Mir graute davor. Im Grunde musste man das Mädchen schnellstmöglich verheiraten. Ich nahm mir vor, die Augen für sie offenzuhalten.

»Ist Max wieder weg?«

»Ja, er hat heute nachmittag Termine in Goslar.«

»Verstehe.« Wir gingen weiter, bis sie plötzlich stehenblieb und sich mit der Hand an die Stirn schlug. »Beinahe hätt ich's vergessen.« Bei der großen Geste hätte das alles sein können – von Friseurtermin über den Tod eines Familienangehörigen bis zur Farbe des Schnees.

»Ich soll dir schöne Grüße von Anni ausrichten.«

»Ihr habt telefoniert?«

»Ja, heute morgen. Gleich nach dem Aufwachen.«

»Zu Hause alles in Ordnung?«

»Ich glaube. Also, sie hat nicht gesagt, dass irgendwas Besonderes los ist.«

»Und weshalb ruft sie dich dann so früh an?«

»Ach so, ja. Es gibt Presseanfragen, das soll ich dir ausrichten.«

»Welche Presse?«

»Das hat sie nicht gesagt.«

»Dann ruf sie bitte an, wenn wir im Sender sind, und bitte sie, uns eine Liste zu faxen.«

»Eine Liste?«

»Ja, Suzy. Eine Liste mit den Presseanfragen.«

»Verstehe.« Gott sei Dank. »Ja – das wollte sie machen. In die Redaktion faxen.«

»Und sag ihr, dass ich zu dem Unglücksfall keine Auskunft geben kann. Anfragen wegen der Sendung schauen wir uns heute nachmittag an.«

»Okidoki. Mensch – kuck mal! Da!«

Ich erschrak. Suzy hatte ihren Arm ausgestreckt und war leicht in die Knie gegangen.

»Was denn?« Ich schaute, ob ein Baukran sich vielleicht in Godzilla verwandelt hatte.

»Rainer Kestner. Da vorn. Haaaallo!« Kestner blieb erschrokken stehen. »Herr Kestner! Hier sind wir!« Er drehte sich um und schaute, aus welcher Richtung der Schrei gekommen war. »Dass der so ohne Bodyguards durch Berlin läuft. Wenn ich das in Goslar erzähle, glaubt mir das kein Mensch.«

»Suzy – du bist eine Katastrophe.« Ich war hinter die Treppen gesprungen, die zum Konzerthaus hinaufführen, und hatte Suzy am Arm mitgezogen, weil mir die Situation so peinlich war. Ganz zu schweigen davon, dass ich nicht die geringste Lust hatte, mit Herrn Kestner zu plaudern, der gestern beharrlich durch mich hindurchgeschaut hatte. »Du kannst doch nicht einfach losbrüllen. Schau mal, was du angerichtet hast.«

Obwohl der Platz eben noch menschenleer gewirkt hatte, bildete sich jetzt um Kestner eine Traube von ungefähr einem Dutzend Menschen. Sie zückten U-Bahn-Tickets, Notizblöcke und Briefumschläge, um ein Autogramm von Deutschlands beliebtestem Talkmaster zu bekommen.

»Versprich mir bitte, dass du nie laut nach mir rufst, wenn du mich irgendwo in der Öffentlichkeit siehst. Und zieh bitte deine Jacke aus.« Sie schaute mich aus großen Mandelaugen an, fragte aber nicht nach und tat wie befohlen. Wir tauschten unsere Mäntel, ich stopfte mein Haar unter die abscheuliche Skimütze und setzte meine Sonnenbrille auf. Mein Gucci-Mantel war Suzy zu lang, aber er stand ihr trotzdem ausgezeichnet. Ich nahm sie an der Hand, und wir gingen hinter dem Konzerthaus herum zurück auf die Charlottenstraße, so dass uns weder Kestner noch die Autogrammjäger von der anderen Seite des Platzes sehen konnten.

Zwei Jungmanager kamen uns entgegen, begutachteten Suzy wohlwollend, tuschelten und würdigten mich keines Blickes. Als wir auf gleicher Höhe waren, blieben die beiden stehen.

»Entschuldigung.« Einer der beiden, der von seiner Hautfarbe her zu schließen gerade aus dem Skiurlaub kam, strahlte Suzy an.

»Sie haben nicht zufällig Lust, mit uns nachher einen Drink im Newton zu nehmen?«

Sie schaute ihn an und fragte mich dann: »Lilly, ist das okay?«

Jetzt, wo mein Name gefallen war, studierten mich die beiden eingehender. Ich zählte innerlich bis drei, dann fiel dem Braungebrannten die Kinnlade runter. »O mein Gott, Lilly DeLight. Ich glaub es nicht! Hans«, er rempelte seinen Kumpel an, »das ist Lilly DeLight! Haben Sie einen Kugelschreiber dabei?«

Nachdem ich eine Viertelstunde lang Autogramme ausgestellt hatte und meine Finger völlig eingefroren waren, konnten wir uns von der Menschentraube loseisen, die sich vom Süd- zum Nordende des Gendarmenmarkts bewegt hatte. Die etwa sechzigjährige Pförtnerin im Sendezentrum in der Kronenstraße hatte uns erst hereingelassen, nachdem ich die Mütze abgenommen hatte. Sie hatte mit zusammengekniffenen Augen über ihren Brillenrand gestarrt, und die Tore des Senders gegen unbekannte Eindringlinge wacker verteidigt. Als ich meine Tarnung abgelegt hatte, strahlte sie und sagte im breitesten Sächsisch: »Dud ma läid, Frau DeLäid.« Ich beugte mich zu ihr, um ihr Namensschild lesen zu können. »Schon okay, Frau Ribowski, wir machen ja alle nur unseren Job.«

Freudig strahlend drückte sie auf den Türöffner und griff wieder zu ihrem Strickzeug.

Als ich durch das Großraumbüro meiner Redaktion ging und meine Redakteure begrüßte, taute ich langsam auf. Dan Porter, ein kahlrasierter Afro-Amerikaner Mitte Dreißig, den Ebersbach bei Bärbel Schäfer abgeworben hatte, war Chefredakteur und psychologischer Berater von *Midnight DeLight*. Bevor das Fernsehen ihn entdeckt hatte, war er Redakteur bei der Frauenzeitschrift *Miss* gewesen. Er lebte seit über zehn Jahren in Deutschland, obwohl er ursprünglich nur für zwei Wochen Berlin-Urlaub angereist war. In diesen Urlaub fiel der Fall der Berliner Mauer, und Dan blieb zunächst aus Neugier und dann aus Liebe hier: Er hatte Sina Brahms kennengelernt, die ehemalige

Eisprinzessin der DDR. Die beiden blieben fünf Jahre lang ein Paar. Als Sina mit *Hollywood on Ice* und einem tschechischen Eisprinzen ins Bett ging, zerbrach die Liaison und Dan zog nach Köln. Seitdem war er Single.

Bevor er ins Daily-Talk-Milieu abgerutscht war, hatte er als DJ gejobbt. Sein breites Wissen, was zwischenmenschliche Beziehungen angeht, verdankte er nicht nur seinem Psychologiestudium – er war einfach der geborene Ratgeber. Schon seine Geschwister und selbst die Freundinnen seiner Mutter hatten sich mit Fragen und Problemen an den Jungen gewandt. Das machte ihn mir sympathisch. Er gehörte zu der Sorte Mensch, die sich nicht mit dem zufriedengeben, was das Schicksal ihnen anbietet, sondern nach Höherem streben, und die ihre Ziele aus eigener Kraft erreichen. Er glaubte an sich selbst, er hatte Vertrauen in seine Fähigkeiten, und mit dieser positiven Grundeinstellung war er die Motivationsmaschine unseres Teams. In den wenigen Wochen, die wir jetzt zusammenarbeiteten, hatte er sich unentbehrlich gemacht. Das einzige, was bei ihm im Argen lag, war sein Liebesleben. Seit Sina ihn verlassen hatte, trank er seinen Whisky nicht mehr on the rocks. Die Eisprinzessin hatte sein Herz erfrieren lassen. Über der linken Brust trug er eine Tätowierung, die auf seiner dunklen Haut äußerst dezent und ziemlich classy aussah: eine geballte Faust, darunter die Aufschrift »FAITH«.

Natürlich hatte ich versucht, ihn mit Suzy zu verkuppeln, aber Suzy pflegte in seiner Anwesenheit zu erstarren. Als ich sie darauf ansprach, gab sie eine Antwort, die sogar für sie haarsträubend dämlich war. »Er ist wunderschön und so lieb und auch irgendwie sexy, aber so – so – schwarz!«

»Lilly – Sensation! 49 Prozent bei der Zielgruppe der Vierzehn bis Neunundvierzigjährigen. Das ist die beste Quote für Night-Talk in der Geschichte des Privatfernsehens. Und da ist ja auch meine kleine Ling!« Er griff mit seinen riesigen, aber feingliedrigen Händen nach Suzy und kitzelte sie. Sie kreischte auf und floh in einer Mischung aus Entzücken und Entsetzen in Richtung Teeküche. Sie genoss es, als »Ling« bezeichnet zu werden. *Ally McBeal* war ihre Lieblingsserie. Mir persönlich war die Titelheldin zu unentschlossen und zu dünn.

»Morgen, Dan. Ihr habt alle euren Job sehr gut gemacht. Jetzt müssen wir nur noch schaffen, die Quote von gestern zu toppen.«

»Das ist die richtige attitude – bloß nicht auf den Lorbeeren ausruhen. Neue Ziele, neues Glück.«

Dans amerikanischer Optimismus übertrug sich auf das gesamte Team. Sein Lieblingssatz war »We can handle that«.

»Danke, Dan. Sonst irgendwas Neues?«

»Im Konferenzraum wartet jemand auf dich.«

Da ich keinen Termin hatte und niemand ohne weiteres und schon gar nicht ohne Anmeldung in die Büros gelassen wurde, war ich überrascht. »So? Wer ist es denn?«

»Surprise, surprise. Und Lilly – horrible, was gestern passiert ist, wir wissen alle zu schätzen, dass du heute zur Arbeit kommst.«

»Danke, Dan. Im Konferenzraum also?«

»Yes, Ma'am. Wenn Sie mir bitte folgen würden.«

Am Konferenztisch saß eine attraktive Frau Mitte Dreißig mit hochgestecktem, dunkelblondem Haar und einem Kostüm, das mich an Hitchcocks Film *Die Vögel* erinnerte. Es war hellgrün, eng geschnitten, der Rock bedeckte knapp die Knie. Genau dieses Outfit hatte ich vor Augen gehabt, als Max einmal den Begriff »Nervenkostüm« in einem Gespräch erwähnte. Mein »Nervenkostüm« stellte ich mir exakt so vor wie das Kostüm, das Tippi Hedren im Hitchcock-Film getragen hatte: adrett, wegen des schmal geschnittenen Rocks nur leidlich praktisch, trotzdem robust und erstklassig verarbeitet. Manchmal wünschte ich mir ein Nervenkostüm, das die Beine bedeckte, aber wer weiß, was in solch einer Ausrüstung aus mir geworden wäre …

Am Konferenztisch saß also eine Unbekannte in meinem Nervenkostüm. Als sie mich eintreten sah, strahlte sie mich an und erhob sich.

»Lilly – endlich sehen wir uns mal.«

Die Stimme! Ich kannte sie bislang nur vom Telefon.

»Nicolette?«

»Richtig.« Sie trat auf mich zu, und wir umarmten uns.

Wann immer wir uns besuchen wollten, hatte es nicht geklappt. Wenn ich in Hamburg war, hielt sich Nicolette gerade in Tokio, Los Angeles oder Hoyerswerda auf. Bei unseren Terminplänen war es praktisch unmöglich gewesen, dass wir jemals zusammenkamen, aber jetzt saß sie hier. Sechs Monate nachdem wir das erste Mal miteinander zu tun und nachdem sie meinen Ruf gerettet hatte, standen wir uns nun endlich Auge in Auge gegenüber.

Nicolette hatte beim *Fakt*-Magazin gearbeitet und durch ihre Recherchen maßgeblich dazu beigetragen, die Mordserie in Goslar aufzuklären. Weil die Polizei nicht auf meiner Seite war, hatte ich meinen eigenen Ermittlungsstab gegründet, und Nicolette leitete ein paar hundert Kilometer vom Geschehen entfernt aus ihrem Hamburger Redaktionsbüro die Abteilung Recherchen. Nach der Aufklärung des Falles hatte ich ihr die Exklusivstory geschenkt, und wir hatten die Filmrechte in einem sensationellen Deal an Deutschlands größten Kinoproduzenten verkauft. Der Film war noch im Projektstadium, aber Nicolette hatte ein erstklassiges Drehbuch verfasst.

»Das wurde aber auch Zeit. Was machst du in Berlin?«

»Als ich gehört habe, was gestern geschehen ist, habe ich mich sofort auf den Weg gemacht. Ich mache mir Sorgen.«

»Warum Sorgen?«

»Wahrscheinlich bloß Paranoia. Bist du nicht beunruhigt?«

»Besser, du redest es mir nicht ein. Ich war schockiert, natürlich. Aber es ist nicht so wie im letzten Jahr.«

»Inwiefern?«

»Letztes Jahr drehte sich alles um mich. Ich glaube, dass ich gestern die Leiche gefunden habe, war nichts als ein Zufall.«

»Du hast was?«

Ich hatte keine Ahnung, was sie meinte.

»Die Leiche gefunden?«

»Nicht, dass ich danach gesucht hätte. Sie lag im Fahrstuhl.«

»Irgend jemand hat die Kaltblütigkeit besessen, eine Leiche durch einen Hotelflur zu schleppen. In einem Hotel, das fast ausgebucht ist. Wer tut so etwas?«

»Jemand, der ziemlich durchgeknallt ist, würde ich meinen. Jemand, dem die Inszenierung so wichtig ist, dass er ein großes Risiko in Kauf nimmt.«

»Was, wenn es erst der Anfang war?«

Diesen Gedanken hatte ich seit gestern nacht beharrlich und erfolgreich verdrängt.

»Ich will mir das nicht vorstellen. Allein schon, weil ich nicht glaube, dass der Blitz zweimal an der gleichen Stelle einschlägt. Noch dazu innerhalb von einem Jahr!«

»Das Leben ist ungerecht.«

»Das sagte schon Buddha. Und am Ende kommt immer der Tod.«

»Was ist das Ziel in diesem Spiel, das der Natur seit je gefiel?« Der Schlager von Alexandra dudelte aus einem Radio in der Redaktion, als ich mich nach einem matten Tag im Büro auf den Weg in die Maske machte. In den Korridoren herrschte immer noch hektischer Betrieb. Redakteure jagten mit Aktenkoffern die Gänge entlang, Kuriere mit großen Rucksäcken spähten nach der richtigen Zimmernummer für ihre Zustellung, eine Praktikantin hatte vor dem Kopierraum einen Stapel Papier verloren und saß mit einem resignierten Gesichtsausdruck auf dem Boden, um die Kopien wieder zu sortieren. Ich war froh über die Hektik, froh über die Anwesenheit all dieser Fremden. Allein hätten mich die undurchsichtig angelegten Gänge nervös gemacht. Das Sendezentrum war mir nicht geheuer. Die drei großen Studios waren okay, aber die Büroetagen waren unüberschaubar. Die Gänge mochten zwar breit sein, aber sie wirkten auf mich trotzdem bedrückend. Mit der Beleuchtung hatte man sich Mühe gegeben, aber nicht genug – das Licht war gelbstichig, so dass heller Haut ein Anflug von Hepatitis verliehen wurde und Sonnenbräune wächsern wirkte. Dem Gebäude haftete etwas an, das schwer zu beschreiben war. Obwohl der Sender zweistellige Millionenbeträge für die Modernisierung und Sanierung des denkmalgeschützten Baus ausgegeben hatte, lag etwas Muffiges, Altes in der Luft. Der Weg von meinem Feng-Shui-harmonisierten Büro zum Aufnahmestudio kam mir vor wie ein Raumflug, der mich vom Planeten Lilly durch unbekannte Galaxien auf einen anderen Stern brachte.

Ich hatte keine Ahnung, was dieser Bau in den vergangenen hundert Jahren beherbergt hatte, und ich wollte es auch gar nicht so genau wissen. Wenn Gebäude Erinnerungen haben, dann gelang es dem Sendezentrum von Sat 7 nicht sehr gut, diese geheimzuhalten. Der alte Kasten war trotz Totaloperation und kosmetischer Runderneuerung voller düsterer Vibrationen, und wenn ich nicht gerade in Topform war, saugte die verletzte Aura an meinen Energien wie ein schwarzes Loch. Hätte man mir die Wahl gelassen, so wäre mir eine andere Location für meine Redaktion lieber gewesen, aber die Vorteile der hausinternen Büroräume überwogen das sinistre Gefühl, das sich bei mir einstellte, wenn ich mich durch die Labyrinthe bewegte. Im Sender war man von der Außenwelt abgeschirmt. Ungestört. Sicher. Das gleiche Gefühl hatte mir das Four Seasons auch immer vermittelt – bis gestern nacht.

Ich hatte Nicolette Rubin verabschiedet und ihr die Telefonnummer von Kommissarin Haberlik gegeben. Wenn es eine Vertreterin der Presse gab, der man einen spektakulären Mordfall anvertrauen konnte, dann war es Nicolette. Ein Gutes hatte mein Arbeitstag gehabt – ich hatte nicht die ganze Zeit an Greta Giehse denken müssen. Das änderte sich, als ich vor der hell erleuchteten Spiegelwand in der Maske saß und die Maskenbildnerin Grundierung auf mein Gesicht auftrug. Noch fünfundvierzig Minuten bis zu meiner ersten Live-Sendung.

Ich versuchte, meine Konzentration auf den bevorstehenden Auftritt zu lenken, doch immer wieder kehrten meine Gedanken zurück zu Greta. Sie war unbeliebt gewesen, soviel stand fest. Aber wer hasste sie so sehr, dass er sie auf so grausame Art und Weise ermordet hatte?

Als ich mich auf den Weg ins Aufnahmestudio machte, kam ich an zwei völlig aufgelösten Frauen vorbei. Ihren Outfits und den Louis-Vuitton-Taschen nach zu urteilen spielten sie in der höheren Liga der Sat-7-Hierarchie.

»Sie hat es einfach genommen und vor meinen Augen durchgerissen. Hier.« Zum Beweis holte sie einen Papierstapel aus ihrer Tasche. Die Hälfte eines Papierstapels, um genau zu sein.

»Das darfst du dir nicht so zu Herzen nehmen. Wahrscheinlich war ihr dein Rock zu kurz.«

»Ja und? Wie kann diese chronisch unterfickte Ziege es wagen, ein Development, an dem ein Dutzend Leute hängen, vor aller Augen in Stücke zu reißen?«

»Die Antwort hast du dir selbst grad gegeben. Chronisch unterfickt halt.«

Ich ging an ihnen vorüber und konnte mir die Frage nicht verkneifen: »Eine Begegnung mit Alexandra Ebersbach?«

Die beiden nickten mit düsterer Miene.

»Willkommen im Club!«

Kapitel 10

»Ich krieg beim Blasen immer Brechreiz. Ich hab auch schon mit 'nem Vibrator trainiert – da geht es irgendwie besser. Hast du einen Tip?«

»Sicher, Anke. Klar, dass es mit dem Vibrator besser geht, den hältst du ja in der Hand, da bestimmst du ja selbst das Tempo, den Winkel und wie tief er eindringt. Außerdem ist dein Vibrator wahrscheinlich nicht so breit und lang wie ein Schwanz. Ein Männerschwanz hat ja den Vor- und Nachteil, dass er an einem Mann befestigt ist. Und dass der Schwanz von diesem Mann bewegt wird. Er gibt Tempo und Tiefe vor. Wenn du so Brechreiz bekommst, solltest du die Kontrolle übernehmen, das ist der erste Tip. Am besten geht's, wenn ihr's in der 69er-Position probiert. Da ist der Schwanz so ausgerichtet, dass er dir nicht an den Gaumen und nach oben stößt. Außerdem solltest du den Schwanz an der Wurzel festhalten, dann kannst du kontrollieren, wie tief du ihn reinlassen möchtest. Den meisten Männern ist die richtige Lutschtechnik übrigens wichtiger als die Tiefe des Eindringens.«

»Also lieber nicht vor ihm knien und blasen.«

»Absolut richtig.«

»Aber das gefällt ihm so gut.«

»Was soll's, wenn es dir nicht gefällt? Ich habe noch einen Tip. Wissenschaftler haben herausgefunden, dass der Brechreiz in den frühen Morgenstunden am niedrigsten ist. Wenn du also vor ihm knien möchtest, dann versucht es mal so gegen ein Uhr nachts. Hast du sonst noch eine Frage?«

»Nee, das war's eigentlich schon.«

»Eine Bitte: Es ist noch kein Mensch beim Blasen eines Männerschwanzes erstickt, aber sei bitte vorsichtig mit Lutschübungen am Vibrator. Wenn der dir im Hals steckenbleibt, dann wird es eine ziemlich bizarre Beerdigung geben!«

»Oh. Danke.«

»Gern geschehen. Ich wünsch dir eine gute Nacht. – So, wen haben wir denn jetzt in der Leitung?«

»Hi, hier ist der Ralf, ich bin sechsundzwanzig.«

»Guten Abend, Ralf. Was kann ich für dich tun?«

»Ich glaube, ich bin schwul.«

»Und was ist dein Problem?«

»Na ja, eben dass ich schwul bin.«

»Das ist doch kein Problem. Ich würde sagen, das ist eine Veranlagung, die circa zehn Prozent aller Männer haben. Hattest du dein Coming-out?«

»Das geht nicht. Ich lebe in einer Kleinstadt.«

»Dein Problem ist also nicht, dass du schwul bist, sondern dass du so tust, als wärst du hetero. Das solltest du seinlassen.«

»Aber ich habe solche Panik, dass alle gegen mich sind, wenn die Wahrheit rauskommt.«

»Wie lange lebst du denn schon mit der Lüge?« Ich setzte ein Gesicht auf wie früher meine Mathematiklehrerin, wenn sie mir meine Klassenarbeit ausgehändigt hatte.

»Seit fünf, sechs Jahren.«

»Ich nehme an, diese sechs Jahre waren kein Zuckerschlekken.«

»Das stimmt.«

»Und meinst du nicht, dass es eigentlich gar nicht schlimmer kommen kann als jetzt? Hast du einen Freund?«

»Nein – ich finde, das mit dem Coming-out kann ich machen, wenn ich einen Freund habe. Vorher ist es doch eh sinnlos.«

»Ich verstehe. Du glaubst also, man ist nur schwul, wenn man es auch praktiziert. Warum hast du noch keinen Freund?«

»Ich glaube, mich will keiner.«

»Das hat vielleicht damit zu tun, dass du nicht zu dir selber stehst. Wie kann dein Freund denn erwarten, dass du zu ihm stehst, wenn du dich selbst verleugnest? Das ist unsexy. Du hättest doch gern einen Lover, stimmt's?«

»Klar.«

»Wie wichtig ist dir denn dein Kleinstadtleben?«

»Geht so. Ich will hier eigentlich nicht weg.«

»Das finde ich gut. Noch besser fände ich, wenn du stolz auf dich sein könntest und vor deinen Freunden und Nachbarn zu deinem Schwulsein stehst. Wie sieht dein Sexleben aus?«

»Ich leih mir halt Videos aus.«

»Das ist ja interessant. Ich produziere Videos.«

Er lachte, und ich war froh, dass ich ihn aus der Reserve gelockt hatte. »Ich weiß.«

»Gib mir doch mal ein paar Tips, worauf ich achten muss, wenn ich Homo-Videos machen will. Wir entdecken nämlich gerade den neuen Sektor.«

»Erst mal sollte auch das drin sein, was man auf dem Cover sieht. Es ist echt Scheiße, wenn man was ganz anderes auf dem Tape hat, als draußen gezeigt wird.«

»Das werde ich beherzigen. Wer ist für dich der perfekte Darsteller?«

Der Regisseur schickte mir über den Knopf im Ohr eine Verwarnung. »Das ist hier kein Lilly-DeLight-Teleshopping, kommen Sie zurück zum Thema.« Ich fasste mir ans Ohr, verzog mein Gesicht und sprach in die Kamera. »Mein Regisseur findet, wir sollten unser wieder auf dein Coming-out konzentrieren, Ralf.«

»Aber, sag mal – wie ist das eigentlich als Darstellerin? Was hat denn für dich einen guten Partner ausgemacht?«

»Sie stellen die Fragen!« raunzte es mir ins Ohr.

»Warme Hände. Ich habe es gehasst, wenn sie kalte Hände hatten.«

»Ich habe letztens einen Film gesehen, der sehr geil war. Hast du schon mal was von Dickie Greenleaf gehört?«

Mir fiel sofort das Gespräch mit Ronny ein. Offenbar war Dickie tatsächlich der Mann, den wir als Star für unsere schwule Reihe brauchten.

»Wow, der Typ ist ein echter Hammer. Er hat leider nicht viele Filme gemacht.«

»Vielleicht schaut er ja gerade zu. Also, Dickie, wenn du ein Comeback möchtest, wende dich an meine Redaktion und –«

Der Regisseur zischte mir ins Ohr: »Letzte Warnung – wenn das so weitergeht, brechen wir ab.«

« –und nun zurück zu dir, Ralf. Wenn es in eurem Kleinstadt-Sexshop schwule Videos gibt, dann bist du sicher nicht der einzige Homo dort.«

»Ja, aber –«

»Wenn du dich nicht gleich bei dir in der Nachbarschaft austoben möchtest, dann setz dich ins Auto und probier's in der nächstgrößeren Stadt. Glaub mir eines – du verschenkst deine besten Jahre, wenn du dich nicht auslebst.«

»Das hört sich so einfach an, aber es ist schwer!« Er klang wirklich verzweifelt.

»Ich merke schon – du zögerst noch. Ich gebe dir mal ein anderes Beispiel. Stell dir vor, du wärst Pornodarstellerin, eine so gute Pornodarstellerin, dass deine Filme Hits werden. Dass sogar das Fernsehen auf dich zukommt und du kurz davor bist, sehr berühmt zu werden. Du kannst mir folgen?«

»Ja klar.«

»Als ich in dieser Situation war, stand ich vor der Wahl, alles hinzuschmeißen und auf Fremdsprachenkorrespondentin umzusatteln oder meiner Familie reinen Wein einzuschenken. Das war keine leichte Entscheidung, auch ich habe mich vor meinen Eltern geschämt, aber ich denke, ich habe die richtige Wahl getroffen. Meine Familie steht hinter mir. Es gefällt ihnen nicht notwendigerweise, aber sie begreifen, dass es für mich die richtige Entscheidung war. Und mittlerweile sind sie sogar stolz auf mich, weil das Kind jetzt sogar eine eigene Fernsehshow hat.«

»Aber das ist doch was anderes. Über Schwule macht sich jeder lustig!«

»Wenn du blond bist und Porno-Queen, dann glaubt jeder Depp, dass du zwangsläufig eine dumme Kuh sein musst, die nichts kann, außer die Beine breit zu machen. Ich will dir nichts vormachen – es wird Leute geben, die dich verurteilen. Ich habe auch immer noch mit Häme zu tun. Für manche Leute ist es ein Hobby, an meinem Haus vorbeizufahren und zu brüllen: ›Lilly – heute legen wir dich flach!‹ Das Wesentliche ist, immer zu sich selbst zu stehen. Sich nicht nach unten zu orientieren. Nicht auf die Leute zu hören, die einen für schlecht oder dumm oder aussätzig halten. Und wenn dein Umfeld dich runterzieht, dann wechsle es. Besser ist allerdings, du setzt ein Zeichen und erziehst es. Glaube mir, das geht.«

»Hm.«

»Das leuchtet ein, oder?«

»Danke, Lilly. Du hast recht.«

Aus seiner Stimme klang eine Spur Optimismus. Es schien wirklich, als sei ich zu ihm durchgedrungen. Das erste Mal hatte ich das Gefühl, dass *Midnight DeLight* nicht nur irgendeine TV-Show war, in der es um Sextips, mein glitzerndes Dekolleté und die Einschaltquoten ging. Die Sendung konnte ein Forum sein. Ich hatte eine Botschaft, und das war mir vorher nie so bewusst gewesen. Die Regie raunte mir zu: »Guter Bogen, sehr elegant. Werbung!«

»Bevor wir nun zum Werbeblock übergehen, noch ein Aufruf in eigener Sache: Dickie Greenleaf, bitte melde dich!« Der Regie-Ton war immer noch eingeschaltet, und ich hörte ein »Neiinn!!«, das Homer Simpson alle Ehre gemacht hätte.

Ich hatte damit gerechnet, dass Regie und Produktion wütend auf den Set stürmen würden, aber es kam lediglich die Maskenbildnerin, um meine Nase nachzupudern. Die zweite Sendung gefiel mir jetzt schon viel mehr als die Try-outs und die Show vom Vorabend. Und das, obwohl ich eigentlich von den Ereignissen des Tages ziemlich ausgelaugt war. Wenn es den Zuschauern nur halb soviel Spaß machte wie mir, dann stand *Midnight DeLight* eine lange Zukunft bevor.

Der Regieassistent zählte das Ende der Werbeunterbrechnung ein, und auf »Null« begann das Licht an Kamera eins zu leuchten.

»Hallo, liebe Nachtschwärmer, hier bin ich wieder mit *Midnight DeLight*. Vor der Unterbrechung haben wir Anke erklärt, wie man bläst, ohne zu würgen, und Ralf, dass ein Coming-out mehr Sinn macht, als ein Leben lang sich selbst und die Umwelt zu belügen. Ich bin gespannt, wen mir die Jungs und Mädchen aus der Call-in-Zentrale gleich zuschalten. Wenn auch ihr Fragen habt, die ihr sonst niemandem zu stellen wagt, dann fasst euch ein Herz und wählt 0190-00 66 00. Wir sind ab sofort live auf Sendung, und zwar montags, dienstags und mittwochs. Ruft mich an, ich freu mich auf euch. Wen haben wir denn da?«

Ein statisches Geräusch war zunächst die einzige Antwort.

»Hallo, hier ist Lilly, mit wem spreche ich?«

Kaum verständliches Gemurmel.

»Könntest du etwas deutlicher sprechen, bitte?«

»Hier ist – Nadja.«

»Okay, Nadja, was kann ich für dich tun?«

»Ich habe etwas gesehen, das – das ich nicht sehen sollte.« Hatte sie getrunken, oder war sie auf Drogen? Sie reihte monoton ein Wort ans andere.

»Lass mich raten – du hast jemanden beim Sex erwischt.«

»Nein.«

»Also, was war es dann?« Welcher Redakteur hatte diese Frau bloß durchgeschaltet?

»Ich habe gesehen, wie jemand in das Zimmer einer Frau ging, die ermordet wurde.«

Wie ein heftiger Schlag traf mich die Erkenntnis: Ich sprach nicht mit Nadja, sondern mit Natascha Meyer-Stade, sie redete von einem Hotelzimmer im Four Seasons, und bei der ermordeten Frau konnte es sich nur um Greta Giehse handeln.

»Natascha? Sie müssen sofort zur Polizei gehen.« Ich wartete auf eine Antwort. »Natascha?« Ein leises Klick beendete das Gespräch. Mir brach der Schweiß aus.

»Abbrechen«, befahl der Knopf in meinem Ohr. Ich stand da wie erstarrt. »Abbrechen!« Diesmal erreichte mich die Botschaft.

»Liebe Zuschauer, wenn das, was wir gerade gehört haben, echt war, dann haben Sie sicher Verständnis dafür, dass wir an dieser Stelle kurz unterbrechen. Wir sind gleich wieder für Sie da. Danke.«

»Four Seasons. Der Anruf kam aus dem Four Seasons.«

Ich nahm Dan den Hörer aus der Hand.

»Hier spricht Lilly DeLight. Verbinden Sie mich bitte mit Kommissarin Haberlik.«

»Nicht nötig. Ich habe die Show gesehen.« Mit wehenden Haaren stürmte Sylvia Haberlik in mein Büro. »Wir sind sofort ins Hotel gefahren, aber Natascha Meyer-Stade ist unauffindbar.«

»Sie ist verschwunden?«

»Ihren Koffer und ihre Kleidung hat sie zurückgelassen.«

»Glauben Sie, dass sie freiwillig gegangen ist?«

»Ich darf Ihnen eigentlich keine Auskunft geben.«

»Aber?«

»Aber es gibt Spuren eines Kampfes.«

Ich setzte mich. Das erste Mal, seit ich anderthalb Stunden

zuvor zur Aufnahme gegangen war. Im Anschluss an die Sendung hatten wir eine kurze Besprechung gehabt und beschlossen, nach dem Werbeblock eine Aufzeichnung laufen zu lassen. Winfried Ebersbach selbst hatte die Entscheidung getroffen. Ich war in mein Büro gegangen, und Suzy hatte mir einen Melissentee gekocht. Dan lief rastlos im Raum auf und ab und blieb schließlich vor Frau Haberlik stehen.

»Mein Name ist Dan Porter. Ich bin Chefredakteur der Sendung.«

Sylvia Haberlik schüttelte ihm die Hand und schenkte ihm einen bewundernden Blick, den Suzy mit gerunzelten Brauen zur Kenntnis nahm. »Wer hat den Anruf von Frau Meyer-Stade entgegengenommen und entschieden, damit auf Sendung zu gehen? Die Frau stand doch offensichtlich unter Drogen.«

»Ein Mitarbeiter unseres Callcenters hat mit ihr gesprochen. Ich kann mich in die Gespräche einschalten und habe in diesem Fall mitgehört und grünes Licht gegeben. Sie schien etwas verwirrt, aber es hörte sich für mich nicht an, als sei sie auf Drogen.«

»Wie hat sie ihr Anliegen formuliert? Sie hat doch nicht schon Ihrem Mitarbeiter gesagt, dass sie gesehen hat, wer auf Greta Giehses Zimmer gegangen ist?«

»Nein. Dann hätte ich sie für eine Irre gehalten und aus der Leitung geworfen. Sie sagte so was wie: ›Ich habe etwas gesehen, das nicht für meine Augen bestimmt war, und jetzt bin ich in einer gefährlichen Situation.‹ Ich dachte, sie hätte einfach nur jemanden beim Sex beobachtet, und Lilly würde ihr in zwei Sätzen den Kopf waschen. Da lag ich wohl ziemlich falsch.«

»Das kann Ihnen niemand verdenken, Mister Porter. Wer ist auf so etwas schon vorbereitet?«

»Lilly, haben Sie vorher schon einmal mit Natascha Meyer-Stade persönlichen Kontakt gehabt?«

»Ich habe sie vor der Kestner-Sendung gesehen, wir sind einander kurz vorgestellt worden. Aber das war auch alles.« Ich erinnerte mich an die attraktive Blondine, die mir kaum in die Augen geschaut hatte. An ihren Blick, der mich an den von Prinzessin Diana erinnerte – der Kopf leicht gesenkt, Augen, die unter dem Pony emporschauten. Auf dem Bildschirm hatte sie viel selbstbewusster gewirkt als in dieser privaten Situation.

»Ich frage mich, warum sie nicht gleich bei der Polizei angerufen hat. Was treibt sie dazu, ausgerechnet im Fernsehen darüber zu reden?«

Sylvia Haberlik ging zu meinem Bücherregal und griff zielstrebig einen Wälzer heraus, den ich aus Goslar nach Berlin gebracht hatte, weil ich ihn nicht mehr in den eigenen vier Wänden haben wollte. *Serienmörder: Hintergründe und Fallstudien* hieß das Werk, und die Kommissarin blätterte interessiert darin. Besonders eingehend studierte sie meine gelben Haftnotizen. Sie warf mir einen nachdenklichen Blick zu.

»Sie sind ja offenbar auf alles vorbereitet!«

Ich zuckte mit den Schultern, und erst einige Sekunden später begannen sich die Bilder und Eindrücke der letzten zwei Tage wie Teile eines Puzzlespiels zusammenzufügen und ein klares, erschreckendes Bild zu ergeben. Die Geschichte wiederholte sich. Als Krimi. Und hatte sich dieselbe Protagonistin auserkoren. Mich. Was sagte das über mein Karma aus?

Es war zwei Uhr morgens, als ich den Sender verlassen wollte, was sich schwieriger gestaltete als vermutet. Trotz der unchristlichen Uhrzeit und der arktischen Temperaturen fand sich vor den Türen des Hauptstadtsendezentrums noch eine beachtliche Truppe von Journalisten und Fotografen. Jeder in der versammelten Meute hoffte, den ersten Kommentar zum Mord an Greta Giehse aus meinem Munde zu bekommen. Doch was hatte ich schon zu erzählen? Angesichts der Umstände konnte ich schlecht Werbung für meine Show machen. Über den Mordfall wusste ich nicht viel mehr, als die Reporter bereits offiziell erfahren hatten.

Wir erwogen, einen Abgesandten nach draußen zu schicken, der um Verständnis bitten und einen Pressetermin in naher Zukunft ankündigen sollte, hatten den Gedanken allerdings bald wieder verworfen. Jedes offizielle Statement hätte mich in den Augen der Öffentlichkeit mit dem Mord an Greta und mit Natascha Meyer-Stades Verschwinden verbunden. Ronnys Warnung fiel mir wieder ein – wahrscheinlich hätte ich den Fernsehvertrag nie unterschreiben dürfen. Dann wäre ich nicht in der Kestner-Sendung gelandet, sondern hätte an diesem Februarabend in Goslar vor dem Kamin gesessen. Die Eitelkeit hatte über Ronnys Warnungen gesiegt – ich hatte meine eigene Show, und ich war mal wieder zur falschen Zeit am falschen Ort aufgetaucht. Manchmal ist es schwer zu glauben, dass das Schicksal einem immer genausoviel zumutet, wie man verkraften kann.

In Mantel und Hut stand ich mit Suzy im Foyer, unschlüssig, wo und wie wir unerkannt den Sender verlassen sollten.

»Na – sind Se ooch noch da?«

Frau Ribowski trat aus der Tür der Pförtnerloge und zog sich einen marineblauen Steppmantel über den Hosenanzug. Dann vervollständigte sie ihr Winterensemble mit einer selbstgestrickten Kapottmütze in grellem Azur.

»War ein langer Tag. Für Sie doch aber auch. Sie sind ja schon seit Mittag hier.«

»Dobbelschischt. Kolleesche is ausjerutscht und liescht inner Charité. Na, was soll's. Isch schpar doch auf 'n Urlaub in den Schtodn, da gommt des Geld grod räscht. Was stähn Se denn hior rum? Wartn Se uff wen?«

»Wir beraten uns grad, wie wir am besten an der Presse vorbeikommen.«

»No, da sind Se bei mior an da rischtschn Adresse. Die Wessi-Presseleudschen, die sind doch alle Aasgeior, denen wollt'sch schon lange mol eins auswischn. Und Sie sind doch ne ährliche Haut, nich so wie die anderen Sat-7-Schnösel, die mich nich amol mitm Rückn angucken. Folschn Se ma unauffälisch.«

Frau Ribowski war nicht nur äußerst patent, sondern auch schon seit vierzig Jahren Pförtnerin im Haus Kronenstraße Nr. 42. Gegenüber der Portierloge befand sich der Aufzug, der in die Tiefgarage hinabführte.

»Ich glaube, das nützt nichts, Frau Ribowski. Die Journalisten kennen das Haus, und es werden sicher auch welche an der Ausfahrt stehen.«

»Na, nu vertraun Se mir mol«, sagte sie und drückte auf den Fahrstuhlknopf. Unwillkürlich trat ich einen Schritt zurück; ich hatte plötzlich die Zwangsvorstellung, jeder Lift würde durch meine Anwesenheit abstürzen. Doch nichts dergleichen geschah. Die rundum verspiegelte Kabine war leer, und wir traten ein. Die Pförtnerin kramte in einer Lidl-Tüte, die sie statt einer Handtasche bei sich trug. Unter Klimpern und Rasseln brachte sie einen beachtlichen Schlüsselbund zum Vorschein. Dann trat sie an die Wand mit den Etagenknöpfen und klappte ein Paneel weg, das sich unterhalb der Knöpfe UG und P befand. Was sich uns jetzt präsentierte, bestätigte die unguten Gefühle, die das Gebäude in mir bislang ausgelöst hatte. In dem Spalt, der sich unter dem Paneel verbarg, gab es drei Zylinderschlösser, neben denen auf abgewetzten Aufklebern Zahlen und Buchstabenkombinationen zu lesen waren. In einer über die Jahre verblassten Kugelschreiberhandschrift stand dort UG 3, UG 4 und UG 5. Über den Spiegel zu ihrer Rechten lächelte mir Frau Ribowski verschwörerisch zu und steckte den Schlüssel ins Schloss. Das Sendezentrum von Sat 7 hatte eine Vergangenheit, und diese Vergangenheit barg Geheimnisse. Die Türen des Lifts glitten lautlos vor unseren Augen zu, und mit einem kleinen Ruck begann unser Abstieg in die vergessenen Keller des Hauses Kronenstraße 42.

Im Oktober des Jahres 1988 war ich volljährig geworden und hatte mir einen Traum erfüllt: ich hatte die Schule geschmissen und war mit meiner besten Freundin Katja nach Berlin gezogen. Wir teilten uns eine Wohnung mit Ofenheizung in Neukölln und waren beide erstaunt, dass es so etwas überhaupt noch gab – Zentralheizung war für uns bislang eine Selbstverständlichkeit gewesen. Katja jobbte bei H&M am Ku'damm und ich fand einen Tresen-Job in einer Cocktailbar in Schöneberg. Unser Leben hatte etwas Improvisiertes – wir waren jung und schön, und die Welt schien uns offenzustehen. So fühlten sich damals vermutlich neunzig Prozent aller Zugezogenen. Spätestens im zweiten Winter, den ich dort erlebte, in dem ich Kohlen schleppen musste und es im Bad trotzdem nie wärmer als 10 Grad Celsius wurde, hatte ich die Großstadtromantik satt und war froh, als mich ein Fotograf entdeckte und ins schöne Peine exportierte. Er stellte mich der Produzentin Greta Giehse vor, und der Rest ist Pornogeschichte.

Wenn man in den Jahren bis 1989 in Berlin die U-Bahn-linie 8 fuhr, die die Stadtteile Neukölln und Wedding verbindet, dann kam man in einen ganz besonderen Genuss. Man fuhr Geisterbahn für den Preis eines Tickets der Berliner Verkehrsgesellschaft. Die Strecke zwischen den Endbahnhöfen Leinestraße und Paracelsusbad verlief durch den Ostteil der Stadt, und der war seinerzeit bekanntlich nur über die Grenzübergänge zu betreten. In gemächlichem Tempo zog man an verwaisten U-Bahnhöfen vorbei, in denen der Staub zentimeterhoch lag und die lange kein Licht mehr gesehen hatten. Es war gespenstisch, weil diese unterirdischen Geisterbahnhöfe nicht einfach aufgegeben worden waren wie ausgeplünderte Goldgräberstädte in Western, sondern weil man sich durch eine verbotene Zone bewegte.

Wenn man Westberlin nicht über einen der Grenzübergänge verlassen musste oder in Mauernähe wohnte, konnte man jahrelang in der Stadt leben, ohne sich des Inselstatus bewusst zu sein – eine einzige Fahrt in der Linie 8 raubte einem die Illusion des »freien Berlin« jedoch mit einem Schlag.

Noch etwas verursachte mir bei der Fahrt mit der Linie 8 eine Gänsehaut: das Bewusstsein, dass die Stadt durch ein unterirdisches U-Bahnnetz verknüpft war, das zwei Kriege mehr oder weniger unbeschadet überstanden hatte. Ich fragte mich jedesmal, ob es geheime Gänge gab, die die Luftschutzzonen, Bunker und Nothospitäler verbunden haben mochten. Filmemacher mochten sich auf den *Himmel über Berlin* konzentrieren. Mich zogen seit jeher die Abgründe an. Die Linie 8 verursachte in mir das ungute Gefühl, dass es eine Stadt unter der Stadt gab. Und dass die Karten, die dieses Gespensterareal verzeichneten, lange fortgeworfen worden waren.

Die Fahrstuhltüren öffneten sich, und vor uns lag schwärzeste Dunkelheit. Aus der Ferne drang ein monotones Tropfen wie von einem undichten Wasserhahn. Frau Ribowski zauberte aus ihrer Lidl-Tüte eine Taschenlampe hervor, schaltete sie ein, und ein dünner blassgelber Strahl versuchte die Finsternis zu durchdringen, verblasste allerdings schon nach weniger als drei Metern. Die Pförtnerin stieg als erste aus und sagte: »Einen Moment noch. So gut kenne ich mich hier nicht aus.«

Der Lichtstrahl blieb an einer Mauer hängen und zirkulierte, bis er auf einen altmodischen runden Lichtschalter mit einem roten Druckknopf fiel. Ich trat zwei Schritte in die Dunkelheit und betätigte den Schalter. Eine Reihe von Glühbirnen, die unter Schutzgittern angebracht waren, erleuchtete einen langen Korridor. In Abständen von vier bis fünf Metern gingen Metalltüren vom Gang ab. An den Scharnieren nagte der Rost. Die Wände waren unverputzt, der Boden mit abgewetztem Linoleum ausgelegt. Ein modriger Geruch lag in der feuchten Luft, und es war eiskalt.

»Was ist denn mit Ihrem Akzent passiert?« Suzy hatte es schneller bemerkt als ich. Frau Ribowski hatte auf einmal reines Hochdeutsch gesprochen.

»Wo ich Ihnen schon mein Geheimnis zeige, kann ich ja auch mit dem anderen Quatsch aufhören. Gehen wir.«

Ich zuckte zusammen, als sich die Fahrstuhltüren hinter uns schlossen und die Kabine wieder nach oben in die sichere Wärme des Foyers fuhr.

»Im Oktober arbeite ich seit vierzig Jahren hier. Als die Wende kam, da war ich schon beunruhigt. Ich habe mir überlegt, wie ich's anstellen muss, um meinen Job zu behalten. Wer feuert schon das Faktotum? Wenn man lustig aussieht und Dialekt spricht, dann nehmen einen die Leute nicht so für voll. Ich bin ein klassischer Wendehals.« Sie lachte in sich hinein, und ich vermutete, dass auch der »Wendehals« ein Spiel für sie war. Eine Maske, die sie aufsetzte, um nicht mehr erklären zu müssen als unbedingt nötig.

»Ist es nicht anstrengend, den ganzen Tag eine Rolle zu spielen?«

»Das werden Sie bestimmt auch oft gefragt. Ich bin übrigens die Rosa.«

Wir hatten das Ende des Korridors erreicht. Rechts und links gingen weitere Gänge ab, und Rosa blieb kurz stehen, als müsse sie sich erst orientieren.

»Sie wollen ins Four Seasons, Lilly?« Ich bejahte, und wir nahmen den linken Gang, worüber ich erleichtert war. In dem Gang zu unserer Rechten hatte kein Licht gebrannt, aber ein leiser Luftzug wehte aus der Entfernung. Ich fragte mich, wo es in dieser Tiefe Fenster geben mochte, durch die es ziehen konnte, oder ob es noch einen alten Luftschacht gab. Plötzlich raschelte es.

»Ratten!« stieß ich hervor.

»Hier hat schon lange keiner mehr Gift gelegt. Das sind nun die neuen Mieter hier unten. Die passen ganz gut zu den ehemaligen.«

Ich wollte schnellstmöglich raus aus diesen Katakomben und beschleunigte meinen Gang. Suzy hakte sich fest bei mir unter. Ich kam mir vor wie in einem Roman von Enid Blyton – *Fünf Freunde unter der Erde*.

»Was ist das hier eigentlich für ein Keller? Wieso wird er nicht mehr genutzt?«

»Wir nutzen ihn doch gerade.« Rosa ging zügig voran, ihre Plastiktüte fest im Griff.

»Stasi-Zeit oder noch älter?« Suzy überraschte durch unerwartete Geschichtskenntnisse. Wenn das Sendezentrum tatsächlich eine ehemalige Stasi-Zentrale war, dann wunderten mich die schlechten Energien nicht mehr. Die Sat-7-Führungsriege kannte offenbar weder den Film *Poltergeist* noch Stephen Kings *Friedhof der Kuscheltiere*. Was man dort hätte lernen können: Bau keine Häuser auf alten Friedhöfen.

»Noch älter. Für die meisten Räume gibt es nicht mal mehr die Schlüssel. Nach der Übernahme wollte keiner mehr so genau wissen, was sich darin befindet. Aber diese Etage war auch schon verschlossen, als ich hier anfing.«

Ich sah im Geiste Rosa Ribowskis gigantischen Schlüsselbund vor mir und fragte mich, ob sie nicht vielleicht weit mehr wusste – und mehr Schlüssel besaß –, als sie uns jetzt wissen ließ. Jemand wie Nicolette würde in Ekstase geraten, wenn sie die Möglichkeit hätte, diese Keller zu erforschen. Ich nahm mir vor, ihr davon zu erzählen. Vielleicht wäre eine Durchsuchung die adäquate Geisteraustreibung für den alten Kasten.

Je weiter wir den Fahrstuhl hinter uns ließen, desto schlimmer wurde die Luft.

»Kennt außer Ihnen jemand die Räume?«

»Es gibt nicht mehr viele, die schon so lange hier arbeiten. Aber ich nehme an, dass die Keller in den Bauplänen verzeichnet sind.«

»Warum macht man dann nicht ein schönes Fitnessstudio daraus? Oder ein Solarium?« fragte Suzy.

»Schlag das doch Herrn Ebersbach morgen mal vor.«

Ihr Gedanke war zwar einerseits abwegig, aber nicht völlig verkehrt. Welche Firma verzichtet freiwillig auf Nutzfläche, die sie angemietet hat? Durch die unterirdische Lage und die damit einhergehende Schallisolierung waren die Keller für ein Fernsehstudio wie geschaffen.

»Waren die Räume auch in DDR-Zeiten geheim?«

»Den Fahrstuhlschlüssel hatten nur wenige.«

»Und jetzt?«

»Ich weiß es nicht. Ich habe hier unten noch nie jemanden getroffen. Aber ich bin ja auch nicht oft hier.«

»Schleusen Sie nicht öfter jemanden hier durch?«

»Die meisten sind so arrogant, dass die Journalisten sie meinetwegen auffressen könnten. Was soll ich denen helfen? Ich sag nur Kestner … So ein unfreundlicher Mann. Die Crew von *Mittag in Berlin* ist genauso. Im Fernsehen päpstlicher als der Papst, aber glauben Sie bloß nicht, dass die mal guten Tag sagen oder einen schönen Feierabend wünschen.«

Wieder waren wir an einer Abbiegung angelangt.

»Jetzt rechts rum«, wies uns die Pförtnerfrau an. Dieser Korridor unterschied sich von den vorhergehenden. Zwei der fünf Türen auf der rechten Seite waren aus den Angeln gehoben und lagen auf dem Boden.

»Ich bin neugierig. Darf ich mal die Taschenlampe haben?«

»Da ist nichts Interessantes mehr drin. Aber bitte.« Ich trat in das erste Zimmer ein, Suzy immer noch untergehakt, und war enttäuscht. Was auch immer in diesem Zimmer gewesen sein mochte, es war nichts mehr davon zu sehen. Der Lichtstrahl beleuchtete einen übelriechenden, abgewetzten Teppich und einen umgefallenen Holzstuhl. Die Wände waren rundum mit Regalen versehen, aber die Fächer waren leer.

»Können wir nicht weitergehen, bitte? Mir ist kalt und ich bin müde.«

»Gleich, Suzy.« Ich ließ sie an der Tür stehen, ging durch den Raum und schaute mir die Regale genauer an. Ich fand nichts Bemerkenswertes, aber es war die Abwesenheit von etwas, die mir zu denken gab. Staub. So schmutzig der ganze Raum war – in den Regalen lag kaum Staub. Was auch immer hier gelagert worden war, es war noch nicht lange fort. Ich behielt meine Entdeckung für mich und trat wieder zurück in den Flur.

Ich reichte Frau Ribowski ihre Lampe zurück.

»Sind Sie öfter hier unten?«

»Nicht, wenn ich nicht muss. Ist ja nicht gerade wie meine gute Stube. Wenn auf dem Platz viel los ist, gehe ich hier unten lang. Da bin ich schneller bei der U-Bahn, als wenn ich mich durch die Massen schlagen muss.«

Wieder kamen wir an eine Gabelung. Frau Ribowski bat uns, einen Moment zu warten, und ging in den Gang zu unserer Linken. Hier brannte nur eine einzige vergitterte Glühbirne, und der Rest des Korridors lag im Dunkeln. Schon nach wenigen Metern konnten wir sie nicht mehr sehen. Sie fand sich offensichtlich gut genug zurecht, um auf die Taschenlampe zu verzichten.

»Es ist unheimlich hier. Wie in einem Horrorfilm.«

»Ja, Suzy, und gleich kommt der Mann mit der Kettensäge und stürzt auf uns los.«

Ihre Augen wurden groß, und ich merkte, dass ich zu weit gegangen war.

»Entspann dich. Wir sind bestimmt gleich wieder draußen.«

Ein lautes Klappern ließ uns beide zusammenzucken, und für den Bruchteil einer Sekunde sah ich selbst einen Kettensägenkiller auf uns zuhinken. Aber es war nur Rosa Ribowski, die einen Tisch vor sich herschob.

»Können Sie mal mit anfassen – ich hab's mit dem Rücken.«

Suzy warf mir einen fragenden Blick zu, aber ich konnte nur mit den Achseln zucken, da ich selbst keine Ahnung hatte, was die Pförtnersfrau vorhatte.

»Jetzt müssen wir uns sportlich betätigen, meine Damen. Hier, halten Sie mal.« Sie drückte mir ihre Tüte in die Hand und kletterte auf den Tisch.

»Wenn Sie mir jetzt mal die Taschenlampe reichen und den Schlüsselbund?« Ich kramte in der Tasche und fand die beiden gewünschten Artikel unter Rätselheften, Strickzeug und einer gebundenen Ausgabe der »Gedichte über die Liebe« von Bertolt Brecht.

Sie leuchtete mit der Taschenlampe nach oben, und erst jetzt sahen wir, was sie mit uns vorhatte. In etwa zwei Meter Höhe war ein Schloss so in die Wand eingelassen, dass man es auf den ersten Blick nicht sehen konnte. Ich erkannte feine Linien im Verputz, die keine Risse waren, sondern die Seiten einer Tür oder eines größeren Fensters. Rosa öffnete die Tapetentür, die den Blick freigab auf eine Metalltür mit einem ovalen Ringgriff. Frau Ribowski drehte den Griff und stieß die Tür auf.

Mit einer für ihr Alter äußerst eleganten Bewegung zog sie sich nach oben, setzte sich auf den Rand und verschwand auf die andere Seite.

»Ich weiß nicht, ob ich das kann, Lilly.«

»Ich fürchte, du hast keine Wahl.«

Suzy versuchte es mit einem Hüpfer, scheiterte, und erst als ich von unten gegen ihren Hintern drückte und Rosa Ribowski von oben an ihren Schultern zog, beförderten wir sie durch die

Tür. Als letzte schwang ich mich nach oben und ließ den klammen Keller hinter mir. Die Pförtnerin schloss die Tür hinter uns, die nun mit der Wand verschmolz, weil sie auf dieser Seite weder Griff noch Schloss hatte. Ich schaute mich um und stellte fest, dass wir uns in einem leerstehenden Gebäude befanden, das entkernt und von einem Baugerüst umstellt war. Die Geräusche langsam fahrender Autos drangen durch die Mauern, und ich fragte mich, wo wir waren. Rosa erklärte: »Das Parkhaus vom Four Seasons grenzt hier an. Wir gehen jetzt da vorn die Rampe hoch, und dann sind wir auf der Französischen Straße.«

»Also sind wir gegenüber vom Borchardt?«

»Richtig. Von da sind es nur ein paar Schritte zum Hotel.«

Es war spät, und offenbar waren in dieser eiskalten Nacht nicht viele Nachtschwärmer unterwegs. Wir verließen das Gebäude, ohne einer Menschenseele zu begegnen. Endlich konnten wir wieder reine Luft atmen – wenn man von den großstadtüblichen Zutaten wie Autoabgasen und Kohle einmal absah.

»Das bleibt unser kleines Geheimnis, nicht?« Rosa Ribowski lächelte uns verschmitzt an. Eines war klar – dieses Geheimnis war nicht klein. Und es war vermutlich nicht ihr eigenes.

Kapitel 11

Sie hat sich viel mehr gewehrt als die erste. Dabei bin ich ganz vorsichtig mit ihr umgegangen. Zuerst jedenfalls. Ich habe ihr gesagt, dass sie keine Angst zu haben braucht, und ihr meine Hand auf die Wange gelegt. Da hat sie den Kopf geschüttelt, und ich musste ihr eine knallen, dass ihr die Tränen nur so runterliefen. Sie weinte noch nicht laut, die Tränen waren eine Art Reflex. Wie wenn man friert, wenn's draußen kalt wird. Oder wie Atemwölkchen, wenn man aus dem Warmen in die Kälte kommt. Eigentlich hatte ich es diesmal ohne Fesseln machen wollen, aber ich merkte schon am Anfang, dass sie zu bockig ist für so ein Experiment. Und das einzige, was da hilft, ist, sie warten zu lassen. Mit mir darf man das ja nicht machen, Warten ist für mich das Schlimmste überhaupt. Ich werde schon wütend, wenn ich irgendwo anstehen muss. Deshalb habe ich manchmal nichts zu essen zu Hause, weil ich mich nirgendwo anstellen wollte. Dann lasse ich mir eine Pizza liefern und schaue solange fern, das empfinde ich dann nicht wie Warten in einer Schlange, weil ich ja Unterhaltung habe.

Ich dachte, das Warten würde sie zermürben, aber da hatte ich mich getäuscht. Sie war immer noch widerspenstig, obwohl sie den ganzen Tag in der Kälte gesessen hatte, mit nichts an. Sie zitterte, und ihre Haut war feucht und kalt. Wenn sie kooperativer gewesen wäre, dann hätte ich eine Decke unter den Alu-Tisch getan, bevor ich sie darauflegte, aber so, wie sie sich aufführte, konnte ihr meinetwegen das Herz stillstehen, wenn ihre nackte Haut das eiskalte Metall berührte. Ihr Augen wurden riesengroß, als die Kälte durch sie hindurchfuhr.

Ich klebte ihre Arme mit Paketband an den Tischbeinen fest und zog sie dann an den Beinen, so dass sie ganz ausgestreckt lag. Ihr Kopf hing jetzt über den Tisch herab, und ich dachte »Kopfende: Kopf – Ende« und musste lachen. Ihre Kniekehlen reichten gerade an die Tischkante, und ihre Waden klebte ich auch an den Tischbeinen fest. Sie schaffte es immer noch, sich aufzubäumen, obwohl es eigentlich kaum Spielraum für sie gab. Ich spürte schon, dass ihr Widerstandsgeist nicht zu brechen war, also redete ich nicht mit ihr. Ich dachte, es ist vielleicht noch schrecklicher zu ertragen, wenn nicht mal mit einem geredet wird und man einfach nur ausgeliefert ist und einem selbst noch das Reden und Zuhören verboten wird.

Als sie rundum festgeklebt war, betrachtete ich mein Werk und holte meine Messer aus der Tasche. Sie wand sich, versuchte ihre Armfesseln zu lösen und drehte den Kopf hin und her, da verlor ich kurz die Kontrolle und versetze ihr mit der Faust einen Schlag in den Unterleib, so dass auf der anderen Seite des Tisches ihr Kopf hochkam und ihr die Tränen über die Fratze liefen. So ging das nicht, sie hatte noch zu viel Bewegungsfreiheit. Also nahm ich noch mal das Verpackungsband und rollte es ihr um den Hals, zog es straff, aber nicht so straff, dass es sie erwürgt hätte, und befestigte die Enden weit unten an den Tischbeinen. Wenn sie sich jetzt zu sehr bewegte, dann würde sie sich strangulieren. Selbst schuld.

Jetzt gefiel mir der Anblick, und ich ließ meine Hände über ihren Körper gleiten, strich ihr über die harten Brustwarzen und die hervorstehenden Rippen bis zum Bauchnabel, dann ging meine Hand zwischen ihre Beine, und ich schob ihr einen Finger rein. Sie wurde feucht, wie ich es mir gedacht hatte. Sie hatte ihren Spaß, ich meinen. Ich hätte mich gern nackt auf sie gelegt, aber mir war zu kalt, also behielt ich meine Sachen an, während ich meinen Körper auf ihren presste und ihre harten, erigierten Nippel in den Mund nahm. Jetzt begann sie zu wimmern, und weil ihr Kopf außer Reichweite war, um ihr einen Schlag zu geben, nahm ich das schmale Messer und malte damit eine dünne

Linie unterhalb ihres Schlüsselbeins. Sie bäumte sich auf, so gut sie konnte, und das reichte. Ich verlor die Geduld und biss zu. Ihre Reaktion war so heftig, dass der Tisch ins Wanken kam und ich aufstehen musste. Warum musste sie mich wütend machen? Ich versetzte dem Tisch einen Stoß, so dass sie mit dem Schädel gegen die Wand knallte und sich nicht mehr rührte. Dann leckte ich über den Schnitt, den mein Messer verursacht hatte, und dann weiß ich nur noch, wie ich mit zwei Messern in sie eindrang und meine Zähne in ihre Brüste schlug und das Blut zu laufen begann und warm über meine Hände und mein Gesicht floss – es dampfte förmlich, und der Geruch stieg mir in die Nase, und ich fickte sie mit dem Messer, und ihr Körper zuckte, und es ging Stunden oder nur Minuten – alles, was ich hörte, war dieses Geräusch, das das Messer in ihrem Fleisch verursachte, ansonsten war es ganz still – nur Atem und Keuchen, das schwächer wurde, und als ich fertig war mit ihr und ihr Blut meine Kleidung durchweicht hatte und an mir kalt wurde, erst da fiel mir ein, dass ich noch nicht geplant hatte, was ich danach mit ihr machen sollte. Aber während ich meine Kleidung zum Wechseln aus der Tasche holte, kam mir eine Idee.

Kapitel 12

Nachdem ich unerkannt in meiner Suite angekommen war, schloss ich die Vorhänge und fiel erschöpft aufs Bett. Ich hätte gerne eine vertraute Stimme gehört, aber es war schon zu spät, um Max oder Ronny anzurufen. Ich stellte den Fernseher an, um eine Geräuschkulisse zu haben, aber auch dieser Trick funktionierte nicht. Es gab nichts, was mich wirklich ablenken konnte, was wieder einmal bewies, dass die Gedanken frei sind und man sie nur bedingt kontrollieren kann. Einerseits war ich so müde, dass ich es nicht einmal schaffte, mich abzuschminken, andererseits wollte sich der Schlaf einfach nicht einstellen, und ich lag ruhelos auf einem viel zu großen Bett in einem anonymen Hotelzimmer. Noch ein Tag in Berlin, und dann geht es nach Hause, sagte ich mir. Aber der Gedanke beruhigte mich nicht, vielmehr sah ich mit Skepsis und Furcht diesem nächsten Tag entgegen, den ich noch durchzustehen hatte, bis ich wieder in meinem eigenen Bett liegen würde und in den Armen von Max einschlafen konnte.

Ich dachte an Greta, die in den letzten Jahren allein gewesen war. Kein Wunder, dass sie soviel Zeit für Rachepläne und Intrigen gehabt hatte – ihr Leben war nicht gerade mit Liebe ausgefüllt. Das erste Mal seit Jahren verspürte ich so etwas wie Mitgefühl mit der Frau, die mich sabotiert und fast vernichtet hatte. Ich stellte mir vor, wie ihre Abende und Nächte wohl ausgesehen hatten. Ich sah sie allein in ihrem Einfamilienhaus, das mit klobigen Ledermöbeln vollgestellt war und dessen Teppiche mit Brandlöchern ihrer Zigaretten durchsetzt waren. Ich fragte mich, ob sie sich immer noch einen ihrer schrecklichen Kaftane übergeworfen hatte, wenn sie von der Arbeit nach Hause gekommen war. Ob sie mit Whiskyglas in der Linken, Zigarette in der rechten Hand durch die vollgestellten Zimmer getorkelt war und sich bei der Kollision mit den Möbeln blaue Flecken geholt hatte, eine Spur von Asche und den Dunst von Alkohol hinter sich herziehend. Greta war schon immer unleidlich gewesen, aber als ihre Karriere sich dem Ende zuneigte und ihr Alkoholkonsum immer exzessiver wurde, hätte nicht einmal ihre eigene Mutter sie noch gemocht. Nur dass diese Mutter sich ohnehin von ihrer Tochter abgewandt hatte, als sie erfahren hatte, womit diese ihr Geld verdient. Greta Giehse hatte, zumindest eine Zeitlang, alles, was man sich nur wünschen kann: Erfolg, Ruhm und schöne Männer. Aber sie litt unter dem Unvermögen, Glück zu empfinden und wahre Liebe zuzulassen. Sie war nie zufrieden mit dem, was sie hatte, es musste immer noch mehr sein. Als sie spürte, dass ihre Zeit als die Nummer eins abgelaufen war, besaß sie nur noch eine einzige Antriebskraft – den Hass auf sich selbst und auf ihre Umwelt. Sie hätte sich ins Zeug legen können, um bessere Filme zu produzieren, um ihren Rang zu verteidigen, doch statt dessen ging sie mit mir auf Kollisionskurs und verschrieb sich einem Plan, der für sie selbst extrem kontraproduktiv verlief: dem Plan, mich zu zerstören. Es war wie in der Politik: wenn einer Partei die Argumente ausgehen, dann geht sie ans Eingemachte, um die Opposition zu diskreditieren. Die Geschichte belegt, dass dies selten Früchte trägt. Mit ihren Ränkespielen hatte Greta sich selbst am meisten geschadet. Und wenn das Ende ihrer Karriere schon tragisch war, was sollte man dann über das Ende ihres Lebens sagen?

Irgendwann war ich dann doch eingeschlafen. Als der Weckruf kam, war ich gerade mitten in einem sehr angenehmen Traum. Mein Unterbewusstsein meinte es gut mit mir. Ich sprang unter die Dusche, und während das heiße Wasser auf meinen Körper prasselte, plante ich meinen Tag. Und verwarf einen Großteil der anvisierten Termine. Ich beschloss, dass ich mir nach den Strapazen der vergangenen Tage ein Wellness-

Programm verdient hatte – schließlich würde ich auch diese Nacht wieder in Großaufnahme über bundesdeutsche Bildschirme flimmern, und da wollte ich gut aussehen. Ich bat Suzy, alle Vormittagstermine zu streichen und statt dessen einen Massagetermin auszumachen, ließ mein Handy ausgeschaltet, schnappte mir meinen Discman und nahm den Fahrstuhl zum Wellness-Bereich.

Schon das warme, gedämpfte Licht und die Reflexe, die das Wasser des Pools an die Wände warf, versetzten mich in gute Laune. Außer mir und einem Hotelangestellten am Eingang war der Bereich leer. Ich war froh, mit niemandem kommunizieren zu müssen. Bis zu meiner Massage hatte ich noch eine halbe Stunde Zeit, und ich entschied mich für einen Saunagang. Ich setzte mich auf die Holzbank und genoss die Hitze, während draußen arktische Temperaturen herrschten und ein eisiger Ostwind wütete. Die Stille in der Sauna lud zum Nachdenken ein, aber ich wollte mir nicht wieder Gedanken über das tragische Schicksal Greta Giehses machen und setzte meinen Kopfhörer auf. Jon Bon Jovi versicherte mir »I'll be there for you – these five words I swear to you«, und ich lehnte mich zurück, schloss meine Augen und entspannte mich.

Weshalb ich plötzlich die Augen öffnete, weiß ich nicht – es muss instinktiv geschehen sein –, aber als ich aufblickte, zuckte ich entsetzt zusammen. Durch die Milchglasscheibe war eine dunkle Gestalt zu sehen, die sich am Türschloss zu schaffen machte. Ich sprang von der Bank auf, der Kopfhörer fiel zu Boden und machte es sich neben meinem Kreislauf gemütlich, der dem schnellen Aufsprung nicht hatte folgen können. Erst jetzt hörte ich laute Stimmen. Zwei Leute standen an der Tür zur Sauna und stritten sich. Durch das trübe Glas war nicht auszumachen, wer die dunkel gekleidete Gestalt war, aber die weiße Kleidung des Gegenübers gehörte zu dem Hotelangestellten. Ein Blitzlicht flackerte auf, und ich war fast erleichtert, als ich begriff, was sich abspielte. Die Presse hatte mich entdeckt. Zumindest ein einzelner, besonders hartnäckiger Vertreter. Das Gerangel setzte sich fort, aber die beiden Männer entfernten sich von der Tür. Ich wartete, bis ich keine Stimmen mehr hörte, und legte meine Hand auf den Türknopf, um mich aus der Kabine zu schleichen. Doch die Tür war verschlossen. Es lag nur zum Teil an der Hitze, dass mir schwindlig wurde. Ich musste mich an der Wand abstützen, um nicht ohnmächtig zu werden, während die Hitze immer unerträglicher, die Luft immer dichter zu werden schien. Ich probierte es ein weiteres Mal – erfolglos. Ich stemmte mich mit der Schulter gegen die Tür und der Schweiß lief in Strömen an mir herab, während ich mich vergeblich bemühte, aus der Kabine herauszukommen. Panik befiel mich – mein Hals fühlte sich an wie zugeschnürt, und ich konnte nicht mehr richtig atmen. Ich trommelte mit den Fäusten gegen die Scheibe und versuchte um Hilfe zu rufen, aber ich brachte keinen Ton hervor. Was, um Himmels willen, machte der Angestellte? Weshalb kam niemand, um mir zu helfen? Meine Knie gaben nach, und ich sank auf den Boden, versuchte, meine Atmung wieder unter Kontrolle zu kriegen, damit ich um Hilfe rufen konnte. Aber mein Herz trommelte wie wild, und ich hyperventilierte. Gerade als ich dachte, jetzt ist es aus, fuhr ein kalter Luftzug in die Kabine, und der heiße Dampf der Kabine strömte hinaus in den Gang. Ich blickte nach oben.

»Schätzchen – hast du's wieder übertrieben, ja?« Vor mir stand eine attraktive Brünette in Louis-Vuitton-Bademantel und Gucci-Badelatschen. Meine Freundin Teresa Orlowski hatte mich aus der Gluthölle befreit.

»Es tut mir so leid!«

»Da kann sie sich nichts für kaufen, Sie Pfeife.«

»Ich wäre doch in einer Minute wieder hier gewesen -«

»Ach, seien Sie still. Wie kommen Sie dazu, die Hotelgäste zu rösten? Wir werden uns bei der Geschäftsführung beschweren. Das ist skandalös, das ist peinlich.«

Teresa hatte etwas sehr Dominantes, das mir ausgezeichnet gefiel. Ihr Auftritt war kraftvoll, und wenn ihr etwas nicht passte, dann brach ihr leidenschaftliches polnisches Naturell durch. Da ich selber noch zu geschockt war, um für mich zu sprechen, war ich dankbar für ihren Einsatz.

»Bei den Preisen hier dulde ich keinen Widerspruch, ist das klar? Es gibt eine offizielle Beschwerde. Schadensersatz. Schmerzensgeld.«

»Teresa, lass gut sein.«

»Nein, Schätzchen – was heute dir passiert ist, das kann morgen mir passieren, oder Steffi Graf, oder Madonna. Das ist doch keine billige Absteige. Bei sechshundert Mark pro Nacht will ich auch lebend aus der Sauna kommen. Und zwar ohne dass mich ein Paparazzi mit Lockenwicklern abschießt.«

Selbst im Bademantel strahlte Teresa Orlowski eine Autorität aus, die keinen Widerspruch zuließ. Auch der Bademeister begriff, dass man sich einem fahrenden Zug besser nicht in den Weg stellt, und verließ seinen Arbeitsplatz ohne weitere Klagen oder Entschuldigungen. Teresa verfrachtete mich auf eine Liege am Pool. Dann verschwand sie hinter dem Counter des Eingangsbereiches und kam mit einem Stapel flauschiger Badetücher und einer eisgekühlten Flasche Kombucha zurück.

Ich hatte so viel Flüssigkeit verloren, dass ich die Flasche fast in einem Zug austrank.

»Danke, Teresa, das werde ich dir nie vergessen.«

»Schwamm drüber, Schätzchen.«

»Seit wann bist du in Berlin? Und was machst du hier?«

»Ich bin gerade erst gekommen. Ein bisschen Shopping, ein bisschen Wellness, dann geht's zurück nach Marbella.«

»Ist am Empfang viel los?«

»Das kannst du glauben. Die gesamte Presse ist versammelt. Der Wagen konnte kaum vorfahren, weil die Straße völlig verstopft ist. Presse, Presse, Presse – schrecklich, sag ich dir. Rate mal, warum ich hier abgestiegen bin und nicht im Adlon.« Sie kicherte.

»Was sagst du zu Greta?«

»Willst du die Wahrheit wissen?«

»Klar.«

»Schätzchen, wenn du mich fragst, hat's die richtige Pornoproduzentin getroffen. Ich wein' dem Biest keine Träne nach.«

Wir waren unter uns, und man kann nicht immer politically correct sein.

»Sie war eine Ziege, aber wenn du ihre Leiche gesehen hättest, würdest du nicht so reden.«

»Wie kommt es, dass ausgerechnet du immer die Leichen findest? Hast du eine Wünschelrute in dir? Oder warst du in einem früheren Leben Bluthund?«

»Ronny könnte dir jetzt genau erklären, was die astrologischen Koordinaten in meinem Horoskop sind. Der Pluto im Mondquadrat oder Saturn im Zickzack im Zwilling.«

»Eher die Nase in fremden Angelegenheiten und der gesunde Menschenverstand im Arsch.« Sie schaute mich mütterlich-strafend an, und wir brachen in Gelächter aus.

Ich wechselte das Thema. »Sag mal, Teresa, kannst du dich an Dickie Greenleaf erinnern?«

Teresa seufzte schwärmerisch. »Was für ein Mann! Dieser Hintern! Und ein Körper wie eine Statue. Ein Engel. Wir haben mit ihm ein Dutzend Filme gemacht, und bis heute ist er der einzige männliche Darsteller, außer Rocco versteht sich, der körbeweise Fanpost bekommen hat. Heiratsanträge von Frauen, Männer, die ihm Häuser schenken wollten – unglaublich. Das war so um die Zeit, als dein Ronny abgetaucht ist. Anfang der Neunziger?«

»So ungefähr. Hast du eine Ahnung, was aus ihm geworden ist?«

»Von der Bildfläche verschwunden. Wie Spucke im Feuer. Erst ging er nicht mehr ans Telefon, und eine Woche später hieß es ›kein Anschluss unter dieser Nummer‹. Damals hat er in Frankfurt gelebt. Zuletzt hat er für Greta gedreht.«

»Grund genug, um auszusteigen.«

»Ich vermute, er hatte einfach genug. Genug Geld, genug Sex, genug Videos im Regal. Vielleicht ging es ihm wie dieser durchgeknallten Braut in der Talkshow letztens, und er ist Zoologe geworden oder Pilot.«

»Das wäre eine Schande, bei seinen Vorzügen.« An Natascha Meyer-Stade, die »durchgeknallte Braut«, hatte ich kaum noch gedacht. Ich fragte mich, ob Silvia Haberlik schon etwas über den Verbleib des Ex-Callgirls herausgefunden hatte.

»Weshalb fragst du nach Dickie? Willst du ihn buchen?«

»Ja. Ronny hatte die Idee. Wir brauchen einen Star für die schwule Serie.«

»Gute Idee, aber ich glaube nicht, dass er sich zu einem Comeback überreden lässt, selbst wenn ihr ihn findet.«

»Aber wenn wir es schaffen, ist so ein Comeback die beste Promo, die man sich wünschen kann!«

»Na, dann drück ich dir die Daumen, Lilly. Gib ihm meine Handynummer, wenn du ihn aufgespürt hast.«

»Träum weiter, Teresa.« Wir lachten.

Meine Lebensgeister waren wieder erwacht. Prompt erschien Suzy am Pool, um ihnen einen Dämpfer zu verpassen.

»Ebersbach will dich dringend sprechen – er sagt, dass man die Presse nicht länger warten lassen kann.«

»Verdammt. Es wäre auch zu schön gewesen.« Ich zog meinen Bademantel über. Teresa schaute mich besorgt an. »Lilly, versprich mir, dass du auf dich aufpasst.«

»So gut ich kann, Teresa.«

»Es hat einen Wahnsinns-Aufstand gegeben, weil die Polizei einen Fotografen abgeführt hat. Wenn wir nicht bald ein Statement abgeben, werden sie wütend, und das können wir uns nicht leisten. Heute abend läuft die dritte Sendung, und wenn wir es schaffen, vorher noch einmal in die Boulevardsendungen zu kommen, dann sprengt die Einschaltquote die Schallmauer. Lilly, stell dir vor, was das für die kommende Woche bedeutet! Jeder Mensch im Land wird einschalten. Der Hit ist uns sicher. Wir können auf die Presse nicht verzichten, das siehst du doch sicher ein.«

»Winfried, ich fühle mich überhaupt nicht imstande, irgendwelche kompetenten Aussagen zu machen. Was weiß ich denn schon, was sich da abgespielt hat. Und das letzte Mal, als ich öffentlich über Greta gesprochen habe, hat man mir gleich ein Strick daraus gedreht.«

»Dann kannst du sicher sein, dass sie heute nachmittag die Wiederholungen zeigen – und das kannst du doch nicht wollen, Lilly, oder?«

Er hatte mich erwischt. Die Archive der Sender barsten vor Material, in dem Greta über mich herzog. Ein einziges Mal hatte ich es gewagt, vor laufender Kamera zu sagen, dass jemand wie Greta sich aus dem Geschäft zurückziehen sollte. Außerdem hatte ich sie mit Inge Meysel verglichen. »Gut. Dann gebe ich um drei eine Konferenz.«

»Das ist zu spät. Um siebzehn Uhr läuft *Taff*. Die schaffen es nicht, den Beitrag rechtzeitig zu schneiden.«

»Halb drei.«

»Sagen wir zwei. Und vorher machen wir noch ein Exklusivinterview mit *News alive*, damit Sat 7 als erster auf Sendung gehen kann.«

»Das ist doch überhaupt nicht zu schaffen – es ist schon halb eins!«

»Die Crew ist schon zu dir unterwegs.«

Die Leute von *News alive* waren noch halbwegs feinfühlig gewesen, was man von der anschließenden Pressekonferenz keineswegs behaupten konnte. Für das große Pressemeeting hatten wir einen Konferenzraum im Hotel gemietet. Das sollte ich noch bereuen, denn wir hätten jedes bisschen der Feng-Shui-Energie aus meinen Redaktionsräumen brauchen können.

Weil ich nicht viel über Greta Giehses Privatleben sagen konnte und wollte, versteiften sich die Reporter auf ein anderes Thema.

»Weshalb kommt es ausgerechnet im Pornomilieu immer wieder zu brutalen Kriminalfällen?«

Ich stellte richtig, dass dies keineswegs der Fall sei. Dann wurde versucht, meine Erlebnisse des Vorjahres als zwangsläufige Konsequenz meiner Tätigkeit in der Branche darzustellen.

»Das hätte in jeder anderen Branche auch stattfinden können«, lautete meine ehrlich gemeinte Antwort, und ich führte prominente Opfer von Gewaltverbrechen von Sharon Tate über John Lennon bis Gianni Versace an. Promis erregen Aufmerksamkeit. Und Aufmerksamkeit erregt die Gemüter. Erregung ist zweifelsohne ein angenehmer Gemütszustand, allerdings nicht in allen Fällen.

Dass in Gretas Fall Sex und Crime aufs perverseste zusammenkamen, war jedoch einmal wieder zu packend, zu dramatisch, zu düster-verlockend, als dass man auf meine Argumente eingehen wollte. Wenn die Presse diesen Faden weiter verfolgen würde, dann stünde der Pornobranche ein Rückfall in die Zeit vor Beate Uhse bevor. Und es hatte lange genug gedauert, bis die Öffentlichkeit zumindest allem Anschein nach ein unverkrampfteres Verhältnis zur Ware Sex entwickelt hatte.

Mir war natürlich klar, dass ich und mein Erfolg nur eine Seite der Medaille waren. Ich war die erste Pornodarstellerin, die es ins Vorabendprogramm geschafft hatte, aber das bedeutete noch lange nicht, dass die gesamte Republik aufgeklärt mit ihren sexuellen Neigungen, Trieben, Wünschen und Sehnsüchten umging. Wenn ich mir überhaupt ein berufliches Ziel gesetzt hatte, dann war es dies: mit meinen Mitteln für die sexuelle Befreiung einzutreten. Dafür zu sorgen, dass Sexualität nicht mehr tabuisiert wird, damit sie niemand mehr als traumatisierend erleben müsste. Es war ein hochgestecktes Ziel, und es war in einer Lebensspanne nicht zu erreichen. Aber ich wollte mein Bestes dafür tun, dass es nachkommende Generationen leichter haben würden, als ich es noch gehabt hatte.

Ich hatte genug Bücher über abartige Mörder gelesen, um zu wissen, dass es oft frühkindliche Schamgefühle waren, die im späteren Leben Sicherungen durchbrennen ließen und völlig natürliche Triebe in etwas Schreckliches, Destruktives verwandelten. Wie hatte Ronny gesagt? Stehendes Wasser brütet Pest. Wenn man die Energien nicht fließen lässt, dann stauen sie sich auf, und der Dammbruch kann zerstörerisch sein. Alice Schwarzer mochte mich verachten, aber im Grunde lieferte ich, genau wie sie, meinen Beitrag zur Emanzipation, indem ich Sex präsent machte. Welcher Sex nun ausgerechnet frauenfeindlich sein sollte, darüber sollten die Frauen entscheiden, die ihn genüsslich auslebten, und nicht ausgerechnet jene, die ihn als bizarr empfanden. Mein Werk setzte da an, wo Alice Schwarzer aufhörte: ich propagierte jede Art von Sex, die zwei (oder mehreren) Menschen zur Befriedigung ihrer Lüste verhalf. Vorausgesetzt, alle Beteiligten stimmten zu. Dies galt auch für alle meine Produktionen. Die Darsteller hatten die Wahl, ob, mit wem und was sie vor der Kamera machen möchten. Ich war stolz auf meine Firma und meinen Beitrag, sie vom Sex & Crime-Klischee befreit zu haben. Und nun musste ausgerechnet ich als schwarzes Schaf der gesamten Branche vorwurfsvolle Fragen über abartige Praktiken beantworten.

»Leben Porno-Stars gefährlich?« wollte ein *Taff*-Reporter von mir wissen.

»Ich glaube, nicht gefährlicher als der Rest der Bevölkerung. Wir wissen heute noch nicht einmal, ob Greta Giehse zum Opfer wurde, weil sie Greta Giehse ist, oder ob es ein sinnloser Mord war, der mit ihrem Beruf in keinerlei Verbindung stand.«

»Haben Sie persönlich besondere Sicherheitsvorkehrungen getroffen?«

»Nein. Nicht mehr als sonst. Wenn ich permanent einen Bodyguard um mich hätte, würde ich mich auch andauernd unsicher fühlen. Wenn man Security-Personal hat, ist es, als ob man ständig darauf hingewiesen würde, dass man sich in der Öffentlichkeit in Gefahr befindet.«

»Wenn Greta Giehse einen Bodyguard gehabt hätte, wäre sie vielleicht heute noch am Leben.«

»Das mag sein. Aber Mörder haben die Angewohnheit, in dem Moment zuzuschlagen, in dem ihr Opfer ungeschützt ist. Den totalen Schutz gibt es nicht. Selbst in den Buckingham Palace ist schon ein Irrer eingedrungen, und denken Sie nur an John F. Kennedy.«

»Sie und Frau Giehse waren nicht die besten Freundinnen – es ist sogar von einer Fehde die Rede gewesen.«

»Die Fehde war einseitig. Greta hat meine Produktionen sabotiert, aber seit der Fall vor Gericht gegangen ist, gab es keinen Anlass mehr anzunehmen, dass sie weiterhin gegen mich arbeitet.«

»Haben Sie ihr verziehen?«

»Wenn Sie wissen wollen, ob Greta und ich uns wieder vertragen haben – nein. Dazu war zuviel vorgefallen. Ich wollte keine Entschuldigung von ihr, und ich wollte ihr auch nicht vergeben. Ich wollte mein Recht. Und das bekommt man in diesem Land immer noch, wenn man vor Gericht geht. Das Thema Greta Giehse war für mich durch. Meine Freunde suche ich mir sehr sorgfältig aus, und jemand wie Greta Giehse ist definitiv durch das Raster gefallen.«

»Verspüren Sie jetzt so etwas wie Reue?«

Jetzt wurde es heikel. »Nein. Warum sollte ich? Ich habe Greta nie etwas Böses gewollt. Ihr Tod hat mich betroffen gemacht. Aber das hat nichts damit zu tun, dass sie sich mir, meiner Firma, meinen Freunden und Kollegen gegenüber sehr unangemessen verhalten hat.«

»Die Giehse-Produktion hat vor wenigen Wochen Konkurs angemeldet. Fühlen Sie sich nicht ein bisschen dafür verantwortlich?«

»Die Giehse-Produktion war die vergangenen fünf Jahre ständig kurz vor dem Bankrott. Früher oder später hätte sie ohnehin Konkurs anmelden müssen. Ein deutsches Gericht hat mir das Recht auf Schadenersatz zugesprochen. Damit war der Fall für mich erledigt. Ich halte meinen Anspruch für gerechtfertigt und kann Ihre Meinung nicht teilen, wenn Sie mir unterstellen wollen, dass ich Greta aus Gier oder absurden Rachegefühlen in den Bankrott getrieben hätte. Wir leben in einem Rechtsstaat, und ich habe großes Vertrauen in dieses System.« Ich behielt für mich, dass mein Glaube an Karma stärker war als mein Vertrauen in jedweden Staat.

»Werden Sie die Trauerfeier besuchen?«

Ich unterdrückte dem Impuls, höhnisch zu lachen. »Das wäre Heuchelei. Und ich glaube kaum, dass ich ein gern gesehener Gast wäre.«

»In Ihrer gestrigen Sendung gab es einen mysteriösen Anruf, der Natascha Meyer-Stade zugeordnet wird. Sie hat möglicherweise den Mörder von Greta Giehse gesehen und ist seitdem verschwunden. Warum hat sich Frau Meyer-Stade ausgerechnet an Sie gewendet?«

»Darüber kann auch ich nur spekulieren. Ich hoffe und glaube, dass das Morddezernat sich damit befasst.«

»Gibt es irgend etwas, das Sie mit Frau Meyer-Stade verbindet, von dem wir noch nichts wissen?«

»Nichts. Außer der Tatsache, dass wir in dieselbe Sendung eingeladen waren.«

»Um noch einmal auf die Punkte Pornographie und Kriminalität zurückzukommen –«

»Nein danke. Das reicht für heute.« Ich erhob mich und nahm meine Tasche.

»Läuft Ihre Show heute wie geplant?«

»Selbstverständlich.«

Als ich mit Suzy den Raum verließ, begleitete uns ein Blitzlichtgewitter, und einige Kamerateams versuchten, sich an unsere Fersen zu heften. Der Pressechef des Four Seasons ließ uns jedoch durch einen Nebenraum verschwinden, in dem bereits meine Unterlagen für die Sendung und unsere Mäntel bereitlagen.

Er öffnete eine Tür, und wir traten in einen leeren Korridor hinaus. Von Presse keine Spur.

»Danke für Ihre Unterstützung.«

»Gerne, Frau DeLight. Wenn ich sonst noch etwas für Sie tun kann?«

»Sie könnten im Sendezentrum von Sat 7 den Pförtner verständigen, dass wir unterwegs sind und dass man uns in der Tiefgarage abholen soll.«

»Selbstverständlich.«

Geräuschlos ging er den Korridor entlang und ließ Suzy und mich vor dem Fahrstuhl zurück. Wir starrten schweigend auf die Anzeigentafel über der Tür. U2 – U1 – EG. Ein glockenhelles »Pling« erklang, und die Türen öffneten sich. Suzy schrie zuerst, aber ich folgte ihrem Beispiel im Bruchteil einer Sekunde. Eine Gestalt wankte heraus und kam auf uns zu. Es war Stefan Bruhns. Er war bleich, sein Gesicht verzerrt, Schweiß stand ihm auf der Stirn. Mit irren Augen blickte er uns an, hob beide Hände und kam wie ein Zombie mit unsteten Schritten auf uns zu.

Ich schrie noch immer, hörte jemanden in unsere Richtung laufen, aber noch bevor er bei uns angekommen war, hatte Suzy Kontrolle über die Situation. Mit einem kehligen Schrei riss sie ihr rechtes Bein in die Luft, balancierte mit ausgespreizten Armen und flog auf Bruhns zu. Der Fußtritt warf ihn zu Boden. Ich war mindestens so perplex wie er. Es war das erste Mal in unserer langjährigen Freundschaft, dass Suzy mich nicht nur durch ihr Naivität überraschte.

Der Pressechef des Four Seasons beugte sich zu Bruhns herab und redetet beruhigend auf ihn ein.

»Polizei. Rufen Sie die Polizei. Jetzt.«

Der Pressechef zog ein Handy aus seinem Sakko und informierte die Kripo und einen Arzt. Ich stand mit offenem Mund wie ein Goldfisch zwischen den beiden Männern, als ich Suzys Stimme hörte.

»Wir müssen los. Alle warten schon.« Sie stand schon im Fahrstuhl und zog mich hinein. Der Pressechef runzelte die Stirn und sagte: »Warten Sie, Sie können doch nicht –«

Doch die Fahrstuhltür schloss sich, und die Kabine setzte sich in Bewegung.

»Ob das so eine gute Idee war, Suzy?«

»Dieser Vergewaltiger hat mir angst gemacht, ich konnte da nicht länger rumstehen.«

»Was uns da unten erwartet, macht mir angst.«

Als die Tür sich öffnete, schlug uns die ungesunde Wärme des Parkdecks entgegen. Die taghelle Beleuchtung und die Beheizung sollten vermutlich dazu dienen, eine möglichst normale und unbedrohliche Atmosphäre zu erzeugen. Was mich anging, schlugen diese Bemühungen jedoch fehl.

Wir machten uns auf den Weg zu unserem Wagen, mit dem wir aus Goslar angereist waren und der die letzten Tage ungenutzt im Parkhaus gestanden hatte.

Es war still hier unten, und unwillkürlich bewegten wir uns auf Zehenspitzen.

Wir waren vielleicht fünfzig Meter gegangen, als ich das Geräusch eines laufenden Motors hörte. Als wir um die Ecke bogen, sahen wir den silbernen Ferrari mit Hamburger Kennzeichen.

»Bruhns«, sagte ich. Das Auto stand direkt neben meinem Geländewagen geparkt, und Fahrer- und Beifahrersitz waren leer. Es war klar, dass hier etwas nicht stimmte. Erst auf den zweiten Blick wurde dieser Eindruck auf grausame Weise bestätigt. Ich nahm kaum wahr, wie sich hinter uns die Fahrstuhltür öffnete und vier bewaffnete Security-Guards auf uns zustürmten, denn ich starrte wie gebannt auf den Schlauch, der über den Auspuff des Wagens gestülpt war und unter dem Fahrgestell hindurch nach vorne führte, wo eine dünne Wolke aus Abgasen aufstieg und einen feinen, stinkenden Nebel bildete.

»Sie hat den Schlauch noch ein Stück weit herausgezogen, dann hat sie die Kraft verlassen.«

Silvia Haberlik hatte meinem Vorschlag zugestimmt, das Gespräch in meiner Redaktion zu führen und nicht auf dem abgasverseuchten Parkdeck des Four Seasons.

»Ist sie genauso zugerichtet worden wie Greta?«

»Im wesentlichen ja. Die Brüste sind völlig zerfetzt von Bisswunden. Im Gegensatz zum ersten Fall haben wir diesmal einen guten Bissabdruck.«

Ich versuchte, mir die kühle Blondine in ihren letzten Minuten vorzustellen, aber ich konnte nicht. Meine Fantasie ließ diese Horrorvorstellung nicht zu.

»Ein Bissabdruck ist sicher fast so gut wie ein Fingerabdruck, oder?«

»Und erst mal genauso nutzlos, sollte sich herausstellen, dass wir den Abdruck nicht in unserer Kartei haben.«

»Was sind die Unterschiede zu Gretas Fall?«

»Zuallererst natürlich der Schlauch, den er ihr in die Vagina eingeführt hat, dann der Fundort.«

»Immerhin war es wieder das Four Seasons.«

»Aber er ist in seinen Inszenierungen nicht auf Fahrstühle angewiesen, das wäre ja durchaus möglich gewesen. Das Parkhaus ist ein öffentlicher Raum – das ist das einzige, was es mit dem Fahrstuhl gemeinsam hat. Es ist ein großer Raum, unüberschaubar, unfreundlich, stickig.«

Ich dachte nach und sah vor meinem inneren Auge eine Anzeigentafel blinken. Es war nicht die des Four Seasons, sondern die des Sendezentrums.

»Mir fällt etwas auf – eine Gemeinsamkeit.«

»Und zwar?«

»In beiden Fällen sind die Leichen ganz unten gefunden worden. Greta im Foyer, das nicht unterkellert ist, Natascha Meyer-Stade im zweiten Untergeschoss.«

»Sie haben recht. Aber um noch einen Unterschied zu nennen: Greta Giehse hat den Fahrstuhlabsturz nicht mehr erlebt, Natascha Meyer-Stade war auf dem Parkdeck noch am Leben.«

»Starb sie an den Verletzungen oder am Kohlenmonoxid?«

»Ich bin keine Forensikerin, aber ich schätze, es waren die Folgen der Attacke.«

Es klopfte, und Suzy trat ein, ein Tablett mit dampfendem Tee zittrig vor sich her balancierend.

»Moment, ich helfe Ihnen.«

Die Kommissarin ergriff das Tablett in exakt dem Augenblick, in dem es Suzy aus der Hand geglitten wäre.

»Setzen Sie sich. Sie sind ja noch ganz aufgewühlt.«

Suzy nahm auf dem Sofa Platz und schaute uns ängstlich an. »Wie geht es dem Mann? Habe ich ihn verletzt?«

»Herr Bruhns schien mir soweit in Ordnung zu sein. Den Umständen entsprechend.«

»Haben Sie ihn verhaftet?«

»Er wird gerade vernommen, aber es gibt kaum Anlass zu der Vermutung, dass er mehr getan hat, als die Leiche zu finden.«

Wenn ich an das Bild dachte, das er geliefert hatte, als er aus dem Lift torkelte, kamen Zweifel in mir auf. Sein aristokratisches Gesicht war eine Fratze gewesen, seine Körperhaltung die eines Hollywood-Monsters aus den dreißiger Jahren.

»Wieso wissen Sie das so genau?« Ich reichte ihr eine Tasse mit Ginseng-Tee, sie roch daran und verzog das Gesicht.

»Die Spurensicherung hat an Greta Giehses Leiche keinerlei Fasern entdeckt, die vom Täter stammen könnten. Wir vermuten, dass er nackt war, als er sie misshandelte, und sie in eine Plastikfolie gehüllt hat, bevor er sie in den Fahrstuhl geschleppt hat. Die Wunden, aus denen noch Blut austrat, waren verschmiert – das lässt darauf schließen, dass die Leiche eingewickelt wurde. Bruhns war vollständig angezogen und hatte Blut an den Händen, weil er versucht hatte, Frau Meyer-Stade wiederzubeleben. Fasern von seiner Kleidung werden zwangsläufig festgestellt werden.«

»Außerdem wäre er nicht so blöd, sie vor seinen eigenen Wagen zu setzen«, ergänzte ich die Liste der entlastenden Argumente.

»Aber für ein anderes Auto hatte er doch keine Schlüssel.«

Kommissarin Haberlik antwortete Suzy geduldig: »Das Schloss des Ferrari war aufgebrochen. Wo haben Sie eigentlich so gut kämpfen gelernt?« Die Frage der Kommissarin klang ehrlich interessiert und keinesfalls bedrohlich, aber Suzy zuckte zusammen, als wäre sie geohrfeigt worden.

»Auf der Volkshochschule. Eigentlich wollte ich zu Window Colours für Fortgeschrittene, aber der Kursus war voll.«

Mein Chefredakteur Dan saß vor dem Breitbildfernseher im Konferenzraum und machte sich Notizen. Es lief eine unserer

Probeaufzeichnungen, und ich war überrascht, wie sich mein Verhalten vor der Kamera binnen weniger Tage geändert hatte. In dieser frühen Aufzeichnung wirkte ich noch etwas unkoordiniert, als wüsste ich nicht so genau, wo ich mich hinsetzen, wie ich mich verhalten und was ich den Anrufern antworten sollte.

Nach drei Echt-Durchläufen bewegte ich mich im Studio, als sei es mein Wohnzimmer – vorausgesetzt, mein Wohnzimmer wäre ein Catwalk. Ich hatte gemerkt, wie wichtig es ist, von einem Raum Besitz zu ergreifen, ihn zu beherrschen und ihm Autorität zu verleihen.

Dan hatte mich nicht bemerkt und sagte: »Das ist doch ein Unterschied wie Tag und Nacht. Sie ist so viel besser geworden.«

»Danke«, sagte ich und setze mich zu ihm.

»Oh! Du bist es. Dann ist das Lob ja an der richtigen Adresse angekommen. Wie geht es dir, Lilly?« Er nahm meine Hände und drückte sie fest. Sie verschwanden fast in seinen langgliedrigen, dunkelbraunen Pranken.

»Soweit okay. Nicht gerade euphorisch. Ich bin froh, wenn der heutige Tag vorbei ist und ich nach Hause fahren kann.«

»Das kann ich mir vorstellen.«

»Darf ich dir als Psychologen eine Frage stellen, Dan?«

»Dafür werde ich schließlich bezahlt – schieß los.«

»Es hat nichts mit der Sendung zu tun. Ich mache mir Gedanken über die beiden Morde. Ich frage mich, was als nächstes passiert. Erst Greta, dann das Callgirl – ob man als Kestner-Gast gefährlich lebt?«

»Es sieht so aus, fürchte ich. Aber bis wir nichts über das Motiv wissen, können wir nur raten. Vielleicht ist es jemand, der zwanghaft in Hotels tötet, es war reiner Zufall, dass beide bei Kestner waren.«

»Abwegig. Und selbst dann würde ich mich qualifizieren.«

»Du hast doch ständig jemanden bei dir. Das Callgirl war allein, Greta Giehse auch. Außerdem reist du morgen ab.«

»Gott sei Dank, am liebsten würde ich noch heute fahren, aber bei diesem Wetter möchte ich mich nicht mitten in der Nacht auf den Weg machen.«

»Sollen wir dich heute nacht irgendwo anders unterbringen? Privat? Ich habe ein Gästezimmer.« Seine Augen leuchteten auf, und ich sah neue Probleme am Horizont aufziehen.

»Ich denke darüber nach.« Behutsam entzog ich meine Hände seinem angenehm festen Griff und schaute es dem Fenster. Der Wind trieb dünne Schneeflocken durch die Straßenflucht. Passanten hielten ihre Mützen fest und drückten ihre Schals enger an den Hals, während sie durch die Straßen eilten, um möglichst schnell irgendwo anzukommen, wo es warm war und hell und geschützt.

Ich hatte den ganzen Tag noch keine frische Luft geatmet und sehnte mich nach einem Spaziergang, den ich unter diesen Umständen in dieser Stadt nicht würde unternehmen können. Mir fehlte die Luft zum Atmen, und mir fehlte eine Nacht ruhigen Schlafes. Der Druck und die Anspannung der vergangenen Wochen war plötzlich physisch spürbar, und ich fragte mich, ob ich mir mit der Sendung nicht doch zuviel zugemutet hatte. Wenn ich nach Hause käme, würde nicht etwa ein langes Wochenende vor mir liegen, sondern ein überfüllter Schreibtisch.

Ich musste einen jämmerlichen Eindruck machen, denn Dan legte mir die Hände auf die Schultern und zog die gebeugte Schulterpartie mit sanftem Druck nach oben. Dieser kleine Trick versetzte mir wieder einen wenn auch kleinen Energieschub.

»Du wolltest mich etwas fragen?«

»Richtig. Ich frage mich, was der Mörder mit seiner Vorgehensweise ausdrücken will. Warum beißt er zu, warum nur in die

Brüste?« Unwillkürlich verschränkte ich die Arme vor dem Gesprächsthema.

»Das ist natürlich sehr erotisch, die weibliche Brust. Er beißt sich daran fest in seiner Erregung. Möglicherweise.«

»Ich glaube nicht, dass es sich um ein Sado-Maso-Spiel handelt, das aus dem Ruder gelaufen ist. Alle S/M-Praktiken, die ich kennengelernt habe, hatten sehr viel mehr mit Spiel und Verkleidung zu tun. Mit Masken, hinter denen man sich verstecken kann.«

»Stereotypen – ich weiß, was du meinst. Ich würde es allerdings nicht als Spiel bezeichnen, sondern als Ritus. Beim S/M ist die Rollenverteilung extrem, und beide Parteien sind sich darüber einig, welche Rolle sie annehmen. Der eine dominiert den anderen und schafft Distanz, der andere gibt sich völlig hin, aber er gibt sich willig hin.«

»Genau davon sehe ich nichts in diesen Fällen. Ein Mensch macht sich brutal über Frauen her, beißt sie, schiebt ihnen Gegenstände in die Scheide und misshandelt sie, bis sie tot sind. Die Frauen haben sich gewehrt.«

»Er genießt es, ihre Angst zu sehen, das verleiht ihm Macht. Er fühlt sich nur gut, wenn er die totale Kontrolle hat.«

»So ein Mensch muss doch schon einmal auffällig geworden sein. Oder glaubst du, dass dieser Trieb auf einmal durchbricht und er in zwei Tagen zwei Frauen umbringt?«

»Da hilft wohl nur Recherche, Lilly. Wenn er schon irgendwie auffällig geworden ist, dann wahrscheinlich in der S/M-Szene. Wie sagt man hier – wir werden zwei Fliegen mit einer Klappe schlagen. Du wirst heute nicht die Nacht im Hotel verbringen. Ich besorge dir das richtige Outfit, und wir gehen nach der Sendung aus.«

Mit einer Handbewegung fegte er alle Einwände fort.

»Suzy kann deine Sachen packen und dich um vier abholen. Schlafen kannst du auf der Rückfahrt.«

Irgendwie war es mir gelungen, die Sendung ohne Freudsche Fehlleistungen hinter mich zu bringen, ohne Aussetzer und ohne mir etwas von den Gedanken anmerken zu lassen, die mir durch den Kopf gingen. Ich hatte einen Anrufer, der gerade seine Freundin sitzengelassen hatte, dazu gebracht, es sich noch einmal zu überlegen. Sie hatte einen One-Night-Stand gehabt, es ihm reuevoll gebeichtet, und er hatte ihr den Laufpass gegeben. Mein Glück – und das seiner Ex-Freundin – war gewesen, dass der Mann ein Fan von Sting war. Im Hintergrund war das Lied *Englishman in New York* gelaufen. Ich hatte ihn gefragt, ob er den Song *If you love somebody, set them free* kennt. Er kannte ihn, und da er Sting als Autorität akzeptierte, wollte er seiner Freundin verzeihen. Free, free – set them free. Ich hatte schwere Überzeugungsarbeit leisten müssen und war stolz auf mich, als er einlenkte und mir recht und sich eine neue Chance gab.

Der schönste Anruf des Abends kam von Ralf, der mir vor vierundzwanzig Stunden seine Coming-out-Ängste gebeichtet hatte.

»Lilly – ich bin so erleichtert und wollte mich bei dir bedanken. Ich bin letzte Nacht noch nach der Sendung in die Stadt gefahren und habe jemanden kennengelernt.«

»Das ist wunderbar, Ralf. Und – hattet ihr eine schöne Nacht?«

»Ja, aber es ist noch nichts passiert. Wir treffen uns morgen wieder.«

»Du scheinst die Flirt-Tips zu beherzigen. Noch ein Hinweis: Unter Männern ist die Rendezvous-Phase deutlich kürzer als unter Heteros, ihr müsst also nicht bis zum fünften Date warten.«

»Das würde ich auch nicht aushalten.« Er lachte. »Und heute habe ich meinen Eltern gesagt, dass ich schwul bin.«

»Wie haben sie reagiert?«

»Meine Mutter meinte, dass sie das schon immer vermutet

hat, und mein Vater sagte nur, dass es dann wohl mit Enkeln nichts wird.«

»Siehst du, es war doch gar nicht so schlimm, oder?«

»Überhaupt nicht. Und davor habe ich mich nun jahrelang gedrückt … Aber ich habe noch etwas Interessantes für dich, Lilly. In dieser Bar gestern abend, da habe ich mit dem Barmann gequatscht, und wir kamen auf das Thema Dickie Greenleaf. Der Barmann kannte ihn, er hatte damals einen Club in Frankfurt, und Dickie war dort Stammgast. Er hatte 1993 oder 1994 einen schweren Motorradunfall und musste in die Reha-Klinik. Danach hat man nie wieder etwas von ihm gehört.«

Ich war begeistert. Mit dieser Information hatte ich endlich etwas Handfestes – einen Ausgangspunkt, von dem aus man ernsthaft recherchieren könnte.

»Danke, Ralf, ich drücke dir ganz fest die Daumen für dein morgiges Date. Lass es langsam angehen und erwarte nicht zuviel, dann kannst du auch nicht enttäuscht werden.«

Ich war zwar einiges gewohnt, aber als ich sah, was Dan für ein Outfit für unser nächtliches Clubbing besorgt hatte, war selbst ich schockiert.

»Das ist nicht dein Ernst, oder? So was würde ich nicht einmal im Film anziehen, geschweige denn in der Öffentlichkeit. Pack's wieder ein.«

»Einen Versuch war es wert.«

Er selbst trug eine knallenge schwarze Lederhose und ein Tank-Top aus durchsichtigem Vinyl, was ihn ziemlich spektakulär aussehen ließ. Seinen muskulösen Oberkörper, den breiten Bizeps und den Waschbrettbauch hatte ich natürlich schon länger zur Kenntnis genommen, aber dass er Schenkel wie ein Balletttänzer hatte, war mir bislang noch nicht aufgefallen. Ich kniff ihn spielerisch ins Bein. »Step-Aerobic?«

»Nein, Eisschnellauf.« Für eine Sekunde sah er traurig aus, und ich wusste, dass er an seine verflossene Eisprinzessin dachte. Wahrscheinlich jedesmal, wenn er auf die Bahn ging. Ein überraschend unamerikanischer Zug an ihm und auch angesichts seiner psychologischen Ausbildung eine seltsame Therapie.

Nachdem er das brustfreie transparente Vinyl-Bustier wieder eingepackt hatte, reichte er mir ein unverfänglicheres schwarzes Shirt mit Spaghettiträgern, das eine Aufschrift aus winzigen Straßsteinen zierte. »Mother« war auf der Vorderseite zu lesen, »Fucker« auf dem Rücken. Ich zog es an und quetschte mich in eine Lackhose. Als ich mich für ein Paar Schuhe entscheiden sollte, wählte ich eines, das nach Kampfstiefeln aussah. Dan öffnete eine weitere Tüte und zauberte eine hinreißende kurze Lederjacke hervor, schwarz, mit zwei weißen Streifen, die unter den Armen verliefen. Ich betrachtete mich im Spiegel und kam mir fast vor wie die Millenniums-Ausgabe von Emma Peel. Dan stand hinter mir, studierte mein Spiegelbild eingehend und reichte mir zum krönenden Abschluss eine schwarze Langhaarperücke, die Cher alle Ehre gemacht hätte.

Ich vervollständigte das Outfit mit einer verspiegelten schwarzen Sonnenbrille.

»So würde dich nicht einmal deine Mutter erkennen.«

»Ich komme mir vor wie jemand aus einem Zeugenschutzprogramm.«

Nachdem wir unser Mäntel übergezogen hatten, verließen wir die Redaktionsräume.

An der Pforte verabschiedete sich Dan von Rosa Ribowski. Sie schaute kurz zu mir herüber und konzentrierte sich dann wieder auf ihr Rätselheft. Meine Maskerade war perfekt.

Als die Türen des Sendezentrums sich öffneten, schlug uns ein eisiger Wind entgegen. Es standen noch zwei Ü-Wagen auf der Straße, aber der Großteil der Presse hatte sich an wärmere Orte zurückgezogen. Unbehelligt gingen wir zum nächsten Taxistand.

Wir waren fast zwanzig Minuten unterwegs. Bereits nach zehn Minuten hatte ich die Orientierung verloren. Erst als ich den U-Bahnhof Turmstraße erkannte, wusste ich, dass wir uns wieder im ehemaligen Westteil der Stadt befanden. Doch selbst zu Zeiten, als ich in Berlin gelebt hatte, war ich niemals bis nach Moabit vorgedrungen.

»Wieso bist du eigentlich so sicher, dass wir ausgerechnet in einem Club suchen müssen?«

»Wenn du ihn siehst, dann verstehst du warum. Es gibt in Berlin nur einen Sexclub, der wirklich exklusiv ist und wo alles möglich ist. Ist doch ziemlich naheliegend, dass der Mörder ein ausgeprägtes Sexleben und Kohle hat – das ist nicht irgendein armer Spinner, der ungefickt durchs Leben läuft. Eher jemand, der sexuell immer schon weit gegangen ist und alles ausgetestet hat. Wenn meine Theorie stimmt, dann ist dies sein Club.«

»Wie kommst du darauf, dass er Geld hat?«

»Er bewegt sich im Four Seasons, ohne aufzufallen.«

»Es könnte doch aber auch ein Angestellter sein«, gab ich zu Bedenken. Dan zuckte mit den Schultern und schwieg.

Das Taxi hielt vor einem Häuschen, das genau so aussah, wie ich mir den Geräteschuppen von Hera Lind vorstellte.

»Und hier werden ausschweifende Partys gefeiert?« Ich konnte es mir beim besten Willen nicht vorstellen. Ebensogut hätte das Studio 54 in einer Baracke untergebracht sein können.

Die Gegend war menschenleer, die meisten Lichter in den Fenstern der umliegenden Wohnhäuser erloschen. Hinter dem Häuschen lag ein verlassener Park, der einen gepflegten Eindruck machte. Diese Ecke von Berlin war so provinziell, dass sie mich stark an Peine und meine ersten Tage im Porno-Business erinnerte.

Nachdem Dan den Taxifahrer bezahlt hatte, gingen wir auf das unscheinbare Häuschen zu. Weder verkündete ein Plakat, was uns erwartete, noch war Musik hörbar. Als Dan die Türklinke der Gittertür betätigte, war ich fast überrascht, dass sie nicht verschlossen war. Die Tür fiel hinter uns ins Schloss, und Finsternis umfing uns. Ich machte einen vorsichtigen Schritt nach vorne und sah einen rötlichen Lichtschein. Dan nahm meine Hand, und wir gingen auf dieses Licht zu. Es entpuppte sich als eine einsame Friedhofskerze in rotem Plastikbehälter, die auf einem Sims in der weiß verputzten Wand stand und ihren schwachen Lichtschein auf eine Treppe warf, die nach unten führte. Sofort setzte bei mir ein Gefühl der Beklemmung ein. »Muss in Berlin eigentlich alles in Kellern stattfinden?«

»Berlin ist nichts als ein großer, schwarzer Keller. Die Baukräne stehen nur da zur Ablenkung.«

Einmal mehr verließ ich die Erdoberfläche und begab mich in den düsteren Abgrund.

Kapitel 13

Die Treppe schien sich endlos herabzuwinden, und ich begann, die Stufen zu zählen. Auf jeder dreizehnten stand eine Friedhofskerze. Mit zunehmender Tiefe wurde es deutlich wärmer. Doch noch immer waren wir keinem Menschen begegnet, und es war totenstill. Nur das Geräusch unserer eigenen Schuhe auf dem Betonboden der Treppe begleitete unseren Abstieg. Wir mussten ungefähr fünf Stockwerke hinuntergegangen sein, als plötzlich und völlig unvermittelt wenige Meter vor uns eine schlanke Frau in Schwarz mit langen dunklen Haaren und Sonnenbrille auftauchte. Mir blieb fast das Herz stehen, bis ich erkannte, dass ich mein Spiegelbild anschaute.

»Dort entlang«, sagte Dan und wies auf den Spiegel.

Ich ging auf mein Spiegelbild zu und suchte vergeblich nach einer Tür. Gerade als ich mich zu Dan umdrehen wollte, zog sich der Spiegel in die Wand zurück, und eine Welle von Technolärm brach über uns hinweg. Wir traten ein.

Die Wände des Vorraums waren mit schwarzem Plastik bespannt. Die Luft war warm, feucht und verraucht. Eine Schwarzlichtglühbirne hing einsam von der Decke. Bei genauem Betrachten bebte sie mit den Bässen der Musik. Rechts hinter der Tür stand eine eindrucksvolle Rothaarige, die nicht viel mehr trug als ein Halsband mit Metallstacheln und dazu passende, ellbogenlange Handschuhe. Wortlos legte Dan ein paar Geldscheine in ihre ausgestreckte Hand und nickte mir zu, weiterzugehen. Durch einen schmalen Gang kamen wir in einen Raum, der mich an den Umkleideraum eines Fitnessstudios erinnerte. Reihen von Metallspinden standen die Wände und den Mittelgang entlang. Die Decke war hier viel niedriger als im Vorraum. Dan verschloss unsere Mäntel in einem der Spinde, und wir gingen weiter. Durch eine schwere Metalltür betraten wir den zentralen Raum des Clubs.

Der Saal war so groß wie eine Fabrikhalle und brechend voll. Alle Gäste hatten den Dresscode befolgt. Dutzende von Menschen in Leder, Lack und Latex bewegten sich in dem dunklen Raum, der von einigen wenigen blauen und roten Glühbirnen nur spärlich beleuchtet war. Die Wände waren weiß, so wie die im Treppenhaus. Einen S/M-Club hatte ich mir weniger nüchtern vorgestellt. Wie in vielen Räumen und Bauwerken in Berlin sah es auch hier nach Industriebaustelle aus.

Trotz der hämmernden Beats bewegten sich die Menschen langsam, und es wurde nicht viel geredet. Vielleicht, weil es dafür ohnehin zu laut war, vielleicht, weil man nicht auf der Suche nach gepflegter Konversation war, wenn man in diesen Club kam. Kaum dass wir eingetreten waren, wanderten unzählige Augenpaare über unsere Körper und schätzten unseren Marktwert. Ich glaube, wir schnitten beide nicht schlecht ab. Obwohl ich mich in meiner Verkleidung nicht wohl fühlte und Abcheck-Rituale noch nie mein Fall waren, spürte ich ein Kribbeln. Ich war es gewohnt, angestarrt zu werden, hauptsächlich von Menschen vor einem Bildschirm im Schlaf- oder Wohnzimmer mit zugezogenen Gardinen oder von Passanten, die mich als Lilly erkannten. Nicht aber von Menschen, die nicht wussten, wen sie vor sich hatten. »Komm«, sagte Dan mir ins Ohr, weil die Musik so laut war, dass man sich kaum verständigen konnte, »wir holen uns etwas zu trinken.«

Anstatt zu der in der Mitte des Raumes gelegenen Bar zu gehen, wies er nach rechts und ließ mich vorgehen. Wieder gingen wir durch einen schmalen Gang, und die Musik hinter uns wurde leiser. Eine Frau Anfang Zwanzig kam auf uns zugelaufen, sie trug einen hellen Pelzmantel und drängte sich weinend an uns vorbei. Mascara-Tränen liefen ihr über das Gesicht.

»Vorsicht, Stufen.«

Dan hatte mich noch rechtzeitig gewarnt. In dem schummrigen Licht war die Treppe nicht auszumachen gewesen. Wir stiegen ein paar Stufen hinab. Hier waren die Wände nicht verputzt, sondern bestanden aus mahagonifarbenem Lack. In Abständen von ungefähr zwei Metern waren schlichte achtarmige Kerzenhalter angebracht. Die Stimmung hatte nichts mehr mit dem kargen Wartezimmercharme in der Eingangshalle zu tun – wir befanden uns in einer Lounge, wie es unzählige in der Stadt gab. Nur war dies vermutlich die einzige in einem Sexclub fünf Stockwerke unter der Erde. Nicht nur war die Innenarchitektur cooler, auch die Musik war eine willkommene Abwechslung zum dumpf hämmernden Techno. Madonna sang *Erotica*, in einer Version, die ich nicht kannte. »Light the candles to burn nice and soft, and when they start to drip I'm gonna get you off.« Es gab wohl kaum einen Ort, für den das Lied besser geeignet war, als diesen unterirdischen Sexclub.

Durch einen Türbogen konnte ich einen Sling sehen, der gerade in Benutzung war. Ich konnte nicht erkennen, wer darin lag, weil ein kahlköpfiger, nackter Mann in Motorradstiefeln davorstand. Auch die Beine, die er rechts und links von seinen Hüfte umklammert hielt, steckten in Motorradstiefeln. Die rhythmisch-monotonen Bewegungen seines Beckens und das Klatschen von Fleisch gegen Fleisch ließen keinen Zweifel daran, was dort abging.

Ein kleiner Menschenauflauf hatte sich um das Paar gebildet. Einige standen teilnahmslos und gafften, andere ließen Hände über Körper wandern – die eigenen und die der anderen.

»Die Bar ist da hinten.« Ich weiß nicht, ob es Dan unangenehm war, mit mir gemeinsam den Leuten beim Sex zuzuschauen. Er war bestimmt nicht gerade ein Kind von Traurigkeit, aber immerhin war ich sein Boss. Wir gingen an dem Torbogen vorbei und setzten uns an die schlicht gestylte Bar. Außer uns war nur der Barkeeper hier. Das würde sich vermutlich ändern, wenn der Sling wieder frei war. Trotz des asiatisch-coolen Designs des Tresens zweifelte ich daran, dass man an diesem Ort grünen Tee servierte, und bestellte einen Kir Royal. Der blonde Barkeeper, dessen Uniform ebenfalls aus einem Halsband und Lederhandschuhen bestand, entkorkte eine Flasche Champagner.

»Bist du öfter hier?« wollte ich von Dan wissen.

»Nein. Alle paar Monate. Als ich noch als DJ gearbeitet habe, war ich das erste Mal hier. Das heißt, nicht genau hier. Der Club wechselt die Locations. Gefällt er dir?«

»Nicht so ganz mein Fall. Außerdem sehe ich jeden Tag soviel nacktes Fleisch, dass ich es nicht auch noch in der Freizeit brauche. Ich möchte auch nicht wissen, was Max dazu sagen würde, wenn er wüsste, dass ich hier bin.«

»Sollen wir ihn anrufen?« Dan grinste frech.

»Wage es nicht!« sagte ich und hielt ihm die Faust ans Kinn.

»Ja, Lilly – schlag mich!« Ich verkniff mir ein Lachen, als ich den strengen Gesichtsausdruck des Barkeepers sah. Er nahm seinen Job und seine Szene offensichtlich sehr ernst. Ironie war hier fehl am Platz.

Verschwitzt und noch schwer atmend kam ein attraktives Pärchen aus dem Spielzimmer und setzte sich neben uns an die Bar. Naturgemäß betrachtete ich zuerst den Mann, der kaum älter als zwanzig sein mochte, über eins neunzig groß und gut gebaut. Er trug eine schwarze Lederhose, sein Oberkörper war nackt und glänzte sanft gebräunt im Licht der Kerzen. Seine Bauchmuskeln hätten Brad Pitt alle Ehre gemacht, und rosa Brustwarzen zierten seine durch schweres Training prächtig gewölbte Brust. Seine dunkelblonden Haare waren so gestylt, als wäre er gerade aufgewacht. Kurz: ein echtes Zuckerstück. Seine Begleiterin war in seinem Alter, hatte langes blondes Haar und rosige Wangen. Ihr heller Teint wirkte wie frisch gewaschen. Sehr hübsch, sehr zart und sehr jung. Wahrscheinlich hatte sich ihr Make-up durch anstrengendes Treiben verselbständigt. Sie trug ein dunkelrotes Bustier von Vivienne Westwood, durch das man ihre erigierten Brustwarzen erahnen konnte, und schwarze Hot Pants. Obwohl sie sehr zierlich war, schienen ihre wohlgeformten Beine endlos lang.

»Oh – Kir Royal – für mich bitte auch.« Sie lächelte mich freundlich an, und erst jetzt, als ich ihre Stimme hörte, erkannte ich sie. Es war Ninette, das Mädchen ohne Nachnamen, das eine Saison lang beim Glücksrad die Buchstabentafel bedient hatte, bevor sie zum Sprung auf die Charts ansetzte und eine Hitsingle nach der anderen auf den Markt brachte. Sie galt als die deutsche Antwort auf Britney Spears. Anders als ihre amerikanische Kollegin wartete Ninette ganz offensichtlich nicht mit dem Sex, bis sie verheiratet war.

Ihr Lächeln ging in ein Stirnrunzeln über, als sie mich eingehender betrachtete.

»'tschuldigung, dass ich so dich so anstarre, aber weißt du, an wen du mich erinnerst?«

Okay, dachte ich, die Tarnung ist aufgeflogen.

»An Madonna in dem Video zu *Nothing really matters* – du bist ihr wie aus dem Gesicht geschnitten.«

Ich entspannte mich. »Danke. Du hörst sicher auch oft, dass du aussiehst wie Ninette.«

Sie kicherte und streckte mir dann die Hand hin.

»Eigentlich heiße ich Nina. Das ist mein Freund Robert. Er hat mein Herz im Sturm erobert«, sagte sie mit kieksiger Stimme, und ich fragte mich, ob ich ihren mädchenhaften Charme mögen oder ob er mich nerven sollte.

»Ich bin Lilly – das ist Dan.«

»Schön, euch kennenzulernen. Wart ihr schon drinnen?« Sie nahm das Champagnerglas und legte es sich kühlend an die Wange. Robert der Eroberer lachte anzüglich.

»Heute noch nicht, nein.« Dan hatte mir die Antwort, um die ich verlegen war, abgenommen.

»Ah, das tut gut«, seufzte Ninette, nachdem sie ihren Kir in einem Zug ausgetrunken hatte.

»Ich hab dich hier noch nie gesehen. Bist du nur zu Besuch in Berlin?«

»Ich bin auf Geschäftsreise. Hier im Club bin ich heute zum ersten Mal.«

»Und gefällt es dir?«

»Wir sind gerade erst gekommen. Dan hat mich überredet. Ich war seit Jahren in keinem Club mehr«, log ich.

In Wirklichkeit war ich noch nie in einem gewesen. Höchstens für einen Dreh, aber das zählte nicht, denn schließlich war zu diesem Zeitpunkt in den Clubs kein Geschäftsbetrieb. Da Ninette ein großer Fan des Etablissements zu sein schien, wollte ich ihr nicht sagen, dass der Ort für mich keinerlei Zauber hatte.

»Robert und ich sind fast jeden Abend hier. Unser Sexleben war ziemlich eingefahren, aber jetzt haben wir wieder jede Menge Spaß.«

Ich fragte mich, wie lange die Zwanzigjährige mit Robert zusammen sein konnte, dass ihr Sexleben das Langeweilestadium erreicht hatte. Wenn sie schon mit zwanzig an diesem Punkt war, dann fragte ich mich, wie es mit vierzig bei ihr aussehen würde.

»Ihr steht auf S/M?«

»Neeeein.« Sie riss die Augen auf und schüttelte den hübschen Kopf. »Ein bisschen Bondage ist okay. Und wir sehen gern zu und lassen uns gern zuschauen. In anderen Clubs laufen nur alte Gespenster rum. Hier hat alles viel mehr Stil. Niveau, weißt du. Und der Schuppen ist extrem angesagt. Du glaubst gar nicht, wer uns hier schon alles begegnet ist.«

»Wirklich?«

»Vor ein paar Tagen erst habe ich Greta Giehse hier gesehen. Die Pornoproduzentin, die umgebracht wurde. Fiel mir jetzt ein von wegen ›alte Gespenster‹. Und die andere – Teresa Orlowski –, die war auch schon mal hier.«

»Wirklich!« Dan und ich waren am richtigen Ort. Allerdings konnte ich mir Natascha Meyer-Stade beim besten Willen nicht in diesem Club vorstellen.

Ninette kicherte wieder. »Ich war das erste Mal hier nach einer Aufzeichnung für *Chart-Core.*«

»Was ist *Chart-Core*?«

»Ich fass' es nicht! Du hast noch nie ‚Chart-Core' gesehen? Läuft samstagnachmittags auf Sat 7. Eine Pop-Sendung. Also, fast alle, die in der Show waren, sind später hierher gekommen.«

Da ich die Charts schon seit einigen Jahren nicht verfolgte, hatte ich keine Ahnung, welche Pop-Größen für eine Zwanzigjährige gerade relevant waren.

»Robbie Williams?« versuchte ich. Ninettes Augen begannen träumerisch zu glänzen, und ihr heftiges Kopfnicken deutete darauf, dass sie Gelegenheit gehabt hatte, ihn näher kennenzulernen.

»Wow!« sagte ich und hob mein Glas.

»Das war natürlich, bevor ich mit Robert zusammen war.«

»Lilly und ich sind neugierig, verstehst du?« Dan begann das Thema auf die entscheidenden Fragen zu lenken. »Wir würden gern härtere Sachen ausprobieren, aber wir sind Anfänger.«

»Kein Problem. Ihr müsst einfach durch die Räume gehen, und wenn euch was gefällt, dann stellt ihr euch dazu. Es dauert bestimmt nicht lange, bis man euch mitmachen lässt, so wie ihr ausseht.«

Robert hatte die Antwort auf Dans Frage an mich gerichtet. Und er schien nicht unerpicht darauf, uns eine Führung zu geben, insbesondere mir. Ninette studierte Dan eingehend und schenkte ihm ein perlendes Lächeln.

Ich überlegte, wie wohl die Schlagzeilen aussähen, wenn die Presse von diesem Zusammentreffen erfahren würde – »Porno-

Queen und Queen des Pop: fesselnder Sex in Lasterhöhle«. Wie würde die *Bravo* mit einer Story umgehen, die selbst für das Dr.-Sommer-Team zu brisant war?

»Sollen wir mitkommen?« Ninette war die Begeisterung in jeder Faser ihres Wesens anzusehen.

»Na klar.«

Robert griff meine Hand, und Ninette zog Dan vom Stuhl. Eh wir uns versahen, waren wir auf Deluxe-Tour im Sexclub der Reichen, der Schönen und – möglicherweise – eines Killers.

»Die einzelnen Räume sind mit Gängen verbunden, in denen kein Licht brennt. Darkrooms. Wundert euch nicht, wenn ihr Hände auf euch spürt.«

»Oder auch mal was anderes.« Ninette hatte mich untergehakt, und wir folgten Dan und Robert durch den Raum mit dem Sling, der mittlerweile einem neuen Paar Entertainment bot. Das Madonna-Lied war verklungen, und als Hintergrundmusik lief nun eine CD von Kruder & Dorfmeister. Ich brachte die Musik eher mit langen Autofahrten in Verbindung, aber auch hier funktionierte sie ziemlich gut.

Während wir durch den Raum schlenderten, betrachtete ich aufmerksam, aber unauffällig die anderen Gäste. Ninette hatte recht gehabt, was das »Niveau« anging. Fast alle waren überdurchschnittlich attraktiv. Die, die es nicht waren, hatten jemanden dabei, der die Auflage erfüllte. Die angenehme Wärme in den Räumen war ein guter Anlass, die Highlights der vergangenen Sommersaison noch einmal aufzutragen, bevor sie in den Untiefen überfüllter Ankleidezimmer auf Nimmerwiedersehen verschwanden. Ich zählte drei Gucci-G-Strings und eine Auswahl der teuersten Bustiers, die im Sommer über die Designer-Ladentische gegangen waren. Die meisten davon lagen auf dem Boden.

Ein schwerer, mitternachtsblauer Satinvorhang trennte den Raum mit dem Sling von dem ersten Gang. Robert zog ihn zurück, und wir verschwanden einer nach dem anderen in der Finsternis. Ninette nahm meine Hand und führte uns durch den Korridor. Nach ein paar Metern konnten wir eindeutige Geräusche hören – schweres Atmen, Keuchen, Seufzer. Eine Frau stöhnte heiser auf. Eine tiefe Stimme flüsterte jemandem etwas zu, und die Angesprochene stieß ein kehliges Lachen aus. Gerade, als ich dachte, wie froh ich war, Ninettes Hand zu spüren, ließ sie mich los. Orientierungslos blieb ich stehen und ging einen Schritt zur Seite, damit Dan und Robert nicht in mich hineinliefen. Ich wollte nicht reden, nichts sagen, was die Atmosphäre zerstörte. »Hallo, wo bin ich?« wäre etwas albern gewesen. Ich streckte meine Hand aus, um Dan wissen zu lassen, wo ich war, aber ich spürte zwei Hände auf meinen Armen, die mich sanft zurückzogen, kurz darauf küssten warme Lippen meinen Nacken, und ich war zwischen widersprüchlichen Gefühlen hin und her gerissen. Etwas in mir schrie »Renn!«, und ein ganz anderer Instinkt verursachte mir weiche Knie, die nicht zum Fortlaufen taugten. Die fremden Hände tasteten meinen Oberkörper ab und der Körper hinter mir presste sich fest an meinen. Selbst durch meine Kleidung hindurch konnte ich spüren, dass der Körper hinter mir nackt war. Kurz nach dieser Erkenntnis bemerkte ich, dass etwas für mich essentiell Wichtiges an diesem Körper nicht vorhanden war – ein Schwanz. Eine Frau versuchte mich zu verführen. Obwohl ihre Berührungen alles andere als unangenehm waren, wand ich mich aus ihrer Umarmung und machte einen Schritt nach vorn. Ich drehte mich in die Richtung, in der ich ihr Gesicht, vermutete und gab ihr einen flüchtigen Kuss auf die Wange, dann setzte ich meinen Weg fort.

Tastende Hände griffen nach mir, und die Nervosität gewann die Oberhand im Kampf gegen die Erregung. Ein falscher Griff, und jemand würde mir die Perücke vom Kopf reißen. Ich wollte hier raus.

Gerade, als echte Panik in mir aufstieg, kam die Erlösung. Wenige Meter entfernt wurde der Vorhang geöffnet, und ein schummriges Licht wies mir den Weg. Ich nutzte den kurzen Lichteinfall für einen neugierigen Blick auf die anderen Leute und sah einen langhaarigen Mann im Jockstrap, der auf dem Boden kniete und einem attraktiven, blondierten Asiaten einen Blowjob gab. Der Blondierte hatte die Augen geschlossen und den Kopf verzückt in den Nacken gelegt, während seine Hände in den Haaren des anderen wühlten. Die beiden hatten sich durch das Licht nicht aus der Ruhe bringen lassen. Als ich an ihnen vorbeiging, begann der Asiate leise zu stöhnen. Er duftete nach Eau Sauvage.

Ninette und Robert erwarteten mich mit einem vielsagenden Lächeln auf den Lippen. Dan erschien erst einige Minuten später und der Grund für die Verzögerung stand ihm eindeutig ins Gesicht geschrieben.

»Spaß muss sein«, sagte er nonchalant.

»Wenn wir dort langgehen, kommen wir zur Sauna und den Ruheräumen. Links geht es weiter mit verschiedenen Studios. Wie eine Art Themenpark.«

»Was schlägst du vor, Nina?«

»Spannender sind die Themenräume, auch wenn ich persönlich zum Teil zu hart finde, was da abgeht.«

»Na – so hart nun auch nicht.« Robert gefielen die Themenräume offenbar besser als seiner Freundin.

»Es ist jedenfalls nichts, was ich gerne machen würde. Außer dem Maskensaal. Das macht mir Spaß.«

»Der Maskensaal?«

»Da gehen wir rein, ja? Bitte, Robert!«

Sie kam mir vor wie ein Kind auf der Kirmes, das seinen Teenie-Lover bittet, ihr Karten für das Kettenkarussell zu kaufen, wenn der eigentlich viel mehr Lust auf die Geisterbahn hat.

»Der Saunabereich ist auch extrem cool. Wie in einem guten

Wellness-Hotel. Nur dass eben dort was abgeht. Der Maskensaal ist für die, die promigeil sind. Oder die echten Promis, die Schiss haben, dass sie jemand erkennt, und die trotzdem ihren Spaß haben wollen.«

»Hast du dort Robbie Williams –…?«

Sie strahlte. Ich hatte die leise Vermutung, dass ihr maskierter Robbie in Wirklichkeit ein Ralf aus Marzahn oder Berlin-Mitte gewesen war.

»Wie wär's, wenn wir in den Maskenraum gehen, und dann entscheidet jeder selbst, wie es weitergeht?«

Das Vorzimmer zum Maskensaal war der erste Raum, der mit schwerem, dunkelblauen Teppich ausgelegt, mit tiefroten Seidentapeten tapeziert und mit Lounge-Möbeln im aktuellen DDR-Sixties-Retro-Look möbliert war. Die Wände waren mit Kleiderhaken versehen, an denen Kostüme hingen, und mehrere Dutzend Masken waren bereits in Gebrauch.

»Es geht der Reihe nach – das ist die einzige Auflage, die es hier gibt. Du kannst dir nicht einfach eine Maske aussuchen, sondern musst die nächste in der Reihe nehmen. Hinter der Maske hängt ein numerierter Schlüssel für einen Schrank im Umkleidezimmer, da kann man seine Kleidung einschließen. Hier ist für Mädchen und gegenüber für Jungs.«

Dan und Robert gingen auf die gegenüberliegende Seite des Raums, und Ninette und ich wandten uns den Kleiderbügeln zu.

Ich weiß nicht, wer von uns beiden schlechter bedient war. Ninette erwischte einen weißen Wickelrock, der für sie viel zu lang war. Der Rock war aus hauchdünner Seide. Das Oberteil war nichts als eine Stoffbahn aus dem gleichen Material, die sie über die linke Schulter warf, über Rücken und Oberkörper legte, an der Hüfte kreuzte und über der linken Hüfte zusammenknotete. Ihr Maske war bizarr. Ein ausdruckloses Porzellangesicht mit einem harten Zug um den Mund. Anstelle von Haaren trug die Maske Schlangen auf dem Kopf. Bei einer stattlicheren Frau wäre der Medusa-Look vermutlich eindrucksvoll gewesen. Bei ihrer Körpergröße wirkte Ninette mehr wie ein Kobold.

Ich hatte insofern Glück, dass mein Kostüm zu meiner schwarzen Perücke passte – es bestand aus einem knappen Slip aus schwarzem Nappaleder und diversen Lederarmbändern. Während Ninette ihren Busen zumindest annähernd züchtig bedecken konnte, war bei meinem Kostüm kein Oberteil vorgesehen – außer einem Harness aus schwarzem Leder, der mit goldenen Metallringen zusammengehalten wurde. Meine Maske war dafür sehr viel weniger auffällig: eine schlichte schwarze Satinmaske, die nur die Augenpartie bedeckte.

Eine Wand des Ankleidezimmers bestand aus einem gigantischen antiken Spiegel, der so riesig war, dass er nur aus einem Schloss stammen konnte. An einigen Stellen war er blind, und silbern-schwarze Flecken verunzierten seine Oberfläche wie Pockennarben. Vielleicht war ihm der Anblick der gierigen Menschen zuviel geworden, die sich in ihm spiegelten.

Zum zweiten Mal in dieser Nacht schaute ich in einen Spiegel und sah nicht mich, sondern eine Fremde. Hinter ihrer Maske murmelte Ninette kaum verständlich: »Diesmal hab ich echt Pech. Aber was soll's.«

Wir verschlossen unsere Sachen und gingen zurück in den Raum, aus dem wir gekommen waren.

Dass wir Frauen noch glimpflich weggekommen waren, begriffen wir, als wir unsere Begleiter sahen.

Robert trug ein Äquivalent zu Ninettes Kostüm. Die transparente Tunika zeigte mehr, als sie verhüllte. Entweder er war bereits etwas erregt, oder sein Schöpfer hatte ihn großzügig bedacht. Die griechische Maske bedeckte ebenfalls sein ganzes Gesicht, und anstelle der Schlangen, die Ninette spazierenführte, verzierten seinen Kopf stilisierte Ringellöckchen. Er sah aus, als hätte man das Bild auf einer griechischen Vase zum Leben erweckt.

Der arme Dan trug die gleiche Maske wie ich, doch sein Kostüm war noch sparsamer ausgefallen als das meine. Ein schwarzes Halsband, versehen mit einer langen Kette aus goldenen Ringen, die er in der Hand hielt und mir entgegenhielt. Sonst nichts. Er schien alles andere als glücklich über dieses Outfit, obwohl er einen durchtrainierten Körper hatte und Robert proportional in nichts nachstand. Ich zog spielerisch an seiner Leine, tippte ihm auf die tätowierte Brust und reckte meine geballte Faust in den Himmel, der fünf viel zu weite Stockwerke über uns hing.

»Du sagst es. Faith!«

Eine Orgie in dieser Dimension sprengte die Grenzen dessen, was ich aus meiner Branche gewohnt war. Einen solchen Film hatte noch keiner gedreht. Der Maskensaal war so groß wie eine Turnhalle. Allein die Heizkosten mussten ein Vermögen verschlingen. Pflanzengruppen mit meterhohen Bäumen grenzten verschiedene Bereiche ab. Der Duft eines schweren orientalischen Parfums lag in der Luft. Ein weißes Beduinenzelt stand in der Mitte des Saals, der Weg dorthin war mit teuren, aber abgetretenen Perser-Teppichen ausgelegt. Um diese Oase herum waren mehrere Inseln abgeteilt, in denen schlicht gestaltete Betten und Sofas aufgestellt waren. Fackeln, die an den Wänden hingen und in den Pflanzenkübeln steckten, erzeugten ein warmes Licht, das über die nackten, glänzenden Körper tanzte, die sich überall vergnügten.

Nicht nur die Betten waren stark frequentiert. Der ganze Saal war ein Spielplatz für die Sinne. Paare und Grüppchen trieben es im Stehen an die Wände gelehnt, auf den Betten und den Teppichen. Einige schlenderten durch den Raum, verweilten bei einer Szene, die sie ansprach und setzen dann ihren Spaziergang fort.

Kellner mit silbernen Tabletts und schlichten goldenen Augenbinden bewegten sich diskret von Gruppe zu Gruppe, stellten Champagnerflaschen ab, reichten Handtücher, Gleitmittel, Kondome und Poppers.

»Was sagst du nun?« Dan grinste mich an.

»Ich gebe zu, ich bin beeindruckt.«

»Ist es nicht geil?« Ninettes Gesicht war vor Erregung leicht gerötet.

»Wir sehen uns, okay?« Robert kam dem dringenden Verlangen nach, das sich unter der weißen Tunika unübersehbar abzeichnete, schnappte seine Freundin und zog sie mit sich fort.

»Was machen wir hier eigentlich?« Es war die erste Gelegenheit, offen mit Dan zu reden.

»Wir machen uns mit den Sitten und Gebräuchen vertraut. Das wolltest du doch. Und wenn uns jemand etwas über die Szene erzählen kann, dann finden wir den hier. Du hast doch gehört, dass Greta erst vor ein paar Tagen hier war.«

»Aber das heißt doch lange nicht, dass sie hier ihren Mörder kennengelernt hat.«

»Irgendwo muss man doch anfangen.«

»Und dann am liebsten da, wo du das maximale Vergnügen hast …«

»Wenn der Mord sexuell motiviert war, dann müssen wir über Gretas sexuelle Praktiken Bescheid wissen. Wo sie ihren Mörder getroffen haben könnte. Oder wo jemand mit solchen Neigungen schon einmal aufgefallen ist.«

»Okay, Dan. Und jetzt?«

»Jetzt schwärmen wir aus und schauen, was auf uns zukommt. Wenn die deutsche Britney uns schon weiterhelfen konnte, wer weiß, was noch passiert.«

Reisende soll man nicht aufhalten, und so ließ ich Dan ziehen, atmete tief durch und machte mich auf den Weg, der ja bekanntlich schon das Ziel sein soll.

Meine Müdigkeit stand im krassen Widerspruch zu den Aktivitäten, denen sich die meisten Anwesenden hingaben. Anders als in den düsteren Gängen konnten sich die Leute hier anschauen, taxieren und begutachten, bevor sie einen in das Geschehen einbezogen. Obwohl die Masken häufig nur die Augenpartien bedeckten, gewährleisteten sie Anonymität. Sie ließen letzte Hemmschwellen und Barrieren fallen. Je weiter ich mich in den Saal hineinbewegte, desto stärker wurde das Gefühl des kollektiven Rausches, der absoluten Hingabe. Der Sex wurde roher, die Annäherung fand ohne jede Zärtlichkeit statt. Wenn ich an einer Gruppe vorbeikam, die mich einbeziehen wollte, dann spürte ich eine Hand auf meiner Schulter, an meinem Fußgelenk oder meinem Arm. Es wurde nicht geredet und nicht gezögert, und auch wenn ich keiner der Aufforderungen nachkam – irgend etwas gefiel mir an dieser Direktheit. Vielleicht entsprach sie viel mehr dem Wesen von Begierde als die Manöver und Strategien der Verführung, wie sie in Spielfilmen, Popsongs und Kitschromanen dargestellt wurden. Es gab in diesem Saal keine Anrede, keine verbale Aufforderung, kein erotisches Geplänkel. Hier wurde nur eine einzige, universal verständliche Sprache gesprochen: Sex.

Das Beduinenzelt, das genau im Zentrum der Halle stand, machte mich neugierig. Obwohl im Saal viele intime Zonen abgeteilt waren, war es dennoch riesig, und ich fragte mich, warum man einen Raum im Raum für nötig befunden hatte. Als ich das schwere Segelstofftuch am Eingang zur Seite zog, wusste ich, warum. Das Zelt hatte eine Atmosphäre, die sich vom Rest des Saals unterschied. Im Gegensatz zur Halle war es hier sehr hell; Kerzenleuchter standen überall, und von der Decke, die mindestens fünf Meter hoch war, hing ein großer, glitzernder

Lüster. Auf Betten und Matratzenlagern in hellen Pastellfarben vergnügten sich ausschließlich Frauen. Selbst die Bediensteten mit den goldenen Masken waren ausschließlich weiblich. Insgesamt waren ungefähr zwanzig Personen im Raum. Die Helligkeit blendete mich so, dass es eine Weile dauerte, bis ich alle Details genau erkennen konnte. Eines verblüffte mich besonders: auf der gegenüberliegenden Seite des Zelts sah ich eine Statue, die mir sehr bekannt vorkam. Es war eine exakte Kopie der beiden Glitzer-Barbies, die mir Winfried Ebersbach verehrt hatte. Sie unterschied sich in nur einem nicht unmaßgeblichen Detail von jener Ausgabe, die in meiner Firma von Abteilung zu Abteilung wanderte: diese Statue war lebensgroß. Es gibt Dinge, auf die Gianni Versaces Credo keine Anwendung findet. Manchmal ist weniger durchaus mehr.

Noch während ich angewidert auf die Halbedelsteine starrte, spürte ich sanfte Hände auf meinen Schultern und an meiner Hüfte. Ich drehte mich um, und eine Frau mit wellig-langen roten Haaren, die nichts trug als eine Fledermausmaske, lächelte mich an. Wie so oft bei Rothaarigen war ihr Körper milchweiß, ihre Brustwarzen hellrosa. Sie zog mich zu sich heran und schob ihre Hand in meinen Leder-Slip. Ein sanfter Druck auf meine Klitoris reichte, um meine Erregung zu steigern. Männer brauchten oft Jahre, um diesen simplen Trick zu beherrschen. Sie zog mich auf ein riesiges Bett, auf dem schon drei andere Frauen lagen, und zog mir den Slip aus. Als sie ihren Kopf zwischen meine Schenkel schob, ihre Zunge über meine Schamlippen wandern ließ und sie dann weiter hineinschob, geschah das, was bei mir bei gutem Sex grundsätzlich passiert – die Anspannung der vergangenen Tage fiel mit einemmal von mir ab. Ich streckte mich auf dem Bett aus, und eines der anderen Mädchen begann, meine Brustwarzen zu lecken und sanft zu kneifen. Eine üppige Brünette legte sich auf die Seite, betrachtete uns und ließ ihre Hand zwischen ihre Schenkel gleiten. Ich war kurz vor dem

Höhepunkt, als sich eine Blondine mit hochgesteckten Haaren neben uns stellte. Sie trug ein griechisches Gewand, das dem von Ninette sehr ähnelte, und ihr Gesicht war hinter einer mit Strass verzierten Halbmaske verborgen. Sie schob das Mädchen zur Seite, das mit meinen Brüsten spielte, und nahm meine erigierten Nippel in den Mund. Der Strass und die Pailletten ihrer Maske kratzten auf meinem Busen, und ich legte ihr eine Hand in den Nacken, um ihren Kopf anzuheben. Sie ließ sich jedoch nicht beirren, und ich wand mich aus der Menage hervor. Es war ohnehin Zeit, etwas zurückzugeben. Ich hockte mich auf das Bett und zog die Blonde nah an mich heran. Meine Hände strichen über ihren Rücken, während ich meine Lippen auf die empfindliche Stelle unterhalb des Ohrläppchens drückte. Langsam schob ich meine Hände ihren Rücken entlang, bis meine Finger den Bund einer knappen Hose spürten. Ich umfasste ihre Seiten und ließ meine Hände in ihren Slip gleiten, als ein heftiger Stoß mich auf den Rücken warf. Der Schock raubte mir den Atem. Ungläubig riss ich meine Augen auf, sah eine Hand auf mein Gesicht zukommen, duckte mich und entkam dem Schlag. Adrenalin schoss durch meine Adern, ich rollte mich vom Bett und fiel auf den Boden. Die Blonde war zur Furie geworden, und die anderen Frauen schauten entsetzt auf den Kampf, der sich abspielte. Der nächste Schlag traf mich auf der Wange und trieb mir Tränen in die Augen. Ich rappelte mich auf, beschwor die Erinnerung an Suzys Angriffssprung herauf, mit dem sie Stefan Bruhns zu Boden gehen ließ, und flog mit gestrecktem Bein auf die Blondine zu. Doch sie war schneller als ich, packte mein Bein, so dass ich schmerzhaft auf den Boden aufschlug.

Als ich sie wieder auf mich zukommen sah, fragte ich mich, warum mir eigentlich niemand zur Hilfe kam. Die Frauen, die sich mit uns auf dem Bett vergnügt hatten, zogen sich zurück, und auch andere, die den Kampf zur Kenntnis genommen hatten, begannen, das Zelt zu verlassen. Den nächsten Schlag konnte ich gut abfangen und hatte sogar Gelegenheit, ihr einen Treffer ins Gesicht zu verpassen, der sie für einen kurzen Moment außer Gefecht setzte. Ihre verdammte Maske hinterließ Blutspuren auf meiner Faust. Sie jaulte auf, und erst jetzt wurde mir bewusst, dass dieser Kampf bislang schweigend verlaufen war. Ich hatte es eindeutig mit einer Irren zu tun und wollte Land gewinnen. Ich ging einen Schritt rückwärts, einen Arm nach vorne ausgestreckt, den anderen hinter mir, nach einem Gegenstand tastend, mit dem ich mich verteidigen konnte. Ich stieß gegen einen Kerzenständer, packte ihn – heißes Wachs tropfte herab und versengte mir die Haut. Die Kerzen erloschen. Die Blondine stand breitbeinig vor mir, mit einem Zug um den Mund, aus dem Schmerz und unbändige Wut sprachen. Ihre kunstvoll aufgesteckten Haare hatten sich gelöst, und Strähnen hingen ihr wirr ins Gesicht. Sie erkannte, dass der Kampf vorüber war, es sei denn, sie legte Wert auf einen Schlag mit einem schweren Gegenstand. Mit der linken Hand streckte ich den Leuchter vor mir aus, mit der rechten machte ich eine beschwichtigende Geste. Aus dem Augenwinkel heraus erkannte ich, dass außer uns beiden niemand mehr im Zelt war. Weshalb hatte mir keiner geholfen? Noch während ich mir diese Fragen stellte und überlegte, wie ich aus dem Laden unbeschadet herauskam, kamen zwei Frauen mit Goldmasken und berührten mein Gegenüber sanft an den Ellbogen. Sie zuckte zusammen, nickte ihnen dann aber zu.

»Wenn du nicht willst, dass man dir an die Wäsche geht, dann ist ein Sexclub nicht der richtige Ort für dich.« Sie erstarrte, als sie meinen Spruch hörte, ging dann aber, geführt von den beiden Bediensteten, weiter in Richtung der schrecklichen Statue. Eine der Frauen öffnete einen Segeltuchvorhang hinter dem Objekt, und dort verschwanden sie, ohne sich noch einmal umzuschauen. Erst als sie fort waren, merkte ich, dass ich einen dringenden

Wunsch hatte – ich wollte das Gesicht dieser Frau sehen, die wie ein Berserker über mich hergefallen war.

Für einen Moment war ich unschlüssig, was ich tun sollte, dann entschied ich mich für das, von dem Krimileser ihren Helden stets abraten würden. Ich folgte den Frauen. Aus der Helligkeit des Zeltes begab ich mich wieder in die schummrige Halle. Der Mangel an Licht kam mir gelegen, denn an nichts wäre mir weniger gelegen, als meinen Kampf mit der Verrückten fortzusetzen. Sie hatte mich mit meiner schwarzen Perücke gesehen, und mir wäre wohler gewesen, wenn ich sie hätte abnehmen können, um mich vor ihr zu tarnen, aber die Vorstellung, dass mich dann alle anderen erkannten, schien mir auch wenig verlockend. Keine Ahnung, was passieren würde, wenn ein Saal voller erotisierter Menschen Wind davon bekäme, dass die Queen des Porno unter ihnen weilte. Mir war nicht nach Audienzen zumute. Außerdem waren meine Haare mit einem Dutzend Haarnadeln festgesteckt , damit die Perücke eng am Kopf saß und möglichst natürlich wirkte. Festgestecktes, plattgedrücktes Haar war nicht die Art von Frisur, mit der ich mich gerne öffentlich zeigen würde. Also beließ ich meine Verkleidung in ihrem Urzustand und baute darauf, dass sich die drei nicht umdrehen würden.

Ich musste mich beeilen – die Blonde marschierte zügig durch den Raum, mittlerweile fest untergehakt von den beiden Goldmasken, und beachtete die Leute um sie herum kaum. Als ich etwa fünf Meter hinter ihr war, duckte ich mich an die Wand und benutzte alles an Deckung, was sich mir in den Weg stellte – Bäume, Möbel, fickende Menschen. Der Körper der Blonden wirkte angespannt. Ihre Schultern waren recht breit, ihre Oberarme sehnig muskulös. Auch ihre Schläge hatten den Eindruck hinterlassen, dass sie ihren Workout ernst nahm. Wäre ich noch näher an ihr dran gewesen, hätte ich vermutlich ihre Adern pulsieren sehen.

Ich fragte mich, wieviel Zeit vergangen war, seit ich mich mit Dan in die Niederungen begeben hatte, und ob Suzy wohl schon auf uns wartete. Doch kaum hatte ich meine Aufmerksamkeit auf etwas anderes gerichtet, waren die drei Frauen verschwunden. Ich blieb stehen und eine Hand fuhr mir an der Wade entlang. Ich wischte sie fort wie eine lästige Fliege und ging langsam weiter. Wir waren durch den ganzen Raum gegangen, und ich fand mich an dem Gang, der zum Unkleideraum führte. An bordeauxroten Samtvorhängen entlang lief ich auf die Tür zu, die ins Empfangszimmer führte. Als ich die Hand an der Klinke hatte, zögerte ich kurz, drückte sie dann doch herab und ging in das Zimmer. Es war leer. Ich schaute mich um und fragte mich, ob sie einen anderen Weg genommen hatte, als ich sie aus den Augen verloren hatte, doch dann hörte ich das Geräusch fließenden Wassers und mir fiel eine Tapetentür ins Auge, die ich übersehen hatte, als ich das Zimmer zuerst betreten hatte. Ich ging auf sie zu, öffnete sie vorsichtig einen Spalt. Im Gegensatz zu allen anderen Räumen brannte hier helles Licht. Warmer Dampf kam mir entgegen. Die Blondine stand mit dem Rücken zu mir und seifte sich gerade ein. Aus einem Duschkopf über ihr prasselte heißes Wasser auf sie herab. Ihre Maske und die Hose hatte sie achtlos auf den Boden geworfen, und das warme Wasser trieb sie in Richtung des Abflusses. Wenn sie sich umdrehte, würde ich ihr Gesicht sehen können. Wenn sie sich umdrehte, würde sie auch direkt in das meine schauen, also schloss ich die Tür so leise wie möglich, ging in den Empfangsraum zurück und kniete mich hinter eines der kastenförmigen Sofas. Ich hoffte, dass niemand hereinkommen und mich in dieser Position entdecken würde.

Endlich tat sich die Tür zum Bad auf, und eine Wolke feuchten Duftes trieb durch den Gang ins Zimmer. Den Bruchteil einer Sekunde später erlosch das Licht, und mein Herz krampfte sich zusammen, als ich mich in tiefster Finsternis wiederfand.

Der schwere Teppich verschluckte sämtliche Geräusche, die ihre Schritte gemacht hätten. Kalte Panik ergriff mich. Als ich einen Lichtschimmer sah, der aus einer Tür kam, die sich öffnete und kurze Zeit später das Licht im Zimmer wieder anging, beruhigte sich mein Herzschlag ganz langsam. Ich war wieder allein im Raum. Ich erhob mich und schaute in die Richtung, aus der der Lichtschimmer gekommen war. Langsam ging ich auf die Tür zu, hinter der sie verschwunden war. In Augenhöhe war ein kleines Messingschild angebracht, auf dem in Serifen »Privat« eingraviert war.

Kaum hatte ich das Wort gelesen, als jemand von innen die Tür aufriss. Ich konnte einen Aufschrei nicht unterdrücken und trat einen Schritt zurück.

»Ich hoffe, Sie hatten einen vergnüglichen Abend, Frau DeLight«, sagte eine der Goldmasken und zog die Tür wieder hinter sich zu.

Kapitel 14

»Ich kann Ihnen das nicht versprechen, Frau DeLight.«

»Das sollten Sie aber besser, Frau Haberlik, andernfalls behalte ich für mich, was vorgefallen ist.«

»Damit machen Sie sich strafbar, und das wissen Sie. Ich werde mich bemühen, Ihren Namen herauszuhalten, aber ich kann Ihnen nichts versprechen.«

Ich blickte aus dem Taxifenster und war froh, endlich wieder an der Erdoberfläche angekommen zu sein, selbst wenn die Umgebung nicht gerade die prickelndste war. Mein Rücken schmerzte vom Sturz auf den Boden, und meine Wange brannte von dem Schlag, den mir die durchgeknallte Blondine versetzt hatte. Es war das erste Mal seit Sandkastenzeiten, dass ich mich mit jemandem geschlagen hatte. Erstaunlicherweise war es wie mit dem Fahrradfahren: man verlernte es nicht.

»Bitte tun Sie, was in Ihrer Macht steht. Was ich heute nacht erlebt habe, möchte ich nicht übermorgen in der Zeitung lesen.«

Ich erzählte ihr, was mir in dieser Nacht zugestoßen war, und schloss meinen Bericht, als wir auf den Gendarmenmarkt abbogen. Die Kommissarin hatte mich nicht ein einziges Mal unterbrochen.

»Hallo – sind Sie noch dran?«

»Frau DeLight, entschuldigen Sie bitte, wenn ich so deutlich werden muss, aber Sie sind die Unvernunft in Person.« Ihrer warmen Telefonstimme war anzuhören, dass sie bei dieser Feststellung lächelte.

»Sie haben meine Assistentin Suzy noch nicht richtig kennengelernt – gegen die bin ich ein Waisenkind.«

»Ich muss Ihnen nicht sagen, dass Sie sich leichtsinnig verhalten haben und möglicherweise ihr Leben aufs Spiel gesetzt haben. Es gibt überhaupt nur einen Grund, warum Ihre Erzählung mich nicht schockiert.«

»Und der wäre?«

»Nichts von dem, was Sie erzählt haben, ist mir neu. Wir wissen, was heute abend passiert ist. Denken Sie nicht, dass wir unsere Arbeit vernachlässigen. Sie waren in Gefahr, aber nicht in Lebensgefahr.«

Ich musste den letzten Satz erst einmal sacken lassen. »Heißt das, Sie hatten Ihre Leute da unten?«

»Sie werden seit Dienstag überwacht. Zu Ihrem eigenen Schutz. Aber selbst unseren Leute unterlaufen Fehler. Was zum Beispiel haben Sie gestern nacht gemacht? Keiner hat Sie das Sendezentrum verlassen sehen, und Sie sind erst am Vormittag wieder aufgetaucht, und zwar im Hotel. Sie sollten keine Versteckspiele spielen, während ein Mörder frei herumläuft. Je besser wir über Ihren Aufenthaltsort informiert sind, desto größer sind die Chancen, dass wir eingreifen können, wenn etwas geschehen sollte. Und auch wenn ich persönlich davon überzeugt sein mag, dass Sie mit alldem nichts zu tun haben – es kann nicht schaden, wenn Sie niemandem Anlass zur Spekulation geben. Sie haben Frau Wendt kennengelernt und wissen, wie sehr der Ruf einer Frau zu Fehlinterpretationen und Vorurteilen verleiten kann.«

»Der Ruf einer Frau – das hört sich ja an wie im Mittelalter!« Kaum dass ich es ausgesprochen hatte, sah ich ein, dass sie leider die Wahrheit gesagt hatte. Einen Stefan Bruhns verehrte man als Partykönig, während seine Opfer der Lächerlichkeit preisgegeben wurden. Die Carola Wendts dieser Welt gingen in den Knast, die Stefan Bruhns auf Restauranteröffnungen, Vernissagen und zu Promi-Boxkämpfen.

»Ich mache die Regeln nicht, ich weise nur darauf hin, dass es sie gibt. Schlafen Sie sich aus und passen Sie auf sich auf.

Und bitte keine Alleingänge mehr. Die Kripo ist besser als ihr Ruf.«

»Tauschen möchte ich nicht mit Ihnen, Sie scheinen ja auch nie zum Schlafen zu kommen.«

»Es scheint eines Ihrer besonderen Talente zu sein, Frau DeLight, die Menschen um den Schlaf zu bringen.«

Ich war todmüde, als sich die Türen des Foyers hinter mir schlossen. Als ich mein schwarzhaariges Spiegelbild sah, traf mich eine zweifache Erkenntnis. Ohne den Anruf bei der Kripo hätte ich mich unweigerlich verdächtig gemacht. Sie wussten, wo ich war, und es war gut, es nicht verschwiegen zu haben. Der Erkenntnis zweiter Teil: Dan hatte mich an den richtigen Ort geführt. Dass die Kripo schon dort war, als wir kamen, war ein eindeutiger Hinweis. Mit diesem Wissen wurde mir rückwirkend sehr unwohl, und meine Adrenalinreserven waren noch lange nicht erschöpft. Mein Herz schlug so heftig, dass ich fürchtete, jemand könnte es hören.

Ein Blick auf die Uhr sagte mir, dass es gerade erst zwei Uhr morgens war. Mein Zeitgefühl hatte mich verlassen – ich hätte schwören können, dass wir viel länger in dem unterirdischen Club gewesen waren. Ich bat die Dame an der Rezeption, Suzy in einer Stunde zu wecken und ihr auszurichten, dass sie mich in der Bar abholen konnte. Anstatt auf meine Suite zu gehen und mich schlaflos im Bett zu wälzen, begab ich mich an die Hotelbar und überredete den Barkeeper, mir ein verfrühtes Frühstück und die Morgenzeitungen zu organisieren.

Während ich ein frisches Croissant in meinen Milchkaffee tunkte, wunderte ich mich noch immer über das Verhalten der Blondine. Weshalb war sie so durchgedreht? War es ein ungeschriebenes Gesetz des Clubs, dass man die Chefin nicht anrühren durfte? Dass sie zu den Besitzern gehörte, schien gewiss – wie sonst hätte sie Zugang zum privaten Bereich gehabt? Es war beängstigend gewesen, wie alle anderen Frauen aus dem Zelt verschwunden waren und mich meinem Schicksal überlassen hatten. Der Film *Eyes wide shut* hatte mich zu Tode gelangweilt, auch weil ich die Szenen in dem exklusiven Sexclub so lächerlich fand. Jetzt, wo ich etwas Ähnliches erlebt hatte, brachte ich mehr Verständnis für Tom Cruises missliche Lage auf. Vor allem für das unangenehme Gefühl, wenn einem klar wird, dass die eigene Maskerade auffliegt. Wenn die Gehilfin der Blondine mich erkannt hatte, dann wusste auch die Chefin, wer ich war. Und wenn sie es auch nicht gewusst haben mochte, als sie auf mich einschlug, dann würde man es ihr jetzt sicherlich nicht vorenthalten. Ich war heilfroh, ein paar Tage aus Berlin zu entkommen und mich in der Provinz von den Aufregungen erholen zu können.

Ich blätterte in der Zeitung, brachte aber nicht einmal genügend Konzentration auf, einen Artikel über Natascha Meyer-Stade durchzulesen. Ich betrachtete die Fotos, überflog die Zeilen, und im letzten Absatz sprang mir mein eigener Name ins Auge. Folgendes stand dort geschrieben:

> Ist es eine besonders hämische Ironie des Schicksals, das Natascha Meyer-Stade, die sich als Biochemikerin einen exzellenten Ruf erarbeitet hatte, im Tode wieder mit der Sexindustrie vereint wurde? Dass sie den Mörder mit der Zweitliga-Pornodiva Greta Giehse teilt, ist die traurige Fußnote eines ungewöhnlichen Lebens. Auf einer Pressekonferenz hat sich das bundesdeutsche Sexmonster Lilly DeLight bereits von den Geschehnissen distanziert. Man muss sich fragen, in was für einer Welt wir leben, in der sich die Porno-Industrielle von der Biochemikerin abgrenzt

und nicht umgekehrt. Den Angehörigen von Natascha Meyer-Stade, die ein Anrecht auf stille Trauer hätten und statt dessen einen Medienzirkus der Extraklasse zu durchleiden haben, gebührt unser aller Anteilnahme.«

Der Absatz war nicht nur falsch und heuchlerisch, er war auch schlecht geschrieben. Wer veranstaltet denn einen Medienzirkus, wenn nicht die Medien? Wer schaute sich die blutrünstigen Boulevardsendungen an und verschlang die Sensationsartikel? Wir alle. Na, wenn das keine Anteilnahme war! Als ich den Namen der Verfasserin las, war mir alles klar. Sie hatte ihren Moderationsjob bei der Sat-7-Nachrichtensendung *News alive* verloren, nachdem ich im vergangenen Jahr rehabilitiert worden war. Drei Tage lang hatte sie so viel Dreck über mich ausgeschüttet, dass es selbst mir die Sprache verschlagen hatte. Sie zu feuern war natürlich auch reine Heuchelei gewesen, da die wirklichen Stimmungsmacher noch bequem in ihren Chefsesseln saßen. Der Skandal um die Goslarer Pornomorde hatte sie ihren Job gekostet und meinen Marktwert erhöht. Jetzt hatte ich meine eigene Sendung bei Sat 7, während sie wieder bei einem Boulevardblatt gelandet war. Das war doch mal eine »besonders hämische Ironie des Schicksals«.

»Darf ich?« Ich zuckte vor Schreck so heftig zusammen, dass meine Kaffeetasse überschwappte. »Schwarz steht Ihnen auch sehr gut.«

Stefan Bruhns sah schrecklich aus. Die sonst gepflegten blonden Haare waren wirr und glanzlos und bei genauem Betrachten auch schon etwas dünn. Unter seinen Augen lagen Schatten, und die Lachfalten, die ihn so fotogen machten, wirkten wie tiefe Krähenfüße. Seine berühmte Jungenhaftigkeit war im Verlauf des Tages auf der Strecke geblieben.

»Setzen Sie sich.« Er ließ sich in einen der tiefen Sessel mir gegenüber fallen. »Tut mir leid wegen heute morgen. Aber meine Assistentin hatte Angst.«

»Ach das –«, er wischte es mit einer lässigen Handbewegung fort, »das war noch das netteste Erlebnis des heutigen Tages.«

Er betrachtete meinen Teller. »Sie sind schon beim Frühstück? Ich habe noch nicht mal geschlafen. Ich lag im Bett, aber ich habe immer wieder das gleiche Bild gesehen. Der Auspuff, der Schlauch –…«

»Ich weiß, wie Sie sich fühlen.«

Ich sah ihm an, dass er widersprechen wollte, es sich dann aber anders überlegte. »Verstehe. Greta Giehse. Wird man das jemals wieder los? Ich kann mich doch nie mehr in dieses Auto setzen.«

»Wenn Sie es morgen …« – ich schaute auf die Uhr – »das heißt, wenn Sie es heute nicht tun, dann tun Sie es nie.«

»Der Wagen ist noch bei der Spurensicherung. Ich will ihn auch nicht zurück.«

Ich hätte ihm von meinen früheren Leichenfunderfahrungen erzählen können, aber ich behielt sie für mich. Das erste Mal, als mir das passierte, war es ausgerechnet auf meinem eigenen Grund und Boden gewesen, und zwar in meinem Pool. In der ersten Woche wäre ich nicht auf den Gedanken gekommen, jemals wieder meinen Fuß ins Wasser zu stecken, aber am letzten schönen Spätsommertag des Jahres 2000 habe ich es dann doch getan. Die Alternative wäre gewesen, das Becken zuzubetonieren, und das habe ich nicht ernsthaft in Erwägung gezogen.

»Für den Ferrari finden Sie doch in null Komma nichts einen Käufer.«

»Interessiert?« In dem übermüdeten Gesicht flackerte etwas von der vertrauten Lässigkeit wieder auf.

»Danke. Ich habe schon genug Wagen.«

»Als verspätetes Valentinsgeschenk für Ihren Mann?«

Ich reagierte nicht.

»Okay, vergessen Sie's.«

Der Kellner stellte ein Glas Whisky vor ihn auf den Tisch. Die Eiswürfel klirrten, und wie immer, wenn ich ein Getränk on the rocks sah, assoziierte ich es sofort mit Dan und seiner Eisprinzessin. Ob er sich immer noch unter Tage aufhielt?

»Neulich abends – dass Sie mir und Frau Wendt zugehört haben, ist mir extrem peinlich.«

»Sie haben nur das gesagt, was alle denken. Ich bin's gewohnt. Sie kennen das.«

»Deshalb ist es mir so unangenehm. Die Leute können gern hinter meinem Rücken über mich reden, das ist mir lieber, als wenn sie in der Zeitung schreiben, aber ich will mir den Quatsch nicht anhören.«

»Die Ohren kann man dummerweise nicht zumachen.«

»Da hat sich die Evolution sicher etwas dabei gedacht.«

»Natürlich – wenn man die Ohren schließen könnte, dann wäre man ja im Schlaf völlig schutzlos und ausgeliefert.«

»Hat die Kripo Sie lange verhört?« fragte ich, um das Thema zu beenden.

»Es war eigentlich kein Verhör – eher ein langes Gespräch. Die Kommissarin ist nicht verkehrt.«

Ich nickte ihm zu und konnte meine Augen nicht von seinen Lippen lassen. Er mochte einen harten Tag gehabt haben, aber selbst in dem angeschlagenen Gesicht war sein Mund immer noch die pure Wollust. Kein Wunder, dass die Mädchen sich an diesen Mann heranmachten.

»Wie geht es Ihrer Freundin?«

»Bitte?« Ich musste meine Konzentration wieder auf akustische Signale umlenken.

»Frau Wendt.«

»Ich habe sie seit Montag nicht mehr gesehen. Wir sind keine

Freundinnen. Ich habe sie erst in der Sendung kennengelernt. Aber ich finde sie sehr sympathisch.«

»Ein Eisblock, wenn Sie mich fragen.«

»Sie ist vielleicht etwas distanziert, aber wenn man erst einmal mit ihr warm geworden ist, dann legt sich das. Wenn irgend jemand etwas distanziert sein darf, dann ganz sicher sie. Haben Sie die Geschichte damals verfolgt?«

»Nicht wirklich. Aber damals war die Medienlandschaft noch ganz anders. Anfang der Achtziger gab es die privaten Sender noch nicht. Die öffentlich-rechtlichen waren nicht so sensationsgeil. Und Boulevardzeitungen habe ich nie gelesen.«

»Ich habe bei meiner Großmutter jede Woche die Klatschpresse gelesen. Die *Bunte*, *Das Goldene Blatt*, die *Neue Post*. Ich war in dem Alter, wo man keine Kinderbücher mehr lesen möchte, aber Romane noch nicht richtig versteht. Wenn ich die Geschichten über Carola Wendt las, dachte ich immer, dass sie so etwas wie die böse Stiefmutter in den Märchen ist. So wie die Hexen in den Disney-Filmen. Wunderschön, aber abgründig. Es hat mich fasziniert – ich fand die bösen Frauen in den Filmen immer viel aufregender als die Cinderellas und Schneewittchen. Die waren auch viel attraktiver, toll geschminkt, dramatisch angezogen. Deshalb fand ich Carola Wendt wahrscheinlich immer schon spannend. Damals gab es drei Frauen, mit denen die Presse gnadenlos umging – Romy Schneider, Ingrid van Bergen und Carola Wendt. Romy Schneider machte man das Leben schwer, nur weil sie sich nach Frankreich abgesetzt hatte und nicht mehr die Sissi spielen wollte.«

»Aber die beiden anderen saßen wegen Mordes. Ein signifikanter Unterschied, oder?« warf Bruhns trocken ein.

»Totschlag. Die van Bergen saß wegen Totschlag.«

»Sie kennen sich wirklich aus!«

»Damals fand ich Klatsch noch sehr spannend.«

»Seit Sie selber in den Klatschspalten stehen nicht mehr?«

»Das fing schon vorher an. Erinnern Sie sich daran, wie Romy Schneider starb? Spätestens da wurde es unerträglich. Die Leute, die über sie zeit ihres Lebens hergefallen waren, schrieben plötzlich Trauerreden. Und gleichzeitig druckten sie die brutalen Todesfotos von Romys Sohn ab. Spätestens da habe ich begriffen, wie scheinheilig das alles ist.«

»Und trotzdem wollten Sie berühmt werden.«

»Als ich mit Pornos anfing, da dachte ich doch im Traum nicht daran, dass mich irgendwann achtundneunzig Prozent aller Deutschen kennen. Ich wollte immer nur meinen Job gut machen. Dass ich ein Star wurde, das war damals wirklich nicht abzusehen. Porno-›Star‹ war ein Widerspruch in sich. Das änderte sich erst mit Teresa.«

»Carola Wendt hat die Öffentlichkeit immer gesucht. Ich meine – die Frau war schließlich Schauspielerin.«

»Ja, und? Das bereitet einen doch nicht darauf vor, dass man unter Mordanklage gestellt und zu Unrecht verurteilt wird.«

»Aber sie kannte sich mit den Medien aus. Wenn sie besser mit ihnen zusammen gearbeitet hätte, wäre es vielleicht nicht so schlimm geworden. Sie hat ihre Seite der Geschichte nie erzählt. Erst, als die Wahrheit herauskam, hat sie sie bestätigt.«

»Sie meinen, weil sie nie ihre Geschichte verkauft hat, hat die Presse sie bestraft?«

»So weit würde ich gar nicht gehen. Dadurch, dass sie sich nicht verteidigt hat, glaubten alle, sie müsse schuldig sein. Jeder normale Mensch würde doch versuchen, sich zu entlasten.«

So hatte ich es noch nie betrachtet, aber er hatte recht. Es war seltsam, dass sie nie versucht hatte, ihre Unschuld zu beweisen. Dass sie dreizehn Jahre lang ihre Strafe abgesessen hatte, ohne sich an die Öffentlichkeit zu wenden. Warum hatte sie keine Vorwürfe gegen Eva Herzog erhoben, wenn sie sie doch verdächtigt haben muss? Und warum war sie gerade jetzt zu Kestner in die Sendung gegangen? Bruhns unterbrach meinen Gedanken.

»Ich frage mich, warum die Sendung *Nie mehr Sex* hieß.«

»Die Frage habe ich mir auch schon gestellt. Von vier Gästen sind drei schon mit dem Gesetz in Konflikt gekommen und öffentlich verurteilt worden. Das Sex-Thema hat eigentlich gar nicht gepasst – nur bei Natascha Meyer-Stade. Oder haben Sie sich für das Thema kompetent gefühlt?«

»Wenn mich jemand anruft und mir einen Auftritt bei Kestner anbietet, dann ist mir jedes Thema recht. Weil ich am nächsten Tag eine zwanzigprozentige Umsatzsteigerung erwarten kann. Hätte Greta Giehse in die Sendung gepasst?«

»Die hatte vielleicht keinen Sex mehr, aber auch nur weil sie niemanden fand, der mit ihr Sex haben wollte. Ich schätze, sie hat das so pragmatisch betrachtet wie Sie: man sagt nicht nein, wenn Kestner einlädt. Außerdem hätte sie nie eine Möglichkeit ausgelassen, mich schlechtzumachen. Zumal vor einem so großen Publikum.«

»Und Sie?«

»Ich? Ich bin zu Kestner gegangen, um eine Sendung mit Sex- und Beziehungstips zu promoten. Unpassender geht's nicht.«

»Was ist mit Carola Wendt?«

»Das Thema wurde kaum angesprochen. Und wenn ich der erste Moderator wäre, der sie dazu bewegt, öffentlich zu sprechen, nachdem sie jahrelang geschwiegen hat, dann wäre ich auch ein Idiot, sie auf ein solches Thema festzunageln.«

»Apropos festnageln – was haben Sie heute noch vor?«

Die Frage war wie ein Schlag in den Magen.

»Bitte?«

Er hatte nicht einmal den Anstand, sich umzuschauen, um zu sehen, ob wir allein waren – mit einer lässigen Bewegung hatte er seinen Reißverschluss geöffnet und seinen halberigierten Schwanz herausgeholt, den er mir nun stolz präsentierte. Zweifellos ein Prachtexemplar, für das die Hamburger Partyszene Schlange stand, aber nichts schien mir weniger verlockend, als mit dem nach Whisky und Zigarren stinkenden Playboy eine Nummer in der Hotelbar zu schieben, selbst wenn er aussah wie Jon Bon Jovi. Ich blieb ihm eine Antwort schuldig, denn in diesem Moment wurde die Tür zur Bar so heftig aufgerissen, dass die Wände zitterten. Dan hechtete herein, sah sich mit einer raubtierhaft-sanften Bewegung des Oberkörpers im Raum um und erblickte mich, Croissant und Kaffee in der Hand. Er kam zu mir herüber und stemmte die Hände in die Hüften.

»Verdammt, ich habe mir Sorgen um dich gemacht! Du warst auf einmal verschwunden.«

Bruhns war so überrascht, dass er sich nicht rührte, sondern Dan anstarrte, der zwar nicht mehr im Harness war, aber seine Lederhose und das Vinyl-Top trug, was nicht minder sexy war. Das, was eine Erektion hätte werden können, schrumpfte zunehmend zusammen und wechselte vollständig den Aggregatzustand, als Dans Blick darauf fiel.

»Störe ich euch?«

»Nein, du kommst gerade richtig.« Ich drehte mich zu Stefan Bruhns und blickte ihm tief in die geröteten Augen: »Potential ist durchaus vorhanden. Schicken Sie mir Ihre Unterlagen, und dann werden wir sehen, ob Sie das auch schaffen, wenn drei Kamerateams im Raum sind.«

Suzy war schon fertig mit Packen, als Dan mich zu meinem Zimmer brachte. Ich war froh, die Nacht – oder das, was davon übrig war – nicht in Berlin verbringen zu müssen. Schon unter normalen Umständen wurde mir Berlin nach drei Tagen zu anstrengend, aber im Moment kam alles noch ein bisschen dicker als gewöhnlich. Ich hatte seit über einer Woche keine Verschnaufpause mehr gehabt. Immerhin hatte ich eine Fernsehsendung an den Start gebracht. Aber die Ereignisse der letzten drei Tage hätten gereicht, mich auszulaugen, ganz zu schweigen von der mehr oder weniger unfreiwillig durchgemachten Nacht, der absurden Maskerade morgens um eins, den kriminalistischen Gesprächen mit Talkshow-Gästen und der Prügelei im Sexclub. Stefan Bruhns albernes Gebaren hatte dem allen noch die Krone aufgesetzt.

Als ich Suzy abholte, war ich nicht einmal in der Lage, mich abzuschminken und umzuziehen. Ich stieg als Schwarzhaarige in den Wagen und war schon auf dem Rücksitz eingeschlafen, bevor wir das Parkhaus verlassen hatten.

Kapitel 15

Als ich die Augen wieder aufschlug, war ich geblendet. Wo ich auch hinblickte, sah ich Weiß, Weiß, Weiß. Die Berge lagen unter einer dicken Schneedecke, und die Bäume am Straßenrand neigten sich unter der Last des Schnees. Selbst die Straße vor uns war noch relativ weiß und eine angenehme Abwechslung vom großstädtischen Schneematsch – wir kamen im Schrittempo in Goslar an.

Ich würde mich nicht als sentimentalen Menschen beschreiben, und der Begriff »Heimat« gefällt mir auch nicht besonders, aber es gibt im Leben manchmal Momente, wo einem das Herz aufgeht, wenn man die Augen aufmacht, sich umschaut und weiß, man ist zu Hause. Als wir die bekannten Straßen entlangfuhren und ich die Sonnenbrille aufsetzen musste, weil die Morgensonne mich blendete und den über Nacht gefallenen Schnee zum Strahlen brachte, da ging es mir so. Es nahm mir ein bisschen den Atem, dieses Gefühl, und ich kam mir für eine Sekunde lang vor wie eine Rosamunde-Pilcher-Heldin, die nach langen Jahren in der Fremde in ihr altes Zuhause zurückkehrt, wo der Mann ihrer Träume im Tafelraum des Herrenhauses vorm brennenden Kamin auf sie wartet, die Haushälterin ihr eine Tasse heiße Schokolade reicht und die Hunde – allesamt Golden Retriever aus der Fernsehwerbung – ausgelassen im Schnee herumtollen. Fakt war, dass ich in die Firma würde fahren müssen, um eine Tasse grünen Tee von Anni serviert zu bekommen, dass unsere kleine Villa zwar herrschaftlich, aber kein Herrenhaus war, dass der Kamin aus, der Gatte längst mit dem Boxer im Büro war und dass die Pilcher-Heldin ihrer Heimat nur ein paar wenige Tage den Rücken gekehrt hatte. Ganz zu schweigen davon, dass Frau Pilcher für das klassische Beziehungsdreieck

»Mann – Frau – erste Liebe der Frau« einen anderen Ausgang gefunden und ihre Geschichte vielleicht auch nicht unbedingt in der Pornoindustrie angesiedelt hätte.

Aber wer braucht schon Cornwall? Als ich auf die Berge und die Bäume blickte, wir in der Innenstadt an den alten, wie mit Zuckerguss bepinselten Gemäuern vorbeifuhren, kamen mir die Tage in Berlin vor, als hätte ich sie sämtlich unter Tage verbracht. Die Bilder und Gerüche der Großstadt hatten im Rückblick eine fast absurde Färbung.

Wir hatten für die Strecke Berlin – Goslar mehr als vier Stunden gebraucht – die Autobahn war an einigen Stellen vereist gewesen, und Suzy war die Anstrengung der Fahrt im Gesicht abzulesen. Vielleicht war ihr angespannter Gesichtsausdruck auch auf die Harry-Potter-Hörbücher zurückzuführen, die sie auf langen Autofahrten zu hören pflegte. Die Geschichten um den jungen Zauberschüler gingen ihr immer sehr zu Herzen. Ich fragte mich manchmal, wie Kinder diese Romane aushielten, wenn Suzy schon mit dem Grusel überfordert war und nächtelang nicht schlafen konnte, weil sie Angst hatte, von geflügelten Berserkern oder sprechenden Bäumen zu träumen. Ein Schneeball, der gegen die Windschutzscheibe knallte, riss mich aus meinen Gedanken. Ein Haufen Schulkinder in dicken, bunten Daunenjacken jagte kreischend davon. Mit ihren gesenkten Köpfen sahen sie aus wie kleine Schildkröten. In Berlin hatte ich mich in einer hermetisch abgeriegelten Welt bewegt, in der es keine Kinder, keine Alten und keine Armen gab. Unter Armut hatte die Stadt Goslar nicht zu leiden, aber hier lebte ich nicht in einer Blase aus Medienmenschen, die keine anderen Ziele außer ihrer Karriere verfolgten.

In der Kleinstadt galten noch andere Gesetze. Schule, Ausbildung und Familiengründung war der klassische Lebensweg. In der Großstadtwelt, in der ich mich bewegte, wurde die Familienplanung zugunsten der ersten selbst erwirtschafteten Million hintangestellt, und war man soweit, dann verließ man die Stadt sowieso. Beide Lebenspläne hatten ihre Vor- und Nachteile, und mein Glück war es, beide Seiten zu kennen. Familienplanung war zwischen mir und Max ein heikles Thema. Ich mochte Kinder und konnte mir gut vorstellen, welche zu bekommen, aber wenn ich daran dachte, wie es sein würde, als Kind einer Porno-Queen aufzuwachsen, dann verging mir die Lust an dem Gedankenspiel. Selbst ich stieß oft nicht auf Toleranz, geschweige denn Akzeptanz. Wie sollte es meinem Kind dann erst ergehen? Ich hatte mir mein Leben selbst entworfen und hatte die Risiken und Nebenwirkungen abwägen können. Ein Kind würde keine Wahl haben, hätte unter Neid, Neugier, Häme und Intoleranz zu leiden – es sei denn, ich würde auswandern und irgendwo unter einem anderen Namen eine neue Existenz gründen. Aber warum? Schließlich fühlte ich mich in meiner Existenz ziemlich wohl. Nur um einem biologischen Impuls zu folgen und die Spezies zu erhalten, war mir das Opfer zu groß. Es gab Momente, wo es mir einen Stich versetzte, zu sehen, wie liebevoll junge Mütter mit ihren Kindern umgingen, und dass dies etwas war, das ich selber nicht erleben würde, aber gleichzeitig blieben mir scheußliche Umstandskleider, Windeln, Elternabende, Pubertät und Generationskonflikt, fiepende Gameboys und schlechte Zeugnisse erspart. Außerdem hatte ich einen Hund, der Max und mich mit »Mama« und »Papa« anredete, und ich hatte Suzy, um die man sich mehr kümmern musste als um manches Vorschulkind.

Mein Leben war einfach nicht Pilcher-tauglich, aber ich las sowieso lieber Thriller als Liebesromane. Vielleicht hatte ich zu viele Krimis verschlungen – wie sonst war es zu erklären, dass ich das Verbrechen förmlich anzuziehen schien? Mein Leben verwandelte sich zunehmend in einen Krimi, in dem ich, wenn schon nicht die Hauptrolle, dann aber immerhin eine wichtige Nebenrolle spielte. Man sagt, der Blitz schlägt niemals zweimal an derselben Stelle ein, aber ich hatte bei Waldspaziergängen schon genug zerfetzte alte Bäume gesehen. Gerade wenn man denkt, das Leben läuft in eingefahrenen Bahnen, setzt das Schicksal zum Sprung an. Es gibt keine Absicherung, keine Vorsichtsmaßnahme und keinen Ausweg. Trotz aller raffinierten Systeme, die der Mensch sich ausgedacht hat, um sich und seine Lieben zu schützen – von Versicherungen über Vitamintabletten, von schusssicheren Fenstern bis zu Bodyguards – sind wir dem Schicksal letztlich ausgeliefert. Schutzlos. Das Leben kann eine Bestie sein. So zivilisiert wir sein mögen, immer wieder triumphiert die Natur über die Kultur.

Scheppernd öffneten sich die Tore, und wir fuhren auf das Firmengrundstück. Die Lagerarbeiter waren schon da, Arbeitsbeginn für sie war acht Uhr morgens, aber die Büros, die Schnittstudios und die Grafikabteilung nahmen erst um neun den Betrieb auf. Die Ausnahme war, wie so oft, Anni. Ihr roter Golf stand an seinem Stammparkplatz. Kaum dass der Wagen auf den Platz gefahren war, öffnete sich die Tür zum Haupthaus, und Mikey sprang die Stufen herab, freudig mit dem Hintern wackelnd. Der Hund kam auf uns zugerannt, machte jedoch wenige Meter vor mir halt und schaute mich prüfend an.

»Das ist ja ein Ding! Er erkennt dich nicht mit diesen Haaren.« Suzy war fasziniert.

Als er Suzys Stimme hörte, machte er kehrt und trottete gemächlich zurück in die Wärme des Hauses.

»Quatsch – er schmollt, weil ich ein paar Tage weg war. Er hat sich richtig erschrocken, weil er sich so gefreut hat, mich zu sehen, und jetzt zeigt er mir, dass es ihm eigentlich ganz egal ist, ob ich zurück bin oder nicht.« Ich kannte Mikey lange genug, um zu wissen, dass er die Pose nur ungefähr fünf Minuten würde durchhalten können, und so war es auch. Wir waren kaum im Haus angekommen, als er mich ansprang und freudig anbellte und nicht mehr von meiner Seite weichen wollte. Ein zerbissener Stiefel der letzten Gucci-Herbstkollektion lag vor seinem Hundekorb in der Eingangshalle und bestätigte meine Interpretation seines Verhaltens. Ich nahm es ihm nicht übel, zumal die Schuhe nicht sehr bequem gewesen waren.

Der Counter war noch nicht besetzt, aber als Anni das Bellen hörte, kam sie aus ihrem Büro.

»Ich hab erst am Nachmittag mit Ihnen gerechnet. Sie müssen ja in aller Herrgottsfrühe aufgebrochen sein! Wie wär's mit Frühstück?«

Suzy war nicht ganz bei der Sache, sondern schaute verträumt aus dem Fenster in den hellen Sonnenschein und auf die eingeschneiten Gebäude. »Wenn es jetzt regnen würde, dann wäre es Schnee.«

Während Suzy und Anni in die Kantine gingen, machte ich mich auf den Weg in mein Büro, warf die Perücke in die Ecke und holte mir Kleider zum Wechseln. Unter der heißen Dusche erwachten meine Lebensgeister, obwohl ich eindeutig zu wenig Schlaf bekommen hatte. Der Gedanke, gleich nach Hause zu fahren und mich ins bequeme Bett zu legen, war verlockend, aber in den vergangenen Tagen hatte sich die Arbeit auf meinem Schreibtisch gestapelt. Das strahlende Wetter half mir, meinen inneren Schweinehund zu überwinden und mich auf einen weiteren langen Arbeitstag einzustellen.

Ich freute mich auf Max und auf Ronny und sogar auf mein Büro, das seit Dezember ganz andere Energien verströmte, weil Ronny mich überredet hatte, einen Feng-Shui-Berater für die Firma zu engagieren. Ich hatte mich zwar geweigert, die Regale in den Lagerhallen durch Schränke zu ersetzen, war aber in vielen Fällen auf die Vorschläge des esoterischen Innenarchitekten eingegangen. Und die Resultate waren die Investition wert. Das spürte nicht nur ich, sondern auch meine Angestellten. Die Laune und die Arbeitsmoral der gesamten Belegschaft hatte sich seit den Renovierungsarbeiten spürbar gehoben. Vielleicht sollte ich Ebersbach überreden, den Berater auch für das Sendezentrum zu buchen, aber aus diesem Klotz eine Oase der friedfertigen Geschäftigkeit zu machen wäre vermutlich eine Lebensaufgabe. Und vielleicht würde sich bei diesem Objekt sogar ein Feng-Shui-Berater geschlagen geben. Während ich meine nassen Haare kämmte, schauderte ich bei beim Gedanken an die Keller des Hauses. Ein anderer Keller fiel mir ein. Vor etwas mehr als einem halben Jahr hatte ich dort ein schreckliches Erlebnis gehabt. Vielleicht ist etwas dran an der Angst vor Kellern, die viele Menschen teilen. Der Grund dafür mag sein, dass wir alle früh genug unter die Erde kommen, einige früher als die anderen, und manche von uns viel zu früh.

Selbst in unserer Villa vermied ich es, das Untergeschoss zu betreten. Das lag nur teilweise daran, dass sich dort der Heizungsraum und der Waschraum und ein Zimmer befanden, in dem wir im Winter die Gartenmöbel einlagerten. Da ich eine Haushälterin habe, die die Wäsche macht, und das Möbelschleppen im Herbst Max überlasse, kann ich die Räume ganz gut meiden. Vielleicht betrachten wir Häuser wie Wesenheiten. Die Räume, die wir bewohnen, gestalten wir nach unseren Vorstellungen. Und die Nutzräume sparen wir aus. Was keiner sieht, muss auch nicht hübsch sein. Wenn man es so sieht, dann sind Keller so etwas wie ein verstecktes Innenleben – der Bauch eines Hauses. Wer wandert schon gerne durch Bäuche? Der einzige andere Raum, der Menschen in Wohnhäusern Angst macht, ist der Dachboden. Davon lebt so mancher Horrorfilm. Wenn Keller die Bäuche sind, dann sind Dachböden die Erinnerung, der Geist der Bewohner. Auf die Gefahr hin, blond zu klingen, muss ich sagen, dass unser Dachboden leersteht. Als wir eingezogen waren, hatten wir eine Woche gebraucht, um ihn zu räumen, und hatten einen ganzen Container vollgeladen mit alten Zeitschriften, Kleidersäcken, leeren, verbeulten Koffern und Stoffballen, die längst von Motten zerfressen waren und die zu Staub zerfielen, wenn man sie anrührte. Ich könnte niemals in einem Haus leben, in dem noch die Koffer und Kisten des Vorbesitzers stehen, voller Erinnerungen und Geschichten. Unser Dachboden machte mir keine Angst. Er war übersichtlich und dank einiger Dachfenster hell und sauber. Und dennoch – wenn ein Raum nicht bewohnt ist, dann scheint er doch nie leerzustehen. Ein einziges Blatt, das im Herbst über den Boden weht, verursacht Geräusche, die einen an einen Eindringling glauben lassen. Im ersten Jahr, in dem wir das Haus bewohnten, hatte sich ein Marder auf dem Dach einquartiert und uns schlaflose Nächte beschert, wenn er mit kratzenden Pfoten über den Fußboden jagte. Das war nicht nur für unsere Nachtruhe abträglich, sondern auch für unsere Autos, da der Marder eine Vorliebe für Gummischläuche hatte. Das Problem hatte sich fast von selbst erledigt – Mikey hatte den blinden Passagier irgendwann aufgespürt.

Obwohl ich nie ein ängstliches Kind war, öffnete ich als Mädchen vor dem Schlafengehen zuerst meinen Kleiderschrank, um zu sehen, ob sich jemand darin versteckt. Da ich in einem Hochhaus aufgewachsen bin, habe ich Keller und Dachboden vermutlich auf meinen Kleiderschrank übertragen. Dass man als Kind mutig genug ist, vor dem Zubettgehen in den Schrank zu schauen (und gegebenenfalls von einem Monster hineingezerrt und dort in der Finsternis verspeist zu werden), spricht Bände. Die Angst, darin könne sich etwas verstecken, lässt uns nicht zur Ruhe kommen und raubt uns den Schlaf. Stellt man sich dem Horror – selbst auf die Gefahr hin, dass dort wirklich ein Untier haust –, kann man bestenfalls ruhig schlafen. Es ist das, was wir nicht wissen, was uns angst macht, uns unsicher werden lässt. Wissen *ist* Macht. Und das erklärt den abgedroschen wirkenden, aber tief verwurzelten Impuls der Horrorfilmheldin, mit einer flackernden Kerze die Treppe zum Dachboden hinauf- oder in den Keller hinabzusteigen, in der Gewissheit, dass dort etwas Entsetzliches auf sie wartet.

Anni hatte gute Vorarbeit geleistet, und trotzdem war der Stapel auf meinem Schreibtisch frustrierend hoch. Als um neun die Angestellten an ihre Arbeitsplätze gingen, hatte ich gerade erst die Hälfte der eingegangenen Briefe überflogen. Den Haufen mit den Interviewanfragen hatte ich noch nicht einmal angerührt. Die Post setzte sich aus Franchise-Anfragen, Geschäftsberichten und Verkaufsstatistiken zusammen. Pornobewerbungen und Fanbriefe mit der Bitte um ein Autogramm – oft fielen diese Kategorien auch zusammen – bildeten den dritten Stapel. Wie gewohnt, widmete ich mich zunächst jenen Briefen, die anspruchsvoll, aber auch schnell zu beantworten waren. Das nannte ich das Pflichtprogramm. Der Ablagekorb füllte sich zügig, und genau das war das Prinzip meiner Arbeitseinteilung: zu sehen, wie schnell man wie viel geschafft hat, macht es einem leichter, sich danach den schwierigeren und danach, zur Entspannung, den angenehmeren Aufgaben zu widmen. Suzy hatte ich nach dem Frühstück nach Hause geschickt, und nur Anni wusste, dass ich schon in Goslar war, also konnte ich mein Pensum ungestört erledigen. Das Telefon blieb stumm, und nur aus dem Vorzimmer drangen die Geräusche von Bürogeschäftigkeit zu mir herein.

Schon um halb eins war ich mit sämtlichen Geschäftsbriefen durch und nahm mir die Pornobewerbungen vor. Versorgt mit einer frischen Kanne Orangen-Mandarinen-Tee, schob ich ein Video in den Player und studierte den dazugehörigen Bewerbungsbrief. Von einem Dutzend Bewerbungen kam in der Regel ein Aspirant in die nächste Runde – das Vorstellungsgespräch. In den ersten Jahren hatten wir Bewerber gleich zum Gespräch gebeten, aber das hatte sich als Zeitverschwendung herausgestellt. Viele hatte im letzten Moment der Mut verlassen und sie waren gar nicht erst erschienen, andere hatten sich als – vorsichtig ausgedrückt – sehr bizarr herausgestellt und waren nicht geeignet für massentaugliche Pornographie, und die dritte Kategorie bildeten die Bewerber und Bewerberinnen, die zwar vom Aussehen geeignet waren, aber die nicht das biologisch erforderliche Schauspieltalent besaßen, auf Kommando erregbar zu sein. Wir hatten bei meinen Produktionen nie Fluffer beschäftigt, obwohl das ein Job ist, um den sich viele gerissen hätten. Fluffer verhelfen den männlichen Darstellern durch Körpereinsatz, der nicht auf Kamera gebannt wird, zu einem Ständer. Da Sympathie und Geilheit bei unseren Besetzungen immer berücksichtigt wurden, übernahm diesen Job in der Regel eine anwesende Darstellerin, und manchmal auch ein Darsteller. Einen Fluffer für die Bewerbungsgespräche anzuheuern kam schon gar nicht in Frage. Wenn ein potentieller Pornodarsteller es schafft, beim Vorsprechen die Hosen herunterzulassen und einen Ständer vorzuweisen, dann bringt er die richtigen Qualitäten für den Beruf mit. Von sechs Kandidaten hat nur einer dieses Stehvermögen. Wer jetzt immer noch glaubt, Pornos zu casten sei das reine Vergnügen, der sei hiermit eines besseren belehrt. Die meiste Zeit verbringt man mit dem Warten auf ein Ereignis, das nicht eintreten wird. Anhand der Videos können wir immerhin vorsondieren, ob jemand in die nächste Runde kommt und dort halten kann, was sein Video verspricht.

Die heutige Auswahl war gar nicht einmal schlecht. Von den ersten vier Videos kamen zwei in die engere Auswahl. Eine zierliche Rothaarige mit schneeweißer Haut besorgte es sich (glaubhaft) mit einem goldenen Dildo, während im Hintergrund der James-Bond-Song »Goldfinger« lief. Ihre Performance war ansprechend, und mir gefiel die Liebe zum Detail. In dem anderen Video war ein Pärchen zu sehen, das sich am Rande eines Waldsees vergnügte. Er war Inder, seine Haut relativ hell, seine pechschwarzen, welligen Haare reichten ihm bis zur Hüfte. Die Frau hatte einen asiatischen Touch, raspelkurze Haare und war sehnig-schlank wie der Mann, mit dem sie es trieb – auf einer Wiese, in einem Baumwipfel und auf einer aufblasbaren Matratze auf dem See. Ich las mir die Anschreiben durch, die den Videos beigefügt waren, und machte eine Notiz für Anni, die drei für ein Vorsprechen vorzumerken. Gerade als ich das fünfte Video eingelegt und nach dem Anschreiben gegriffen hatte, klingelte das erste Mal an diesem Tag das Telefon. Ich stellte den Videorekorder auf Pause, und das Bild fror ein: ein Mann und eine Frau standen mit dem Rücken zur Kamera und betrachteten einen riesigen Spiegel mit barocker Goldumrahmung. Das Spiegelbild der Frau war im Bild zu sehen. Ich nahm den Telefonhörer ab.

»Du bist schon da!« Es war Max, und er hörte sich gut gelaunt an.

»Seit halb neun. Wir sind in der Nacht losgefahren.«

»Bei dem Wetter? Gut, dass du mir nichts gesagt hast, sonst hätte ich schlecht geschlafen. Wie lang arbeitest du?«

»Gegen fünf bin ich hier fertig.«

»Dann bringe ich uns etwas zum Abendessen mit.«

»Ich freu mich auf dich.«

Ich legte auf, nahm einen Schluck Tee und entspannte mich bei dem Gedanken, den Abend und die Nacht endlich wieder an der Seite meines Mannes zu verbringen. Das Indien/Asien-Pärchen hatte mich erregt, und ich machte einen unkeuschen gedanklichen Ausflug zu Max. Obwohl er sehr konservativ und fast bieder wirkte, hatte ich mit ihm den besten Sex meines Lebens gehabt. Der einzige Mann, der an ihn herankam, war Ronny, aber der spielte schließlich auch in der Profiliga. Wenn Max und ich in vielerlei Hinsicht nicht zusammenpassen mochten – unser Sexleben war einzigartig und unersetzbar. Auch wenn das für die meisten Paare nur ein unerheblicher Aspekt ist, hatte unsere Ehe diverse Krisen überstanden, weil wir uns körperlich perfekt ergänzten. Wie die meisten Frauen bereinige ich einen Streit gern durch ein gutes Gespräch. Wie die meisten Männer spricht Max nicht gern über Gefühle. Sex, so habe ich irgendwann festgestellt, ist auch nicht das schlechteste Kommunikationsmittel. Das war allerdings eine Erkenntnis, mit der ich in meiner Sendung sparsam umging, denn was Konfliktlösungen anging, mochte Sex vielleicht Silber sein, aber Reden war noch immer Gold.

Nur langsam konnte ich mich aus meinem Tagtraum reißen und griff zur Fernbedienung. Das Pärchen ließ sich viel Zeit. Die Kamera bewegte sich, bis sie das perfekte Rückenbild der beiden Darsteller gefunden hatte. Schlagartig wurde mir klar, dass dies kein Bewerbungsvideo war, sondern Rohmaterial. Ich drückte die Vorspultaste, bis eine neue Einstellung zu sehen war. Der Mann hockte vor der Frau, schob ihren Minirock hoch und massierte ihren Hintern. Noch immer sah man sein Gesicht nicht – nur seinen Rücken und seinen Kopf, der zwischen ihre Beine gepresst war und in langsamem Rhythmus vor und zurück glitt. Die Frau warf den Kopf zurück, betrachtete sich im Spiegel und zog ihre Bluse aus. Sie ließ sich damit Zeit – für einen Pornofilm ungewöhnlich viel Zeit. Wahrscheinlich war sie Stripperin. Mir gefiel das langsame Tempo, in dem die beiden die Szene ausspielten. Irgend etwas lenkte die Aufmerksamkeit der Frau ab, sie blickte nach links. Auch der Mann schien zu spüren, dass sie abgelenkt war, er hielt kurz inne, dann klopfte es an der Tür. An meiner Bürotür. Ich schaute über den Fernseher hinweg, sagte »Herein!« und schaltete den Rekorder wieder auf Standbild.

»Schön, dass du zurück bist. Ich könnte mich ohrfeigen, dass ich dich überhaupt weggelassen habe. Dein Horoskop war in den letzten Tagen der reine Horrorfilm.«

»Nicht nur mein Horoskop.«

Er kam zu mir herüber und sah in seinen engen Jeans und dem

schwarzen Rollkragenpulli aus wie ein Surfer im Winterurlaub. Ich stand auf, hielt ihm meine Wange hin, aber Ronny küsste mich auf den Mund. Seine vollen Lippen waren weich und warm. Jedesmal, wenn ich sie auf meinen spürte, wollte ich mehr davon. Seine Küsse waren sanft und ausgiebig und steigerten sich langsam. Max' Küsse waren heftig, fast wild – sie passten so gar nicht zu seinem bürgerlichen Flair. Ich liebte die Küsse beider Männer, gerade weil sie so unterschiedlich und so charakteristisch waren.

»Wie läuft dein Projekt?« Ich setzte mich wieder, auch um den viel zu verführerischen Abstand zwischen uns zu vergrößern.

»Ich habe mit den Grafikern zusammengesessen. Die Website ist so gut wie fertig. Die Inhalte sind noch nicht ganz vollständig, aber wir haben die eingekauften Produktionen in Fotostrecken umgesetzt. Das einzige, was uns noch fehlt, ist unser schwuler Superheld. Gibt es Neuigkeiten über Dickie?« Er setzte sich neben mich, und ich spürte sein Bein an meinem. Seltsam, wie man manche Menschen an jedem einzelnen Körperteil wiedererkennen kann. Wenn Ronny mir letzte Nacht in dem Club begegnet wäre – ich hätte sofort gewusst, dass er es ist.

»Noch nichts Neues. Vielleicht müssen wir umdenken. Es gibt doch auch andere Männer, und –«

Ich brach ab, denn Ronnys Gesichtszüge waren völlig entgleist. Er starrte auf das Fernsehbild. Ich folgte seinem Blick und erkannte den Grund für seinen Schreck.

Das Bild war nur eine Sekunde weitergelaufen, bevor ich auf Pause gedrückt hatte, aber der ablenkende Faktor, der die beiden Darsteller hatte innehalten lassen, war jetzt deutlich zu erkennen.

Ronny Sanchez hatte den Raum betreten – ein Ronny, wie ich ihn nie erlebt hatte. Er sah schlimm aus, hager, übermüdet. Unter seinen Augen lagen tiefe Ringe. Seine Haare waren unordentlich, und seine Schultern hingen kraftlos herab. Und trotzdem – immer noch hatte er etwas Strahlendes an sich. Er beherrschte die Szene. Auch der Darsteller, den man bisher nicht hatte erkennen können, war deutlich im Spiegel zu sehen. Der Mann im Spiegel war niemand anderes als Dickie Greenleaf. Im Gegensatz zu Ronny war er noch immer in der Blüte seiner Jugend. In diesem Augenblick schaltete sich das Videostandbild ab. Wir starrten auf eine schwarze Bildröhre.

»Ich kann mich nicht daran erinnern. Beim besten Willen nicht.« Er dachte angestrengt nach. »Es muss '93 oder '94 gewesen sein, da war ich noch einmal kurz in Deutschland. Es ging mir ziemlich dreckig, aber das hast du ja gesehen.«

Ich fand es schon schwierig, mir meine frühen Filme anzuschauen, weil ich meine damaligen Frisuren unerträglich fand, deshalb konnte ich verstehen, dass es Ronny wurmte, ein Zeitzeugnis aus seinen Drogenjahren wiederzusehen.

»Ich wusste nicht, dass du 1993 noch gedreht hast.«

»Ich auch nicht. Da gibt es einiges, was ich nicht mehr weiß. Das ist vielleicht auch besser so.« Er lächelte müde.

Irgend jemand hatte einmal gesagt, dass es schwer sei, sich in schlechten Zeiten an die guten zu erinnern, aber das hatte auch umgekehrt seine Gültigkeit.

»Der Film scheint jedenfalls nie gelaufen zu sein – nicht in dieser Fassung zumindest. Das ist Rohmaterial. Die ganze Zeit nur eine Kamera und keine Schnitte.«

»Schau mich an – dann weißt du, warum er nie veröffentlicht wurde. Und ich habe mich damals für den Superhelden gehalten!«

Während wir redeten, lief die Kassette weiter. Ronny war zu dem Pärchen gegangen und spielte leidenschaftslos am Busen der Frau herum. Seine Erektion wirkte absurd überdimensioniert, so hager und ausgemergelt, wie er war. Die Kamera bewegte sich auf das Trio zu und fuhr um sie herum. Dickie befriedigte die Frau jetzt mit der Hand – mit der anderen griff er nach Ronny. Ich fragte mich, wer diesen Film gedreht hatte – es musste jemand gewesen sein, der vom Markt nicht die geringste Ahnung hatte. Selbst wenn zwei Männer sich mit einer Frau vergnügen: sie werden einander nie anfassen. Höchstens nachher auf die Schultern klopfen. Einen heterosexuellen Mann turnt es normalerweise nicht an, wenn zwei Männer es miteinander treiben. Für den schwulen Markt wäre die Frau der störende Faktor gewesen.

Fasziniert betrachtete ich Dickie Greenleaf. Er war in der Tat ein schöner Mann. Sein blondes Haar war millimeterkurz geschnitten. Seine Gesichtszüge waren ebenmäßig und jungenhaft, die Lippen voll, die Augen leuchtend blau – das war selbst auf der schlechten Videokopie zu sehen. Gerade der Vergleich mit dem abgekämpften Ronny ließ Dickies Stern besonders hell erstrahlen. Als ich sein Bild sah, konnte ich mich wieder besser an ihn erinnern. Er war mir nur ein paarmal begegnet – am Set, in Gretas Produktionsbüro. Und er war so charmant gewesen, wie er aussah. Höflich, ruhig, vielleicht ein bisschen distanziert. Diese Distanz ließ mich damals spüren, dass er den Pornofilm nicht als Endziel seiner Karriere betrachtete. Ich schmiedete bereits Pläne, meine eigene Firma zu gründen, und umgab mich eher mit Menschen, die kein Problem damit hatten, in diesem Business Erfolg zu haben. Mir fiel eine Unterhaltung ein, die wir auf einer Party nach einem Dreh geführt hatten. Es war in Gretas Haus gewesen – wir saßen auf einem der klobigen Ledersofas und nippten zögerlich an viel zu süßem Sekt, als er mich fragte, wie meine Eltern damit umgingen, dass ihre Tochter im Hardcore-Bereich beschäftigt war. Ich erzählte ihm, ich hätte meiner Mutter zwar gesagt, dass ich für Fotos posiere, hätte ihr aber verschwiegen, was genau auf den Bildern zu sehen war. Als sie mich eines Nachmittags besuchte, fand sie ein Magazin, auf dessen Cover ich abgebildet war. Ich flüchtete mich ins Bad. Als ich mich nach einer halben Stunde wieder heraustraute, blätterte sie noch immer in dem Heft, runzelte die Stirn und fragte barsch: »Ist der Mann da dein Freund?« Ich schüttelte den Kopf, sie nickte, und damit war das Thema ein für allemal erledigt. Dickie hatte gelacht, und bevor ich ihn nach seinen Erfahrungen fragen konnte, war er verschwunden.

»Wo kommt das Tape her?«

Erst jetzt fiel mir der Brief wieder ein, der der Kassette beigelegen hatte. Der Name auf dem Umschlag sagte mir nichts. Die Sendung war per Overnight-Kurier verschickt worden. Ich nahm den Brief heraus und las.

»Liebe Lilly, noch einmal danke für das Gespräch. Anbei mein Lieblingsfilm, eine echte Rarität. Entschuldige die schlechte Kopie. Liebe Grüße, Ralf.«

Ralf – es dauerte einen Moment, bis der Groschen gefallen war.

»Das ist der Schwule, dem ich gestern in der Sendung zum Coming-out geraten habe.«

»Er hat sich ganz schön beeilt.«

»Wahrscheinlich arbeitet er bei einem Kurierdienst.«

»Wie kommt ein Privatmann wohl an unveröffentlichtes Pornomaterial heran?«

»Keine Ahnung. Vielleicht hat jemand seine Sammlung aufgelöst.«

»Mag sein. In San Francisco ist mir aufgefallen, wie voll die Buchantiquariate mit schwuler Literatur sind. Da ist mir das erste Mal bewusst geworden, was Aids anrichtet.«

»Vielleicht war das Material im Besitz des Kameramannes oder des Regisseurs, und nach dessen Tod hat irgend jemand es geerbt, konnte nichts damit anfangen und hat es verkauft.«

»Ich hoffe nur, dass niemand auf den Gedanken kommt, es zu veröffentlichen.«

»Die Chancen sind gering. Das siehst du doch – für den Heteromarkt ist es zu schwul, für den schwulen Markt zu hetero. Ich glaube, du musst dir keine Sorgen machen.«

»Ralf sprach davon, dass Dickie einen Motorradunfall hatte. Hast du davon etwas gehört?«

Ronny schüttelte den Kopf. »Selbst wenn ich es mitbekommen hätte – ich würde mich nicht mehr daran erinnern.«

Den anderen Menschen, der vielleicht gewusst hätte, was aus Dickie geworden war, konnten wir nicht mehr fragen. Selbst zu Lebzeiten hätte Greta mit uns kein Wort gewechselt, und jetzt lag sie vermutlich auf einem kalten Obduktionstisch, während die Nachlassverwalter ihre deprimierenden Belege und Papiere sortierten und überlegten, wie man eine halbwegs würdige Beerdigung finanzieren sollte.

Es war nichts Ungewöhnliches, dass sich Darsteller zurückzogen oder in einen bürgerlichen Beruf wechselten, aber es gab immer Kollegen, die über den Verbleib der- oder desjenigen auf dem laufenden waren. In all den Jahren hatte ich es nicht ein einziges Mal erlebt, dass jemand spurlos verschwand. Wenn Dickie wirklich Opfer eines Unfalls geworden war, war er unter Umständen so schwer verletzt worden, dass er nur schwer behindert oder entstellt überlebt hatte. Doch gerade die tragischen Biographien haben eine beunruhigende Tendenz, sich herumzusprechen. Bei allem, was wir wussten, und bei allem, was wir nicht wussten, kristallisierte sich eines heraus: entweder Dickie Greenleaf hatte sich mit einer Gründlichkeit aus der Szene und seinem gesamten Umfeld zurückgezogen, die ihresgleichen suchte, oder jemand anderes hatte dies für ihn getan. Konnte es sein, dass Dickie zum Opfer eines Verbrechens geworden war und bis zum heutigen Tage niemand auch nur versucht hatte, etwas über seinen Verbleib herauszufinden? Waren Ronny, ich und ein Pornofan aus einer Kleinstadt die ersten und einzigen, denen er im Gedächtnis geblieben war und die sich fragten, was aus ihm geworden war?

Plötzlich kam mir ein Gedanke: wozu besaß ich schließlich eine Ladenkette? Einer meiner ersten Lilly-DeLight-Shops befand sich in Frankfurt, und die Geschäftsführerin war eine ehemalige Kollegin. Renate Busch hatte jahrelang als Rena Heiß vor der Kamera gestanden. Nicht nur gestanden, sie hatte auch gelegen, vibriert, gestöhnt und war gehüpft und vor allem sensationell gekommen. In der Branche hatte sie den Spitznamen »Crazy Horse« bekommen, nicht nur, weil sie Hauptdarstellerin der legendären Serie *Stasi-Stute Stefanie* gewesen war, sondern weil ihre Orgasmen die gleiche orkanartige Intensität hatten wie ihr wieherndes Lachen. Manchmal grenzte ihre Darstellung an Slapstick. Sie musste selbst lachen, wenn sie sich ihr eigenen Aufnahmen ansah, und erklärte, sie könne es nicht nachvollziehen, dass es Männer anturnte, wie sie wiehernd und ächzend, zitternd und bebend multiple Orgasmen produzierte. Ich hatte gern mit ihr gearbeitet, weil sie äußerst zuverlässig war und ihr Sinn für Humor die ganze Crew ansteckte. Mit Renate war es niemals langweilig. Bedauerlicherweise hatte sie eines Tages ihr Herz für Tiere entdeckt und sich einen Yorkshire-Rüden und eine weibliche Dogge zugelegt, die ihre Mobilität stark einschränkten. Die Auswahl ihrer Hunde warf viele Fragen auf, nicht zuletzt die, warum sie sich nicht für zwei Terrier entschieden hatte, denn dann wären Reisen unproblematisch gewesen. Aber Renate stand auf Extreme, und so entschied sie sich für Dogge und Yorkie, nannte die beiden Kylie und Cher und beschloss, den Tieren zuliebe den Beruf zu wechseln. Als Hundebesitzerin konnte ich ihre Entscheidung verstehen, und wenn mir auch bedauerlicherweise eine großartige Darstellerin verlorenging, so hatte ich in Renate doch eine vertrauenswürdige Geschäftsführerin gefunden, die mittlerweile von Frankfurt aus sämtliche Lilly-Shops koordinierte. Außerdem war Renate eine Frau, die Freundschaften pflegte und Kontakte aufrechterhielt. Wenn jemand ein Netzwerk von Informanten besaß, dann sie.

»Schätzchen! Schön, von dir zu hören, ich habe oft an dich denken müssen. Du Arme! Dass du aber auch so gar nicht von der alten Giehse loskommst. Die Frau ist ja ein Fluch!«

»Das war sie schon zu Lebzeiten. Da denkt man, nichts kann einen mehr überraschen, und dann passiert so etwas.«

»Ein Gutes hat das Ganze – ihre alten Videos laufen auf einmal. Die hatten schon Spinnweben angesetzt.«

»Das ist pietätlos, Renate.«

»So ist das Leben, Lilly, Darling. Ausgleichende Gerechtigkeit. Früher hat Greta an uns verdient, jetzt fällt für uns auch endlich mal was ab. Übrigens, Glückwunsch zu deiner Show – ich hab Tränen gelacht. Wird man von Duschgel steril? Habt ihr den engagiert? Das könnte der neue Sachsen-Paule werden.« Ihr wieherndes Lachen erklang und schien überhaupt nicht mehr enden zu wollen.

»Der war echt. So was gibt's wirklich.«

»Spaß beiseite. Was kann ich für dich tun?«

»Du weißt ja, dass wir zum Herbst den schwulen Sektor so weit ausgebaut haben wollen, dass ich die Erotikmessen mit einem neuen Homo-Star besuchen kann. Und Ronny hatte eine gute Idee. Ihm fiel Dickie Greenleaf ein – erinnerst du dich an ihn?«

»Natürlich, Schatz, was denkst du denn! Ein Zuckerschneckchen. Unvergesslich. Schade, dass er ausgestiegen ist. Meinst du, du kannst ihn zurückholen?«

»Das würde ich gerne versuchen, aber erst mal muss ich herausfinden, wo er ist. Niemand weiß, was aus ihm geworden ist. Seit 1993 gibt es keine Informationen mehr über ihn. Zuletzt hat er in Frankfurt gedreht – Ronny war dabei, aber er kann sich nicht mehr daran erinnern.«

»Der Arme. Ich frage mich, wer so verzweifelt war, ihn damals zu buchen. Er war ja unausstehlich.«

»Du hast ja recht. Von den großen Produzenten kann es keiner gewesen sein – die hätten mit ihm nicht gearbeitet. Der Film sieht auch ziemlich amateurhaft aus.«

»Dann bring ihn raus – die Leute sind gerade verrückt nach Anfängern.«

»Das würde ich Ronny nicht antun. Außerdem habe ich keine Ahnung, wo die Rechte liegen.«

»Ich höre mich mal um. Gib mir vierundzwanzig Stunden. Das letzte Mal, als ich von Dickie gehört hab, da hat er auf einem Hausboot am Untermainkai gedreht. Eine Freundin hat das Licht gemacht. Ich versuche, sie zu erreichen. Ach – da fällt mir noch etwas ein. Es gab diese Lederbar, wo wir bis Mitte der Neunziger oft abgehangen haben. In der Bahnhofsgegend. Da ist er fast jeden Abend gewesen.«

»Du würdest mir einen Riesengefallen tun, wenn du dich ein bisschen umhörst.«

»Kein Problem. Erinnerst du dich noch an Lolita Loreen?«

»Ja – wieso?«

»Die hat Eddie Hart achttausend Mark geschuldet und klammheimlich die Biege gemacht. Es hat drei Tage gedauert, bis ich sie aufgespürt hatte. Sie hatte sich in einer Schönheitsklinik angemeldet. Aus den neuen Titten ist nichts geworden, und Eddie hat mir zehn Prozent Finderlohn gegeben. Das war der Zuschuss, den ich gebraucht habe, um mir Kylie und Cher zu kaufen.«

»Renate, du hast deinen Beruf verfehlt. Du hättest Detektivin werden sollen.«

»Na, ich weiß nicht. Eine Miss Marple in der Firma reicht.«

»Denk einfach *Drei Engel für Lilly*.«

»Könnte ein Titel für die nächste Produktion werden.«

»Geht nicht – es gab schon *Drei Engel für Greta*.«

»Es würde mich wundern, wenn sie je einen Engel zu Gesicht bekommen hat. Im Leben kaum, und im Tod erst recht nicht.«

Gerade als ich das Gespräch beendet hatte, ging die Bürotür

auf, und Ronny kam herein. Er sah noch immer angeschlagen aus. Die Begegnung mit seinem alten Ich steckte ihm noch in den Knochen. Er legte den Brief von Ralf auf meinen Tisch.

»Ich habe mit Dan gesprochen. Er hat mir die Telefonnummer von diesem Ralf gegeben. Ich hab ihn angerufen und eine Nachricht hinterlassen. Er wird dir sagen können, wo er das Video bekommen hat.«

Auf den Rückruf von Ralf wartete ich den ganzen Tag vergebens.

Kapitel 16

Um siebzehn Uhr wären mir am Schreibtisch beinahe die Augen zugefallen und ich beschloss, für heute die Arbeit zu beenden. Suzy hatte ich schon am frühen Nachmittag nach Hause geschickt, nachdem sie beim Gassigehen mit Mikey vor Müdigkeit ausgerutscht und in einen kleinen Wildbach am Waldrand gefallen war. Weshalb man bei diesem Wetter ausgerechnet am vereisten Rand eines Baches entlangbalancieren sollte, war eine Frage, die nur sie hätte beantworten können, aber – wie so oft – blieb sie die Antwort schuldig.

Ich machte noch eine Runde durch den Betrieb, um zu signalisieren, dass die Chefin zwar oft außer Haus war, aber auch ihren eigenen Laden nicht vernachlässigte. In der Kantine stach mir die scheußliche Skulptur von Ebersbach ins Auge. Genau genommen in der Küche der Kantine. Die Köchin hatte sie als Ablage für feuchte Geschirrtücher umfunktioniert. Ehe ich ihr einen strafenden Blick zuwerfen konnte, erntete ich einen von ihr.

»Das ist große Kunst!« bemerkte ich mit wenig überzeugender Stimme, und die Köchin zog amüsiert die Augenbrauen hoch

»Die Mona Lisa vielleicht, Frau DeLight. Und André Rieu. Aber das da ist nicht schön. Wirklich nicht. Da könnte man auch sagen, eine Suppendose ist Kunst.«

Eigentlich war es eine großzügige Geste von mir gewesen, den Warhol in der Kantine aufzuhängen. Spätestens jetzt merkte ich, dass die Geste nicht sehr gewürdigt wurde.

Ich ließ mir einen Korb frisches Obst und Gemüse einpacken, stellte ihn in den Wagen und ging mit Mikey in den Garten, um ihm noch etwas Bewegung zu verschaffen. Es war dunkel geworden, doch der Schnee fing das wenige Licht, das von den Firmengebäuden nach außen drang, und reflektierte es. Die Luft war eisig, aber wohltuend. Nachdem ich tagelang Auto- und Kohleöfenabgase eingeatmet hatte, kam mir die Harzluft so frisch vor wie ein Hustenbonbon. Während ich Stöcke warf und der Hund japsend durch den Schnee jagte, musste ich an die vorherige Nacht denken. Den Sexclub, die überdimensionierte Barbie-Statue und den absurden Kampf mit der Unbekannten.

Den ganzen Tag über hatte ich die Berliner Ereignisse ausblenden können. Trotzdem: ich hatte es erlebt. Berlin und Goslar waren zwei Welten, die ich kaum unter einen Hut bringen konnte. Noch dazu unter den gegebenen Umständen. Ich bemühte mich, in zwei Städten zwei Jobs gleichzeitig gerecht zu werden, während es zwei Männer gab, zwischen denen ich mich nicht entscheiden konnte oder wollte. Vielleicht war es der Fluch der Waage, Aszendent Zwilling, dass ich versuchte, tausend Aufgaben gleichzeitig zu bewältigen, anstatt mich gegen etwas zu entscheiden. Meine Konstitution und meine Energie hatten mir noch nie einen Strich durch die Rechnung gemacht. Krank wurde ich normalerweise nur im Urlaub. Bislang war dieser Lebensplan der richtige für mich gewesen, doch im vergangenen Jahr hatte ich gemerkt, dass ungeplante Ereignisse das Programm ins Wanken bringen konnte. Das gleiche erlebte ich jetzt wieder. Gab es so etwas wie Schicksal? Sollten mir die Ereignisse in ihrer Häufung etwas sagen? Bislang hatte ich das Gefühl gehabt, dass ich besser wurde, je mehr ich mir zumutete. Das betraf allerdings nur meine individuelle Planung und ließ außen vor, was andere Menschen für oder gegen mich planten. Bestenfalls führte eine Bedrohung von außen dazu, dass ich sämtliche Energiereserven mobilisierte und triumphierend als Phönix aus der Asche stieg. Früher hatte ich mich als Kämpferin gesehen, war als Vorreiterin bezeichnet worden, und zwar keinesfalls im doppeldeutigen Sinn, aber mittlerweile lag mir an diesen Meriten nichts mehr. Ich hatte mir erschaffen, was ich gewollt hatte. Ich hatte es mir auch erkämpft. Und auf dem ganzen Weg, den ich bis dahin zurückgelegt hatte, hatte ich gehofft, dass der Kampf eines Tages aufhören und endlich Ruhe einkehren würde. Vielleicht hatte ich mich deshalb in Max verliebt. Er war für mich der Fels in der Brandung und bot mir Schutz. Bei ihm fühlte ich mich sicher und geborgen. In eine ruhige Ehe und eine solide Firma war innerhalb eines Jahres der Blitz eingeschlagen. Zuerst in Gestalt von Ronny und dann durch meine Verwicklung in eine Serie von Verbrechen. Nachdem ich das Jahr 2000 erfolgreicher denn je hinter mich gebracht hatte, war ich sicher, dass nun endlich wieder Normalität einkehren würde. Auf neue Schläge seitens eines ungerechten Schicksals war ich nicht vorbereitet, und langsam stellte sich mir die Frage, ob ich mir nicht doch ein bisschen zuviel zumutete. Ob mehr wirklich mehr war. Ob das Nicht-nein-sagen-Können vielleicht nur bedeutete, dass ich zu nichts hundertprozentig ja sagen wollte.

»...seit gestern nacht spurlos verschwunden. Die Schauspielerin, die durch ihre Verwicklung in den Mordfall Kuester in die Schlagzeilen geriet und dreizehn Jahre lang unschuldig inhaftiert war, wurde am Dienstagabend zuletzt im Hotel Four Seasons in Berlin gesehen. Als sie heute morgen nicht zu einem Termin beim Morddezernat erschien, öffnete man ihr Zimmer und fand ihr Gepäck, aber von der Schauspielerin selbst fehlt jede Spur. Das Verschwinden der alleinlebenden Darstellerin ist beunruhigend, da es im Zusammenhang mit den Morden an der Pornoproduzentin Greta Giehse und der Biochemikerin Natascha Meyer-Stade zu stehen scheint. Alle drei Frauen waren als Gast in die am Montag ausgestrahlte Talkshow *Kestner* eingeladen gewesen. Greta Giehse war bereits vor der Aufzeichnung der Sendung einem Mord zum Opfer gefallen. Zu den weiteren Gästen zählten der Hamburger Playboy Stefan Bruhns und

Deutschlands erfolgreichste Porno-Queen und Fernsehmoderatorin Lilly DeLight. Die Redaktion von *Kestner* ist angesichts der Verbrechen fassungslos und hat den Angehörigen der Mordopfer ihr Mitgefühl ausgesprochen. Rainer Kestner äußerte sich heute morgen erstmals zu den Vorfällen. Nach Bekanntgabe des Verschwindens von Carola Wendt gab er ein kurzes Telefon-Interview. –

›Herr Kestner, lebt man als Talkgast bei *Kestner* gefährlich?‹

›Ihre Frage lässt den nötigen Ernst vermissen, der in einer Situation wie dieser angemessen ist. Ich bin erschüttert über die Vorkommnisse der vergangenen Tage und arbeite eng mit den Ermittlungsbehörden zusammen, um die Mordfälle aufklären zu helfen und Gerüchte über einen Zusammenhang mit meiner Sendung auszuräumen.‹

›Dass eine Verbindung zwischen den Fällen und der Teilnahme an Ihrer Sendung besteht, scheint doch mittlerweile gewiss zu sein.‹

›Von Gewissheit kann keine Rede sein, auch wenn ich zugeben muss, dass es sich um eine außerordentliche Anhäufung von Zufällen handelt, wenn drei von vier beziehungsweise fünf geladenen Gästen einem Verbrechen zum Opfer fallen.‹

›Erkennen Sie einen Zusammenhang? Können Sie sich ein Motiv vorstellen?‹

›Das kann ich beim besten Willen nicht. Es ist nicht an mir, die Verbrechen aufzuklären. Alles, was ich tun kann, ist, den ermittelnden Behörden meine Unterstützung zu gewähren, und das tue ich, wo ich nur kann. Wir alle bei *Kestner* haben eine Hoffnung: dass Carola Wendt noch am Leben ist und dass es der Kripo gelingt, dem Treiben eines schwer gestörten Verbrechers rechtzeitig ein Ende zu bereiten.‹

Stefan Bruhns und Lilly DeLight standen für einen Kommentar nicht zur Verfügung.

Regenschauer und Blitzeis haben Deutschlands Straßen heute morgen in Rutschbahnen verwandelt …«

Ich schaltete den Fernseher aus. Mir war übel. Es lag am Schock, aber auch sicher daran, dass ich den ganzen Tag nichts Richtiges gegessen hatte. Obwohl die Vorgehensweise des Mörders bislang sehr planvoll gewirkt hatte, hatte mein Verstand sich geweigert, den Gedanken zuzulassen, dass die Serie weitergehen würde. Ein alter Romantitel von Agatha Christie fiel mir ein – *Zehn kleine Negerlein*. Ich fragte mich, ob der Titel heute, in Zeiten der political correctness, noch zulässig war. Die andere Frage, die sich mir aufdrängte war, wie sich wohl Stefan Bruhns angesichts des *Kestner*-Gaststerbens fühlte und ob auch er langsam nervös wurde.

»Gott sei Dank war ich letzte Nacht nicht im Hotel!«

Max schaute mich fragend an, während er mir ein Glas Rotwein einschenkte. Geräuschlos stellte er die Weinflasche auf dem Couchtisch ab, und ein kleiner roter Tropfen rann vom Hals herab gen Tischplatte. Es war so ruhig, dass man den Tropfen hinabgleiten hören konnte. »Ich war auf Location-Suche. Wir haben uns einen Club angeschaut.«

»Wir?« Ich kannte diesen Blick, ich kannte den unangenehmen Ton in seiner Stimme. Ein Eifersuchtsanfall von Max war genau das, was ich jetzt nicht brauchen konnte.

»Dan und ich – mein Redakteur.«

»Beschäftigst du jetzt schon Fernsehredakteure als Porno-Scouts?«

»Dans Leben ist wahrscheinlich pornographischer als meine Filme. Er kannte diesen Club und meinte, ich sollte ihn mir anschauen. Außerdem –«

»Ja?« Er bewegte sein Glas und ließ den dunkelroten Wein rotieren.

Ich baute darauf, dass Ehrlichkeit mich weiter bringen würde als die Wahrheit auf Umwegen. »Außerdem hatte ich Angst, allein im Hotel. Und wir haben uns Gedanken gemacht, was für ein Mensch der Mörder ist. Dan hat Psychologie studiert. Wir glauben, dass der Mörder Kontakte zur S/M-Szene hat.«

»Und weil du so wenig ausgelastet bist, nimmst du mal wieder der Polizei die Arbeit ab.«

»Ich hatte Angst. Du siehst doch, was mit Carola Wendt passiert ist. Glaubst du, ich setze mich ruhig in den Sessel und warte, bis ich an der Reihe bin?«

Erst als ich es ausgesprochen hatte, wurde mir bewusst, was ich gesagt hatte. Bis eben war es noch eine vage Ahnung gewesen, doch indem ich es ausgesprochen hatte, war diese Ahnung zur Gewissheit geworden. Und während ich gerade eine sprichwörtliche Mordsangst bekam, konnte ich sehen, wie Max sich sammelte, um mich mit Vorwürfen zu überhäufen.

»Wenn du jetzt sagst, dass das alles nicht passiert wäre, wenn ich nicht die Sendung machen würde, dann erreichst du das Gegenteil.«

Er öffnete den Mund, verkniff sich die Bemerkung jedoch.

»Max, ich bin müde. Ich habe Angst. Das letzte, was ich jetzt möchte, ist ein Streit mit dir.«

»Ich dachte, wir führen eine Unterhaltung.«

»Unter Unterhaltung verstehe ich etwas anderes.«

Ich stand vom Sofa auf, weil ich vor Unruhe nicht mehr sitzen konnte. Wir standen uns gegenüber wie Boxkämpfer im Ring, und gerade als er etwas entgegnen wollte, würgte ihn das Klingeln meines Handys ab. Ich ging zum Fenster und schaute in die Nacht heraus, als ich das Gespräch annahm.

»Hallo? Spreche ich mit Lilly?«

»Am Apparat.« Die Stimme kam mir bekannt vor, aber ich konnte sie nicht einordnen.

»Hier ist Ralf. Der mit dem Video. Das war vielleicht eine Überraschung, als ich Ronny Sanchez auf dem AB hatte!«

»Ralf! Hallo. Ronny arbeitet jetzt in meiner Firma. Er war auch nicht schlecht überrascht, als er das Tape gesehen hat. Danke, dass du dich davon getrennt hast.«

»Kein Problem. Ich habe mir vorher eine Kopie gemacht.«

»War die Kassettenhülle beschriftet? Stand zufällig drauf, wer Regie geführt hat?«

»Nein. Ich habe das Band mit der Hülle gekauft, in der es jetzt steckt.«

»Verrätst du mir, wo du es her hast?«

»Ich habe vor ungefähr einem Jahr auf ein Inserat geantwortet – jemand hat seine Pornosammlung aufgelöst, und zwar recht billig. Wenn du willst, suche ich die Telefonnummer raus.«

»Das würde mir helfen. Die anderen Videos – ist da auch noch etwas von Dickie dabei?«

Ralfs Stimme wurde leiser, und ich hörte das Rascheln von Papier. »Ja, aber das sind Filme, die man in jeder Videothek bekommen hat. Größtenteils Heterofilme. Der, den ich dir geschickt habe, ist nirgends gelaufen, soweit ich weiß. Warte – hier habe ich die Nummer.«

Ich hauchte an die kalte Fensterscheibe und malte die Nummer mit dem Finger auf das beschlagene Glas.

»Du hast mir sehr geholfen.«

Ich beendete das Gespräch und tippte sofort die Frankfurter Telefonnummer ein. Draußen fing es schon wieder an zu schneien. Ich blickte auf die wirbelnden Schneeflocken und hörte das monotone Freizeichen. Es dauerte endlos lange, bis endlich jemand am anderen Ende der Leitung den Hörer abnahm.

»Entschuldigen Sie die Störung. Ich weiß nicht, ob ich an der richtigen Adresse bin. Mein Name ist Lilly DeLight, und ich bin auf der Suche nach jemandem, der vor etwa einem Jahr eine Filmsammlung aufgelöst hat.«

Schweigen.

»Hallo? Sind Sie noch dran?«

»Ich hatte gehofft, mit dem ganzen Krempel nie wieder was zu tun zu bekommen.«

Gerade als ich die nächste Frage stellen wollte, klingelte mein Festnetz-Telefon.

»Können Sie bitte eine Sekunde lang dranbleiben?«

»Klar.«

Ich legte das Handy zur Seite.

»Lilly, hier ist Nicolette.«

»Hi, Nicolette, ich habe noch ein Gespräch auf der anderen Leitung.«

»Okay. Ich habe ein bisschen recherchiert. In den vergangenen acht Jahren gab es drei Mordfälle, bei denen die ermordeten Frauen die gleichen Verstümmelungen aufweisen wie Greta Giehse und Natascha Meyer-Stade. 1993 in Frankfurt, 1997 in Mainz und 1999 in Hamburg. Und Lilly – das erste Opfer weist eine besondere anatomische Anomalie auf. Man spricht vom Mayer-Rokitansky-Küster-Hauser-Syndrom. Bei ihr war keine Vagina angelegt.«

»Was?«

»Wie es aussieht, hat der Mörder ihr zu einer verholfen.«

Drei Dinge wurden mir gleichzeitig bewusst, als ich das Gespräch beendete und mich im Zimmer umschaute. Max war hinausgegangen. Mir war speiübel. An meinem Handy wartete ein Mann, der mir vielleicht über Dickie Greenleaf Auskunft geben konnte. Während meine Gedanken noch verrückt spielten und ich versuchte, die Informationen zu verdauen, die ich von Nicolette bekommen hatte, griff ich mit zitternden Händen nach meinem Mobiltelefon.

»Sind Sie noch dran?«

»Klar. Lilly DeLight ruft einen schließlich nicht jeden Abend an.«

»Ich bin auf der Suche nach Dickie Greenleaf.«

»Wir haben uns 1993 kennengelernt. Im Tom's in Frankfurt.

Ein Lederclub. Ich war damals Hobby-Transe. Bin bei Partys aufgetreten mit 'ner Madonna-Nummer. Damit hab ich mir das Studium finanziert.«

Ich versuchte, mir vorzustellen, wie mein Gesprächspartner aussah. Bei seiner tiefen Stimme bedurfte es einiger mentaler Anstrengungen, ihn mit blonder Perücke und Gaultier-BH zu visualisieren.

»Dickie und ich haben uns gesehen, und das war das. Peng. Nach zwei Wochen habe ich meinen damaligen Mitbewohner rausgeschmissen, und Dickie ist bei mir eingezogen.«

»Sie wussten, womit er sein Geld verdient?«

Mein Gesprächspartner lachte. »Ich war zwanzig. Ich hatte noch nie einen Porno gesehen. Und in den ersten Wochen, die wir zusammen waren, da hatten wir was Besseres zu tun, als uns Filme anzuschauen oder viel zu quatschen.«

»Ich verstehe.«

»Was er macht, habe ich im Tom's gesteckt bekommen. Da war der Neid ausgebrochen, dass jemand Dickie gelandet hatte. Die wollten mich natürlich ärgern.«

»Und? Ist es ihnen gelungen?«

»Ach Quatsch. Ich fand's schade, dass er nicht von selbst drüber geredet hat. Aber als es raus war, war's auch okay. Er hat mir gesagt, er will Karriere als Schauspieler machen und braucht die Kohle für die Schauspielschule. Aber es hat mich eh nicht gestört. Der Mann war schließlich ein Talent auf dem Gebiet. Ist mir egal gewesen, was der mit Frauen vor der Kamera macht.«

»Wie lange waren Sie zusammen?«

»Bis er verschwunden ist. War das '93 oder '94? Ich kann mir keine Jahreszahlen merken.«

»Können Sie mir etwas über sein Verschwinden erzählen?«

Es verging eine längere Pause, und ich dachte schon, er habe aufgelegt. Dann hörte ich ihn jedoch tief durchatmen.

»Das war keine schöne Geschichte. Er hat gedreht. Auf irgendeinem Boot, glaube ich. Ich hatte gerade eine Freundin in London besucht und kam zurück nach Frankfurt. Es war abgesprochen, dass Dickie mich abholt. Ich stand mir am Flughafen die Beine in den Bauch. Irgendwann habe ich mich in ein Taxi gesetzt und bin in die Wohnung gefahren. Da war er aber auch nicht. Wissen Sie noch, wie es war, als wir alle noch keine Handys hatten? Grässlich. Ich hatte keine Nachricht von ihm. Nichts auf dem Anrufbeantworter, kein Zettel mit einer Erklärung. Erst habe ich mir Sorgen gemacht, dann bin ich irgendwann sauer geworden.

Es war zu spüren, wie schwer es ihm fiel weiterzureden, und in mir regte sich ein leises Schuldgefühl.

»Ich habe mir einen fetten Southern Comfort eingegossen und bin später ziemlich angetrunken ins Tom's gegangen. Da habe ich dann erfahren, was passiert ist. Sie haben mir erzählt, dass er auf dem Weg zum Flughafen von der Straße abgekommen ist. Keiner weiß genau, wie es dazu kam, er war ein guter Fahrer, vorsichtig. Rücksichtsvoll. Da glaubt man, das Leben läuft in festen Bahnen, und es braucht nur ein Arschloch auf der Autobahn, und man steht vor einem Scherbenhaufen.«

»Was ist dann passiert?«

»Intensivstation. Sie haben mich erst nicht zu ihm gelassen, weil er im Koma lag und ich kein Familienangehöriger war. Nach vierzehn Tagen wurde er verlegt. Da konnte ich ihn dann endlich besuchen.«

»Und?«

»Sein Gesicht war größtenteils auf dem Seitenstreifen geblieben.«

»Mein Gott.«

»Er stand die ersten Wochen unter starken Beruhigungsmitteln. Da hat er noch nicht wirklich begriffen, was los war. Aber dann … Er hat mir erzählt, dass sein Leben jetzt vorbei sei. Dass er so nicht weiterleben wollte. Jeden Tag. Es war schrecklich. Keiner wusste, ob sie sein Gesicht würden retten können. Ich habe bei Gott und der Welt angerufen, um einen Arzt zu finden, der vielleicht etwas tun kann.«

»Hatten Sie Erfolg?«

»Das kann ich Ihnen nicht sagen. Eines Tages war er einfach weg. Ich bin wie jeden Tag ins Krankenhaus gegangen, mache die Zimmertür auf, gehe zu seinem Bett, um die Blumen ins Wasser zu stellen, und – kein Dickie. Das Personal war nicht verpflichtet, mir Auskunft zu geben, aber eine Krankenschwester hat mir erzählt, dass er wohl in der Nacht seine Sachen gepackt hat und abgehauen ist.«

»Sie haben keine Ahnung, was aus ihm geworden ist?«

»Ich hatte ein paar Jahre Zeit, mir darüber den Kopf zu zerbrechen. Und habe im Lauf der Zeit wahrscheinlich alle möglichen Szenarien durchgespielt. Gewissheit habe ich keine, aber ich denke, dass er irgendwo ein neues Leben angefangen hat.«

»Er hat sich nie wieder bei Ihnen gemeldet?«

»Leider nein. Nie. Das letzte Mal, dass ich etwas von ihm mitbekommen habe, war, als er sein Geld von unserem gemeinsamen Konto abgebucht hat. Etwa eine Woche, nachdem er verschwunden war.«

Es fiel mir schwer, die richtigen Worte zu finden, denn ich konnte mir nur zu gut vorstellen, was das Gespräch in ihm ausgelöst hatte. Verschüttete Erinnerungen, die besser verschüttet geblieben wären, waren in ihm wieder aufgestiegen. Es war mir oft so gegangen, wenn man mich auf Ronny angesprochen hatte. Allerdings hatten Ronny und ich schließlich so etwas wie ein Happy-End erlebt, was man von den beiden nicht behaupten konnte.

»Es tut mir ehrlich leid, dass ich an all diesen Erinnerungen gerührt habe. Wenn ich gewusst hätte …«

»Lass gut sein, Schätzchen. Ich denke sowieso jeden Tag daran. Jeden verfickten Tag. Wenn Sie den kleinen Scheißer finden, dann bestellen Sie ihm herzliche Grüße von Michi.«

»Kann ich irgend etwas für Sie tun?«

»Schicken Sie mir ein Autogramm mit Widmung, und verklagen Sie mich nicht, wenn ich als Lilly DeLight auftrete, das wäre nett.«

Max hatte sein halbvolles Weinglas auf dem Tisch stehen lassen. Ich griff es mir, atmete das Bukett ein und nahm einen Schluck. In meinem Kopf herrschte das Chaos. Gerade hatte ich wichtige Informationen sowohl zu Dickie als auch zu den Berliner Morden erhalten. In beiden Fällen wusste ich nicht, ob ich etwas damit anfangen könnte. Wenn Dickie spurlos verschwinden wollte, dann hatte er verdammt gute Arbeit geleistet. Wie sollte ich einen Mann ausfindig machen, von dem ich nicht wusste, wie er wirklich hieß, wie er jetzt aussah und in welcher Ecke der Welt er heute lebte? Vielleicht sollte ich ihn in Ruhe lassen und seinen Rückzug akzeptieren. Er hatte seine frühere Existenz so mutwillig ausgelöscht, dass es utopisch schien, ihn zu einem Comeback zu überreden. Ich musste wohl umdenken, was meinen Homo-Star anging. Aber die Geschichte ließ mich nicht los. Ich wollte wissen, was aus ihm geworden war. Sei es nur, um meine Neugier zu befriedigen.

Die Beschäftigung mit Dickie hatte einen psychologisch sehr angenehmen Nebeneffekt. Für ein paar Minuten konnte ich so die Informationen verdrängen, die mir Nicolette gegeben hatte. Während ich von dem schweren Wein trank, setzte sich der medizinische Begriff in meinem Kopf fest, den sie verwendet hatte. Mayer-Rokitansky-irgendwas. Ich hatte ihn schon einmal gehört und versuchte krampfhaft, mich zu erinnern, in welchem Zusammenhang das gewesen sein konnte. Das erste Opfer des Mörders hatte unter einer Missbildung der Scheide gelitten. Der

Mörder hatte auf die perverseste Art Abhilfe geschaffen. War die Verstümmelung eine Art Operation? Hatte er der Frau den Unterleib zerfetzt, um in sie eindringen zu können? Aber warum hatte er auch die anderen Frauen mit dem Messer malträtiert?

Ich ging ins Arbeitszimmer und schaute mir die Bücherregale an. Einen Großteil der medizinischen Fachliteratur hatte ich ins Berliner Redaktionsbüro mitgenommen. Im *Wörterbuch medizinischer Fachausdrücke* fand ich keinen einzigen Eintrag zu dem beschriebenen Syndrom. Das deutete darauf hin, dass es sich um einen äußerst seltenen Defekt handeln musste.

Ich setzte mich an den Schreibtisch und schaltete den Computer ein. Während das System hochgefahren wurde, fiel mir etwas ein. Ein grüner Buchrücken, irgend etwas im Zusammenhang mit Johanna von Orleans. Ich suchte die Regale ab und zog ein Buch über die Wirkung und Funktionsweise von Hormonen heraus. Ich blätterte darin und stieß auf das Kapitel, an das ich mich erinnert hatte. Es stellte sich heraus, dass ich mich geirrt hatte. Johanna hatte laut dem Autor unter einer bizarren Missbildung gelitten – sie sei keine Frau gewesen, sondern ein Mann, bei dem sich der Penis nach innen entwickelt hatte. Was bei ihr die Schamlippen sein sollten, waren demnach Hodensäcke. Zweifellos eine interessante Hypothese, aber sie hatte wenig mit dem Mayer-Rokitansky-Syndrom zu tun. Ich blätterte weiter und wurde fündig. Unter der Überschrift »Die jungfräuliche Königin« fand ich, was ich gesucht hatte. Der Autor behauptete, Königin Elisabeth I. von England habe den Beinamen »The Virgin Queen« nicht etwa erhalten, weil sie auf Sex verzichtet hatte. Seiner Theorie nach war normaler Geschlechtsverkehr für Elisabeth gar nicht möglich gewesen, da sie unter einer Missbildung der Vagina gelitten hatte, die man als das Mayer-Rokitansky-Küster-Hauser-Syndrom bezeichnete.

Ich legte das Buch auf den Schreibtisch und stellte eine Internetverbindung her. Bei Google wurde ich fündig. Die Suche nach dem Syndrom ergab 819 Treffer. Die meisten Einträge fanden sich in den Foren amerikanischer Gynäkologen, aber da mein Fachenglisch nicht das Beste war, konzentrierte ich mich auf die deutschsprachigen Einträge.

> »MRKH-Syndrom: Aplasie der Vagina mit funktionsunfähigem Uterus. Von kranial nach kaudal zunehmende Hemmungsmissbildung des inneren weiblichen Genitals.
> *Symptomatik*: Primäre Amenorrhoe, erfolglose Kohabitationsversuche, normale Entwicklung der sekundären Geschlechtsmerkmale. *Häufigkeit*: 1 auf 4000-5000 neugeborene Mädchen.«

Mit Hilfe meines medizinischen Wörterbuches übersetzte ich: Angeborenes Fehlen der Vagina. Von oben nach unten hin zunehmende Missbildung. Anzeichen: Ausbleiben der Menstruation, Geschlechtsverkehr nicht möglich, ansonsten normale Entwicklung des Busens und so weiter.

Angenommen, der Mörder hatte nicht gewusst, dass sein Opfer unter dem Symptom litt, und es erst gemerkt, als er erfolglos versuchte, in sie einzudringen. In seinem Wahn hatte er ein Messer zur Hilfe genommen. Und hatte Gefallen gefunden an dem Blutrausch, an der warmen Nässe, die er verspürte, als er sein Glied in sie einführte. War das der Kick, den er suchte? Mir wurde übel bei der Vorstellung. Als ich das Wörterbuch zurücklegte, stieß ich gegen das Weinglas, und schüttete es über meinem Schoß aus. Ich saß mehrere Minuten so da, unfähig, mich zu regen, und starrte wie gelähmt auf die dunkelroten Flecken, die sich auf meiner Hose abzeichneten.

Wo war Carola Wendt?

Kapitel 17

»Anni liegt mit Angina im Bett, deshalb muss ich heute hier sitzen. Das Kopierwerk hat eine ganze Palette DVDs falsch angeliefert. Statt *Feuchte Fotzen, Teil 17* haben wir Reisevideos über das Erzgebirge bekommen. Sie können unsere Lieferung nicht zurückverfolgen, weil die Pakete nicht gescannt worden sind, und jetzt weiß keiner, was aus den DVDs geworden ist. Dann haben sich heute drei Lagerarbeiter krank gemeldet – wir arbeiten mit Minimalbesetzung. Alle haben sie das gleiche Virus, mir tut auch schon alles weh, aber ich bilde es mir vielleicht nur ein. Letzte Nacht hatte ich Husten und Schluckauf gleichzeitig – das war so schlimm, dass ich mich übergeben musste. Wir haben eine Reihe alter Greta-Filme angeboten bekommen, da müsstest du eine Entscheidung treffen; der Tierarzt fragt, wann du Mikey für seine Vitaminspritze vorbeibringen möchtest. Ronny möchte einen Casting-Termin für schwule Darsteller mit dir vereinbaren, und Winfried Ebersbach und Alexandra Ebersbach haben sich erkundigt, ob es dir gutgeht. Ich habe ihnen gesagt, dass ich dich heute noch nicht gesehen habe, da wollten sie die Polizei rufen. Ich habe gesagt: ›Warten Sie damit noch, sie kommt bestimmt gleich ins Büro.‹ Sie wollen wissen, ob du einen Bodyguard brauchst. Presseanfragen liegen auf deinem Schreibtisch und auch die Einschaltquoten der Sendung. Ebersbach sagt, das sei alles ganz wunderbar, und er ist schrecklich froh, dass es so gut läuft. Eigentlich ein netter Mann. Renate Busch aus Frankfurt bittet um deinen Rückruf, und ich muss dir eins sagen – ich bin so froh, dass wir aus diesem schrecklichen Berlin ein paar Tage raus sind, weil hier ist es viel schöner und die Leute sehen nicht so abgekämpft aus.«

Suzy atmete tief ein und beendete ihren Monolog. Es schien,

als bekäme sie ihren Job langsam in den Griff. Wenn sie nun auch noch anfangen würde, die Notizen schriftlich festzuhalten und in eine sinnvolle Ordnung zu bringen, dann wäre sie fast schon so etwas wie eine effiziente persönliche Assistentin. Ich nahm meinen Notizblock mit den Stichwörtern, die ich aufgeschrieben hatte, ging in mein Büro und setzte mich an den Schreibtisch. Der erste Anruf des Tages galt dem »Crazy Horse«, Renate aus dem Lilly-Shop in Frankfurt.

»Morgen, Lilly. Viel habe ich nicht rausgefunden, aber ich habe Ingrid erreicht, das ist das Mädchen, das bei Dickies letztem Film das Licht gemacht hat.«

»Und, was sagt sie?«

»Erstens, dass Dickie liiert gewesen ist. Und zwar mit einer Transe.«

»Ich weiß, ich habe gestern mit ihm gesprochen.«

»Ich habe ihn mal auf der Bühne gesehen, der macht eine Lilly-Nummer, die ist gar nicht schlecht. Hübscher Typ. Frage mich, was die Jungs auf den Gedanken bringt, sich Stöckel anzuziehen und mit dem Arsch zu wackeln. Ich bin froh, dass ich das nicht mehr machen muss, und die tun's freiwillig. Verrückte Welt.«

»Und zweitens?«

»Zweitens – der Motorradunfall. Es gibt Leute, die glauben, dass es kein Unfall war. Auf einer schnurgraden Strecke von der Autobahn abzukommen ist schon seltsam.«

»Das ist auch schon anderen passiert.«

»Ja, aber angeblich gab es Spuren am Motorrad, die darauf deuten, dass jemand ihn von der Straße gedrängt hat.«

»Warum ist er dann nicht zur Polizei gegangen?«

»Wenn ich das wüßte … Sieht so aus, als ob er Angst hatte.«

»Und wusste deine Freundin noch mehr?«

»Das ist alles.«

»Ich danke dir, Renate.«
»Da nicht für, Chefin.«

Nachdem ich persönlich bei unserem Spediteur angerufen und mit Nachdruck dafür gesorgt hatte, dreitausend *Feuchte Fotzen Teil 17* aufzuspüren, kam Ronny mit einem Stapel Videos und dazugehörigen Lebensläufen zu mir.

»Von Dickie haben wir uns verabschiedet, oder?«

»Eigentlich ja. Aber die Geschichte lässt mich nicht los. Ich muss einfach wissen, was aus ihm geworden ist.«

»Meinst du nicht, wir sollten respektieren, dass er untergetaucht ist?«

»Ich will ihm ja nichts Böses. Es ist reine Neugier. Außerdem ist es möglich, dass ihm etwas zugestoßen ist. Was, wenn er tot ist? Sein Unfall war angeblich ein Mordversuch. Vielleicht war der Täter beim zweiten Mal erfolgreicher. Wenn er tot ist und seine Leiche unauffindbar bleibt, dann wird nie jemand erfahren, was wirklich geschehen ist. Und der Täter kommt ungestraft davon.«

»Ist das nicht Aufgabe der Polizei ?«

»Wenn in all den Jahren niemand versucht hat, ihn zu finden, warum dann jetzt? Wenn wir ihn nicht suchen, wer dann?«

»Ich merke schon, ich kann dich nicht überzeugen.« Er hatte den Kopf geneigt und seine Hand ans Kinn gelegt. Irgend etwas an dieser Pose erinnerte mich an den *Ripley*-Film, dem Dickie seinen Namen entliehen hatte. Ich sah zwei Männer in einem Boot auf dem Mittelmeer, einen Streit, ein Handgemenge, Blut – viel Blut. Das war der Moment, in dem aus Tom Ripley, dem Mörder, Dickie Greenleaf, der reiche Erbe wurde. Ripley hatte die Leiche verschwinden lassen und war in die Rolle seines Freundes geschlüpft. Warum suchte sich ein Pornostar ausgerechnet so einen Namen aus? Wir alle versteckten uns hinter Künstlernamen, aber dass jemand sich einen literarischen auswählte, war einzigartig. Der Rest der Branche arbeitete lieber mit eindeutigeren Pseudonymen, die die Aufgabe hatten, einen Darsteller wie ein Produkt zu bewerben. Es gab unzählige Marilyns, Lolitas, Loves und Laces und Männer, deren Nachname Hart, Steel oder Long lautete. Was hatte Dickie mit seinem Namen bezweckt? War es eine Verbeugung vor dem attraktiven, aber verschlagenen Tom Ripley oder dem echten Dickie, einem arroganten und bildschönen Mann, der zum Mordopfer wird, nachdem er Tom Ripley zurückgewiesen hat? Das Interessante am *Ripley*-Film war, dass man als Zuschauer beide Männer mochte – den echten Dickie wegen seiner Schönheit und der coolen Eleganz, seiner Art, das Leben in vollen Zügen zu genießen. Aber auch Tom Ripley, der der Faszination des anderen Mannes erliegt und so sein will wie er. Als Dickie ihn aus seiner Welt verstößt, bleibt Ripley in seiner Verzweiflung nur ein Ausweg – Mord. Und der einzige Weg, seine Haut zu retten, ist der, die eigene Identität aufzugeben und die von Dickie anzunehmen.

Unser Dickie hatte einen doppelten Identitäts-Salto hingelegt: niemand wusste, wer er war, bevor er Porno-Dickie wurde, und was aus ihm wurde, nachdem er diese Identität abgelegt hatte, lag ebenfalls völlig im dunkeln.

Mit Geheimnissen handhabte ich es wie mit Künstlernamen. Ich nahm sie erst einmal als gegeben hin, fragte mich aber oft, was sich in Wirklichkeit dahinter verbarg. Wenn ich selbst über ein Geheimnis stolperte – und das gelang mir häufiger als den meisten anderen Menschen, die ich kannte –, dann fand ich keine Ruhe, bis ich nicht die Wahrheit aufgedeckt hatte.

Ronny hatte die Bewerbungsunterlagen auf dem Schreibtisch abgelegt und war im Begriff, das Büro zu verlassen.

»Das sind diejenigen, die für die Homo-Serie in Frage kommen. Schau dir das Material an, und dann reden wir weiter.«

»Ronny?«

»Ja?«

»Kennt eigentlich irgend jemand Dickies bürgerlichen Namen?«

»Ich nicht. Ich kenne nicht mal deinen bürgerlichen Namen.«

»Aber sein Name müsste doch herauszufinden sein.«

»Wenn ihn jemand weiß, dann höchstens irgendeine Behörde. Vielleicht das Finanzamt, bei dem er seine Einkünfte versteuert hat. Mag sein, dass sein Name auch in den Filmverträgen steht.«

Als Ronny die Tür hinter sich geschlossen hatte, drückte ich auf den Knopf der Gegensprechanlage.

»Suzy – du sagtest doch, dass uns eine Reihe Filme mit Greta Giehse angeboten worden sind. Finde bitte heraus, ob Dickie Greenleaf in einem davon mitspielt. Wenn dem so ist, dann lass den Film und die Unterlagen kommen. Sag dem Anbieter, wir bräuchten die Formulare, um die Rechtsübertragungen zu prüfen.«

»Was sind denn Rechtsübertragungen?«

»Das sind Verträge, die man als Darsteller abschließt, in denen man dem Produzenten die Einwilligung gibt, das Filmmaterial auszuwerten, wie es ihm beliebt.«

»Okay, ich verstehe. Also der Darsteller schwört, dass er sich später nicht beklagt.«

»Ja, Suzy, so kann man es sagen.«

»Und wenn der Darsteller das nicht überträgt, dieses Recht, dann sollte man so einen Film nicht einkaufen, richtig?«

»Genau. Denn dann könnte er versuchen, die Auswertung zu verhindern.«

»Und das wollen wir nicht, stimmt's?«

»Richtig. Das wollen wir nicht. Wollen wir jetzt mal ein bisschen weiterarbeiten?«

»Na klar.« Mit einem fröhlichen Summen beendete sie ihren Crashkurs in Pornorecht.

Als die anderen in die Mittagspause gingen, nahm ich den Hund an die Leine und machte einen kleinen Spaziergang. Nicht, weil ich nicht hungrig war, sondern weil ich mich vor den strengen Blicken der Küchencrew fürchtete, die unter der Nixen-Statue zu leiden hatte. So weit war es gekommen – ich hatte Angst vor meinen Angestellten. Auf dem Hof und der Auffahrt zum Firmengelände war gestreut worden, trotzdem war es spiegelglatt. Am frühen Morgen hatte es geregnet, und der Regen hatte sich auf dem ausgekühlten Boden in eine gefährliche Eisschicht verwandelt.

Ich hangelte mich an den Häuserwänden entlang, um mich festhalten zu können, falls ich ausrutschte. Der Hund war weniger vorsichtig. Er hatte zunächst ungeduldig an der Leine gezerrt und erst nach einer kurzen Rutschpartie das Problem der nicht gegebenen Bodenhaftung begriffen. Er hatte ähnliche Erfahrungen mit Kachel- und Parkettfußboden gemacht, doch die Rutschpartien durch unser Bad hatten ihn keine Vorsicht gelehrt. Von den morgendlichen Regenwolken war nichts mehr zu sehen. Die Sonne brachte den Schnee zum Schmelzen. Von den glitzernden Eisflächen perlten Tropfen von Tauwasser in Pfützen und Rinnsteine. Der Tag funkelte und blitzte, wie man es sonst nur in besinnlichen Fernsehdokumentationen der Öffentlich-rechtlichen sieht. Mein Magen knurrte. Heute war Saté-Tag, und ich traute mich nicht in die Kantine. Der nächste Supermarkt war zehn Gehminuten entfernt, aber bei diesem Wetter würde ich mindestens doppelt so lang brauchen, da ich mich nur im Schneckentempo vorwärtsbewegte. In entgegengesetzter Richtung befand sich ein kleiner Kiosk, der nur in den Wintermonaten bei entsprechenden Witterungsverhältnissen geöffnet hatte. Anstatt in Richtung Innenstadt zu gehen, musste man eine schmale Schotterstraße hochlaufen und kam dann an einem Parkplatz an, wo Urlauber ihre Autos parkten, um ihre Schlitten und Skier auszuladen.

Abseits des Weges war es relativ einfach, über den schneeverkrusteten Waldboden zu stapfen. Bäume und Sträucher boten mir genügend Halt. Ich ließ Mikey von der Leine und arbeitete mich langsam den Berg hinauf, der in den Wald führte. Die Landschaft war menschenleer, und das Klettern tat mir gut. Es verlangte meine vollständige Aufmerksamkeit, und quälende Gedanken und Überlegungen hatten keine Chance, in mein Bewusstsein zu dringen. Mikey war nicht viel schneller als ich, auch wenn er sich mehr anstrengte. Seine Pfoten brachen durch die verharschte Schneedecke und versanken zentimetertief. Die Bäume neigten sich unter der Last des tauenden Schnees.

Nach einer Viertelstunde war ich schweißgebadet am Ziel meiner Klettertour angelangt. Der Parkplatz war leer. Bei den unklaren Wetterprognosen hatte sich niemand die Mühe gemacht, seine Schneeausrüstungen in den Kofferraum zu verfrachten und sich ins Winterwunderland des Harzes zu begeben. Ein Blick auf den Kiosk bestätigte meine Vorahnung. Geschlossen. Obwohl aus dem Schornstein des Backsteinhäuschens eine dünne Rauchsäule in den Himmel stieg, waren die Fensterläden verschlossen. Der Besitzer hatte vermutlich hoffnungsfroh geöffnet und wegen mangelnder Nachfrage den Laden im Laufe des Vormittags wieder dichtgemacht. Der Hunger ließ einen kurzen kriminellen Impuls in mir aufblitzen, den der gesunde Menschenverstand jedoch umgehend niederkämpfte. Was wäre schon dabei, wenn ich mir Eintritt verschaffte, einen Schokoriegel aus den Regalen nähme und das Geld dafür auf den Tresen legte? Doch die Angst vor der Schlagzeile »Lilly klaut Lion« hielt mich davon ab. Mir blieb nichts übrig, als kehrtzumachen. Noch vorsichtiger als beim Aufstieg nahmen wir den Weg bergab in Angriff. Der Abwechslung halber wählten wir diesmal die gegenüberliegende Straßenseite. Von hier aus konnte man das Gelände meiner Firma gut einsehen – zumindest jetzt im Winter, wo die Bäume laubfrei waren. Ich hoffte, dass Presse und Fans dieses Fleckchen nicht entdecken würden.

Beim Herabsteigen kam ich mir albern vor. Der Hunger hatte mich zu einer Klettertour getrieben, weil ich zu feige gewesen war, in meiner eigenen Kantine zu Mittag zu essen. Wozu war ich eigentlich die Chefin des Betriebs? Schließlich war nur einmal im Monat Saté-Tag, und den würde ich mir nicht nehmen lassen.

Auf Sat 7 liefen die Dreizehn-Uhr-Nachrichten, aber ich schaute kaum hin, sondern konzentrierte mich auf die köstlichen Spießchen in Erdnusssauce und zählte im Kopf die Kalorien zusammen, die ich mir gerade einverleibte. Doch plötzlich wandte sich meine Aufmerksamkeit wieder dem Bildschirm zu. »Medien-Tycoon und Mäzen Winfried Ebersbach, der sich in den vergangenen Tagen betroffen über die Vorfälle um die letzte Kestner-Sendung äußerte, machte heute in anderem Zusammenhang von sich reden. Der Sat-7-Chef und renommierte Kunstsammler gab die Eröffnung einer Sonderausstellung mit Werken junger russischer Künstlerinnen und Künstler bekannt. Eigens für diesen Zweck wird im Berliner Sendezentrum ein Kellergeschoss ausgebaut und zur Galerie umgestaltet. Der Intendant plant, in den kommenden Jahren wechselnde Ausstellungen noch unbekannter Künstler in diesen neuen Räumlichkeiten zu veranstalten und so die Hauptstadt um einen wichtigen Ausstellungsort zu bereichern. ›Meine Stars sind jetzt schon Fans dieser jungen Avantgarde. Besonders beliebt sind Statuen einer jungen Künstlerin aus St. Petersburg.‹«

Ebersbach stand neben einer weiteren unausstehlichen Nixenfigur, diese war menschengroß.

»Lilly DeLight und Rainer Kestner haben bereits Variationen

dieser Meerjungfrau erworben, und es schaut so aus, als ob der Großteil der Exponate noch vor der Ausstellungseröffnung verkauft sein wird.«

Ich fragte mich, ob es juristisch gesehen ein Fall von Rufmord war, zu behaupten, ich habe die fiese Barbie gekauft. Dass Kestner sich so etwas in seine Homestory-erprobte Single-Wohnung stellen sollte, konnte ich mir beim besten Willen nicht vorstellen. Was an diesem Beitrag jedoch viel interessanter war als die Berliner Klientel der jungen russischen Avantgarde, war die Tatsache, dass die Figuren offiziell noch gar nicht auf dem Markt waren. Und dennoch hatte ich eine im Sexclub in Berlin gesehen. Ob Ebersbach ahnte, wer außer mir und Kestner im Besitz einer der Skulpturen war? Es war anzunehmen. Vermutlich gab es keinen zweiten Ort, an den die Medienwelt so vertrauensvoll pilgerte. Wenn er seine jungen Künstler promoten wollte, dann war der Standort im Club die erste Wahl. Eine andere Möglichkeit war, dass Ebersbach zu den Clubkunden gehörte, dort das zweifelhafte Kunstwerk erstmals gesehen hatte und dann mit der Künstlerin in Kontakt getreten war. Der Gedanke, dass er an einer der Orgien teilgenommen hatte, vielleicht sogar in der vergangenen Nacht, gefiel mir ganz und gar nicht. Die dritte Möglichkeit: er hatte den Club noch nie von innen gesehen, aber seine russische Künstlerin hatte einschlägige Kontakte. Diese Variante schien mir am unwahrscheinlichsten.

Die zweite Neuigkeit, die ich dem Beitrag entnahm, war, dass die Pförtnersfrau Rosa Ribowski offenkundig nicht die einzige Sat-7-Angestellte war, die mit den geheimen Untergeschossen des Sendezentrums vertraut war.

Kapitel 18

An sie heranzukommen war gar nicht so einfach. Die anderen waren die meiste Zeit allein, da war es kein Kunststück gewesen. Ich hatte einfach an der Tür geklopft. Bei ihr ging das nicht, ich musste mir etwas anderes überlegen. Ich konnte nicht den ganzen Tag darauf lauern, sie allein zu erwischen.

Die anderen hatten mir die Tür aufgemacht, »Guten Tag«, ein Lächeln, und mich hereingebeten. Ich bin ein vertrauenswürdiger Mensch. Ich hätte mich auch mit ihnen verabreden können, aber die Gefahr war, dass sie irgend jemandem von der Verabredung erzählten und sich dieser Jemand erinnern würde, mit wem. Ich war nicht so leichtsinnig, so etwas zuzulassen.

Ich hatte eine Reihenfolge. Zuerst die Pornoschlampe. Ich hatte kaum darauf warten können, und es war dann auch alles etwas zu schnell gegangen. Aber deshalb brauchte ich ja ein paar Probeläufe, damit alles richtig klappte, wenn es darauf ankam. Dann die kleine Nutte, und schließlich sie. Sie war der Höhepunkt. Es drehte sich alles nur um sie, sie war der Anfang und das Ende. Nein – ich war ihr Ende. Sollte es sein. Ich hatte sie nicht aus den Augen gelassen. Selbst wenn ich sie nicht sehen konnte, wusste ich immer, wo sie war.

Wenn ich ihr begegnete, wurde ich unsicher. Sie schaute mich an, und etwas war in ihren Augen, was mir nicht gefiel. Aber bald würde damit Schluss sein, und wenn ich ihr die Augen aus dem Schädel reißen musste. Ja. Vielleicht sollte ich das tun. Oder sie in den Schädel hineindrücken, das war wahrscheinlich einfacher. Wie sich das anfühlen würde ... Wie würde ihre Angst aussehen, wenn sie keine Augen mehr hätte?

Komisch – manchmal habe ich einen Gedanken wie diesen und versinke darin. Rutsche hinein in das Bild, das ich mir vorstelle. Das ist fast wie ohnmächtig werden oder schlafen. Wenn ich wieder zu mir komme, dann ist manchmal eine ganze Stunde vergangen. Das ist eine eigene Welt. Eine parallele Welt. Ich weiß nicht, welche die richtige ist. Beide sind da, und beide sind echt. Es ist mir schon klar, dass die anderen die parallele Welt nicht kennen, dass die nur mir gehört. Aber wenn sie sich bemühen würden – vielleicht könnten sie dann auch hin- und herwechseln, wer weiß. Aber es ist egal, denn wen ich mitnehmen will in meine Welt, den nehme ich einfach mit. Ich mache es wahr. Erst sehe ich es in mir, dann verwandle ich es in die Wirklichkeit. Klopfe einfach an die Tür, und sie machen auf.

Die ersten beiden waren Übung gewesen, Vorbereitung auf den dritten Akt, der jetzt gespielt wird. Und damals, in Frankfurt und Mainz, da hat es mich einfach gerissen. Die Allererste war mir passiert wie ein Unfall. Ein glücklicher Unfall. Vorsehung, mein Schicksal. Der Anfang von Erkenntnis. Da bin ich auf den Geschmack gekommen. Die ersten Male war es noch einfach. Zu einfach. Ich hatte eine gesehen, hatte sie in meine Welt mitgenommen und dann war es vorbei. Es war nichts mehr wert, weil die Frauen bedeutungslos waren – sie hatten nichts mit mir und meiner Welt zu tun. Es war nur das Wilde in mir. Das war der zweite Teil der Erkenntnis.

Ich erkannte, dass es nichts wert ist, wenn es nur um das Wilde in mir ging. Das Wilde ist nur ein Teil von mir. Ich wollte, dass alles verschmilzt – dass die Bilder in meinem Kopf wahr werden und das Wilde in mir mit meiner anderen Seite eins wird. Ich musste allem eine Richtung geben, es in den Griff kriegen. Als es noch ohne Plan ablief, da ging es mir nachher nicht gut. Ich hatte ein schlechtes Gewissen. Das ist jetzt ganz weg, weil es Sinn macht, was ich tue.

Ich gestalte. Ich verwandle. Ich zeige eine Welt, die nicht jeder sehen kann. Und ich entferne. Ich schieb's ihnen rein, und dann sind sie endlich offen.

Als ich soweit war und es endlich geschehen musste, als endlich sie an der Reihe war, da musste ich fast Mut aufbringen. Erst die Geduld, das Einüben, damit alles perfekt klappt und dann doch Mut. Wenn ich ehrlich bin, hatte ich Angst. Angst, dass es nicht so läuft, wie ich es geplant hatte. Meine Erwartungen waren sehr groß. Bei ihr durfte ich nichts dem Zufall überlassen, es durfte nichts schiefgehen. Als dann endlich der Moment gekommen war und sie allein war und ich bereit für sie, da geschah etwas, das ich nicht vorausgesehen hatte. Sie war nicht da. Verschwunden. Sie wusste, dass sie an der Reihe war. Sie verstand. Ich hatte nicht mehr viel Zeit, sie zu finden.

Kapitel 19

»Ich verrate dir etwas, aber du musst mir versprechen, es für dich zu behalten. Schwöre, dass du es nicht weitersagst.« Der Anruf hatte mich aus dem Schlaf gerissen, und ich brauchte einen Moment, bis ich erkannte, dass es Nicolette war, die mich so rüde geweckt hatte.

»Jetzt erzähl schon!«

»Winfried Ebersbach hat die Filmrechte an der Carola-Wendt-Geschichte erworben. Es ist von einer Sensationssumme die Rede. Die Dame hat ausgesorgt.«

»Woher weißt du das?«

Nicolette klang aufgeregt. Ich hatte sie selten so erlebt, bislang war sie immer ganz hanseatische Coolness gewesen. Nur einmal, als wir die Filmrechte an den Ereignissen um die Pornomorde verkauft hatten, war sie ähnlich aus der Fassung geraten.

»Sie haben mich für das Drehbuch engagiert, kannst du dir das vorstellen?«

»Ach, deshalb warst du in Berlin – und hast kein Wort davon erwähnt.«

»Da waren es noch ungelegte Eier.«

»Nicolette, das ist ja wunderbar! Glückwunsch. Wann fängst du an?«

»Gestern. Der Deal mit der Wendt ist noch vor der Kestner-Sendung abgeschlossen worden, und seit Dienstag bin ich mit im Boot.«

»Am Dienstag konnte noch niemand ahnen, dass sie von einem Tag auf den anderen von der Bildfläche verschwindet.«

»Mir ist ganz schwindelig. Stell dir vor, sie taucht nie wieder auf. Dann hat die Geschichte kein Ende.«

»Und wie willst du recherchieren, wenn du die Fakten nicht mit ihr abklären kannst?«

»Halt dich fest. Jetzt wird es richtig fies. Sie hat ein Manuskript verfasst, aber keiner weiß, wo es ist. Die Kripo wird ihre Sachen nicht freigeben, bis die Geschichte aufgeklärt ist. Und was, wenn das Manuskript auch verschwunden ist? Ich stehe dann quasi mit leeren Händen da. Sie hat der Verfilmung nur auf Basis ihrer Fassung der Geschichte zugestimmt.«

Irgend etwas machte mich mit einemmal sehr nervös. Ein Gefühl, eine vage Erinnerung. In den letzten Tagen war so viel passiert, dass ich die Ereignisse kaum noch einem bestimmten Datum zuordnen konnte – alles verschwamm zu einem Strom bizarrer Vorkommnisse. Nicolette redete weiter, doch ich hörte kaum zu. Ich starrte auf den Schreibtisch vor mir, und als mein Blick auf einen großen braunen DIN-A4-Umschlag fiel, machte es plötzlich klick.

Der Abend nach der Kestner-Sendung, das Hotelfoyer, Suzys Unfall. Carola Wendt hatte einen dicken braunen Umschlag am Foyer hinterlegt. Die Rezeptionistin hatte genickt, auf ihren Kalender geschaut, etwas zu Carola Wendt gesagt.

« … und jetzt weiß ich nicht mehr weiter.«

»Ich glaube, dir kann geholfen werden. Gib mir zehn Minuten.«

»Hotel Four Seasons, Sie sprechen mit Edelgard Kinski, was kann ich für Sie tun?«

»Hallo, Frau Kinski, hier spricht Lilly DeLight. Frau Carola Wendt hat einen großen Umschlag für mich an der Rezeption hinterlegt, könnten Sie bitte einmal nachschauen?«

Ich hoffte inständig, dass der Bluff funktionieren würde, und meine Fingerspitzen trommelten hektisch auf dem Schreibtisch. Doch nichts hätte mich mehr überraschen können als das, was nun geschah.

»Frau DeLight, ich muss mich entschuldigen. Die Seiten sind gestern schon aus dem Schreibbüro gekommen. Frau Wendt hatte mich gebeten, sie Ihnen so schnell wie möglich zukommen zu lassen, aber ich habe es vergessen.«

»Bitte schicken Sie sie mir auf dem schnellsten Wege an meine Firmenadresse.«

»Ich muss mich noch einmal ausdrücklich bei Ihnen entschuldigen –«

»Reden Sie nicht, Frau Kinski. Rufen Sie den Kurier!«

Spätestens jetzt war mir klar, dass ich nicht nur eine Nebenfigur in dieser Geschichte war, sondern mittendrin steckte. Was auch immer sie dazu bewogen haben mag – Carola Wendt hatte sich etwas dabei gedacht, als sie mir ihre Lebensgeschichte zukommen ließ. Die Frage war nur: was? Bis zu diesem Moment hatte ich gedacht, dass das Schicksal der anderen Kestner-Gäste nichts mit meinem zu tun hatte. Ich war ja nur der eingesprungene Gast. Dass das Manuskript an der Rezeption des Four Seasons lag und mein Name auf dem Umschlag stand, warf ein anderes Licht auf die Ereignisse. Ich gehörte in den Plan des Verbrechens. Wie Greta, wie Natascha Meyer-Stade. Und wie Stefan Bruhns – dem einzigen von uns, der offenbar noch nicht in den Strudel gezogen worden war.

Ich wanderte im Büro auf und ab, und etwas nagte an mir. Irgend etwas hatte ich übersehen, irgendwo lauerte Gefahr. Sollte ich Silvia Haberlik in Berlin anrufen und ihr von dem Manuskript erzählen? Es wäre vermutlich das Richtige gewesen, aber etwas hielt mich davon ab. Carola Wendt hatte mich ausgewählt, es als erste zu lesen, und das würde ich auch tun. Wenn ich das erledigt hätte, würde ich wissen, ob es einen Hinweis auf das Verschwinden der Verfasserin enthielt. Ob ihre Lebensgeschichte das fehlende Glied in der Kette war, das uns zum Mörder führen könnte.

Das Klingeln des Telefons riss mich aus meinen Überlegungen.

»Lilly, Winfried Ebersbach möchte dich sprechen.«

»Stell ihn bitte durch.«

»Meine Liebe, wie geht es dir? Wir waren besorgt, weil du so schnell verschwunden bist. Es ist doch alles in Ordnung, oder?«

»Danke, Winfried. Ich habe in Goslar einen Haufen Arbeit zu erledigen. Deshalb bin ich so früh abgereist. Ich habe dich vorhin im Fernsehen gesehen. Und ich habe mich noch gar nicht für die hübsche Skulptur bedankt!« Ich hoffte, dass auch nicht der Hauch von Ironie aus meiner Stimme herauszuhören war.

»Ja. Der Prototyp. Der wird bald ein Vermögen wert sein.«

»Ich wusste gar nicht, dass du ein Faible für die russische Avantgarde hast.«

Ebersbach lachte. »Ich bin ein Mann voller Überraschungen, Lilly. Voller Überraschungen. Und Kestner und du, ihr seid doch meine besten Pferde im Stall, da muss ich euch doch bei der Stange halten. Kleine Geschenke erhalten die Freundschaft, gell? Kestner ist auch hin und weg. Er will die Künstlerin am liebsten heiraten. Pfiffiger Kerl, denkt jetzt schon an seine Altersversorgung. Ha, ha, ha.«

In meinem Schädel begann es zu summen. Der Name Kestner hatte etwas ausgelöst. An ihn hatte ich noch gar nicht gedacht. Nicht nur Stefan Bruhns war bislang verschont geblieben. Kestner war derjenige, bei dem alle Beteiligten sich zusammengefunden hatten. Dass ein Talkshow-Moderator seine Gäste umbringt, erschien mir nicht nur unlogisch, weil er ja dadurch seine Existenzgrundlage aufs Spiel setzen würde, sondern auch unwahrscheinlich, weil die Fäden auch für die Polizei eindeutig bei ihm zusammenliefen. Wenn Kestner also nicht der Täter war, dann gehörte er möglicherweise zum Kreis der potentiellen

Opfer. Bislang waren nur Frauen umgekommen, aber wer konnte schon sagen, was in dem Mörder vorging? Wollte er Kestner ein Opfer machen, wollte er dessen Karriere zerstören? Oder saß er in Kestners Redaktion und hatte die Gästeliste zusammengestellt? Wer konnte ein Interesse daran haben, so unterschiedliche Menschen wie Greta Giehse, Natascha Meyer-Stade und möglicherweise Carola Wendt an einen Tisch und später ums Leben zu bringen? Gab es zwischen den Gästen ein Bindeglied, das noch im verborgenen lag?

Ich fragte mich, wie ein Detektiv mit dieser Aufgabenstellung umgehen würde, und kam zu keiner befriedigenden Antwort. Ich hatte keine Erfahrung im Umgang mit Lupe und Fingerabdrücken. Mein Kontakt zu Silvia Haberlik war zwar gut, aber die Kommissarin hatte mir gegenüber schon mehr Informationen herausgerückt, als in ihrer Position sinnvoll war. Wenn ihre Vorgesetzten erführen, wie offen sie mit mir über den Stand der Ermittlungen geredet hatte, würde sie sich verantworten müssen.

Wie hatte ich es im letzten Jahr geschafft, das Rätsel zu knacken? Ich kannte einige Leute in Schlüsselpositionen, und aus den unterschiedlichen Berichten und nicht zuletzt dem, was ich im Fernsehen gesehen hatte, hatte sich das Bild des Mörders zusammengefügt. Diese Vorgehensweise hatte mich allerdings nicht davor bewahrt, selbst in Gefahr zu geraten.

Ich hätte einfach warten können, bis der Kurier Carola Wendts Manuskript ablieferte, aber dazu war ich viel zu unruhig. Außerdem war nicht gesagt, dass mir ihre Lebensgeschichte in irgendeiner Form weiterhelfen würde. Es war zum Verrücktwerden. Ich versuchte, logische Zusammenhänge zwischen den Vorkommnissen zu entdecken, und drehte mich nur im Kreis. Ich war überarbeitet, übermüdet und heilfroh, als Suzy hereinkam und meinen sinnlosen Sinniererereien ein Ende bereitete.

»Lilly, ich habe gerade in deinen Terminkalender geschaut. Du hast deinen Strähnchen-Termin in Dirks Salon verpasst.«

Ich kenne keine Frau, die es sich gerne mit dem Friseur ihres Vertrauens verscherzt, also schnappte ich meine Handtasche, nahm einen Satz mit Seiten aus unserem frisch konzipierten Gay-Magazin und setzte mich in den Wagen. Ich rutschte über die vereisten Straßen in die Innenstadt, so dass die skandinavischen Touristen empört aufschreiend zur Seite sprangen. Wie man im Harz zu sagen pflegt: ich fuhr mit Gott. Direkt vor dem Salon war eine Parklücke frei, und die Glätte ignorierend, manövrierte ich den Wagen elegant hinein. Ich war außer Atem, als ich die Tür hinter mir zuzog und der scharfe Geruch von Wasserstoffperoxyd und Ammoniak mir in die Nase stieg. Barbra Streisand sang ein Duett mit Celine Dion, und einmal mehr fragte ich mich, was Schwule gegen einen knackigen Kerl wie Jon Bon Jovi einzuwenden haben.

»Hallo, Dirk! Tut mir leid, ich hab's total verschwitzt.«

Mein Lieblingsfriseur war gerade damit beschäftigt, die Kreisvorsitzende des Landfrauenverbandes mit Kammsträhnen zu verschönern und schaute mich strafend durch den Spiegel an.

»Jetzt ist erst Frau Brandes dran. Wir haben zehn Minuten gewartet. Sorry.«

»Kein Problem. Ich kann ja noch mal wiederkommen.«

Er zuckte mit den Schultern.

»Bleib ruhig. Geht ja schnell hier.«

Zum Beweis zerrte er den Kamm zügig durch das aschblonde Haar der Mittfünfzigerin, die ängstlich die Augen zusammenkniff.

Dann wanderte ihr fragender Blick zu mir. »Kammsträhnen macht man in Berlin jetzt nur noch«, versicherte ich ihr freundlich. »Die sind völlig abgekommen von der Arie mit den Folien.«

Mit den Landfrauen hatte ich mich gut gestellt. Ihr Tagungshaus lag in unmittelbarer Nachbarschaft unseres Hauses, und nach anfänglichen Sorgen, dass mit Lilly DeLight die Sünde in die Stadt einziehen würde, hatte man fast einhellig befunden, ich sei ein Mensch wie jeder andere. Diese liberale Einstellung hatte sicherlich auch damit zu tun, dass ich mit einer Ratsherrin, die gleichzeitig engagierte Landfrau war, auf du und du war.

Dirk hatte die Vorsitzende zwar vorgezogen, aber er hatte es auch eilig, mit ihr fertig zu werden. Ich legte ihm den Umschlag mit Pornofotos auf den Frisiertisch, setzte mich und griff zur *Bunten* der Vorwoche. Ich blätterte sie nur flüchtig durch, bis ich auf eine Homestory über Rainer Kestner stieß. Kestner im Garten seiner Dahlemer Villa an einem geschmackvollen Zen-Teich, in dem ein überteuerter und meiner Meinung nach äußerst unansehnlicher japanischer Fisch trübsinnig seine Runden zog. Kestner in der Garage vor seiner Harley, ein überdimensionales Aktbild von Marilyn Monroe auf rotem Samt im Hintergrund. Der Starmoderator in seiner amerikanischen Küche, wo er auf dem Tresen Teller und Kerzen für ein Dinner zu zweit anrichtete. Hosen und Hemden von Donna Karan und Boss, ein Gucci-Lederensemble für das Motorrad-Outfit und Schuhe von Ferragamo (außer auf dem Harley-Bild, dort trug er Nike-Turnschuhe), Haarstyling von Udo Walz, Pflegeprodukte von La Prairie.

Das Gespräch hatte Paul Sahner geführt, und Kestner hatte ausgiebig Gelegenheit bekommen, über seine rasante Karriere und sein aufregendes, aber doch bodenständiges Junggesellenleben zu berichten. Es war ein Interview, wie ich sie schon zu Dutzenden gelesen hatte. Die Fragen reichten von »Wie lebt es sich als Deutschlands erfolgreichster Moderator?« über »Die Leidenschaft zum Motorsport – wo kommt die her?« bis zu »Hand aufs Herz, Rainer – ist es nicht manchmal einsam, so allein auf dem Gipfel einer spektakulären Medienkarriere?«

Kestners Antworten waren nicht origineller als Sahners Fragen. Er lobte sein fleißiges Team, erzählte eine unbedenkliche Anekdote über einen Fauxpas, den er sich gegenüber seinem »großen Vorbild« Sabine Christiansen geleistet hatte und listete seine liebsten Talkgäste auf: Joschka Fischer, Dieter Wedel und Inge Meysel. »Alles zu verdanken« hatte er seinen viel zu früh verstorbenen Eltern und »ein Meilenstein in seinem Leben« war die Bekanntschaft mit Sat-7-Chef Winfried Ebersbach gewesen. Natürlich sehnte sich Deutschlands begehrtester Junggeselle danach, endlich der Richtigen zu begegnen, denn – Karriere hin oder her – nichts ging über das Glück, das einem ein erfülltes Familienleben beschert.

Nach der Lektüre wusste ich nichts Neues über den Mann, den ich so aalglatt fand, dass vermutlich das Wasser von ihm abperlen würde, sobald er aus der Dusche stieg. In dieser Hinsicht konnte er es mit der Art von Polyesterstoffen aufnehmen, die man nach dem Waschen trocken aus der Maschine zieht.

Ein paar Seiten später stieß ich auf mein eigenes Gesicht. Bei all dem Trubel der vergangenen Tage hatte ich völlig vergessen, dass ich anlässlich meiner Fernsehshow ein Interview gegeben hatte. Ich schaute mich um, ob mir jemand beim Lesen zusah, weil es mir ein bisschen peinlich war, dabei beobachtet zu werden, wie ich einen Bericht über mich selbst studierte. Aber alle Anwesenden strengten sich erfolgreich an, mich nicht wie die Außerirdische zu begaffen, die sie vielleicht in mir sahen. Dirk plazierte gerade eine Wärmehaube über dem Kopf von Frau Brandes und nickte mir kurz zu. Ich war gleich an der Reihe.

Nachdem ich das Interview gelesen und mich über die nicht besonders gut ausgeleuchteten Fotos etwas geärgert hatte, blätterte ich weiter bis auf die Horoskopseite. Automatisch wanderte mein Blick zu den Waage-Zeilen. Dort stand zu lesen:

»Nach den Aufregungen der vergangenen Wochen dürfte den Waage-Geborenen zumindest dies klar geworden sein: Wenn orthodoxe Mittel nicht den gewünschten Erfolg bringen, gilt es, unorthodox vorzugehen. Ändern Sie die Vorgehensweise und beschreiten Sie neue Wege. Nehmen Sie jede Hilfe in Anspruch, die Ihnen angeboten wird.«

Der Vollständigkeit halber las ich auch das Aszendenten-Horoskop.

Zwillinge: »Ein Freund braucht Ihre Hilfe. Ihre außergewöhnlichen Fähigkeiten waren oft genug Anlass für Amüsement. Jetzt erhalten Sie die Gelegenheit, sich zu beweisen. Geben sie Ihr Bestes, denn es wird dringend gebraucht.«

Warum nicht, dachte ich, ergriff meine Handtasche und stand auf.

»Sorry, ich muss los, Dirk. Ich weiß nicht, wo mir der Kopf steht, aber ich hab noch einen dringenden Termin. Komplett vergessen. Suzy ruft dich morgen an.«

Die Augen aller Anwesenden waren auf mich gerichtet. Frau Brandes winkte mir zum Abschied zu. Dirks neuer Auszubildender wisperte seiner Dauerwellenkundin deutlich hörbar zu: »Sie macht ja im Moment auch ziemlich viel durch.«

Mit diesem Satz in den Ohren verließ ich den Salon, um das zu tun, was in dieser Woche allen Waagen angeraten war: unorthodoxe Hilfe in Anspruch zu nehmen. Meine Haarwurzeln mussten warten.

»So viele Quadrate habe ich noch nie gesehen. Wahnsinn.«

»Bitte keine Fachsprache, Ronny. Ob das Quadrate, Kreise oder Dreiecke sind, ist mir völlig egal.«

»Ich könnte dir mehr sagen, wenn wir die Geburtsstunden aller Beteiligten hätten.«

»Sag mir einfach, was du siehst.«

Ronny hatte die Daten der Kestner-Sendung in Verbindung mit meinem Tageshoroskop durch sein Astrologieprogramm gejagt und saß mit gerunzelter Stirn vor einem Haufen Papier, auf dem Diagramme zu sehen waren, die für mich aussahen wie die Skizzen von Landebahnen für UFO-Flughäfen. Dank Internet war es uns gelungen, zumindest die Geburtstage aller Beteiligten zu ermitteln. Lediglich bei Natascha Meyer-Stade und Rainer Kestner hatten wir den Geburtsort nicht finden können. Draußen dämmerte es. Eisregen hatte sich mit Regen abgewechselt, so dass es kaum möglich war, sich schneller als im Schneckentempo vorwärtszubewegen. Im Radio wurde halbstündlich vor der tückischen Straßenglätte gewarnt. Nachdem ich wundersamerweise unfallfrei vom Friseursalon zurück in die Firma gekommen war, hatte ich allen Angestellten freigegeben. Einige wohnten in den höher gelegenen Regionen des Harzes, und die gewundenen Gebirgsstraßen waren selbst im Sommer eine Herausforderung. Bei dieser Wetterlage wollte ich niemandem zumuten, sie nach Einbruch der Dunkelheit zu befahren. In den Büroräumen herrschte eine unnatürliche Stille. »Verzichte bitte auf die Fachvokabeln und sag mir, was los ist.«

»Es gibt deutliche Verbindungen zwischen allen Beteiligten. Dass du besser nicht hingegangen wärst, habe ich dir ja schon gesagt. Wenn du hier schaust, dann erkennst du einen unausgesprochenen Konflikt zwischen Rainer Kestner und dir.«

Ich schaute und erkannte gar nichts. Diagonalen auf weißem Papier.

»Wahrscheinlich, dass wir uns beide nicht ausstehen können.«

»Nein – mangelnde Sympathie ist nicht das Problem. Er hat nichts gegen dich.«

»Ach nein – und warum behandelt er mich wie den letzten Dreck?«

»Er ist angespannt in deiner Gegenwart. Er hat Angst vor dir.«

»Warum sollte Kestner Angst vor mir haben? Die Quote werde ich ihm nicht abjagen.«

»Es hat etwas mit dem Beruf zu tun, aber es ist nichts Aktuelles. Es gibt da etwas in eurer Vergangenheit.«

»*Unserer* Vergangenheit? Wie soll ich mit Kestner eine Vergangenheit haben? Ich bin ihm Montagabend das erste Mal begegnet.«

»Es muss ja nicht heißen, dass Ihr euch vorher schon über den Weg gelaufen seid. Irgend etwas Gemeinsames ist da.«

Er stützte die Ellbogen auf den Tisch und schüttelte den Kopf. Ich dachte angestrengt nach – ohne Resultat.

»Gemeinsame Bekannte? Orte, an denen ihr gewesen seid?«

»Bekannte ganz sicher nicht. Von meinen Freunden kennt ihn niemand, und auf die gleichen Partys gehen wir auch nicht. Und Orte? Ich habe wirklich keine Ahnung.«

Ich überlegte, ob ich im *Bunte*-Interview irgend etwas über seine Herkunft gelesen hatte, aber soweit ich mich erinnern konnte, war der einzige Verweis auf seine Vergangenheit die Erwähnung, dass seine Eltern nicht mehr am Leben waren. Sollte mir Kestner jemals über den Weg gelaufen sein, dann hätte ich mich an die Begegnung spätestens erinnert, als ich ihn das erste Mal im Fernsehen sah. Mein Namensgedächtnis war immer schon gut gewesen, und auch ein Gesicht vergaß ich nie. Nur mit Telefonnummern hatte ich meine Schwierigkeiten …

»Was ist mit den anderen Gästen?«

»Wenn Natascha Meyer-Stade ihr Horoskop gekannt hätte, wäre sie niemals in die Sendung gegangen. Es leuchtet nur so vor Warnzeichen. Schau dir nur dieses Saturnquadrat an! Die Opposition hier. Ihre Venus ist vollständig zerstört.«

»Hatte sie auch eine besondere Verbindung zu Kestner?«

»Nein. Ich kann da nichts erkennen.«

»Bruhns?«

»Stefan Bruhns scheint der einzige ruhende Pol in der gesamten Gruppe zu sein.«

Manchmal ist es der Mangel an Besonderheiten, der einen Umstand einzigartig macht. Auf mich wirkte Bruhns abgebrüht. Außerdem hatten ruhende Pole viel von stillen Wassern. Stefan Bruhns, Kestner und ich waren im Moment die einzigen Überlebenden der montäglichen Sendung. Und mit an Sicherheit grenzender Wahrscheinlichkeit konnte ich mich selbst aus dem Kreis der Verdächtigen ausschließen.

»Carola Wendt?«

»Das ist sehr interessant. Ich weiß nicht, wie ich es ausdrükken kann, aber es gibt um die Sendung herum so etwas wie ein astrologisches Metathema.«

»Und damit meinst du?«

»Eine Art Kontext, der über das hinausgeht, was im Fernsehen zu sehen war. Von Carola Wendt aus scheint es Strahlen in alle Richtungen zu geben. Allerdings sind sie verzweigt. Es gibt nicht immer direkte Verbindungen. Stell es dir vor wie ein dreidimensionales Netz.«

Ich musste an einen komplett unverständlich geschriebenen Artikel über die Krümmung des Universums denken, den ich vor ein paar Wochen im Flugzeug gelesen, wenn auch nicht wirklich verstanden hatte. Der Autor hatte versucht, die verschiedenen Theorien über die Form, die Entstehung und die Zukunft des Alls zu veranschaulichen. Das war mir entschieden zu hoch gewesen. Ich wusste nicht, was schwieriger nachzuvollziehen war: ob es einen Urknall gegeben hatte – wenn ja: wo hatte es geknallt? – oder ob das Weltall unendlich, ohne Anfang und ohne Ende war. Skizzen und Grafiken sollten auf zweidimensionaler Ebene in geometrischen Formen verdeutlichten, was im dreidimensionalen Raum stattfand. Zumindest diese Bilder hatten mir etwas vermittelt.

»Ein dreidimensionales Netz wäre dann so etwas wie ein Korb?«

»In diesem Fall fast wie ein Ball. Mit einigen Löchern darin. Carola Wendt ist das Zentrum des Netzwerks.«

»Was soll Carola Wendt mit Greta Giehse zu tun haben?«

»Wenn wir das wüssten, dann wäre das Rätsel gelöst. Greta gehört zu der Kontext-Ebene. Es gibt Querverweise nach draußen. Aber es gibt noch einige mehr davon. Die Sendung war nur ein Punkt, an dem viele Geschichten zusammengelaufen sind.«

»Und einige endeten.«

»Für die Beteiligten, ja. Aber hier sind nicht nur Geschichten zu Ende gegangen. Ich sehe Anfänge. Die Sendung war ein Katalysator, der eine große Veränderung für die Anwesenden eingeleitet hat.«

»Wie zum Beispiel ihren Tod.«

»Nicht nur Tod oder Verlust. Aber in jedem einzelnen Fall Veränderung.«

Ich zögerte, bevor ich ihm die nächste Frage stellte. »Wie passe ich in den Zusammenhang?«

Er seufzte und schaute mich sorgenvoll an.

»Du wirst versuchen, die Meta-Ebene zu zerstören.«

Zerstörung, soviel hatte ich in meinem Leben gelernt, bleibt niemals ohne Konsequenzen.

Meta ist für mich in erster Linie ein altdeutscher Frauenname und all die über- und untergeordneten Kontexte, Oppositionen und Quadrate, Anfang, Ende und Zerstörung waren etwas zuviel für mich. Aber Ronny nahm seine Sache sehr ernst, und ich hatte keinen Grund, ihm nicht zu glauben. Zu oft hatte er mit seinen abstrakten Analysen und Prophezeiungen richtig gelegen. Aber ich sah mich nicht als Teil einer komplizierten Gleichung, die irgendwann aufgelöst werden würde. Und als Zerstörerin betrachtete ich mich schon gar nicht.

»Wir sollten aufbrechen. Es ist schon fast dunkel.« Er hatte das Fenster aufgemacht und sich hinausgelehnt. Als er es wieder geschlossen hatte und sich mir zuwandte, war sein Gesicht mir Regentropfen übersät. Ich verspürte den Impuls, sie fortzuwischen, seine Haut unter meinen Fingern zu spüren. Wieder war dieses zerrissene Gefühl da. Warum musste ich nach all der Zeit, die seit unserer Trennung vergangen war, immer noch so empfinden? Ich hatte Max, wir waren glücklich miteinander. Wieso konnte mich Ronny so durcheinanderbringen, nur weil ich Regentropfen auf seinem Gesicht sah? Ich riss mich zusammen.

»Ich warte noch auf eine Lieferung. Carola Wendt hat mir ihre Lebensgeschichte geschickt.«

»Ich glaube nicht, dass heute noch ein Kurier unterwegs ist. Die Straßen sind wie Eisbahnen. Einige sind wegen des Unfallaufkommens kaum noch passierbar.«

Mehrere Anrufe später hatte ich in Erfahrung gebracht, dass das Manuskript per ICE-Kurier auf den Weg Richtung Goslar gebracht worden und um 15.30 Uhr in Braunschweig eingetroffen war. Dort hatte es ein Kurier um 15.34 Uhr in Empfang genommen. Schon wenige Kilometer außerhalb Braunschweigs, auf Höhe der Abfahrt Wolfenbüttel-Adersheim, war der Wagen von der Fahrbahn abgekommen. Der Fahrer war unverletzt geblieben, aber aufgrund der Witterungsverhältnisse war es bislang unmöglich gewesen, den Wagen aus dem Graben zu ziehen. Man hatte die Bergung auf den nächsten Vormittag vertagt und würde dann erneut versuchen, mir die Sendung zuzustellen. Allerdings befürchteten die Meteorologen, dass sich das Wetter zum Wochenende eher verschlechtern als verbessern würde. So nah und doch so fern lag das Dokument, das uns Einsichten und möglicherweise Erklärungen geben konnte – in einem Straßengraben, vierzig Kilometer entfernt von mir.

Die Frustration stand mir ins Gesicht geschrieben. Ronny hatte seine Computerausdrucke eingesammelt, in eine Mappe gelegt und war zu mir herübergekommen.

»Es nützt nichts, sich darüber aufzuregen. Du kannst an der Situation nichts ändern. Ich hoffe, du spielst nicht mit dem Gedanken, dich in den Wagen zu setzen und das Paket selbst abzuholen.«

Für einen wahnwitzigen Augenblick hatte ich tatsächlich daran gedacht. Aber mir war mein Leben doch zu lieb, um ein solches Risiko auf mich zu nehmen.

»Nein, natürlich nicht.« Ich suchte den Schreibtisch nach meinem Handy ab und begann langsam, meine Handtasche zu packen. Ich bewegte mich wie in Zeitlupe. Irgend etwas hielt mich auf, hielt mich hier in diesem Zimmer.

Ronny zog sich den dicken Wollpullover an, den er um die Schultern gelegt hatte, und schaute mir zu. Er atmete tief durch.

»Ist die Situation für dich eigentlich noch erträglich?«

Ich hielt inne, die Hand nach meinem Adressbuch ausgestreckt.

»Bitte?« Etwas an seiner Stimme sagte mir, dass er nicht über die Morde sprach.

»Diese Unfähigkeit, dich zu entscheiden.«

»Zwischen dir und Max?«

Er hielt meinem Blick nicht stand und schaute aus dem Fenster. »Solange ich nicht zuviel darüber nachdenke«, sagte ich leise.

Er nickte und verließ das Büro, ohne mich noch einmal anzuschauen.

Kapitel 20

Als ich auf den vereisten Hof trat, war es vollständig dunkel geworden. Kein Stern war am Himmel zu sehen. Die Bewegungsmelder hatten sich eingeschaltet und durchdrangen die Finsternis, brachten die Regentropfen zum Glitzern. Im Zeitlupentempo bewegte ich mich auf den Wagen zu und öffnete die Beifahrertür, damit Mikey einsteigen konnte. Der Hund stand noch immer zögernd auf der Treppe und machte sich nur widerwillig und mit äußerster Vorsicht auf den Weg zum Auto. Ich überlegte kurz, ob es überhaupt sinnvoll war, den Wagen zu nehmen, fand es dann aber beruhigender, einen Käfig aus Metall um mich zu haben, wenn mir auf der tückischen Straße etwas zustoßen sollte. »Kaputte Knochen schmerzen mehr als kaputtes Blech«, hatte meine Mutter zu mir gesagt, als ich meinen ersten Wagen zu Schrott gefahren hatte. Im Schrittempo fuhren wir vom Hof. Der Nachrichtensprecher berichtete von weiteren Unfällen wegen überfrierender Nässe, und Eisregen sowie von unpassierbaren Autobahnen und Landstraßen. Ich hoffte, dass meine Angestellten wohlbehalten bei ihren Familien angekommen waren.

Aus dem Autoradio erklang ein alter Abba-Hit – *Knowing me knowing you, there is nothing we can do …*

Ich hatte mir selten darüber Gedanken gemacht, wie Max die Dreierkonstellation, in der er, Ronny und ich uns befanden, bewertete. Da er seinen gelegentlichen Ärger über Ronny durch Sticheleien und abfällige Bemerkungen äußerte, aber nicht mehr, schien er damit leben zu können. Anders war es bei Ronny. Er hatte sich noch nie abfällig über Max geäußert und bislang auch mit keinem Wort erwähnt, dass die Situation für ihn schwer zu ertragen war. Heute hatte er mich zum ersten Mal wissen lassen, dass er unzufrieden war. Vielleicht war es naiv von mir gewesen anzunehmen, dass es mit uns ewig so weitergehen könnte. Der einzige Mensch, für den die Konstellation äußerst vorteilhaft war, war ich. Ich hatte alles, was ich wollte. Beide Männer, die ich liebte, ein Haus, einen Hund, meine Karriere. Warum sollte ich mich entscheiden, wenn ich doch mit dem zufrieden war, was ich hatte? Weshalb auf etwas verzichten?

Dass Ronny der Leidtragende war, wurde mir erst jetzt klar. Ich hatte nie einen Gedanken daran verschwendet, wie es sich wohl anfühlen musste, von Max als Eindringling und Gegner behandelt zu werden. Dass ich ihm einen Job gegeben hatte, war für ihn vielleicht nichts als ein Gnadenbrot. Oder schlimmer: wie das Bemühen, ihn vor den Widrigkeiten des Lebens zu beschützen – immerhin war er aus der Entzugsklinik direkt zu mir gekommen. Und ehrlich gesagt war es nicht ganz falsch. Ich wollte ihn beschützen, wollte, dass ihm nichts geschah.

Vielleicht war es nicht gerade die Verwirklichung seines Lebenstraums, in einer Pornoproduktionsfirma neue Produktreihen zu entwickeln – ich hatte ihn nie gefragt, was er eigentlich vorhatte. Für mich war es äußerst bequem gewesen, ihn einzustellen und so immer nah bei mir zu haben. Was, wenn er beschloss zu kündigen? Zu meiner Schande muss ich gestehen, dass ich erst in zweiter Linie daran dachte, was wohl aus ihm würde. Mein erster Gedanke war etwas egoistischer: was wird dann aus mir?

Das Handyklingeln brachte mir eine willkommene Ablenkung von den unerwünschten Fragen. Nicolette wollte wissen, ob das Manuskript schon eingetroffen war, und ich musste sie enttäuschen. Ich erklärte ihr, was passiert war, und versprach, sie zu informieren, sobald das Paket in Goslar eingetroffen wäre.

Im ganzen Haus brannte Licht, als ich auf den Hof fuhr. Es schien, als sei Max unruhig von Zimmer zu Zimmer gewandert.

Ich hängte meine Jacke an die Garderobe und ging ins Wohnzimmer. Der Fernseher lief, aber der Ton war ausgestellt, und zeigte das dreißig Jahre jüngere Gesicht von Carola Wendt in leuchtenden Technicolor-Farben. Sie lag auf einem Liegestuhl an einem gleißend hellen Strand. Alain Delon saß hinter ihr und betrachtete sie mit einem Blick, in dem Begierde und Unsicherheit gleichermaßen lagen. Sein bronzefarbener Oberkörper glänzte von Sonnenöl. Carola genoss es, seine Augen auf sich zu spüren, die wollüstig und gierig über ihren Körper wanderten. Ich hatte den Film noch nie gesehen und auch nicht gewusst, dass sie mit dem jungen Delon gedreht hatte. Dafür war sie zu beneiden. Von Delon wanderten meine Gedanken wieder zu Dickie Greenleaf und Tom Ripley – Delon hatte in einer französischen Verfilmung in den Sechzigern die Rolle gespielt. Erst jetzt sah ich Max im Sessel sitzen. Sein Rücken war mir zugewandt, aber ich sah sein Spiegelbild in der Verandatür.

»Schon zu Hause? Du bist doch sonst nicht so früh hier«, sagte ich.

»Stört es dich?« Er warf mir einen gereizten Blick zu und nahm einen Schluck Whisky. Offenbar hatten sich heute alle gegen mich verschworen.

»Wieso sollte es?«

Ich fragte mich, ob ich ihn einfach schmollend sitzen lassen sollte oder ob ich ihn besser fragte, was mit ihm los war. Um zu vermeiden, dass sich seine üble Stimmung über die nächsten Tage halten würde, entschied ich mich für die offene Konfrontation.

»Möchtest du darüber reden?«

Wenn er in dieser Stimmung war, konnte ich ihn nicht ausstehen. Ein lauter Streit wäre mir tausendmal lieber gewesen als dieses beleidigte Schweigen.

»Reden? Worüber denn?«

»Das wüsste ich gerne von dir. Ich komme nach Hause, und

du sitzt hier mit dieser vorwurfsvollen Miene und bist angetrunken. Wie soll ich wissen, was los ist? Ich bin keine Hellseherin.«

»Du bist doch die Frau, die den deutschen Männern jeden Wunsch von den Augen abliest. Da könntest du ja vielleicht auch einmal sehen, was in deinem eigenen Mann vorgeht.« Es war nicht das erste Mal, dass er die Werbeslogans meiner Firma gegen mich verwendete, aber das machte es nicht weniger schmerzhaft. Er goss sich aus der Whiskyflasche nach.

»Selbst wenn ich Gedanken lesen könnte – da stünde jetzt nichts als ›Whisky kippen‹ und ›die Frau beleidigen‹. Was glaubst du, wie es mir geht? Was *ich* im Moment durchmache? Es ist genau wie das letzte Mal. Wenn es mir richtig dreckig geht, dann bist du nicht da.«

Das hätte ich besser nicht gesagt.

»Nicht da? Ich? Wer ist denn drei Tage die Woche unterwegs? Das ist ja eine Wochenendbeziehung, die wir haben. Ich könnte genausogut in einen Puff gehen. Da würde ich billiger wegkommen.«

Mir stockte der Atem. »Wenn ich für dich nichts anderes bin als jemand zum Ficken, dann bist du im Puff wahrscheinlich besser aufgehoben.« Ich merkte erst, dass ich weinte, als die Tränen mir in die Mundwinkel liefen.

»Schau mal an – sie weint! Hat die toughe Business-Frau am Ende doch noch ein Herz.«

Es wäre nicht weniger schmerzhaft gewesen, wenn er mich geschlagen hätte. Mein Stimme zitterte, als ich antwortete.

»Was ist bloß mit dir los? Bringen sie euch das irgendwo bei – wie man seine Frau am besten beleidigt? Sinnlos streitet? Gibt es besondere Volkshochschulkurse, oder nimmt einen irgendwann der Vater beiseite und zeigt dem Sohn, wie so was geht?«

»Du bist doch sonst so hart im Nehmen. Sieben auf einen Streich – oder wie hieß der Film?«

»Ich wusste nicht, dass du dich so gut mit meinen alten Filmen auskennst.«

»Ist doch praktisch. Wenn du mal wieder nicht da bist, gehe ich einfach ins Lager, hol mir eine von den Gummipuppen und hol mir einen auf meine eigene Frau im Fernsehen runter. Kann doch jeder Mann nur von träumen.«

Obwohl ich es gewohnt bin, dass Menschen sich über meinen Beruf lustig machen, mich beleidigen, die Straßenseite wechseln, wenn sie mich sehen – aber trotzdem in die Videotheken gehen, um sich meine Videos auszuleihen –, war es etwas anderes, solche Worte aus dem Mund des eigenen Mannes zu hören. Ich griff mir die Whiskyflasche. Sie war fast leer. Ich sah das absurde Szenario gespiegelt in der Fensterscheibe.

»Ja – schau's dir an. Nächste Woche gehe ich zu Arabella. Lilly DeLight hat mich zum Alkoholiker gemacht.« Er lachte kurz und hart auf. Max ist einer der Menschen, die schon von einem Glas Wein beim Essen betrunken werden, und er war nichts ernsthaft in Gefahr, zum Alkoholiker zu werden. So aggressiv wie jetzt hatte ich ihn noch nie erlebt. Und auch nicht so gemein. Wie hatte es dazu kommen können?

Im Fernseher hatte sich Carola Wendt gerade von ihrem mediterranen Liegestuhl erhoben. Delon legte ihr seine Hand auf die Schulter, und sie drehte sich langsam zu ihm um. Er zog sie an sich, und sie ließ es geschehen. Dann wand sie sich aus der Umarmung und spuckte ihm ins Gesicht.

Ich betrachtete die Flasche noch einmal eingehend, bevor ich sie mit aller Kraft, die ich aufbringen konnte, gegen das Fenster warf. Die Scheibe zerbrach unter ohrenbetäubendem Scheppern, und mit ihr unser Spiegelbild. Begleitet von einem kalten Windhauch prasselte der Regen auf den Parkettboden. Max regte sich nicht, auch nicht als Mikey in den Raum rannte und mit gesträubten Nackenhaaren in die Dunkelheit bellte. Ich weiß nicht, wie lange Max so stand, denn ich war bereits nach oben ins Schlafzimmer gegangen. Ich packte meinen Koffer.

Es war mir ernst. Ich konnte mir nicht vorstellen, die Nacht im gleichen Haus, geschweige denn im gleichen Bett wie Max zu verbringen. Mit einer reumütigen Versöhnung nach dem Aufwachen, die in einen energischen Morgenfick übergehen würde, wäre es diesmal nicht getan. Noch während ich wahllos Kleidungsstücke aus dem Schrank zerrte und auf das Bett warf, fragte ich mich, wo ich hingehen sollte. Und vor allem: wie? Die Straßen waren in einem katastrophalen Zustand, und es hörte nicht auf zu regnen. Egal wie – ich musste raus aus dem Haus, raus aus der Stadt. Als ich zwei vollgepackte Koffer auf den Flur stellte, sah ich im Arbeitszimmer die Anzeige des Anrufbeantworters leuchten. Das rote Licht zeigte eine 1. Wenn der Anruf noch nicht abgehört war, blinkte die Anzeige, doch jetzt leuchtete sie beständig. Ich ging ins Zimmer, ohne Licht zu machen, und drückte auf die Wiedergabetaste.

»Hallo, Lilly.« Die Stimme klang frostig. »Wir müssen reden. Dringend.« Der Anrufer hatte seine Mobilnummer angegeben. Langsam begriff ich den Anlass für Max' Wutausbruch. In seiner chronischen Eifersucht hatte er geglaubt, dass der Anrufer, der mich dringend sprechen wollte, mein neuestes Verhältnis sei. Diese Interpretation ärgerte mich, überraschte mich aber nicht im geringsten – Max war sogar auf Winfried Ebersbach eifersüchtig. Und Winfried Ebersbach konnte es nicht mit dem Mann aufnehmen, der die knappe Nachricht für mich hinterlassen hatte – dem Schwiegermuttertraum der Bundesrepublik, Herrn Rainer Kestner höchstpersönlich.

Kapitel 21

So kurz vor dem Ziel konnte ich mich nicht geschlagen geben. Wenn sie mir entkam, hätte nichts einen Sinn gehabt. Ich hatte immer gedacht, ich kenne sie gut, aber als sie fort war, stellte ich fest, dass ich keine Ahnung hatte, warum und wohin sie verschwunden sein könnte. Ihr Hotelzimmer war gebucht und bezahlt, dafür hatte ich selbst gesorgt. Hatte sie eine Ahnung, was ich mit ihr vorhatte?

Rannte sie vor mir weg?

Dass es nachher so einfach werden sollte, hatte ich zu diesem Zeitpunkt nicht gedacht. Manchmal bin ich so mit meinen zwei Welten beschäftigt, dass ich das Naheliegende übersehe. Wenn ich mit ihr fertig war, dann würde die zweite Welt die erste Welt aufschlucken und verzehren. Dann wäre meine Aufgabe erledigt. Als ich diese Gewissheit hatte, ging alles wieder wie von selbst. Und das bestätigte, dass mein Plan der richtige war, denn das Schicksal war wieder auf meiner Seite.

Kapitel 22

Die Autofahrt war ein reines Himmelfahrtskommando. Schweren Herzens hatte ich Mikey im Haus eingesperrt – es reichte, wenn ich mein eigenes Leben aufs Spiel setzte. Mehrmals musste ich den Wagen anhalten, weil eine Abzweigung gesperrt war. Im ersten und zweiten Gang kroch ich die Bundesstraßen bis zur Autobahnauffahrt entlang. In den Straßengräben lagen alle paar Kilometer Autowracks. Ich versuchte, nicht daran zu denken, wie viele der Fahrer jetzt im Krankenhaus lagen – oder schlimmer, auf der vereisten Bundesstraße ihr Leben gelassen hatten. Der prasselnde Regen nahm mir die Sicht, und die Scheinwerferlichter der entgegenkommenden Fahrzeuge brachen sich in den Regentropfen. Oft kam ich nur im Schrittempo voran, aber es gab nichts, was mich hätte aufhalten können.

Ich fragte mich, wie ich bei diesem Wetter einen UPS-Wagen entdecken sollte, der irgendwo zwischen Braunschweig und Wolfenbüttel-Adersheim im Graben lag, aber das Fahren verlangte mir so viel Konzentration ab, dass ich an diese Sorge keinen weiteren Gedanken verschwenden konnte. Manchmal kam mir das Leben vor wie ein Film, bei dem ich Regie führte. Als Regisseurin stellte ich Behauptungen auf. Wenn ich einem Darsteller eine Anweisung gab und er sie ausführte, dann war meine Vision im Film umgesetzt – ich hatte die Realität gestaltet, so wie sie der Zuschauer später sehen würde. So ähnlich kam ich mir jetzt vor. Ich hatte mir selbst eine Regieanweisung gegeben und gute Überzeugungsarbeit geleistet. Ich würde die Fahrt überstehen, ein Scheitern war in diesem Drehbuch nicht vorgesehen. Die Hauptdarstellerin Lilly DeLight würde nicht bei einem Autounfall ums Leben kommen. Sie würde den UPS-Wagen nicht übersehen. Sie würde heil am Ziel ihrer Reise ankommen, und sie würde herausfinden, wer Greta Giehse und Natascha Meyer-Stade brutal misshandelt und ermordet hatte und was das Geheimnis Carola Wendts war. Auch auf die Verabredung mit Rainer Kestner war sie zu gespannt, als dass sie dem Schicksal das Recht einräumen würde, ihren Wagen von der Straße abkommen zu lassen.

Mein Vorhaben war nicht weniger bizarr als das, was ich in den vergangenen Tagen erlebt hatte. Ich fragte mich nicht, was aus mir und Max oder aus mir und Ronny werden sollte, sondern tat das, was jeder Psychiater als Ursünde bezeichnen würde. Ich verdrängte die privaten Sorgen und Fragen und setzte mir ein anderes Ziel: Fliehen und Überleben. Über mein Eheleben könnte ich mir immer noch Gedanken machen, wenn ich diese Aufgabe heil überstanden hatte. Was ich zu diesem Zeitpunkt nicht bedachte, war, dass der Regisseur weniger sieht, als die Kamera einfängt. Das menschliche Auge erkennt nicht automatische die Details im Hintergrund. Dafür muss man an der Kameralinse drehen, bis die nötige Tiefenschärfe erreicht ist. Aber Menschen sind keine Kameras.

Wie sich herausstellte, war das Wrack des UPS-Wagens nicht zu übersehen. Obwohl ich auf der gegenüberliegenden Straßenseite fuhr, entdeckte ich es schon von weitem. Ich nahm die nächste Abfahrt, fuhr auf die Autobahn Richtung Wolfenbüttel wieder auf und hielt auf dem Seitenstreifen. Kaum dass ich aus dem Auto gestiegen war, war ich bis auf die Haut durchnässt. Der Eisregen prasselte auf mich herab. Ich versuchte erst gar nicht, zu Fuß an den Lieferwagen heranzukommen, sondern setze mich auf eine Einkaufstüte und rutschte in den Graben hinab.

Der Wagen lag auf der Fahrerseite, und die Tür zum Lieferraum stand einen Spalt breit offen. Ich stemmte mich mit aller Kraft dagegen, aber vergebens: das Metall hatte sich beim Aufprall verkantet. Ich schaute mich um, ob ich irgend etwas als Stemmeisen verwenden konnte, wurde aber nicht fündig. Also musste ich zurück zu meinem Wagen. Den Hang wieder hinaufzukommen erwies sich als schwieriger, als ihn hinabzurutschen. Ich griff in matschiges Erdreich und kroch in Richtung Straße. Oben angekommen, war ich völlig außer Atem und von oben bis unten mit Matsch beschmiert. Auf der Suche nach einem Hebelwerkzeug durchwühlte ich den Kofferraum meines Wagens. Ich fand Verbandszeug, nahm die beigepackte Taschenlampe heraus und betete, dass die Batterien noch funktionierten. Nachdem ich vergeblich nach einer Brechstange gesucht hatte, stieß ich auf einen metallenen Gegenstand. Der Wagenheber! Ich hatte noch nie in meinem Leben einen Reifen wechseln müssen. Beide Male, die ich mit einem Platten auf der Autobahn gestrandet war, hatten sich zahlreiche Freiwillige gefunden, so dass ich das Werkzeug bislang nur aus sicherer Entfernung kannte. Heute würde sich zeigen, ob Lilly DeLight mit einem Wagenheber umgehen konnte.

Sie konnte. Da ich ohnehin völlig durchnässt war, machte es auch nichts mehr, dass es zehn Minuten dauerte, bis ich die Mechanik begriffen hatte. Schließlich setzte ich den Hebel an, und unter Ächzen und Quietschen des verbeulten Metalls gelang es mir, die Tür so weit zu öffnen, dass sie für meine Maße Platz bot.

Die Batterien der Taschenlampe waren noch intakt, aber genausogut hätte ich blind in den Wagen steigen und nach meinem Umschlag suchen können – bei dem Aufprall war alles durcheinandergewirbelt worden. Es blieb mir nichts anderes übrig, als die schweren Pakete an die Seite zu räumen und den Lieferwagen nach dem für mich bestimmten Umschlag abzusuchen. Endlich einmal meinte es das Schicksal gut mit mir. Es dauerte keine fünf Minuten, da hielt ich den dicken DIN-A4-Umschlag von Carola Wendt in der Hand. Als ich triumphierend aus dem Wagen herauskletterte, erwartete mich eine weniger angenehme Überraschung. Ein gleißendes Licht blendete mich, und ich musste die Hand vor mein Gesicht halten, um zu erkennen, was sich hier abspielte. Als ich das Blaulicht sah, hatte ich eine Ahnung, bis ich durch den gebellten Befehl »Stehenbleiben, Arme über den Kopf« Gewissheit bekam.

Über die Nacht im Braunschweiger Gefängnis möchte ich an dieser Stelle nicht berichten. Zur Verteidigung der dortigen Kripo muss ich sagen, dass die Presse nie ein Wort von der peinlichen Geschichte erfahren hat. Am nächsten Morgen um 7.30 Uhr wurde mir der Brief wieder ausgehändigt, nachdem ich mit dem Bezirksvertreter von UPS ein langes Telefongespräch geführt und ihn von der Dringlichkeit der Zustellung überzeugt hatte. Man beschloss, keine Anklage wegen Einbruch und Diebstahl gegen mich zu erheben, und schickte mir sogar ein Taxi, das mich zum Bahnhof brachte. Vielleicht sollte ich noch erwähnen, dass seit diesem Tag meine Firma die gesamte Paketpost von UPS abwickeln lässt.

Im Gefängnis konnte ich mich umziehen, aber auf Make-up verzichtete ich. Je schneller ich aus dem Gebäude heraus war, desto besser. So saß ich nun gerädert, übermüdet, ungeschminkt und mit strähnigen Haaren zwischen frühstückenden Bahnreisenden im Intercity-Restaurant, trank einen minderwertigen Beuteltee und wartete auf meinen Zug nach Berlin. Vor mir auf dem Tisch lag das Manuskript von Carola Wendt. Ich traute mich nicht, den Umschlag zu öffnen.

Zwei Tische rechts von mir saß eine Gruppe junger Männer. Ihrem Aussehen nach zu urteilen, waren es Baseballer. Sie steckten die Köpfe zusammen, tuschelten und schauten zu mir herüber. Das letzte was ich in diesem Augenblick wollte, war eine Autogrammstunde. Ein braungebrannter Riese mit langen blonden Haaren erhob sich und kam auf mich zu. »Shark Zone«

stand auf seinen Sweatshirt, und unter der Aufschrift sah man die Silhouette eines Hais. Ich seufzte und suchte nach meinem Kugelschreiber. Er beugte sich zu mir herab und schenkte mir ein höfliches Lächeln.

»Könnten wir wohl bitte das Salz bekommen?«

Berlin, im Februar 2001

Sehr geehrte Frau DeLight,
nach unserem angenehmen Gespräch über Schuld, Unschuld und die Grauzonen, in denen die beiden Begriffe verhandelt werden, erlaube ich mir, Ihnen beiliegendes Dokument zukommen zu lassen.
Ich überlasse es Ihnen, was damit geschehen soll.
Zum Hintergrund: ein deutscher Filmproduzent ist interessiert daran, »Die wahre Geschichte der Carola Wendt« zu verfilmen. Sie und ich wissen, dass die Wahrheit die unangenehme Eigenschaft hat, sich aus verschiedenen Perspektiven ganz anders darzustellen. Ich vertraue auf Ihren Sachverstand und Ihre Menschenkenntnis und verbleibe
mit herzlichen Grüßen
Ihre
Carola Wendt

P.S.: Es ist fraglich, ob wir uns jemals wiedersehen werden, und so wünsche ich Ihnen für Ihren weiteren Lebensweg alles Gute. Bleiben Sie, wie Sie sind!

Ich legte den Brief auf den freien Sitzplatz neben mir und leerte das Kuvert. Der Umschlag enthielt zwei Manuskripte, die jeweils ungefähr fünfzig Schreibmaschinenseiten umfassten. Das dritte Manuskript war Carola Wendts handschriftliches Original. Die Seiten waren mit einer feinen, ziselierten und schwer lesbaren Damenhandschrift gefüllt, die aussah, als habe Carola Wendt einen Kalligraphie-Kurs besucht und den Text mit Hilfe einer Lupe zu Papier gebracht. Die unlinierten Blätter waren dicht von oben bis unten beschrieben, nur an der linken Seite war ein kleiner Rand gelassen. Sie hatte weißes und hellblaues Papier verwendet, wie ich es von Fernsehdrehbüchern kannte. Dort war es üblich, Textänderungen durch verschiedenfarbiges Papier zu kennzeichnen. Das Drehbuch für *Lilly DeLights Hexen* hatte ausgesehen wie ein Regenbogen. Während der ICE den Braunschweiger Hauptbahnhof verließ, blätterte ich die Seiten flüchtig durch und bewunderte, wie wenig Korrekturen die Schreiberin hatte machen müssen. Höchst selten war ein Wort durchgestrichen oder ein Satz durch einen Einschub ergänzt worden.

Auf beiden Titelblättern stand »Filmstoff«. Ich nahm das handschriftliche Manuskript, das zuoberst lag, und begann zu lesen. Nach wenigen Zeilen musste ich feststellen, dass die kleine Frauenhandschrift selbst für gesunde Augen eine Herausforderung darstellte, legte den Stapel beiseite und nahm statt dessen den Computerausdruck.

Was die reinen Fakten anging, so lernte ich wenig Neues. Allenfalls die Informationen über die Kindheit und Jugend der Autorin waren mir noch nicht bekannt, den Rest kannte ich aus der Boulevardpresse und dem Einspielfilm, der in Kestners Talkshow gelaufen war. Nichtsdestotrotz hatte ich eine packende Lektüre vor mir, die zweifellos einen spannenden Film ergeben würde. Es war schwer, sich vorzustellen, welche Schauspielerin die Rolle der Carola Wendt spielen sollte – ich konnte mir höchstens Nastassja Kinski vorstellen, da Carola Wendts Schönheit auf dem Höhepunkt ihrer Karriere eine gewisse Härte besessen hatte, wie sie in den Mädchengesichtern der jungen deutschen Schauspielerinnengeneration nicht vorhanden ist.

Es waren die Schnitte, die Auslassungen, die sie wählte, um die Übergänge von einer Lebensphase in die nächste zu beschreiben, die die Figur der Carola Wendt plastisch werden ließen. Aus den nüchternen Zeilen erstand das Bild eines Menschen, den ich so noch nie betrachtet hatte. Der Text war nicht als Drehbuch geschrieben, sondern als Prosabericht in der dritten Person. Ihr Sprachstil war bemerkenswert schnörkellos.

Die Geschichte begann mit einer kurzen Skizze von Carola Wendts Kindheit und Jugend. Während ihrer Studienzeit Anfang der sechziger Jahre lernte sie den Regisseur Kuester kennen und wurde zu seiner Muse. Sie beschrieb recht detailliert, wie Kuester es durch eine Zuckerbrot-und-Peitsche-Politik gelang, sein Schauspielensemble fest an sich zu binden. Wie kein anderer – außer Rainer Werner Fassbinder – hatte er eine verlässliche Truppe von Schauspielern und Filmschaffenden um sich versammelt. Carola Wendt beschrieb, wie einige der Beteiligten unter der tyrannischen Führung Kuesters Höchstleistungen hervorbrachten, nur um nach getaner Arbeit vor der gesamten Crew von ihm erniedrigt und lächerlich gemacht zu werden. Es war alles andere als ein Loblied, das sie auf den Mann sang, mit dem sie über fünfzehn Jahre verheiratet gewesen war und für dessen Mord sie dreizehn Jahre lang unschuldig im Gefängnis gesessen hatte. In zwei Fällen deutete sie an, dass Kuester durch sein Verhalten Schauspielerinnen zuerst in die Drogensucht und auf diesem Wege indirekt in den Selbstmord getrieben hatte. Die Namen der beiden Darstellerinnen sagten mir nichts, aber ich hatte auch nur zwei Filme von Kuester gesehen. Sie waren mir zu schwermütig und düster gewesen, und es schien in ihnen nicht viel mehr zu passieren, als dass sich ein paar Menschen gegeneinander verschwören, bis es zu heftigen Auseinandersetzungen kommt. Das war für mich so langweilig wie Max beim Poolbillard zuzuschauen. In den beiden Filmen, die ich kannte, war ich jedesmal erleichtert gewesen, wenn Carola Wendt einen Gesangsauftritt hatte, denn ihre Stimme und die Art ihres Vortrags waren wirklich einzigartig und hielten mich vom Wegzappen ab. Es war faszinierend zu erfahren, wie wenig sie selbst von ihrer Aura, ihrem Charisma begriff. In unserem Gespräch hatte sie auf mich weder wie eine geheimnisumwobene Leinwandlegende noch wie eine tückische Gattenmörderin gewirkt, sondern wie eine Frau, die viel Leid erlebt und trotzdem überlebt hat, ohne gänzlich zu verbittern. Sie hatte am eigenen Leib erfahren, dass das Vertrauen in Gerechtigkeit und der Anspruch auf ewige Glückseligkeit nichts sind als Mogelpackungen, als Erwachsenenmärchen, die dazu dienen, die Truppenmoral aufrechtzuerhalten, wenn der Krieg längst verloren ist. Und trotzdem machte sie weiter. Wie wir alle. Mit dem Unterschied, dass Carola Wendt Fronterfahrung gemacht hatte.

Als Carola Wendt am Karfreitag des Jahres 1980 in ihrer Schwabinger Wohnung ankommt, findet sie die Leichen von Kuester und Kretschmayer vor. Von ihrer Mitbewohnerin Eva Herzog fehlt jede Spur. Kopflos und benommen verlässt Carola München und kann sich zunächst nicht an den Vorfall erinnern. Sie verdrängt das entsetzliche Erlebnis, während die einstige Freundin beginnt, ein Netz von Lügen zu spinnen, dem Carola Wendt zum Opfer fallen wird. Der Text endet mit dem Moment, in dem sich die Gefängnistore öffnen und die Schauspielerin wieder eine freie Frau ist. Der letzte Satz lautete: »Carola Wendt lebte bis ins Jahr 2001 in Frankreich und der Schweiz. Wo sie sich heute aufhält, was aus ihr geworden ist, ist vielleicht das einzige Geheimnis, das es jetzt noch um sie gibt.«

Der Satz verwirrte mich. Dann nahm ich das handschriftliche Manuskript und verglich. Auch dort stand es geschrieben. Mit einem Unterschied:

»Carola Wendt lebte bis ins Jahr 2001 in Frankreich und der Schweiz. Wo sie sich heute aufhält, was aus ihr geworden ist, ist vielleicht das einzige Geheimnis, das es jetzt noch um sie gibt.«

Ich starrte noch immer auf das unterstrichene »vielleicht«, als die Durchsage »In wenigen Minuten erreichen wir Berlin Ostbahnhof, dieser Zug endet hier« erklang. Unglaublich, wie schnell die Zeit vergangen war. Ich steckte das Manuskript zurück in den Umschlag und fragte mich, ob ich irgend etwas übersehen hatte – ich hatte das unangenehme Gefühlt, dass mir eine wichtige Information entgangen war, die den Schlüssel zur Lösung des Rätsels lieferte. Aber so sehr ich auch versuchte, meine Kameralinse auf Tiefenschärfe einzustellen, es blieb bei diesem Gefühl. Außerdem blieb keine Zeit mehr zu grübeln. Ich hatte eine Verabredung mit Rainer Kestner.

Kapitel 23

Ich hatte alles sorgsam vorbereitet, und mein Zeitplan war eng. Die Ausstellung würde in wenigen Wochen stattfinden. Auch wenn meine kleine Krankenstation mein Geheimnis bleiben sollte, musste sie zeitgleich vollendet sein – sie war das Herzstück, und das Herz musste schlagen, und das Herz ist unsichtbar. Es sollte das perfekte Kunstwerk sein – eine Installation, in der sich die Vergangenheit mit der Gegenwart vereint. Die Presse würde eine doppelte Überraschung erleben: sie würden erfahren, wer die Meerjungfrauen-Statuen wirklich geschaffen hatte, und hätten doch keine Ahnung, wie weit ich mit dem Thema schon vorangeschritten war. Ich mag Heimlichkeiten. Die anderen waren nur Generalproben gewesen. Beim großen Finale wollte ich nichts dem Zufall überlassen.

Für sie hatte ich mehr aufgefahren als für ihre Vorgängerinnen. Die Arbeit mit dem Skalpell hatte sich als nicht ganz zufriedenstellend erwiesen – es war zu glatt gegangen. Einmal eingeführt, war das Blut wie verrückt geströmt. Bei ihr wollte ich langsamer sein, mehr von ihren Reaktionen sehen. Es durfte nicht so schnell zu starkem Blutverlust kommen. Wenn sie ohnmächtig wurde, konnte sie sich nicht bei mir entschuldigen. Nicht dass die Entschuldigung etwas an ihrem Schicksal geändert hätte …

Ich hatte eine Auswahl von Behandlungsinstrumenten mitgebracht: Skalpelle, Scheren, Spachtel, eine Zange und einen Gummihammer. Mein Arbeitswerkzeug hatte ich auch eingepackt – in den letzten Wochen hatte ich beim Gestalten oft an sie gedacht. Ich hatte den Meißel anders geführt, liebevoller. Der Gedanke, dass er auch bei meinem größten Kunstwerk zum Einsatz kommen würde, hatte mich angespornt.

Die Werkzeuge lagen auf einem schlichten Chromtisch, ange-

strahlt von einem Halogenstrahler, der sonst in meinem Schlafzimmer stand. Sie sollte die Instrumente im Licht schimmern sehen.

Auf einem mit dunkelviolettem Samt bespannten Podest hatte ich den Gynäkologenstuhl plaziert. Ich fuhr mit der Hand über das abgewetzte Leder und den kalten Stahl. Es war nicht einfach gewesen, ihn zu finden. In der Zeitung hatte ich vom Umbau eines Kreuzberger Krankenhauses gelesen, und dort hatte ich die Auswahl zwischen drei Modellen gehabt, die ausrangiert werden sollten. Direkt hinter dem Stuhl, auf der fensterlosen Wand gegenüber der Tür, hatte ich mit dem Blut der beiden Vorgängerinnen zwei grobe Skizzen auf den Beton gemalt.

Die eine zeigte eine stilisierte Meerjungfrau, die andere einen blutenden Fuß, in dem Scherben steckten.

Als sie verschwunden war, hatte mich die nackte Panik ergriffen, aber dann hatte sich doch noch alles zum Guten gewendet. Ich war ihr jetzt so nah wie schon lange nicht mehr. Ich schaltete die Scheinwerfer ein, die auf den Stuhl gerichtet waren, zog die Tür hinter mir zu und ließ den Blick ein letztes Mal durch den Raum schweifen. Alles war so, wie ich es mir vorgestellt hatte. Es war die perfekte Installation. Als ich mich auf den Weg machte, um sie abzuholen, war meine Erregung so stark, dass ich zitterte.

Kapitel 24

In der Bahnhofshalle schaute ich mich vergeblich nach dem Fahrer um, den Kestner mir hatte vorbeischicken wollen. Obwohl ich nicht gerade Fernseh-Make-up trug, war ich durchaus als Lilly DeLight zu erkennen, und es war nur eine Frage der Zeit, bis ich hier eine unfreiwillige Signierstunde abhalten müsste, wenn ich länger ziellos durch die Halle lief. In einem Geschenkeladen erstand ich eine riesige Sonnenbrille und band mir ein Tuch im Grace-Kelly-Stil um. Als sich fünf Minuten später immer noch kein Fahrer bei mir gemeldet hatte, wurde ich ärgerlich. Ich hatte keine Ahnung, was Kestner von mir wollte – am Telefon hatte er sich bedeckt gehalten, und jetzt ließ er mich auch noch warten. Ich hätte mein Zeit viel lieber mit der zweiten Fassung von Carola Wendts Lebensgeschichte verbracht, als hier in der zugigen Halle des aufgemotzten Berliner Ostbahnhofs herumzustehen.

Gerade als ich beschlossen hatte, mir ein Taxi zu nehmen, zupfte mich jemand am Ärmel. Ein spätpubertärer Junge, dem eine Zigarette aus dem Mundwinkel hing, sprach mich an.

»Er wartet draußen auf Sie. Ich bring Sie hin.«

Zur Strafe für seine schlechten Umgangsformen drückte ich ihm meine Koffer in die Hand, bevor ich ihm folgte.

Das Wetter in Berlin war spürbar milder als in Braunschweig. Von Eis und Schneematsch war hier nichts mehr zu sehen. Über der Stadt lag eine ungesunde Dunstwolke aus Abgasen und schlechter Laune.

Der Junge sah mich vorwurfsvoll an, während er sich mit meinen Koffern abkämpfte und mich zu einem unauffälligen silbernen Familienwagen führte. Am Steuer saß – in einer ähnlich auffällig-unauffälligen Verkleidung wie ich – Rainer Kestner höchstpersönlich. Seine Gucci-Sonnenbrille glich eher einer Taucherbrille, und er hatte einen Burberry-Hut so tief ins Gesicht gezogen, dass sein halbes Gesicht bedeckt war. Aber an der markant-kantigen Kinnpartie und der sorgfältig gepflegten künstlichen Bräune war er eindeutig zu identifizieren. Er sah uns durch den Rückspiegel herankommen, und es war offensichtlich, dass er keine Anstalten unternehmen wollte, aus dem Wagen zu steigen. Der Junge hatte die Koffer abgestellt und war verschwunden. Ich stellte mich demonstrativ gelangweilt neben den Kofferraum und wartete, bis Kestner die Güte besitzen würde, mein Gepäck einzuladen.

»Sorry, ich wollte nur vermeiden, dass –«

»Dass wir zusammen gesehen werden?«

»So habe ich es nicht gemeint.«

Ich ließ es darauf beruhen und setze mich auf den Beifahrersitz. Das Auto stank wie ein Aschenbecher, und kaum dass Kestner den Wagen gestartet hatte, steckte er sich eine neue Zigarette an.

»Ich hätte nicht gedacht, dass Sie so ein dezentes Auto fahren.«

»Ach, das ist nur eines von vielen. Mein Inkognito-Wagen.«

Er schenkte mir ein leicht angespanntes Lächeln und sah dabei dem jungen Robert Redford ähnlich. Ich fragte mich, ob es einen Zusammenhang zwischen Attraktivität und Charakterschwäche gab. Das Leben war oft ungerecht.

Einige Minuten fuhren wir schweigend durch die fast leeren Straßen von Berlin-Mitte. Es war Sonntag, und die Berliner lagen entweder noch im Bett oder sie hatten sich noch nicht auf die ungemütlichen Straßen gewagt.

»Verraten Sie mir, was das alles zu bedeuten hat?«

»Bei einem Kaffee. Wir sind gleich da.«

Wir fuhren die Schönhauser Alle Richtung Prenzlauer Berg.

»Darf ich fragen, wo wir hinfahren?«

»Zu mir nach Hause.«

»In der *Bunte* stand, dass Sie in Dahlem leben.«

»Sie glauben alles, was Sie lesen? Die Wohnung für die Homestory hatten wir gemietet.«

»Das mache ich auch immer so.«

»Dachte ich mir. Es laufen einfach zu viele Verrückte herum.«

Wir fuhren auf den Kollwitzplatz, wo in den Cafés die ersten Frühstücksgäste die Sonntagszeitungen studierten und Latte Macchiato tranken.

»Schön hier«, sagte ich, um das angespannte Schweigen zu brechen.

»Die reine Parkplatzhölle. Sonntags geht's, aber wochentags brauche ich manchmal eine Stunde, um einen Parkplatz zu finden.«

»Die Marilyn-Monroe-Garage hat mir sehr gut gefallen. Vielleicht sollten Sie sich doch so etwas zulegen.«

»Das Bild haben wir bei Vera gemacht.«

»Am Mittag?«

Er antwortete nicht, sondern sagte nur »Da!«, deutete auf einen ausparkenden Wagen und manövrierte uns versiert in eine Parklücke, in die ich selbst mit einem Schuhanzieher nicht hineingekommen wäre.

»Nicht schlecht für einen Mann«, sagte ich, und er konterte: »Enge Lücken sind mir die liebsten.« Ich fragte mich, ob er versucht hatte, witzig zu sein, oder wirklich nur über Autos sprach.

Ich öffnete die Tür und quetschte mich zwischen den Wagen entlang auf den Bürgersteig.

»Da drüben, die Nummer 35.«

»Lassen Sie mich raten – das Penthouse.«

»Hier sagt man einfach Dachgeschoss.«

»Danke für die Nachhilfe.«

»So war es nicht gemeint.« Entschuldigend ließ er sein Robert-Redford-Lächeln aufblitzen. Er hielt mir die Tür auf, und ich trat in den unbeleuchteten Hausflur.

»Espresso, Latte Macchiato oder einen Prosecco?«

»Am liebsten einen grünen Tee, wenn es keine Umstände macht.«

»Kein Problem.«

Er verschwand in der Küche, und ich schaute mich neugierig in Kestners riesigem Wohnzimmer um. Es war ein Traum aus *Homes & Gardens*. Helles Schachbrett-Parkett erstreckte sich über den gesamten Boden, die Nord- und Südwand waren komplett verglast und führten auf einen großzügigen Dachgarten, von dem man einen großartigen Panoramablick über Berlin hatte. Das Zimmer war trotz des bedeckten Himmels lichtdurchflutet. Die Inneneinrichtung war asiatisch beeinflusst. Vereinzelt standen Orchideen auf dezenten Sideboards und Bambustischen. Das Mobiliar war schlicht und erlesen. Der Interior Designer hatte sich vermutlich im Quartier 206 und im Stilwerk ausgetobt.

Wenn diese Wohnung ihren Besitzer spiegelte, dann war Kestner nicht das Ekel, das ich in ihm vermutete. Nachdem ich die Aussicht über die Stadt genossen hatte, betrachtete ich ein Gemälde, das das Highlight des Raumes war.

»Gefällt Ihnen mein Hockney?«

Er kam mit einem Tablett herein und stellte es auf einem der Bambustische ab.

»Er ist wunderschön.«

»Ich setze mich abends manchmal nur fünf Minuten davor, und der ganze Tagesstress fällt von mir ab.«

»Das Profil dort drüben – ist das von Jean Cocteau?« Ich deutete auf eine Skizze, die einen Männerkopf zeigte. Das Bild war in einer einzigen hellblauen Linie gezeichnet.

»Das ist von mir.«

»Sie brauchen nicht rot zu werden.«

»Alter Reflex.«

Er reichte mir eine Tasse, die am Rand einen kleinen Sprung hatte und in der noch ein paar Teeblätter schwammen. Der kleine Stilbruch im sonst perfekten Junggesellenhaushalt gefiel mir ausgesprochen gut.

»Ebersbach sagte mir, Sie seien so begeistert von der Meerjungfrauen-Skulptur. Wo steht Sie denn?«

»Ach, die.« Er schaute mich kritisch an, vermutlich um zu prüfen, ob ich es ernst meinte. »Im Sender. In meinem Büro.«

Die Zeit der belanglosen Konversation war vorbei. Ich räusperte mich und schaute ihm tief in die Augen.

»Verraten Sie mir jetzt, weshalb Sie mich hierher gebracht haben?«

»Sie wissen es immer noch nicht?«

»Ich habe nicht die geringste Ahnung – eine Assistentin werden Sie nicht suchen.«

Er nippte an seinem Prosecco und grinste.

»Nein, das ist es nicht.«

Ich nahm einen Schluck aus meiner Tasse. Wurde ich paranoid, oder hatte der Tee wirklich einen unangenehmen Beigeschmack?

»Ich will ja nicht ungeduldig erscheinen, Rainer, aber ich habe nicht alle Zeit der Welt. Sie müssen mir schon sagen, was Sie von mir wollen.«

»Vielleicht liege ich auch völlig falsch, aber – ich hatte den Eindruck, Sie wissen zuviel. Ist das so, Lilly?«

»Wovon reden Sie eigentlich?«

»Es ist mir zu Ohren gekommen, dass Sie sich mit Dingen beschäftigen, die man besser ruhen lassen sollte. Wenn Menschen verschwinden, dann hat das meistens Gründe. Und diese Gründe sind manchmal so mächtig, dass man besser davon ablässt, sie herauszufinden.«

»Was wissen Sie über Carola Wendt?«

Er wirkte ehrlich irritiert. »Wie meinen Sie?«

»Es war doch eine deutliche Frage. Wo ist sie?«

»Ich habe nicht die geringste Ahnung. Woher sollte ich das wissen?«

»Rainer – ich verliere langsam die Geduld.« Ich stand auf, und mein Kreislauf blieb sitzen. Irgend etwas war nicht in Ordnung. Mir war schwindelig, und obwohl ich Grund gehabt hätte, Angst zu haben, war mir mit einemmal nach Lachen zumute.

»Erst ignorieren Sie mich jahrelang, dann behandeln Sie mich in Ihrer Sendung wie den letzten Menschen. Sie rufen mich zu Hause an und machen mysteriöse Andeutungen. Wissen Sie, dass Sie damit einen ernsthaften Ehekrach ausgelöst haben? Rainer Kestner, ich will nur eines wissen, und dann möchte ich gerne in mein Hotel. Sagen Sie mir einfach, was, um Gottes willen, hier los ist.«

Weil mir immer noch schwindelig war, musste ich mich wieder setzen.

Er schaute mich aus seinen blitzenden Augen, an und alles um ihn herum schien zu verblassen, wurde verschwommen.

»Ist Ihnen nicht gut?«

Selten ist der Begriff »schlagartig« so zutreffend gewesen wie in diesem Fall. Denn wie ein Schlag traf mich die Erkenntnis, warum Rainer Kestner mich in seine Wohnung gelotst hatte. Ebenso schlagartig zeigte der Tee seine Wirkung, und ich verlor das Bewusstsein.

Kapitel 25

Sie saß mir gegenüber und zeigte nicht das geringste Misstrauen. Sie hatte keine Ahnung gehabt, was ich mit ihr vorhatte. Sie war so unvorsichtig gewesen, freiwillig zu mir zu kommen, es hatte mich keinerlei Überzeugungskraft gekostet. Ich hatte sie empfangen wie eine wohlerzogene Tochter ihre Mutter, hatte ihr Tee eingeschenkt und sie mir ganz genau angeschaut. Obwohl ich ihr Gesicht fast auswendig kannte, gab es noch immer Faszinierendes darin zu lesen. Nur die eine Note, die ich von ihr verlangte, fehlte vollständig – Schuldbewusstsein. Wenn ich das nicht bekam, dann wollte ich Schmerz in ihren Zügen lodern sehen. In diesem Gesicht, das mich überallhin verfolgt hatte und doch nie da gewesen war, als ich es gebraucht hätte. Damit war nun Schluss, denn jetzt war ich endlich am Zug.

Für das, was sie mir angetan hatte, gab es nur eine Strafe. Alles war vorbereitet. Alles, was ich tun musste, war zu warten, bis das Schlafmittel wirkt. Und bis es soweit war, betrachtete ich sie ein letztes Mal so, wie das ganze Land sie kannte – eine schöne Frau. Bald würde von ihrer Schönheit nichts mehr übrig sein.

Sie redete – es strengte mich an, ihr zuzuhören, in Gedanken war ich bei meinen blitzenden Instrumenten, den Scheren, dem Meißel. In meiner Vorstellung schob ich ihre Beine auseinander und setze ihn an. Ich genoss die Bilder, die ich vor meinem inneren Auge sah, und nahm kaum wahr, was sie erzählte, bis ihre Stimme leiser wurde und sie langsam in sich zusammensackte. Ich stand auf, ging zu ihr hinüber und strich ihr über das Gesicht.

Kapitel 26

Ich spürte einen harten Schlag auf meiner Wange, und instinktiv trat ich mit dem Fuß zu. Er ächzte und landete rücklings auf dem Boden, das Tischchen mit der Prosecco-Flasche mit sich reißend.

»Kein Grund, gewalttätig zu werden. Sind Sie in Ordnung?«

»Was hast du mir in den Tee getan? Gift?«

»Tut mir leid, aber ich bin im Moment nicht ganz ich selbst. Ich habe aus Versehen mein Gras aufgebrüht.«

»Marihuana?« Ich wollte schockiert klingen, aber es gelang mir nicht. Statt dessen kicherte ich hysterisch.

Er hielt sich die Hand vor den Magen und rappelte sich langsam vom Boden auf.

»Meine Güte – Sie können treten.«

»Sorry, aber du hast angefangen.«

»Aber doch nur, um Sie wach zu bekommen. Passiert mir nicht oft, dass eine Frau auf meinem Sofa ohnmächtig wird.«

Ich dachte an schlafende Hunde, die man nicht wecken soll, und musste schon wieder lachen.

»Schlag niemals eine schlafende Frau, Rainer. Oder darf ich Dickie sagen?«

Er verzog das Gesicht, als hätte ich ihm noch einen Tritt versetzt. Diesmal einen wirklich heftigen.

»Sie haben es tatsächlich eben erst begriffen?«

»Frag mich nicht, und hör auf, mich zu siezen. Wir waren schon vor zehn Jahren per du. Meine Güte – deshalb konntest du mir nicht in die Augen schauen. Du hattest Angst, dass ich dich erkenne. Und ich dachte, du wärst so ein spießiger Moralapostel, der ein Problem mit Blondinen hat.« Wieder überkam mich ein marihuanabedingter Kicheranfall.

»Das ist nicht lustig. Das ist alles andere als lustig.«

»Ich weiß, aber ich kann nicht anders.« Sein kritisch-ängstlicher Blick verursachte einen erneuten Lachanfall, der erst aufhörte, als ich Seitenstiche bekam.

»Deshalb wolltest du mich sprechen – um herauszufinden, wieviel ich weiß.«

»Es hat sich herumgesprochen, dass du nach Dickie Greenleaf suchst.«

»Wie hast du es bloß geschafft, spurlos zu verschwinden und dann als Deutschlands Moderator Nummer eins wieder aufzutauchen?«

»Ich habe es mir nicht ausgesucht. Und gewissermaßen war der Unfall mein Ticket zum Erfolg.«

»War es so schlimm, Dickie Greenleaf zu sein?«

»Eigentlich war ich nicht unzufrieden. Im Job lief alles gut, und ich war gerade sehr verliebt.«

»Michi.« Ich dachte an mein Gespräch mit dem Frankfurter Damenimitator.

»Hast du ihn gesprochen? Wie geht es ihm?«

»Ich glaube, er ist nie über dich hinweggekommen.«

Es war ihm deutlich anzusehen, wie sehr es ihn schmerzte, das zu hören. Er ging aus dem Zimmer und kam mit einem Foto zurück, das die beiden Arm in Arm an einer Bar zeigte. Sie strahlten frischverliebt in die Kamera. Michi war als Madonna zurechtgemacht, aber selbst durch das dicke Make-up sah man, dass er ein sehr hübsches Männergesicht hatte.

»Warum hast du ihn dann aufgegeben?«

»Der Unfall war kein Unfall. Jemand war hinter mir her.«

»Wer? Und warum?«

»Lilly – es sind so viele schreckliche Dinge passiert. Ich kann es dir nicht erzählen.« Ich spürte, dass er noch nicht bereit war, darüber zu sprechen.

»Die Chirurgen haben einen verdammt guten Job gemacht.«

Er strich sich über das Gesicht. »Wer kriegt schon mit Anfang Zwanzig sein erstes Facelift?« Er grinste freudlos. »Es war gar nicht so einfach, sich an das neue Gesicht zu gewöhnen. Am Anfang habe ich mich erschreckt, wenn ich in den Spiegel geschaut habe und ein Fremder zurückblickte.«

»Die Augen sind es – da ist noch der alte Dickie zu erkennen.«

Ich griff mir die Prosecco-Flasche, stellte fest, dass noch ein halbes Glas den Sturz überlebt haben dürfte, und schenkte mir ein.

»Lese ich es morgen in der Zeitung, oder behältst du's für dich?«

Ich setzte mein Pokerface auf. »Das hängt davon ab.«

»Wovon?«

»Erzähl mir, wer hinter dir her war.«

»Lilly – bitte. Was soll dir das nützen?«

»Dickie, oder Rainer: Du glaubst doch nicht ernsthaft, dass ich es riskiere, als Denunziantin dargestellt zu werden. Was habe ich davon, wenn die Presse schreibt ›Lilly DeLight diffamiert deutschen Starmoderator‹? Und glaubst du wirklich, dass heute noch ein Hahn danach kräht, ob du schwul, hetero- oder transsexuell bist? Höchstens, wenn du ein einbeiniger transsexueller Vater wärst, der für das Bürgermeisteramt der Stadt München kandidieren möchte.«

»Es geht doch nicht ums Schwulsein.«

»Warum ist es dann so ein Geheimnis?«

»Es ist kein Geheimnis – ich praktiziere im Moment auch gar nicht.«

»Selbst wenn ich keinen Sex hätte, wäre ich doch immer noch heterosexuell.«

»Ja, aber darum geht es auch gar nicht.«

Durch mein penetrantes Nachfragen hatte ich ihn so genervt, dass er kurz davor war zu plaudern.

»Und worum geht es?«

»Ich habe etwas gesehen, was ich nicht hätte sehen dürfen.«

»Was war das?«

»Einen Mord.«

Mit dieser Information war die Wirkung des Tees verpufft.

»An wem?«

»Ich weiß nicht, ob du es wusstest, aber ich bin damals anschaffen gegangen. Aber nur Topliga. Ich war nicht irgendein Bahnhofstricher. Eine Frau hatte mich für einen Dreier gebucht. Zwei Frauen und ich. Treffpunkt war im Frankfurter Hof. Die beiden warteten in einer Suite auf mich. Eine lag schon im Bett – sie machte einen ziemlich unentschlossenen Eindruck. Als ob sie nicht gerade darauf wartet, dass ich's ihr besorge – na ja. Die andere – meine Auftraggeberin – war angezogen. Sie sagte, sie wolle nur zuschauen.«

»Wer waren die Frauen?«

»Ich kannte sie nicht – damals jedenfalls noch nicht. Ich weiß noch, dass ich dachte, dass sie verdammt jung sind, und ich erstaunt war, dass sie sich eine Suite im Frankfurter Hof leisten konnten.«

»Was ist passiert?«

»Ich zog mich aus, fing an, sie zu streicheln, aber sie kam nicht in Stimmung, schaute immer zu der anderen. Bis diese anfing, Anweisungen zu geben. ›Leck sie unten. Steck ihr den Finger rein. Fick sie.‹ Aber – wie soll ich es sagen – sie war untenrum zu. Ich konnte nicht in sie eindringen. Als ob sie noch Jungfrau gewesen wäre und das Jungfernhäutchen nicht reißt.«

Mir fiel sofort das Gespräch mit Nicolette wieder ein. Es hatte Präzedenzfälle für die Vorgehensweise des Mörders von Greta und Natascha-Meyer-Stade gegeben. Einer dieser Fälle hatte sich in Frankfurt zugetragen. Und so, wie es aussah, war Rainer/Dickie Zeuge dieses Mordes gewesen.

»Man bezeichnet das als das Mayer-Rokitansky-Küster-Hauser-Syndrom. Ein Geburtsfehler. Diese Frau hatte keine Scheide. Die Harnröhre ist angelegt, aber die weiblichen Geschlechtsteile fehlen vollständig. Wie ging es weiter?«

»Ich hatte Sex mit ihr, soweit das überhaupt möglich war. Glaub nicht, dass es mir Spaß gemacht hat, aber ich war ganz gut im Ausblenden – soviel hatte ich im Job gelernt. Sie machte nicht den Eindruck, als ob sie bei der Sache war. Es war ihr unangenehm. Ich tat mein Bestes, bis die andere sagte: ›Danke, das reicht.‹ Ich hatte noch nicht abgespritzt, und das Mädchen war auch nicht gekommen, aber ich stand auf, zog mich an und nahm mein Geld. Ich war schon in der Hotelhalle, da bekam ich irgendwie Gewissensbisse. Es hört sich vielleicht blöd an, aber ich hatte einen Ruf zu verlieren.« Er blickte kurz zu mir herüber, und es war ihm deutlich anzusehen, wie peinlich ihm die Geschichte war.

»Ich bin zurück aufs Zimmer gegangen, um das Geld zurückzugeben. Ich hatte nicht das Gefühl, dass ich es mir verdient hatte. Die Tür war nicht zu, also ging ich hinein. Irgend etwas kam mir komisch vor, und als ich auf das Bett sah, dachte ich, mich trifft der Schlag. Es war voll Blut. Der ganze Raum stank danach. Dann hörte ich aus dem Bad Geräusche. Es war also noch jemand da.«

»Und du bist einfach weggerannt?«

Er senkte die Augen und nickte.

»Man hätte mich doch verdächtigt, der Mörder zu sein. Wem hätte man wohl eher geglaubt – einem Pornodarsteller und Gelegenheits-Callboy oder einer Frau, die sich eine Suite im Frankfurter Hof leisten kann?«

»Hat sie dich gesehen?«

»Sie hat mich offenbar auch gehört, aber das habe ich nicht gemerkt. Ich bin völlig panisch wieder rausgerannt, und sie ist mir gefolgt. Ich dachte, ich hätte sie abgeschüttelt, aber keine drei Stunden später war sie auf der Autobahn hinter mir und hat mich von der Straße gedrängt.«

»Du hast gesagt, du kanntest sie damals noch nicht. Und heute? Wer ist die Frau?«

»Du kennst sie auch.«

Kapitel 27

Ich hatte sie an den Armen und den Beinen am Stuhl festgeschnallt, und als sie die Augen öffnete, war einen kurzen Augenblick lang Angst darin zu sehen. Eine Sekunde lang nur, dann hatte sie ihren Gesichtsausdruck wieder unter Kontrolle.

»Was soll das? Warum machst du das?«

»Du hast mich verstoßen und allein gelassen, und du hast sie nicht davon abgehalten, Sachen mit mir zu machen. Widerliche Sachen. Jetzt will ich dir zeigen, was sie mit mir angestellt haben. Du wirst es am eigenen Leib erleben. Auf die Narkose verzichten wir, du sollst es schließlich ganz genau mitbekommen.«

»Ich verstehe nicht –« Ich gab dem Stuhl einen Tritt, und endlich war nackte Panik in ihrem Blick zu erkennen.

»Ich will keine Erklärungen von dir hören. Du kannst dich nicht mehr herausreden, dafür ist es zu spät. Es war deine Aufgabe, dich um mich zu kümmern, aber du warst nicht da. Wenn ich nachts schrie, dann ist nie jemand gekommen. Sie haben mich einfach liegen gelassen, bis ich vor Erschöpfung wieder eingeschlafen bin. Und als sie merkten, dass ich anders bin als die anderen Mädchen, da schleppten sie mich von Arzt zu Arzt. Alle fummelten an mir rum, schoben mir Sachen unten rein. Ich kam mir vor wie eine gottverdammte Schublade, in die jeder etwas reinlegen will. Ich war wund nach diesen Untersuchungen, es hat weh getan. Hast du eine Ahnung, wie es ist, wenn man zwölf ist und an nichts denken kann als seine Möse? Aber es war ja nicht mal eine Möse. Ein Pissloch. Die Gesichter der Ärzte, die Schwestern, die die Köpfe zusammensteckten und tuschelten und mich dann anschauten, als wäre ich eine Missgeburt. Jemand mit zwei Köpfen. Eine Jahrmarktsattraktion. Kannst du dir das vorstellen? Und es gab niemanden, der darüber mit mir redete.

Nicht einen einzigen Menschen, weil es ihnen peinlich war. Ich hätte dich gebraucht.«

Sie wollte mir antworten, aber ich ließ es nicht zu. Es gab jetzt nichts mehr, was ich von ihr wissen wollte. Keine Ausreden, keine Entschuldigungen – dafür war es zu spät. Ich schlug ihr mit der Faust auf den Wangenknochen, dass mir die Knöchel weh taten, und sah den roten Abdruck, den der Schlag hinterlassen hatte. Eine Träne lief darüber. Ich sah mich selbst in diesem weinenden Gesicht, sah mich als Mädchen bei einem der unzähligen Ärzte, die an mir herumpfuschten und ihre Theorien an mir ausprobierten. Erst stocherten sie neugierig in mir herum, dann holten sie ihre Bücher heraus, weil sie keine Ahnung hatten, was sie mit mir anstellen sollten.

Endlich war ich auf der anderen Seite angelangt. Ich legte meine Ringe ab, schob meine rechte Hand in ihre Scheide und griff mit der linken zum Meißel.

Kapitel 28

Beim Ausparken war Kestner deutlich weniger geschickt als beim Einparken. In seiner Hektik hatte er eine tiefe Schramme an dem neben ihm parkenden VW-Polo hinterlassen, und eine Frau mit kurz geschorenen Haaren und dem Gesicht eines Bullterriers war im Frühstückscafé aufgesprungen und auf die Straße gerannt. »Wenn ich dich erwische, dann nagele ich deinen Zwei-Zentimeter-Pimmel an die nächste Litfaßsäule« , schrie sie, und er raste davon.

Ich hatte Kestner überzeugen können, der Kripo jetzt endlich die Wahrheit zu sagen. Er hatte Angst, dass man ihm auch die Morde an Greta und Natascha anhängen würde, weil sie beide in seine Sendung eingeladen worden waren. Außerdem meinte er, die Polizei würde ihm sicher nicht glauben, dass der Mörder eine Frau ist. Als ich ihn fragte, ob er durch sein Schweigen schuld an weiteren Morden sein wolle, gab er schließlich nach.

Wir hatten versucht, Silvia Haberlik zu erreichen, aber die Kommissarin war in einer dringenden Besprechung. Also hatte sich Kestner entschieden, persönlich auf dem Revier zu erscheinen, um seine wichtigen Informationen weiterzuleiten. Die Wirkung des Grastees hatte zwar nachgelassen, aber mir war immer noch etwas schwindlig. Ich hielt ein Taxi an. »Four Seasons«, sagte ich zum Fahrer. Es mochte an der Droge liegen, dass ich mit dem Hotelnamen etwas assoziierte, das mir einen Schock versetzte. Vier Jahreszeiten – verschiedene Farben – das Manuskript von Carola Wendt. Ich kramte ihren Brief hervor und las noch einmal die letzte Zeile. »Ich vertraue auf Ihren Sachverstand und Ihre Menschenkenntnis.« Langsam dämmerte mir, was ich auf der Zugfahrt übersehen hatte. Es existierten zwei unterschiedliche Manuskripte, daher die bunten Seiten.

Und mein Sachverstand und meine Menschenkenntnis sollten nun entscheiden, welche der beiden Geschichten verfilmt werden sollte – die wahre oder die offizielle Version. Meine Hände zitterten, als ich die erste handgeschriebene Seite las. Die erste Abweichung gab es im Jahr 1973. Das Jahr, in dem die Karriere des deutschen Filmgenies Georg Kuesters ihren Höhepunkt und Abschluss fand. In der ersten Manuskriptfassung war von Ermüdungsanzeichen der Ehe die Rede, in der zweiten Fassung wurde die Autorin deutlicher.

Auszug aus dem Drehbuch-Treatment von Carola Wendt

Carola Wendt lebt nun seit zehn Jahren mit Kuester, Kretschmayer und Eva Herzog zusammen. Die Menage à trois, die immer vom Erfolg des Regisseurs profitiert hat, bekommt feine Risse, als der Ruhm ausbleibt und die schöpferische Quelle Kuesters versiegt. Wendt gelingt es, auch jenseits des Dunstkreises ihres Mannes erfolgreich zu arbeiten, eine Tatsache, mit der ihr Mann nicht umgehen kann und unter der Eva Herzog zu leiden hat, die genau wie Kuester in einem Karrieretief steckt.

Bei den Dreharbeiten zu Der Mann ohne Eigenschaften *lernt Wendt den Nachwuchsproduzenten Winfried Ebersbach kennen und beginnt eine Affäre mit ihm. Sie wird schwanger und zieht eine Abtreibung in Erwägung, weil sie mit dem verheirateten Ebersbach keine gemeinsame Zukunft sieht. Ebersbach drängt darauf, dass Wendt das Kind austrägt. Die beiden verständigen sich darauf, dass er die Erziehung übernimmt. In der offiziellen Pressemitteilung und selbst im engeren Freundeskreis heißt es:*

»Carola Wendt beschäftigt sich derzeit mit alternativen Religionen und wird ein Jahr lang schauspielerisch pausieren, um sich mit der indischen Kultur zu befassen.« Anstatt in einen indischen Ashram geht sie jedoch in eine Privatklinik in Davos, wo sie im März 1975 ohne Namensnennung des Vaters ihre Tochter Alexandra auf die Welt bringt, die von Winfried Ebersbach und seiner Frau Elsbeth offiziell adoptiert wird.

Im Sommer 1975 geht Carola zurück zu Kuester, der seit dem Mann ohne Eigenschaften *kein Projekt mehr realisiert hat und bis zu seinem Tode auch keines mehr umsetzen wird.*

Trotz der Spannungen und Feindseligkeiten, denen sie sich ausgesetzt sieht und die von Kuester ausgehen und von Kretschmayer unterstützt werden, bleibt die Schauspielerin in der gemeinsamen Wohnung. Sie will den Mann nicht verlassen, dem sie viel zu verdanken hat, und ist bemüht, ihrer Freundin und Kollegin kleinere Rollen zu beschaffen. Im weiteren Bekanntenkreis wird das Verhalten von Carola Wendt als sadistisch bewertet: Sie wolle Kuester dadurch erniedrigen, dass sie ihn mit ihrem Erfolg konfrontiert. Diese Gerüchte werden zuerst von anderen Darstellern aus dem ehemaligen Kreativkreis des Regisseurs in die Welt gesetzt, die ein ähnliches Schicksal wie er und Eva Herzog erlitten haben und deren Erfolge sich mittlerweile einzig auf das Verbreiten bösartiger Gerüchte im Münchner Nachtleben beschränken. Diese Menschen, die Kuester einst als Charakterdarsteller beschäftigt hat, sehen sich um ihre Lebensgrundlage als Bestandteil des Kuester-Kosmos gebracht.

Die Gerüchte breiten sich in der gesamten Film- und Fernsehszene aus. Carola Wendt arbeitet immer weniger in Deutschland und zieht das europäische Ausland vor, wo sie kurz davor ist, einen ähnlichen Status zu erreichen wie ihre Kollegin Romy Schneider. Je größer ihr Erfolg in Europa wird, desto kritischer betrachtet die deutsche Presse die künstlerische Entwicklung der Schauspielerin. Die Sägearbeiten am Sockel werden ihren Höhepunkt im Jahr 1980 erreichen: die Zerstörung der öffentlichen Figur Carola Wendt.
Eva Herzog findet in den ausländischen Filmen ihrer Freundin keine Beschäftigung, da sie weder ausreichende Fremdsprachenkenntnisse noch das Talent ihrer Kollegin besitzt. Sie wird zunehmend zur Gefangenen in der eigenen Wohnung, in der Kuester und Kretschmayer mit Drogen experimentieren. Im Jahr 1977 drängt Carola Wendt ihren Mann, sich wieder seiner Arbeit zu widmen, und arrangiert für ihn ein Treffen mit dem WDR. Kuester nimmt den Termin wahr – allerdings ohne Material, aus dem sich ein Filmprojekt hätte entwickeln können. Die Geschichte von einem wirren, hingekritzelten Entwurf macht in der Branche die Runde. Kuester ist endgültig erledigt und versinkt in der Monotonie regelmäßigen Drogenmissbrauchs.
Am Karfreitag des Jahres 1980 nimmt die Katastrophe ihren Lauf. Carola Wendt ist von einem Termin mit dem Regisseur Herbert Ross aus London nach Berlin zurückgekehrt. Der Amerikaner, der gerade mit der Produktion Nijinsky *Erfolge feiert, möchte die Deutsche für ein Hollywood-Projekt engagieren. Mit den Dreharbeiten soll noch im Herbst in den*

römischen Cinecittà-Studios begonnen werden. Der Aufenthalt in München ist für Carola Wendt nur ein Zwischenstop, denn am nächsten Tag will sie nach Ostberlin reisen, um dort die Möglichkeit eines Auftritts am Deutschen Theater zu besprechen. Sie wäre die erste westdeutsche Gesangskünstlerin, die in der DDR einen Soloauftritt hat. Als sie in der Schwabinger Wohnung ankommt, sind ihre Mitbewohner in einer besorgniserregenden Verfassung. Nach dem Konsum von Beruhigungs- und Aufputschmitteln sowie Heroin und Kokain ergehen sich die Anwesenden in Beschuldigungen und Streitgesprächen. Eva Herzog begeht einen verhängnisvollen Fehler – sie hat ihrem Lebensgefährten Kretschmayer von Carola Wendts Affäre und ihrem unehelichen Kind erzählt. Kretschmayer kann diese Information nicht für sich behalten und erzählt Kuester davon, bevor er die Wohnung verlässt. Kuester konfrontiert Carola Wendt im Schlafzimmer der Wohnung. Seine Reaktion ist übertrieben, er ist durch den starken Drogenkonsum enthemmt. Noch nie zuvor ist es in der Beziehung zu Handgreiflichkeiten gekommen, doch jetzt hat Kuester einen Wutanfall, aus dem sich ein überaus brutaler Kampf entwickelt. Er setzt gezielte Schläge auf Magen und Unterleib seiner Frau, die unter den Schlägen zusammenbricht. Eva Herzog eilt der Freundin zur Hilfe, greift zu einer herumliegenden Spritze und sticht zu. An der gefährlichen Kombination von Heroin und dem bereits im Blutkreislauf zirkulierenden Kokain, Valium und Optalidon stirbt Kuester. Der Verteidigungsversuch endet in einem verhängnisvollen Unfall. Carola Wendt ist fassungslos und liegt noch am Boden, als Kretschmay-

er die Wohnung betritt. Sie hört Schreie, dann ein Handgemenge. Eva Herzog betritt das Schlafzimmer und hält die Spritze noch in der Hand, mit der sie ihren Lebensgefährten getötet hat. In der folgenden Stunde, während die Leichen von Kuester und Kretschmayer abkühlen, schmieden die beiden Frauen einen Plan.

Eva Herzog, die zum Tatzeitpunkt unter Schock stand, werden die Konsequenzen ihrer Tat bewusst. Sie beschwört ihre Freundin, die Schuld auf sich zu nehmen. Carola Wendt zögert. Sie weiß, dass ihre Schauspielkarriere mit diesem falschen Schuldeingeständnis beendet wäre, dass sie höchstwahrscheinlich durch die Verwicklung in einen Doppelmord in diesem Moment bereits beendet ist. Eva Herzog erzählt Carola Wendt von ihrer schweren Krebserkrankung und ihrem bevorstehenden Tod. Sie redet von noch wenigen Monaten. Schließlich willigt Carola Wendt ein, Eva Herzog nicht zu belasten. Selbst wenn sie schuldig gesprochen werden sollte, wovon sie zu diesem Zeitpunkt nicht ausgeht, wäre sie in dem Moment rehabilitiert, wo nach Eva Herzogs Tod ihr Geständnis öffentlich gemacht würde. Wendt fühlt sich verpflichtet, dem Plan der Freundin entsprechend zu handeln, hat diese ihr doch gerade das Leben gerettet. So nimmt das Unheil seinen Lauf, Eva Herzog ist weder lebensgefährlich krank, noch gedenkt sie, zu Lebzeiten die Verantwortung für den Tod von Kuester und Kretschmayer auf sich zu nehmen. Dies soll erst dreizehn Jahre später geschehen, als sie – wie durch eine Ironie des Schicksals – tatsächlich an Krebs erkrankt.

Kapitel 29

»Halten Sie bitte sofort an!«

Der Taxifahrer drehte sich um und sah mich fragend an.

»Halten Sie den Wagen an, verdammt noch mal!« Mit quietschenden Reifen kamen wir schließlich zum Stillstand.

»Fahren Sie mich ins Sat-7-Sendezentrum.«

Der Fahrer machte einen U-Turn und gab Gas. Mit zitternden Händen suchte ich mein Handy aus der Tasche und tippte Kestners Nummer ein. Er meldetet sich sofort. »Dickie – ich fürchte, Carola Wendt wird im Keller des Sendezentrums gefangengehalten.«

»Was??«

»Du hast mich richtig verstanden. Ich muss ins Sendezentrum und das Schlimmste verhindern. Informier die Haberlik, und macht euch auf den Weg! Alles Weitere erkläre ich euch später.«

»Pass auf dich auf!«

»Das werde ich.«

Noch in seiner Wohnung hatte Dickie mir von seiner zweiten Begegnung mit Alexandra Ebersbach erzählt.

Ihr Vater hatte 1997 beschlossen, Kestner aus der Wetterredaktion der Nachrichtensendung *Punkt 12* zu befreien. Er hatte zusammen mit seiner Tochter ein Format entwickelt, das sich an *Boulevard Bio* orientierte und das dem Sender eine zarten Anstrich von Seriosität verleihen sollte. Ebersbach hatte in Kestner den passenden Anchorman gefunden und Alexandra Ebersbach in der Renommiersendung eine Hauptaufgabe als Leiterin des Sat-7-Gremiums. Als Kestner den Konferenzraum betrat, in dem die Vorgespräche stattfanden, standen ihm die Haare zu Berge, als er die Frau wiedererkannte, die vor einigen Jahren in

Frankfurt den grauenhaften Mord an der Unbekannten begangen hatte und der es beinahe gelungen war, den einzigen Zeugen zu beseitigen.

»Warum hast du damals nichts gesagt? Hattest du Angst um deine Karriere?«

Er wurde zornig. »Natürlich. Soll ich mich etwa dafür schämen? Du weißt doch, wie es ist. Ebersbach hatte mir gerade auf einem silbernen Tablett die Chance meines Lebens geboten. Und dann steht seine Tochter vor mir und ist die Frau, die versucht hat, mich umzubringen. Was hätte ich tun sollen? Ich hätte doch keine Chance gehabt. Wetterfrosch von Sat 7 bezichtigt Tochter des Tycoons des Mordes – wer hätte mir denn geglaubt? Es war verrückt – es waren Jahre vergangen, ich hatte mich hochgearbeitet, und trotzdem war ich wieder in derselben Situation wie damals.«

»Wenn du nicht geschwiegen hättest, würden einige Frauen heute noch leben. Greta, die Meyer-Stade. Und die anderen.«

»Du willst es nicht verstehen, oder? Ich hätte keine Chance gehabt. Sie wäre nicht überführt worden. Ich hatte doch keinerlei Beweise.«

»Wenn die Polizei aufmerksam geworden wäre, hätte man sie vielleicht beobachtet. Und irgendwann überführt. Du kannst es dir nicht eingestehen, weil du in dem Moment an nichts anderes als an deine Karriere gedacht hast.«

Es verging eine Weile, bis er wieder redete.

»Die Gäste für die letzte Sendung hat sie ausgesucht. Ich hatte keinen Einfluss darauf – das war neu. Ich will dich nicht ärgern, aber du weißt, dass ich dich nie eingeladen hätte.«

Das Taxi raste weiter. Die Straßen waren leer, aber sie kamen mir endlos lang vor. Was, wenn ich zu spät käme? Was, wenn Alexandra Ebersbach sich bereits auf schreckliche Weise an Carola Wendt gerächt hatte?

Oberflächlich betrachtet schien Alexandra Ebersbach einfach alles zu haben, was in unserer Gesellschaft Neid erregte: Attraktivität, Geld, eine beachtliche Medienkarriere. Doch das war lediglich eine Fassade, ein Gerüst, hinter dem sich ein ganz anderer Mensch verbarg: ein Mädchen, das trotz des Erfolges ihres Vaters eine schreckliche Kindheit erlebt haben musste – wenn meine Vermutung richtig war und sie selbst unter dem Mayer-Rokitansky-Küster-Hauser-Syndrom litt. Gerade als der Wagen über die Bürgersteigkante fuhr und ich einmal kurz auffederte, klingelte mein Handy.

»Hi, Lilly – hier ist Suzy. Ich musste grad so lachen. Stell dir mal vor, wie der bürgerliche Name von Dickie Greenleaf ist. Es steht hier im Vertrag mit Greta.«

»Rainer Kestner, ich weiß, Suzy.«

Die Portierfrau schaute mich mit großen Augen an, als ich außer Atem vor ihr stand und sie um die Schlüssel für das Untergeschoss bat.

»Bitte etwas schneller, Frau Ribowski. Wir haben nicht alle Zeit der Welt. Es geht um Leben und Tod.« Kommentarlos löste Rosa Ribowski den Schlüssel von ihrem großen Bund und legte ihn auf den Counter.

Ich betrat die enge Fahrstuhlkabine, rückte das Paneel zur Seite, steckte den Schlüssel hinein und drehte ihn um. Der Fahrstuhl setzte sich in Bewegung. Mein Herz raste. Mit jedem Zentimeter abwärts schnürte es mir mehr den Hals zu. Als sich die Türen öffneten und ich in die undurchdringliche Finsternis starrte, war ich mir nicht mehr so sicher, ob ich den richtigen Weg wiederfinden würde. Es war ein Labyrinth hier unten. Ich machte einen Schritt vorwärts und tastete mich an der Wand entlang nach draußen. Meine Finger suchten nach einem Lichtschalter. Ich fand auch einen, aber er funktionierte nicht. Ich schaute mich um, ob ich irgend etwas fand, um die Tür der Kabine zu blockieren und den Fahrstuhl auf diesem Geschoss festzuhalten. In der Kabine fand sich nichts Geeignetes, und ich traute mich nicht heraus, aus Angst, dass sich die Türen schließen und der Fahrstuhl nach oben verschwinden würde. Erst nach ergebnisloser Suche wurde mir klar, dass ich in der beleuchteten Kabine eine hervorragende Zielscheibe abgab.

Kaum hatte ich zwei Schritte nach draußen getan, machte es »pling«, und die Türen schlossen sich, das letzte bisschen Licht verschwand. Es war, als ob ein Theatervorhang sich zuzog.

Ich versuchte mich an die Richtung zu erinnern, in der wir erst vor ein paar Tagen durch den Keller gegangen waren, und folgte meinem Instinkt. Die Arme ausgestreckt, schritt ich durch das kalte, klamme Kellergeschoss. Seit meinem letzten Besuch hatte sich etwas verändert. Es lag ein neuer Geruch in der Luft. Der Geruch von Farbe und Mörtel. Ich bewegte mich lautlos vorwärts, denn der Boden war für die Renovierungsarbeiten mit dicker Pappe ausgelegt.

Ich musste einen Schrei unterdrücken, als etwas Kaltes, Staubiges über meine Hände glitt. Es war nichts anderes als Abdeckplane, trotzdem setzte mein Herz einen Schlag lang aus, und ich musste stehen bleiben, um mich wieder zu beruhigen.

Ein kalter Luftzug waberte durch den Flur. Ich erinnerte mich an meinen ersten Besuch in den Katakomben und hatte eine vage Vermutung, wo ich mich jetzt befand.

Vorsichtig einen Fuß vor den anderen setzend ging ich weiter, bis ich plötzlich über einen schweren Gegenstand stolperte. Ich schaffte es nicht, einen Schmerzensschrei zu unterdrücken, als ich zu Boden ging. Mit meinen Händen ertastete ich, was mich zu Fall gebracht hatte – eine Schubkarre. Mein erster Gedanke war: »Welcher Idiot lässt eine Karre mitten auf dem Gang stehen?«, die Antwort gab ich mir den Bruchteil einer Sekunde später selbst. Es war alles andere als idiotisch, den Weg zu verstellen. Wenn Alexandra Ebersbach in unmittelbarer Nähe war, dann hatte sie meinen Schrei gehört und wusste, dass ich ihr auf der Spur war. Wie nah ich ihr war, erkannte ich, als ich das Licht sah, das unter einer Reihe von Türen hervorschien.

Mein Herz raste, als ich die Hand um einen Türknauf legte und ihn langsam drehte. Für einen Moment war ich geblendet, aber nach einigen Sekunden erkannte ich, dass der Raum leer war. Leer bis auf ein Gemälde. Es zeigte eine Meerjungfrau, allerdings wirkte sie nicht so stoisch wie ihre verwandte Skulptur. Diese hier lag auf einem rauhen Felsblock und litt offensichtlich Höllenqualen. Ihr Gesicht war schmerzverzerrt, und mit ihren Händen fasste sie sich an die Stelle, wo ihre Haut in Schuppen überging. Es sah fast aus, als wolle sie sich den Fischschwanz ausziehen.

Ich schloss die Tür wieder und ging zur nächsten. Diesmal war ich vorsichtiger. Ich öffnete sie und wartete eine Weile, um mich an die Helligkeit zu gewöhnen. Dann hielt ich die Hand schützend vor die Augen und sah mich im Raum um. Das erste, was mir auffiel, war eine Kritzelei an der Wand. Auf den ersten Blick konnte ich nicht erkennen, was sie darstellen sollte, aber dann fiel mir eine Zeile aus *Aschenputtel* ein: »Blut ist im Schuh«. Die Skizze zeigte einen Fuß, aus dem Glasscherben ragten. Es war der Fuß der Meerjungfrau, die sich für ein Leben als menschliches Wesen entschieden hat und dafür einen hohen Preis zahlt: bei jedem Schritt hat sie das Gefühl, als liefe sie über Glasscherben. Ich hatte eine Vermutung, was dieses Bild symbolisieren sollte. Vor der Wand waren drei großformatige Fotos aufgestellt, die mit dem Rücken zur Tür standen. Die Szene auf dem ersten Foto erkannte ich sofort. Sie stammte aus einem meiner liebsten Kinderfilme, der tschechischen Verfilmung der *Kleinen Meerjungfrau*. Auf düsterem Wasser trieben unzählige Blüten, die alle ein bisschen aussahen wie aus Plastikspinnweben gewoben. Von dem mittleren Foto lächelte mir die junge Carola Wendt entgegen. Sie trug einen knappen Bikini, ihre Arme stützte sie auf den Rand eines lichtblauen Pools, und mit dem Unterleib trieb sie im Wasser. Ihr Haar lag eng am Kopf, und ihre Augen blitzten. Wassertropfen rannen an ihrer bronzefarbenen Haut herab. Sie blickte so nah an der Kamera vorbei, dass man fast den Eindruck hatte, sie würde den Betrachter anschauen. Mir fielen zwei ähnliche Bilder von Filmstars ein: Romy Schneider in *Der Swimming-pool* und Marilyn Monroe in ihrem letzten, unvollendet geblieben Film. Beide Fotos waren um die Welt gegangen. Carola Wendt schien auf diesem Foto die perfekte Mischung aus Romy Schneider und Marilyn Monroe zu sein – eine selbstbewusste Frau im vollen Bewusstsein ihrer Schönheit und Verführungskraft.

Auf dem dritten Foto war die Nixensymbolik verschwunden. Zuerst dachte ich an ein aufgedecktes Memory-Spiel. Das Bild bestand aus einer Montage von einzelnen Fotos. Auf jedem einzelnen war ein Schwanz zu sehen, der versuchte, in eine Scheide einzudringen. Er kam jedoch nicht weit. Die vorletzte Zeile zeigte eine andere Einstellung. In meiner Branche nennt man dieses Format »Pussy-shot«: die Kamera ist auf die hell ausgeleuchtete Scheide gerichtet. Der Anblick in diesem Fall war weniger pornografisch als wissenschaftlich. In der letzten Zeile wechselte die Einstellung ein letztes Mal, und ich rang nach Atem, als ich erkannte, was hier abgebildet war. Die Einstellung ähnelte der vorhergehenden Bildfolge, doch jetzt näherte sich der Scheide eine Hand mit einem Skalpell. Ich konnte mir die Zeile nicht bis zum Ende anschauen.

Mein Instinkt riet mir, mich umzudrehen und wegzulaufen, aber ich gehorchte ihm nicht, obwohl ich wusste, was mich im nächsten Raum erwarten würde. Alexandra Ebersbach und ihre Mutter, Carola Wendt. Ich ließ die Tür weit geöffnet, damit etwas Licht in den Korridor dringen konnte.

Ich holte mein Handy aus der Tasche, aber in der Tiefe dieses Kellers hatte ich kein Netz. Für meinen nächsten Schritt musste ich meine gesamte Willenskraft aufbieten. Ich trat vor die nächste Tür, drehte den Knauf, stieß die Tür auf und sprang zur Seite. Was ich gesehen hatte, übertraf meine schlimmsten Vorstellungen. Alexandra Ebersbach stand nackt vor einem Gynäkologenstuhl, auf dem Carola Wendt festgeschnallt war. Alexandra hielt ein Instrument in der Hand – aus der Entfernung war nicht zu erkennen, ob es sich um ein Skalpell oder etwas anderes handelte. Beine und Arme der Schauspielerin waren mit Lederbändern fest an das Foltermöbel geschnürt. Ihr Kopf hing zur Seite, und ihr Mund war mit einem Streifen braunen Paketband zugeklebt. Ihre Hände zitterten leicht, und ihr Gesicht war schmerzverzerrt. Wenn ich ihr Leben retten wollte, durfte ich keine Zeit verlieren.

»Hände hoch! Drehen Sie sich mit dem Gesicht zur Wand. Alexandra Ebersbach, Sie sind verhaftet.«

Meine improvisierter Auftritt als Kripobeamtin zeigte wenig Wirkung. Sie drehte sich nicht einmal zu mir um. Im Hintergrund war über ein Dutzend großformatiger Bilder montiert. Eines der Bilder zeigte Kestner, als er noch Dickie Greenleaf hieß, und eine mir unbekannte Frau – vermutlich das erste Opfer Alexandra Ebersbachs. »Lassen Sie die Waffe fallen!« rief ich und rannte in die Folterkammer.

Alexandra Ebersbach drehte sich schnell genug um, um zu sehen, dass mein Angriff nur ein Bluff war. Sie machte zwei tänzerische Schritte nach vorn, sprang hoch und ließ ihr Bein blitzartig vorschnellen. Ihr Fuß traf mich unterhalb des Brustkorbs und nahm mir für einen Moment den Atem. Ich strauchelte, ging aber nicht zu Boden. Mit den Armen stützte ich mich auf dem Boden ab, um wieder aufzustehen. Alexandra rollte geschickt ab und schnellte hoch, das Folterinstrument immer noch in der Hand. Ich stand wie versteinert in der Tür, vor Schmerzen leicht gekrümmt. Was sollte ich tun? Die Ebersbach ignorierte mich plötzlich und stellte sich wieder vor den Stuhl, den Rücken mir zugewandt. Carola Wendt starrte mich voller Verzweiflung an.

»Alexandra, bitte. Sie dürfen das nicht tun. Sie ist Ihre Mutter!« Während ich sprach, scannte ich den Raum nach etwas ab, womit ich mich zur Wehr setzen konnte. Links vom Stuhl war ein Tisch mit Instrumenten aufgebaut. Ich näherte mich den beiden Frauen, wobei ich die Ebersbach keine Sekunde aus den Augen ließ. »Hören Sie – sie kann nichts dafür. Es ist doch nicht ihre Schuld.«

Auf den Bildern erkannte ich Skizzen der scheußlichen Meerjungfrau. Erst jetzt wurde mir klar, wer die Künstlerin war. Sie stand vor mir. Was ich für ein Skalpell gehalten hatte, war in Wirklichkeit ein Meißel, von dem Blut heruntertropfte. Als ihr Rücken sich anspannte und sie sich zu mir umdrehte, glaubte ich, in ihr die Frau zu erkennen, die mich im Sexclub angegriffen hatte. Es war etwas am Fluss der Bewegung, das mir bekannt vorkam. Ob sie es wirklich war, würde ich nie erfahren.

Sie schaute mich voller Verachtung an, doch in ihrem Blick war noch etwas mehr. Sie schien neugierig zu sein, was ich von ihrer Inszenierung hielt. Ich war ihr Publikum, und sie wollte wissen, wie mir ihr Kunstwerk gefiel. Meine Augen waren auf ihr Gesicht fixiert, was mir ein Gefühl von Kontrolle gab, das mir in dem Moment entgleiten würde, in dem sie meinem Blick nicht mehr standhielt. Hinter ihr sah ich eine Bewegung. Carola Wendt bot ihre letzten Kräfte auf, um sich aus dem Stuhl zu befreien. Ich musste die Ebersbach ablenken.

»Sie hat nichts getan, um Ihnen zu schaden.«

»Sie hat mich weggegeben.« Ihre Stimme hatte sich völlig verändert – sie war rauh und eiskalt.

»Das können Sie ihr doch nicht zum Vorwurf machen.«

»Ich kann, was ich will. Sie gehören nicht hierher.« Noch hatte ich ihre Aufmerksamkeit, aber ich spürte, wie sie mir entglitt.

»Alexandra, glauben Sie nicht, dass Ihre Mutter schon genug gebüßt hat?«

»Was wollen Sie hier überhaupt? Reicht es nicht, dass Sie sich in meinem Sender breitmachen? Können Sie keine Ruhe geben?« Sie trat einen Schritt auf mich zu, und ich wich unwillkürlich zurück.

»Sie sind doch eine so großartige Künstlerin, Sie können doch nicht Ihre Karriere aufs Spiel setzen.« Ich redete und redete, um Zeit zu schinden. »Wenn Sie das hier weitermachen, dann verlieren Sie alles!«

Sie lachte. Hinter ihr war es Carola Wendt gelungen, ihren rechten Arm zu befreien. Ihre Hände waren bläulich angelaufen, so fest war sie gefesselt worden.

»*Das* ist meine Karriere.« Alexandra Ebersbach deutete hinter sich, ohne sich umzudrehen. Trotzdem zuckte Carola Wendt zusammen.

»*Das* ist der Höhepunkt. Der krönende Abschluss. Das ist alles, was ich will, danach bin ich fertig. Und Sie halten mich nicht auf.« Sie war so schnell, dass es mir nur gerade eben gelang, dem Meißel auszuweichen. Ich trat einen Schritt zurück und ging zu Boden. Im Fallen begriff ich, dass das Spiel für mich aus war. Ein Bild von Max und Ronny schoss mir durch den Kopf. Das letzte, was ich sah, bevor ich mit dem Kopf aufschlug und das Bewusstsein verlor, war der Meißel, der auf meinen Oberkörper zuraste.

Kapitel 30

Montag, der 5. März 2001

»Guten Abend, meine Damen und Herren – schön, dass Sie auch diese Woche wieder dabei sind bei *Kestner*. Sie können sich vorstellen, dass es nicht leicht ist für mich, heute nach einwöchiger Pause wieder vor der Kamera zu stehen. Aus gegebenem Anlass haben wir das Thema der Sendung geändert.«

Kestner trägt einen schwarzen Anzug, ein schwarzes Hemd und eine mitternachtsblaue Krawatte von Yves Saint Laurent. Er ist blasser als sonst, weil er in der vorhergehenden Woche auf zwei Besuche im Solarium verzichtet hat. Das erste Mal in seiner Fernsehkarriere sieht er nicht mehr wie ein Endzwanziger aus. Im Hintergrund des Sets öffnet sich ein Vorhang und gibt den Blick auf eine Leinwand frei. Vier Schwarzweißfotos mit schwarzer Umrandung werden eingeblendet. Sie zeigen Natascha Meyer-Stade, Greta Giehse, Carola Wendt und Lilly DeLight.

»Wir nehmen heute Abschied von vier Frauen, die im Zeitraum weniger Tage umgekommen sind. Während die Trauerfeierlichkeiten für Greta Giehse und Natascha Meyer-Stade bereits in der vergangenen Woche stattgefunden haben, fehlt von den Leichen von Filmstar Carola Wendt und Erotikkönigin Lilly DeLight bis zum heutigen Tag jede Spur. Die Berliner Kriminalpolizei hält es jedoch für ausgeschlossen, dass die beiden noch lebend gefunden werden können – keine der bisher verschwundenen Frauen hat den Angriff des wahnsinnigen Mörders überlebt.«

Kestner setzt sich auf ein dunkelblaues Sofa, neben dem ein kleiner Tisch steht. Hier sind vier Fotos der Opfer in identischen

Silberrahmen aufgestellt und werden von einer dezenten Tischlampe beleuchtet.

»Ich hatte das besondere Vergnügen und die große Ehre, zwei dieser bemerkenswerten Frauen näher kennenzulernen. Carola Wendt wird mir immer als eine außerordentlich couragierte Person in Erinnerung bleiben, die ihr Schicksal nicht nur akzeptiert, sondern auch würdevoll gemeistert hat. Dutzende von Spielfilmen werden ihr Andenken für immer bewahren.«

Über die Leinwand flimmern Filmausschnitte, die eine atemberaubend schöne Frau zeigen.

»Die Filmkünstlerin hat längst ihren Platz im Pantheon der großen europäischen Stars. Ihre Lebensgeschichte, die von schauspielerischer Größe und persönlicher Tragik geprägt war, wird bald Gegenstand einer großen Sat-7-Produktion werden. Unter dem Arbeitstitel *Film ohne Ende* wird noch im Herbst diesen Jahres mit den Dreharbeiten begonnen werden.

Mit Lilly DeLight verbinden die meisten unserer Zuschauer ein Erotikimperium, das die Künstlerin selbst gegründet hat. Innerhalb weniger Jahre ist ihr Unternehmen zum europäischen Marktführer geworden. Wir bei Sat 7 sind besonders bestürzt darüber, dass sie ihre unlängst begonnene Fernsehkarriere nicht fortsetzen wird. Ihre Talkshow *Midnight DeLight* hat dem Sender Traumquoten beschert.«

Auf der Leinwand sieht man die blonde, tief dekolletierte Frau in einem Fernsehstudio. Sie redet, lacht und bewegt sich souverän vor der Kamera.

»Lilly DeLight hinterlässt nicht nur ein Imperium, eine Firma mit Angestellten, die sie liebten und verehrten, sondern auch einen trauernden Mann.«

Ein Ausschnitt aus einer Boulevardsendung zeigt Max Winter, der das Gepäck seiner Frau aus dem Hotel Four Seasons abholt. Begleitet wird er von einer attraktiven Asiatin und einem kahlgeschorenen Afro-Amerikaner. Alle drei tragen Sonnenbrillen, obwohl ein leichter Nieselregen fällt und der Himmel über Berlin wolkenverhangen ist.

»Leider habe ich Lilly DeLight viel zu spät in meinem Leben kennengelernt.« Kestner ringt um Fassung, fängt sich jedoch wieder. »Ich habe sie als eine Frau voller Herzenswärme und Humor erlebt und einen wunderbaren Sonntagvormittag mit ihr verbracht. Keiner von uns konnte ahnen, dass dies ihr letzter Tag sein würde.« Wieder macht Kestner eine Pause, um sich zu sammeln. Im Publikum werden erste Taschentücher gezückt.

»Seien Sie dabei, wenn wir nach der Werbeunterbrechung mit einer Frau reden, die als ausführende Produzentin die Verfilmung von Carola Wendts Lebensgeschichte betreut und die eng mit Lilly DeLight an der Talkshow *Midnight DeLight* zusammengearbeitet hat. Dann begrüßen wir die erfolgreiche Bildhauerin Alexandra Ebersbach.«

Das Publikum applaudiert, das rote Licht an Kamera eins verlischt. Der Moderator verlässt eilig und ohne einen weiteren Blick auf das Publikum den Set. Kaum ist er außer Sichtweite von Kameras, Zuschauern und Mitarbeitern, erbricht er sich auf den Fußboden.

Am 5. März 2001 wurde bei *Kestner* nicht nur vier Frauen ein Denkmal gesetzt, die während eines kurzen Zeitraums ihr Leben gelassen hatten. Am 5. März 2001 wurde Fernsehgeschichte geschrieben. Sat 7, 23.07 Uhr. Erleben Sie das Ende einer bemerkenswerten Medienkarriere.

Rainer Kestner sitzt mit gesenktem Kopf auf seinem Moderationsstuhl. Ihm gegenüber, in einem schwarzen Jil-Sander-Kostüm, Alexandra Ebersbach.

»Wir waren fassungslos. Fassungslos. Was kann ich sagen – ein neues Talent zu entdecken. Einer Künstlerin, die durch ihre umstrittene Tätigkeit als Pornodarstellerin zu Ruhm gekommen ist, ein neues Betätigungsfeld zu bieten, auf dem sie auch noch brilliert – das ist mehr, als man sich wünschen kann. Das erfüllt einen nicht nur beruflich, sondern vor allem auch menschlich mit enormem Stolz.«

Kestner starrt auf einen Punkt zu seinen Füßen, scheint sich zu sammeln, dann schaut er Alexandra Ebersbach in die Augen.

»Ist es nicht scheinheilig, Frau Ebersbach, die berufliche Vergangenheit von Lilly DeLight als zwielichtig darzustellen, aber sich ihre Berühmtheit als Pornodarstellerin und später als Produzentin für ein Fernsehformat zunutze zu machen?«

»Bitte – ich verstehe nicht.« Alexandra Ebersbach schaut auf die Karteikarte, die, für die Kameras unsichtbar, vor ihr auf dem Tisch liegt. Ihr wird klar, dass Kestner den abgesprochenen Gesprächspfad verlassen hat. Das gefällt ihr nicht. Ganz und gar nicht.

»Sie sagten, dass es Sie stolz macht, jemandem aus dem Pornogeschäft eine neue Chance zu geben.«

»Ja und? So ist es doch auch.« Sie ist nicht nur verwirrt, sondern auch verärgert. Worauf will er hinaus?

»Das beruhigt mich, denn Lilly DeLights Karriereverlauf ist kein Einzelfall.«

»Was?« Sie schaut sich um, sucht nach Blickkontakt mit der Regieassistentin, die jedoch so tut, als studiere sie ihren Ablaufplan.

»Meine Damen und Herren« – Kestner spricht in Kamera eins und bekommt für seine folgende Moderation eine ausgezeichnet ausgeleuchtete Großaufnahme.

»Da Sie es demnächst ohnehin der Presse entnehmen können, möchte ich die Gelegenheit nutzen, Sie über meine Vergangenheit in Kenntnis zu setzen.« Er macht eine der wohlkalkulierten Pausen, für die er berühmt ist, bevor er fortfährt. »Bis zu meinem vierundzwanzigsten Lebensjahr war ich Pornodarsteller und Callboy und wäre dies vermutlich auch noch heute, wenn ich nicht Zeuge eines Mordes geworden wäre, den die Frau, die mir jetzt gegenübersitzt, im Jahr 1993 in Frankfurt begangen hat.«

Nach zwei Sekunden, in denen man die sprichwörtliche Stecknadel hätte fallen hören können, ist die Publikumsreaktion vielschichtig. Einige der Zuschauer wirken, als habe man ihnen einen Schlag in den Magen versetzt. Manche japsen und erinnern an Goldfische auf dem Trockenen. Es gibt einige Ahs und Ohs und ein allgemeines Geraschel und Gemurmel sowie einige Lacher. Jemand klatscht, aber nicht lange.

Alexandra Ebersbach wirkt wie versteinert. Ihr maskenhaftes Gesicht hat die Farbe von Asche. Die Mitarbeiter im Studio scheinen alle einen Schritt nach hinten gemacht zu haben, um die Distanz zwischen sich und der Intendantentochter zu vergrößern.

»Sie sind ja irre. Sie sind ja wahnsinnig. Das wird Konsequenzen haben, die Sie sich jetzt noch gar nicht vorstellen können mit Ihrem Kleinstadthirn.« Noch immer sitzt sie starr. Auf ihrer Stirn beginnen Schweißperlen zu glitzern. Die Tontechnik muss ihr Mikrofon hochdrehen, so leise gehen ihr die Worte über den Lippen. Und die Tontechnik dreht. Ihre Worte gehen über den Sender, verklingen in Millionen von deutschen Haushalten. Nie war Kestners Quote so gut wie an diesem Abend. Bis dato. Das wird sich ändern.

Selten hat man eine Gruppe von Menschen gesehen, denen so deutlich ins Gesicht geschrieben steht, dass sie ihre Gedanken nicht ordnen können: Welche Information hat die weitere Tragweite, was ist der schlimmere Vorwurf – Kestner ein Callboy? Die Ebersbach eine Mörderin? Die Presse wird später entscheiden, dass das Kestner-Thema eine längere Haltbarkeitsdauer hat als die Geschichte der Mörderin Alexandra Ebersbach. Kaum dass ihr der Prozess gemacht sein wird, verschwindet sie aus dem Bewusstsein der Öffentlichkeit. Kestners Geständnis wird auf länger anhaltendes Medieninteresse stoßen – sehr zum Vorteil seiner weiteren Karriere, die selbst von der kurzen Bewährungsstrafe nicht merklich getrübt wird. Im Gegenteil – Kestner verlässt den Gerichtssaal als Held und schlägt neben seiner Fernsehkarriere auch eine Laufbahn als Kinoschauspieler ein.

Die Schlußsspointe dieser kürzesten aller Kestner-Talkshows, die bereits um 23.24 Uhr endet, schenkt ihm die Sympathie des Publikums.

»Was Sie da faseln, entbehrt jeglicher Grundlage. Meine Anwälte werden Sie auseinandernehmen, Kestner, in Fetzen reißen, dass nichts mehr von Ihnen übrig bleibt. Das schwöre ich Ihnen, bei Gott.« Ihre Hände krallen sich um die Stuhllehnen, sie scheint zu schrumpfen.

»Das haben Sie schon einmal erfolglos versucht, Frau Ebersbach. Auf einer Autobahn bei Frankfurt. Berufen Sie sich ruhig auf Ihren Gott, ich berufe mich auf die Belastungszeugin. Meine Damen und Herren, Lilly DeLight!«

Gibt es so etwas wie einen leisen Tumult? Denn so würde ich die Reaktion der Menschen im Saal beschreiben. Es war mein erster und letzter Auftritt im Rollstuhl. Ich erholte mich schneller, als es die Ärzte zunächst für möglich gehalten hatten. Als hätte meine telegene Seele es gewusst, hatte sie mich tags zuvor aus dem Koma erwachen lassen. Ich hatte endlich vernommen werden und durch meine Aussage der Anklage gegen Alexandra Ebersbach Substanz verleihen können. Auf Anraten der Kripo war die Öffentlichkeit nicht über meinen Zustand informiert worden. Frau Ebersbach hatte mich nach ihrer Attacke für tot gehalten und in ihrem vermeintlich geheimen Atelier wie ein Stück Abfall liegenlassen. Hätte Rosa Ribowski Rainer Kestner und der Kommissarin Haberlik nicht so schnell den Weg zu den Geheimräumen zeigen können, wäre ich auch nicht umgehend in die Charité eingeliefert worden. Meinen spektakulären Auftritt bei *Kestner* hätte es niemals gegeben. Für Carola Wendt jedoch kam jede Hilfe zu spät. Alexandra Ebersbach hatte sie ermordet und war nach dem Mord an ihrer Mutter so verstört, dass sie nicht mehr an den Tatort zurückkam, um die Spuren zu verwischen – so entging es ihr, dass ihre beiden Opfer aus der Folterkammer verschwunden waren.

Suzy, der ich für ihr TV-Debüt ein dezentes Kostüm von Cavalli geliehen hatte, schob mich ohne Stolpern und ohne Pannen ins Studio, stellte mich neben Kestner ab und blieb beschützend hinter mir stehen. Kestner, der mir mit Blick auf das Publikum die Hand auf den Unterarm legte, wandte sich Alexandra zu. Sie zerbrach. Anders kann ich es nicht ausdrücken. Es war, als sähe man einen Spiegel in Zeitlupe zerspringen. Ihre Schultern sackten herab, und sie senkte den Kopf. Sie wusste, dass ihr Spiel aus war, dass es keinen Sinn mehr hatte zu leugnen und zu lügen.

Als das Publikum mich sah, selbst in meinem bemitleidenswerten Zustand mit den Verbänden und dem nur langsam abklingenden blauen Auge, das auch mein bestes Make-up nicht ganz verbergen konnte, brandete ein Jubel auf, den ich mein ganzes Leben lang nicht vergessen werde. Ich bekam eine Gänsehaut am ganzen Körper und versuchte, die Tränen zurückzublinzeln – erfolglos. Während die Regie Anweisung gab, Kestners wahrscheinlich beste Sendung umgehend abzubrechen, badete ich im Applaus, die Menschen im Saal standen von ihren Plätzen auf und feierten, dass ich am Leben war. Ich bekam nicht mit, wie die Frau, die so viele Leben auf dem Gewissen hatte, abgeführt wurde, nickte den Zuschauern zu und genoss die Bestätigung, dass man eine Lilly DeLight nicht so einfach um die Ecke bringen kann. Dass ich, solange ich leben würde, immer machen würde, was ich für richtig hielt. Es hätte keine bessere Motivation geben können, diesem Motto treu zu bleiben, als den tosenden Applaus meines Publikums.

Nachwort

Liebe Leserin, lieber Leser,

zuallererst – dies ist wirklich ein Nachwort. Man sollte es also erst *nach* der Lektüre des Romans lesen, wenn man sich nicht die Spannung verderben möchte. Ich sage das, weil ich von einigen Lesern gehört habe, dass sie bei meinem ersten Roman *Hard Cut* das Nachwort zuerst gelesen haben. Selbst schuld …

Das Mayer-Rokitansky-Küster-Hauser-Syndrom gibt es wirklich. Wie schon im Text steht, kommt es ungefähr einmal bei viertausend bis fünftausend neugeborenen Mädchen vor. Das Syndrom wird häufig erst in der Pubertät entdeckt, wenn bei den betroffenen Mädchen die Menstruation ausbleibt. Das Syndrom ist nicht wirklich therapierbar. Es besteht die Möglichkeit, operativ eine Neovagina herzustellen – so ähnlich wie bei männlichen Transsexuellen, denen eine Scheide angelegt wird. Die Transsexuellen haben den Vorteil, dass das empfindliche Gewebe unterhalb der Eichel anstelle einer Klitoris »eingebaut« wird und sie so (neo-)vaginal erregbar werden.

Mir sind bei meinen Recherchen Fälle von Frauen begegnet, die sich dieser korrigierenden Operation nicht unterzogen haben. Ihre Argumente waren, dass es ihnen »unangenehm« gewesen sei. Sie können sich denken, dass ich äußerst schwer nachvollziehbar fand, wie jemand freiwillig auf seine primären Geschlechtsteile verzichten kann. Und so war die Inspiration für dieses Buch geboren.

Man muss keine Science-fiction- oder Horrorstorys lesen – oder schreiben –, um immer wieder bei dem schönen Shakespeare-Zitat anzukommen, das besagt, dass es mehr Dinge zwischen Himmel und Erde gibt, als unsere Schulweisheit (und unser gesunder Menschenverstand) sich träumen lässt. Das sind für mich die Bereiche, in denen es spannend wird. Oft reicht es, sich in der Welt, in der man lebt, etwas genauer umzuschauen, um auf Romanhandlungen zu stoßen.

Dolly Buster, im Februar 2002

P.S.: Die Lobby des Hotels Four Seasons ist in Wirklichkeit unterkellert. Sie können also unbesorgt vor der Fahrstuhltür stehenbleiben.

Dolly Buster

Hard Cut

Roman

346 Seiten

Die Pornomorde – Lilly DeLights erster Fall!

Eigentlich wollte Lilly damit Schlagzeilen machen, dass sie künftig nicht mehr vor, sondern hinter der Kamera stehen wird. Doch dann hat die Sensationspresse eine viel bessere Geschichte: Mord. Eine Journalistin ist tot, die über Lillys neue Karriere als Produzentin berichten wollte. Lillys Mann verschwindet spurlos, und einer der Hauptdarsteller ihrer nächsten Produktion wird barbarisch ermordet. Aber das ist nur der Auftakt. Weitere Beteiligte an dem Film fallen einem bestialischen Serienkiller zum Opfer. Genüsslich berichten die Medien über die »Pornomorde« und schüren den Verdacht, Lilly DeLight habe etwas damit zu tun. Wenn Lilly diesem Albtraum mit heiler Haut entrinnen will, muss sie selbst ermitteln ...

Knaur

Christian v. Ditfurth

Der 21. Juli

Roman

416 Seiten

Ein atmosphärisch dichter Thriller – ein fesselndes Spiel mit der Wirklichkeit: Hitler wird bei dem Attentat vom 20. Juli 1944 getötet. Doch damit ist der Krieg nicht zu Ende. Aus der Welt, wie wir sie kennen, wird ein beklemmender Albtraum. Und der beginnt am 21. Juli.
Zehn Jahre später: Im Auftrag der CIA soll der ehemalige SS-Offizier Knut Werdin Heinrich Himmler ermorden. Der Reichsführer-SS stört die Interessen der USA, es droht ein dritter Weltkrieg, wenn Himmler nicht beseitigt wird.
Niemand ist besser für diesen Auftrag geeignet als Werdin. Doch Werdin weigert sich. Erst als die CIA ihm ein Foto von Irma zeigt, seiner Geliebten, die 1945 erschossen wurde, gibt er nach. Das Foto ist von 1950. Kann es sein, dass Irma überlebt hat?

»Ein waschechter Polit-Thriller.«
Hannoversche Allgemeine

»High Noon in Berlin. Und wir sind dabei.«
Tagesspiegel

Knaur

Tobsha Learner

Madonna Mars

Ein erotischer Thriller

366 Seiten

Sarah Kavish hat alles, was ein Mensch sich nur wünschen kann: Sie ist eine anerkannte Astrophysikerin, die eines Tages zum Mars reisen wird, und sie ist eine bildhübsche Frau. Doch plötzlich gerät ihr Leben aus den Fugen. Sie entdeckt, dass sie im Augenblick der sexuellen Ekstase telepathische Fähigkeiten entwickelt. In diesen Momenten – und nur dann – tritt sie in Kontakt mit einem Unbekannten, der in Lebensgefahr zu schweben scheint. Sarah beschließt, ihn zu retten, und ein Leben voller Höhepunkte erwartet sie...

»Ein intelligenter, in jeder Beziehung aufregender erotischer Thriller.«
Buchjournal